한강

趙廷來 大河小說 ⑩

한강

제3부 불신시대

해냄

차례

한강

제3부 불신시대 ④

10권

43
블랙리스트 〈2〉

「환자가 아닌 사람은 밖에 나가 기다리세요.」

눈을 내리깐 원장 안경자의 목소리는 하얀 가운에 서린 근엄함과 싸늘함만큼 건조하고 냉정하게 들렸다.

「죄송합니다, 원장선생님. 제가 대신 한 가지 여쭤볼 게 있어서 그러는데요. 애가 차마 말을 못 꺼내서…….」

두 손을 가슴께에 모아잡은 처녀가 떨듯 더듬거리듯 말했다.

「뭐지요?」

안경자의 눈길은 여전히 들리지 않았다.

「저어……, 수술을 하게 되면 표는 안 나나요?」

처녀는 더 말을 더듬거렸다.

「결혼할 사이 아니라면 몸을 함부로 하지 말아야지 임신해 놓고 그런 말은 왜 물어요.」

안경자의 말은 더 차가웠고, 처녀를 쏘아보는 눈길은 매서웠다. 그녀는 두 처녀가 여공인 것을 한눈에 알아보았고, 처녀가 아닌 것을 두려워해 그런 말을 묻는 여공들이 너무 많아 그럴 때마다 안타깝고 속상해 화가 났다.

「그게 아니라 당했어요. 연애한 게 아니라 노조 만들려고 한다고 두 남자한테 번갈아가며 당한 거라구요.」

그 처녀는 억울하다는 듯 이번에는 더듬지 않고 한달음에 말했다. 그 눈에 금방 눈물이 그렁그렁했다.

「아니 그게 무슨 소리지요? 강간을 당했다 그거예요? 노조를 만드는데 어떤 남자들이 그따위 짓을 해요.」

안경자가 놀라는 반응을 드러냈다. 그녀는 자세를 고치며 두 처녀에게 앉으라는 손짓을 했다.

「회사 편드는 생산계장하고 작업반장이 얘를 망쳐놨어요.」

그 처녀는 친구를 끌어다 의자에 앉히며 목이 메었다. 정작 본인은 줄곧 고개만 떨구고 있었다.

「경찰에 신고했어요?」

「경찰이요?」

처녀는 슬픈 얼굴로 고개를 저었다.

「아니, 그런 억울하고 분한 일을 당하고도 신고를 안 해요? 경찰이 왜 있는데.」

안경자는 어이없다는 얼굴로 한숨을 물었다.

「원장선생님은 모르셔서 그러세요. 경찰은 우리 같은 것들 편이 아니에요. 더구나 노조 만들려고 한 공순이 공돌이는 원수 대하듯 하는걸요.」

세상 물정 모르면 말을 하지 말라는 듯 처녀의 입가에는 쓴웃음이 스쳤다.

「아니…….」

안경자는 말문이 막히고 말았다. 그때 문득 강숙자의 말이 떠올랐다.

「직공들 등쌀에 이젠 사업이고 뭐고 맘놓고 못해먹어. 노조라는 것을 만들어 즈네들이 주인 행세를 하려고 들거든. 나라에서 적극 막는데도 그것들이 어찌나 극성스럽고 억센지 날이 갈수록 노조가 늘어나는 회사들이 많아지고 있어. 노조 생겨나면 회사 망하고, 회사들 망하면 이 나라 경제발전도 망치는 건데 경찰들은 바보같이 뭘 하는지 몰라. 싹싹 뿌리를 뽑지 못하고.」

작년에 강숙자가 한 말이었다. 강숙자는 자기네 아버지의 회사들을 걱정하고 있었다.

그때, 공원들의 월급이 너무 적은 것 아니냐는 말을 하려다가 그만두었다. 여공들을 환자로 받다 보니까 자연히 그녀들의 월급을 알게 되었다. 낙태 수술비가 모자라 애달아하고 사정하는 일을 더러 겪었던 것이다. 그녀들이 숨김없이 털어놓은 월급이란 하루 14시간 노동에 잔업비와 야근비를 다 합해보아야 초보자는 2만 원이 못 되었고, 숙달된 기능공이라도 2만 5천 원을 넘지 않았다. 그에 비하면 한 시간도 안 걸리는 수술비는 너무 비싼 것 같아 가끔 수술비를 모자라게 내놓아도 그대로 받을 수밖에 없었다. 더구나 보푸라기가 일고 곧 구멍이 날 지경으로 낡고 낡은 그녀들의 팬티는 안쓰럽기 그지없었고, 시장에서 금방 사 입고 온 것이 분명한 새 팬티를 어쩌다가 대할 때도 딱하기는 마찬가지였다.

「그럼 그쪽에서 수술비는 받았나요?」

안경자는 고개를 숙이고 있는 처녀에게 눈길을 보내며 물었다. 그녀의 정수리에 곧게 뻗은 희고 정갈한 가르마를 보며 안경자는 애처로움을 느꼈다. 그 가르마와 가랑머리는 자신의 처녀 적 모습이었다.

「수술비라니요, 회사까지 쫓겨나고 말았는걸요.」

그 처녀의 입 언저리에는 아까보다 더 진한 쓴웃음이 어렸다.

「아니, 그건 또 무슨 소리지요?」

「원장선생님은 모르시겠지만 다 그렇게 되게 돼 있어요. 노조 만들려고 앞장서는 공순이나 공돌이들은 무조건 다 회사에서 모가지 당해요. 나라에서 그렇게 하래니까 사장들은 신나고, 우리 공원들은 어디 가서 하소연할 데도 없죠 뭐.」 그 처녀는 한숨을 푹 쉬더니, 「원장선생님, 수술하면 어떻게 되나요?」 쓸데없는 소리 그만 하고 어서 그 대답이나 하라는 듯 그녀가 물었다.

안경자는 그만 민망해졌다. 자신은 공원들의 생활을 너무나 모르고 있었고, 나라에서는 왜 기업들의 편만 드는 것인지도 분명하게 이해하고 있지 못했다. 다만 그들이 일하는 것에 비해 월급이 너무 적은데, 그래서는 안 되는 게 아닌가 하는 정도의 생각을 하고 있을 뿐이었다. 평균 2만 원 정도의 돈으로는 혼자 자취를 한다 해도 살기 어려운 형편이었다.

「그거 아무 걱정할 거 없어요. 아무 표도 안 나니까. 의사인 나도 수술을 했는지 안 했는지, 처녀인지 아닌지 전혀 구별을 못해요. 그러니까 안심해요.」

안경자는 웃으면서 다정하게 말했다.

「저어……, 보면 금방 표가 난다는 말도 있는데요…….」

「그건 남자들이 하는 새빨간 거짓말이에요. 애를 낳으면 배가 트니까 표가 나지만 수술을 해서는 절대 표가 안 나요. 의사인 내 말을 믿어요.」

「그치만 첫날밤에……, 그 처, 처…….」

그 처녀는 얼굴이 붉어지며 말을 잇지 못했다.

「처녀막 말인가요? 그것도 다 옛날 얘기에요. 아무리 깨끗한 처녀라도 요새 첫날밤에 피 비치는 처녀는 얼마 안 돼요. 왜냐하면 처녀막이란 운동을 좀 심하게 해도 쉽게 파열, 터져버리기 때문이에요. 여학생들이 학교에서 체육시간에 높이뛰기, 넓이뛰기 같은 운동을 하고, 자전거도 타고 그러잖아요? 그런 걸로도 처녀막은 얼마든지 파열돼요. 그러니까 첫날밤에 피 안 비쳤다고 처녀 아니라고 따지는 시대 아니니까 아무 걱정 말아요. 그런데 그런 것보다 더 중요한 일이 한 가지가 있어요. 그게 뭐냐 하면, 그렇게 당한 사실을 깨끗하게 잊어버리란 말이에요. 나는 처녀가 아니다 하는 생각을 마음에서 깨끗이 지워 없애라 그거예요. 나도 여학생들처럼 높이뛰기하고 뜀틀뛰기했다 하고 그 일을 깨끗이 잊어버리면 그때부터 자기는 처녀가 되는 거예요. 이 말 명심하고, 오늘부터 마음 편히 먹으면서 아무 걱정하지 말아요.」

「고맙습니다, 원장선생님. 고맙습니다, 원장선생님.」 그 처녀는 책상에 머리를 찧을 정도로 꾸벅꾸벅 절을 하고는,「복실아, 너 들었지? 걱정 마, 아무 걱정 마. 너 살아났어.」그녀는 친구의 팔을 흔들어댔다.

여전히 고개를 떨구고 있는 처녀의 두 손등에 눈물이 뚝뚝 떨어져내리고 있었다.

그녀는 쪼그리고 앉아서 복실이가 마취에서 깨어나는 것을 지켜보고 있었다. 복실이는 눈을 뜰 듯 말 듯하면서 메마른 입술을 달싹거려 무슨 말인가를 하고 있었다. 그러나 그 소리는 들리지 않았다.

「기집애, 괜히 야학은 다녀가지고 노조다 뭐다 이상한 물들어 결국 이런 꼴까지 됐지. 내가 뭐랬어. 나서지 말고 적게 먹고 가는 똥 싸자고 했지. 봐라, 당하는 사람만 원통하고 서럽지 이런 생고생 누가 알아주기나 하니. 헛똑똑이 기집애.」

그녀는 간호원이 이른 대로 복실이의 다리를 주무르며 중얼거리고 있었다.

「어엄니이……, 엄니이…….」

눈을 반쯤 뜬 복실이가 희미하게 어머니를 부르고 있었다. 그녀는 반가워 얼른 복실이의 어깨를 붙들며 말했다.

「얘 복실아 깨났구나. 나 알아보겠니? 나 미자야 미자.」

「엄니이……, 엄니이…….」

목소리가 조금 커졌을 뿐 안개가 낀 것 같은 복실이의 눈은 무엇을 보고 있는 것 같지가 않았다.

「복실아, 정신차려. 나 미자야. 수술은 잘됐대.」

미자는 복실이의 어깨를 흔들었다.

「엄니이……, 아, 아퍼…….」

복실이는 상을 찌푸리더니 눈을 스르르 감았다.

미자는 허둥지둥 병실을 나갔다. 아까 간호원이 깨나면 바로 알리라고 했던 것이다. 그녀는 복실이가 다시 눈을 감는 것이 겁나기도 했다.

「깨나긴 했는데 아직 정신이 다 든 것 같지 않아요. 나를 못 알아보고, 눈도 도로 감았어요.」

미자는 숨차게 말했다.

「됐어요. 가서 기다리세요.」

간호원은 쳐다보지도 않고 말했다.

미자는 또 다급하게 병실로 돌아왔다. 더위 가득한 온돌방 병실에 복실이는 죽은 듯이 누워 있었다. 미자는 덜컥 겁이 나서 복실이의 코에다 귀를 갖다 댔다. 숨소리가 먼 바람결처럼 귀에 담겨왔다. 미자는 안심하며 허리를 펴고는 복실이의 이마에 내밴 땀을 닦아냈다.

간호원은 복실이의 맥을 짚어보았다. 그리고 이불을 들춰 아래를 살피고 나서 양쪽 엉덩이에 주사를 놓았다.

「잠들었으니까 안심하고 쉬세요. 어차피 두 시간쯤 있다가 가야 해요.」

간호원이 나가자 미자는 다시 복실이의 다리를 주무르기 시작했다.

몸을 망친 것은 복실이만이 아니었다. 복실이와 함께 앞장섰던 동희도 똑같은 변을 당하고 회사를 쫓겨났다. 그런데 동희는 다행히 임신을 하지 않았다. 그런 분하고 원통한 일을 당하고도 몸을 망친 것이 알려질까 봐 그 누구한테도 말 한마디하지 못했다. 복실이가 노조를 해야 한다고 나섰을 때 제발 그러지 말라고 말렸었다. 회사에서는 노조를 하는 것들은 무조건 자른다고 으름장을 놓았고, 간부들은 눈을 부릅뜨고 감시를 하고 있었다. 노조를 한다는 건 계란으로 바위 치기니까 괜한 짓하지 말고 그냥 그렇게 살아가자고 몇 번이고 말했다. 그러나 복실이는 듣지 않았다. 복실이는 야학에 나다니면서 고집불통으로 변해 있었다.

미자는 이런저런 생각을 하며 더위에 지쳐 꾸벅 졸다가 깨고는 했다.

「미자야, 나 괜찮아. 주무르지 마.」

이 말에 미자는 정신을 차렸다. 잠이 깬 복실이의 눈에는 안개가 걷혀 있었고 목소리도 분명했다.

「복실아, 잠 깼구나. 걱정 마, 수술은 잘됐대. 많이 아프지?」

미자는 복실이의 손을 잡았다.

「아니, 괜찮아.」

그러면서 그녀의 얼굴은 아픔으로 일그러졌다.

「그래, 얼마나 아프겠니. 그래도 참 잘됐다. 그 무서운 것 떼내버렸으니. 이젠 다 잊어버려.」

「……그만 가자.」

복실이는 가늘게 한숨을 쉬며 몸을 일으키려고 했다.

「애, 안 돼, 안 돼. 두 시간은 뭐 있어야 한댔어. 이제 겨우 한 시간밖에 안 됐어. 좀더 자거라.」

미자는 복실이의 어깨를 누르랴 시계를 보랴 정신이 없었다.

「나 잠 안 와. 어서 집으로 가고 싶은데…….」

「집? 어떤 집 말이냐? 이런 몸 해가지고 고향 가고 싶다는 건 아니겠지?」

「미쳤니? 그나저나 네 고생이 너무 많다.」

「그래, 고생스러워 아주 죽을 지경이다. 이 은혜 어떻게 다 갚을래?」

미자는 눈을 흘기며 퉁을 놓았다.

「왜 이리 엄니 생각이 나는지 모르겠다.」

복실이의 눈에 물기가 번졌다.

「그래, 나도 아까부터 고향 생각이 자꾸 떠오르더라. 고향 떠나와서

10년인데도 손에 쥔 건 아무것도 없이 이런 꼴이 돼서 그런가 부지? 그때 천두만 아저씨 말 듣고 따라나선 것이 잘못이었는지도 몰라. 우리 나이 벌써 스물여섯이니 어쩌면 좋으냐. 서울생활 10년에 먹은 건 나이밖에 없어.」

미자는 어깨를 추슬러 올렸다가 늘어뜨리며 긴 한숨을 토해냈다.

「그리 생각하지 말어. 그래도 남동생들은 고등학교까지는 보냈잖어. 우리 아니었으면 여동생들처럼 국민학교에서 끝났을 건데.」

「그것도 글쎄 잘한 일인지 어쩐지 모르겠어. 그것들이 우리가 얼마나 고생고생하면서 즈네들 학비를 댔는지 알기나 하겠어? 칫솔 하나 사서 털이 다 모지라지도록 5년 넘게 쓰고, 양말 한 켤레를 깁고 또 기워가며 10년씩이나 신고, 고향에 가는 추석이나 설 때 빼놓고는 고기 한점 못 먹고 죽기 살기로 모은 돈이란 걸 알겠냔 말야. 행여나 행여나 하면서 살았는데 세상 좋아질 기미는 없고, 월급보다 물가는 먼저 뛰고, 10년 공부 도로아미타불이라고 10년 헛고생한 것만 같아 너무 허망해.」

미자는 눈물을 찍어냈다.

「헛고생은 무슨. 동생들도 알 건 다 알아.」

「복실아, 우리 그만 고향으로 내려갈까?」

미자가 불쑥 말했다.

「난 싫어. 여기서 끝까지 버틸 거야.」

복실이는 그런 말이 나올 것을 알기라도 했다는 듯 지체 없이 대꾸하며 고개까지 저었다.

「기집애, 너 왜 그렇게 독해졌니. 그럼 더는 노조 할 생각은 마라.」

「안 돼. 노조 안 하려면 여기 있을 필요도 없어. 그 말 더 하지 말어.」

복실이는 단호하게 말하며 아랫입술을 물었다.

「또 그런 험한 꼴 당할 건데도?」

「그런 일 당했으니까 더 해야지. 그런 일 당했다고 물러나면 그놈들만 살판나. 난 기왕 버린 몸이니 끝장을 보고 말 거야.」

「어머 무서워라, 이 기집애. 야학에서 그러라고 시키던?」

「쓸데없는 소리 말어.」

「근데 말야, 노조를 마음대로 할 수 있는 세상이 오긴 올까?」

「그럼, 당연히 오지. 근데 너같이 벌벌 떨어서는 영원히 안 와. 너, 숟가락으로 밥을 뜨지 않고 밥이 입으로 들어갈 수 있니? 우리 생산라인에서 한 사람이라도 잘못하면 기계가 조립되든? 노조도 그런 거야. 일한 만큼 자기 밥 제대로 찾아먹고 사람답게 살려면 모두가 힘을 합해 싸워야 해. 그럼 그런 세상은 금방 와.」

「기집애, 그런 생각은 어떻게 또 했니. 사람 기죽게.」

미자는 고개를 움츠리며 곁눈질을 했다.

그들은 한 시간을 더 머무른 다음 병실을 나섰다. 자리에서 일어나며 미자의 부축을 마다했던 복실이는 신을 신으며 비틀했다. 그때 퉁을 맞은 복실이는 미자에게 의지해 복도를 걸었다. 그녀의 느리고 불편한 걸음걸이는 천상 병자였다.

「수술비는 안 내셔도 돼요.」

간호원이 돈을 내미는 미자에게 말했다.

「아니, 왜요?」

미자의 눈이 휘둥그레졌다.

「원장님이 그렇게 하라고 하셨어요. 그 돈으로 몸조리 잘하라구요.」

「어머나……」

「주의사항 똑똑히 들으세요. 그럴 리 없겠지만, 만약 하혈이 있으면 금방 와야 해요. 그리고 닷새 정도 힘든 일 해선 안 되고, 목욕도 삼가하세요. 특히 목욕탕 안에 들어가면 큰일나요. 그리고, 이 수술은 애 낳는 것보다 몸이 더 축나 있으니까 몸조리를 잘해야 해요. 이 약 시간 맞춰 먹으세요.」

간호원은 약봉지를 내밀었다.

「저어……, 원장선생님께…….」

약봉지를 받는 미자의 눈에는 눈물이 글썽글썽했고, 그 옆에서 복실이는 고개를 푹 떨구고 있었다.

「원장님 방금 수술 시작하셨어요. 인사는 담에 드리도록 하세요. 오래서 있으면 안 좋으니까 어서 가서 눕도록 하세요.」

「고맙습니다, 고맙습니다.」

미자는 허리가 반으로 접히도록 연거푸 절을 했다. 고개를 떨군 채 손으로 입을 가린 복실이의 어깨가 들먹이고 있었다.

그들은 택시를 탔다. 서울생활을 하면서 처음 타보는 택시였다. 두 사람은 아무 말이 없이 눈물만 훔치고 있었다. 택시를 내려 셋방에 들어설 때까지도 말이 없었다.

미자는 방에 들어서자마자 요를 깔기에 바빴다.

「너 여기 꼼짝 말고 누워 있어.」

「어디 가게?」

「아까 주의사항 못 들었어? 빨리 몸조리해야잖아. 얼른 시장에 댕겨 올게.」

「관둬. 시장은 무슨…….」

「넌 잔소리 말고 누워 있기나 해. 난 보호자고, 원장선생님께서 지키라는 걸 난 지킬 책임이 있어.」

미자는 서둘러 방을 나섰다.

셋방이 서른 개가 넘는 '벌집'은 오가는 사람 없이 조용했다. 방마다 공원들이 세 들어 있어서 낮에는 언제나 빈집이 되었다. 그 빈집의 대문은 늘 열려 있는데도 도둑이 드는 일이라곤 없었다. 방마다 채워져 있는 자물쇠가 위력을 발휘해서가 아니었다. 공원들의 방에 들어가 봤자 헛수고라는 걸 도둑들이 먼저 알았다. 미자는 공동수도가 있는 시멘트 깔린 좁은 마당을 가로지르며 뒤를 돌아보았다. 그 순간 그녀는 부르르 몸서리를 쳤다. 복실이를 생각하며 자기네 방으로 고개를 돌렸던 것인데 눈에 들어온 것은 벌집 전체의 모습이었다. 빨간 벽돌의 3층집, 그건 이제 보기만 해도 징그럽고 소름이 끼쳤다. 그건 집이 아니라 감옥이고 지옥이었다. 거기서 벗어날 가망이 없어질수록 감옥이고 지옥 같은 생각은 더 심해지고 있었다.

둘이 살기에도 편치 않게 좁은 방에 대개 넷씩이 비좁게 살아야 했다. 보증금 20만 원에 2만 원 월세를 둘이 감당할 도리가 없기 때문이었다. 그러다 보니 한 집에 120여 명이 들끓었다. 그런데도 변소는 남·여 하나씩밖에 없었다. 그리고 수도도 마당에 하나뿐이었다. 아침마다 변소 앞에서, 수도를 에워싸고 벌어지는 소란이란 사람 사는 게 아니었다. 그런 벌집들이 구로공단 주변에는 빽빽하게 들어차 있었다.

미자는 또 고향 생각을 하며 육교를 건너 가리봉동 시장으로 갔다. 고향집이 한없이 그립기는 하지만 막상 고향에 내려가 산다는 것을 생각하면 이내 난감해지고는 했다. 고향에서 농사지으며 어머니처럼 살 것을 생각하면 정떨어지고 무서웠다. 농부의 아내로 고생하며 한평생을 살 자신이 없었다. 벌집은 어서 벗어나고 싶고, 시골에서 살 마음은 없고⋯⋯. 결국 서울에서 사람답게 살아보고 싶은 것인데 그 길이 막막하기만 했다. 그 길이란 딱 하나 남자를 잘 만나야 하는데, 그것처럼 어려운 일이 없었다. 배운 것 없고 가난한 공순이가 기껏 골라봐야 공돌이일 뿐이었다. 공돌이하고 살아봤자 평생 가난에 찌들려 허덕일 것은 뻔한 일이었다. 나이는 먹어가고, 앞날을 생각하면 답답하고 암담해 살고 싶은 마음이 없었다.

미자는 한숨을 쉬며 건어물상을 찾아갔다. 깎고 깎아 미역을 샀다. 그리고 정육점으로 가서 쇠고기 반 근을 샀다. 몸을 보하는 데는 쌀밥에 미역국 당할 게 없다는 말은 어렸을 때부터 수없이 들어온 것이었

다. 미자는 시장을 나오는 길목에서 몇 번을 망설이다가 순대도 좀 샀
다. 복실이는 순대를 무척 좋아하면서도 어느 때 한번 맘놓고 먹어본
적이 없었다.

미자는 골목으로 들어서다가 흠칫 놀랐다. 돌아설까 하는데 저쪽에서
먼저 말이 날아왔다.

「아니, 8호 색씨 아냐!」

「네에……, 안녕하셨어요…….」

미자는 다가오는 여자의 눈길을 피하며 어물어물했다.

「안녕 좋아하시네. 날 안녕하게 안 만들어주니까 이러고 다니는 거 아
냐. 어떻게 됐어, 방세!」

여자는 표독스럽게 쏘아붙였다.

「네, 그거 곧…….」

「잔소리 말고 당장 방 비워. 벌써 두 달 치나 밀렸는데, 누군 땅 파서
그 집 진 줄 알아? 들 사람들 얼마든지 있으니까 당장 비우라구.」

여자의 기세는 점점 사나워졌다.

「이틀만 더 기다려주세요. 이번엔 틀림없이 해드릴 테니까요.」

「잔소리 말어. 싸가지 없이 노조 하다가 쫓겨난 느네들은 더 볼 것 없
어. 다시 취직 못할 것들을 왜 둬.」

「아주머니, 무슨 말을 그렇게 싸잡아서 하세요. 셋은 멀쩡해요. 좋아
요, 내일 당장 오세요. 돈 드릴 테니까.」

미자는 맞대거리를 하고 나섰다.

「뭐라구?」

「아, 내일 오시라구요.」

「누구 놀리는 거야, 지금?」

「안 믿을라면 관두세요. 나 가요.」

미자는 그 여자를 획 지나쳤다.

「거짓말이었단 봐라. 경찰서에 처넣고 말 테니까.」

도둑년, 세금 도둑질한 돈으로 셋방놀이 해먹는 주제에 경찰서 좋아하고 자빠졌네.

뒤에서 들리는 여자의 외침에 맞서 미자는 이렇게 욕을 해대고 있었다. 그 여자의 남편은 세무공무원이었다. 벌집 주인들은 사업하는 사람들이 많았지만, 은행원이나 변호사가 있는가 하면 심지어 목사도 끼어 있었다.

미자는 성질나는 대로 하자면 당장 돈을 꺼내 그 여자의 얼굴에 내던지고 싶었다. 그러나 복실이의 몸조리가 먼저였고, 방세에 대해 서로 의논해야 했다.

방세가 밀린 것은 복실이의 수술비를 마련하기 위해서였다. 복실이처럼 앞장서 나서지 못한 대신 수술비는 셋이서 힘을 합해 도와야 했다. 복실이가 그렇게 당한 것은 혼자 잘살려는 것이 아니라 자신들 모두를 위해서였던 것이다.

미자는 대문으로 들어서며 또 한숨을 쉬었다. 복실이의 취직이 큰 걱정이었다. 회사에서는 복실이를 쫓아낸 것만이 아니라 이름까지 그 무시무시한 블랙리스트에 올려버렸다. 그래서 복실이는 큰 공장에 취직을 못하고 월급이 절반 가깝게 줄어버린 구멍가게 공장에 임시로 발을 걸고 있었다. 복실이 말로는 야학에서 어떻게 해서 곧 큰 공장에 취직하게 될 거라고 했지만, 그게 어찌 될지 모를 일이었다. 복실이가 장해 보이기도 하고 어리석어 보이기도 하고, 영 종잡기 어려웠다.

44
먹구름

달구지나 다니는 울퉁불퉁한 비포장 도로에 뜬금없이 자동차가 나타
났다. 자동차도 보통 짐차가 아니라 초가집 한 채는 거뜬히 실을 만큼
크고 길었다. 그리고 그 큰 몸체에다 온통 홍시감 같은 붉은색을 뒤집어
쓰고 있어서 산골 사람들의 눈길을 일시에 사로잡았다.

그 차는 일정한 간격으로 시멘트 전봇대를 하나씩 내려놓으며 느리게
마을로 가까워지고 있었다. 인부들이 목도소리에 맞추어 힘 끙끙 써대
며 전봇대를 내릴 때면 아이들은 멀찌감치 떨어져 호기심 어린 눈을 굴
리며 구경을 했다. 그러다가 차가 움직이기 시작하면 앞다투어 차 꽁무
니에 다붙어 뛰었다.

「야 이새끼야, 인자 나 잠 맡으자.」

「좆만 새끼, 니 까불래!」

「그려, 고따이('번갈아'의 일본말)로 혀. 심 쪼깐 씨다고 니 혼자 다 맡
는 법이 어딨냐.」

「긍께 말이여. 지만 회 있가디. 우리도 회 있단 말이여.」

아이들은 느리게 움직이는 차가 내뿜는 푸른 색조의 배기가스를 서로 맡으려고 다투고 있었다. 그건 자동차 구경을 자주 못한 시골아이들이 드러내는 호기심만이 아니었다. 냄새 야릇한 그 푸르스름한 것을 들이마시면 뱃속의 회충이 없어진다는 말을 아이들은 어디선가 들어 기억하고 있었다. 사실 어떤 어른들은 회충을 없앤다고 붉으스름한 색깔의 휘발유를 한 종지씩 마시기도 했던 것이다.

그 자동차가 동네에 다다르기도 전에 산골 마을은 들뜨기 시작했다.

「어이 보소, 우리 동네에도 인자 전기가 들어온다네.」

「그 무신 뜬금없는 소리여? 자네 시방 눈뜨고 꿈꾼가?」

「얼랴, 도깨비헌테 속고만 살았능가? 위째 그리 사람 말을 못 믿는댜.」

「음마, 그 무신 생뚱헌 소리여? 전기 들어오게 혀준다는 말 한두 해 속고 살았간디? 발써 30년이여, 30년.」

「금메, 나도 그런디. 요분에는 참말이란 말이시. 나 말 못 믿겄으면 싸게 신작로로 나가보드라고. 큰 차가 전부상대 늘핀허니 내래놓고 있는 참잉께.」

「전부상대! 글면 참말인갑제?」

「항. 금세 전기 들어온다드랑께.」

「하이고메, 요 무신 천지개벽이랴? 근디 말이시, 국회의원 선거바람도 안 부는디 위째 요런 기맥힌 일이 다 벌어지고 그런댜?」

「그야 나가 알어, 자네가 알어. 좌우간에 전기 들어오면 우리 새끼덜 공부 잘허게 생겼응께 살판난 것이제.」

「하면, 하면. 살다 봉께 벨 요상시런 일도 다 생기네 이. 워디, 전부상대 잠 봐야 쓰것네.」

뒤늦게 소식을 안 마을사람들은 사립 밖으로 뛰쳐나가기 바빴다.

마을사람들이 30년 속아왔다는 것은 과장도 허풍도 아니었다. 그동안 국회의원 선거가 있을 때마다 어느 마을에나 전기가 다 들어오게 하겠다는 것은 단골 공약이었다. 그 귀 솔깃한 말에 앞장서서 부채질을 해대는 것은 이장이었다. '하루라도 빨리 전기를 끌어와 아이들이 그 침침한 등잔 신세 면하고 밝은 전깃불 아래서 공부할 수 있게 하려면 어느 당후보를 찍어야 하겠느냐. 그야 보나마나 기호 ×번 아니냐.' 반딧불보다 좀 나을 뿐인 석유등잔 앞에서 공부한다고 코밑 검게 그을리고 눈썹이며 머리카락을 태우곤 하는 아이들이 짠한 부모들로서는 그런 충동질에 금방 휘둘리지 않을 수 없었다. 그래서 마을사람들은 이장이 눈앞에다 손가락을 세우며 염불 외우듯 한 기호 밑에다가 정성스럽게 붓대롱을 눌렀다. 그리고, 바로 그 사람이 당선되자 그들은 마치 자기네 경사인 것처럼 어깨춤을 추었다.

그러나 해가 바뀌고 또 바뀌어도 전기 들어온다는 소식은 없고, 국회의원이 되어 떠난 그 사람의 코빼기도 볼 수 없었다. 기다리다 못한 사람들이 입에서는 불평이 터져나오기 시작했다. 그 불평들은 철이 바뀌고 해가 바뀔수록 점점 심한 원성으로 변해갔다. 그럴수록 입장이 옹색해지고 곤궁해지는 것은 이장이었다. 이장은 그 난처한 입장에서 벗어나려는 듯 이따금 읍내의 선거사무소를 다녀오고는 했다. 그런 다음날이면 그는 아직까지 전기가 들어올 수 없는 사정을 설명하고 다니기에 바빴다. 사람들은 그의 말을 다 믿지 않으면서도 차츰 입을 다물어갔다. 전기가 영 안 들어오는 것이 아니라 나라의 어려운 형편이 좀 풀릴 때까지 조금만 더 기다려달라는 데는 달리 할말이 없기도 했다.

그런데 다시 국회의원 선거운동이 시작되었다. 또 입후보자마다 자기가 당선되면 틀림없이 전기를 끌어오겠다고 목이 터지도록 외쳐댔다. 이장도 이번에는 틀림없다면서 지난번과 다름없이 열을 올리고 다녔다. 사람들은 자기들을 속인 게 괘씸했지만 그래도 전기를 끌어오려면 권세 있는 쪽이 낫다 싶어 또 이장이 손가락으로 표시한 기호 밑에 붓대롱을 눌렀다. 그러나 전기 구경을 못하고 헛김 빠지기는 마찬가지였다.

그렇게 속고 또 속기를 몇 번이나 했는지 모를 일이었다. 침침한 등잔불 앞에다 국민학교 1학년 책을 펼쳤던 아이들이 장가를 가서 애아버지들이 되고, 그 자식들이 다시 등잔불 앞에다 책을 디밀어야 하는 세월이 흘러갔으니 몇 번을 속았는지 계산하기도 어려웠다.

속기를 거듭거듭하다가 이 세상에 믿을 놈 하나도 없다고 지쳐버렸는데 느닷없이 전기가 들어온다니 마을사람들로서는 천지개벽이 아닐 수 없었다. 어른들도 체면이고 뭐고 없이 아이들과 함께 길가에 길게 누운 시멘트 전봇대를 쓰다듬어보고 어루만져보고 하기에 부산스러웠다.

다음날 고무신 닳아지는 것 아까워하지 않고 동네 고샅고샅을 신바람 내며 휩쓸고 다닌 것은 이장이었다.

「인자 늦잡아도 한 달이면 우리 동네가 밤에도 훤헌 대낮이 된당께로. 요것이 다 우리 강기수 의원님이 힘쓰신 덕이여. 요 은혜가 얼매나 큰 것이여, 글씨. 참말로 요리 고마울 디가 워디 또 있었어. 하느님이 따로 없는 일 아니여? 요 은혜 죽을 때꺼정 잊어부러서는 안 되제잉. 안 긍가?」

이장이 집집마다 돌아다니며 입꼬리에 침버캐 끼도록 열을 올리며 한 말이었다. 세월따라 이장들이 바뀌었지만 그들은 한결같이 강기수 의원을 떠받들고 돌았다.

「하먼이라, 하먼이라.」

「그라제. 두말허면 잔소리 아니겠어.」

사람들은 이장의 귀에 달게 맞장구를 쳐주었다. 속으로는, 홍시감 떨어질 때 된께 떨어진 것이제, 하면서도 세상살이 눈치코치가 재빠른 사람들은 그런 미운 털 박힐 소리는 싹 감추었다.

전기 공사는 책임자가 놀랄 만큼 빠르게 진행되어 나아갔다. 그럴 수밖에 없는 것이 마을사람들 거의 모두가 동원되다시피 하고 있었다. 이장이 시킨 것도, 전기회사에서 도움을 청한 것도 아니었다. 하루라도 빨리 전기를 켜고 싶은 마음에 너나없이 추수 일손의 틈을 내어 공사를 거들고 나섰다. 남자들은 가장 힘이 드는 전봇대 세울 구덩이 파기며 전봇대 일으켜 세우는 일에 힘을 모았고, 아낙네들은 돌아가며 먹을 것을 장만해 기술자들을 대접하기에 바빴다. 손쉽게 일하면서 공기 단축까지 하게 되었으니 책임자는 싱글벙글이었고, 기술자들은 날마다 배부르게 대접을 받으니 신명나게 일손을 놀렸다.

서로 도와가는 분위기 속에서 새참을 먹을 때면 기술자들과 마을사람들 사이에 자연스럽게 이야기판이 어우러지고는 했다.

「아 참, 경치가 기가 막히네요. 평생 이런 경치 구경하면서 살면 신선이 따로 없겠어요.」

「금메요, 사시사철 쌀밥만 묵는 놈은 쌀밥 맛난지 몰드라고 우리야 맨날 이 속에 묻혀 산게 벨라 존지도 몰르고 사는구만이라.」

「저 울긋불긋한 단풍들하고 저 솜털 같은 흰 꽃들하고 저렇게 잘 어울릴 수가 없어요. 참 기가 막혀요. 저 흰 꽃들이 갈대꽃이지요?」

「저어, 갈대꽃은 따로 있고 저것은 억새꽃이구만이라.」

「그래요? 저게 갈대꽃인 줄 알았는데. 갈대꽃하고 억새꽃은 어떻게 달라요?」

「야아, 그것이 긍께 설핏 보기로는 모양새가 서로 비스름혀서 그것이 그것으로 뵈는디, 그것을 쉴케 알아묵는 방도가 있구만요. 저것이 저리 산에서 피면 억새꽃이고, 바닷물 드나드는 갯가에서 피면 갈대꽃이구만요. 긍께 그것이 서로 사춘간인 심인디, 저 억새꽃은 저리 소복헌 것맨치로 희디희고, 갈대꽃은 바닷물 묵고 피어서 긍가 어쩐가 희기는 흰스롱도 푸르스름헌 기가 도는구만이라.」

「아는 체하다가 괜히 무식 탄로났잖아. 자넨 그 아는 체하는 게 탈이야.」

「이 사람아, 무식은 무슨 무식이야. 이런 때 확실하게 배워두는 거지.

사람은 여든까지 배운다는 말도 몰라? 안 그래요, 아저씨?」

「하먼이라. 몰르는 것이야 손자헌테 배와도 숭이 아니란 말이 있응께라. 우리가 그런 것 아는 것이 유식혀서 알간디요. 촌구석지서 농사나 짓고 산께 지절로 알게 된 것이제. 사람이란 것이 지가 보고 듣고 허는 일 말고야 몰르는 것이 천지 백 가지제라. 무식허기로 치자면 우리 농사꾼덜이 질이겄지요. 그저 땅 파고 농사짓는 것 말고는 이 전기란 것이 워떤 이치로 그리 밝은 것인지, 아무 선도 읊음시롱도 라지오에서 워찌 그리 소리가 나는지, 몰르는 것이 태산잉께라.」

「예, 아저씨 말이 맞어요. 서울애들은 글쎄 벼를 몰라서 쌀나무라고 하니까요. 쌀을 과일 따듯이 나무에서 따는 줄 알고 있다니까요.」

「아아, 그런 말 듣고 웃었는디, 서울서 낳서 나락 한 분도 본 일 읊이 크면 그리 되기도 허겄제라. 방학 때 여그 할아부지 집에 놀로 왔다가 비암이고 깨구락지 생전 첨 보고 경기 나게 놀래 자빠지는 국민핵교 2~3학년짜리들이 많은 판잉께라. 사람 사는 것이 다 그런 것 아니겠소. 우리 촌것들은 서울 가서 놀래 자빠질 것이 많을 것잉께.」

「아이고, 공자님이 아저씨 말씀 들으면 형님 하겠어요. 어쨌거나 단풍하고 억새꽃이 저렇게 아름답게 어울리는 경치는 첨 봤어요. 정말 멋있어요.」

기술자들이 감탄을 연발하는 경치는 이 지방 산골에서는 흔한 풍경이었다. 가지가지 색깔로 물든 단풍과 함께 지천에 넘실거리는 새하얀 억새꽃의 물결은 가을의 막바지에서 어우러지는 아름다움의 극치인지도 모른다. 형형색색의 단풍들은 억새꽃 무리의 티없이 하얀색을 바탕삼아 더욱 선명하고 화려하게 돋보이고, 억새꽃들은 마지막 생명을 태우는 단풍들의 현란함으로 그 순백의 청아함과 우아함이 한층 살아올랐다.

단풍과 억새꽃은 서로를 북돋워주는 조화 속에서 가을산을 눈물겹도록 아름답게 수놓고 있었다. 그들이 시샘이라고는 모르고 그다지 사이가 좋은 것은 머지않아 서로에게 닥칠 똑같은 운명을 알아서인지도 모른다. 차가운 북풍을 타고 겨울이 닥쳐오면 그들은 어찌할 수 없이 삶을 마감해야 한다. 곱고 고운 단풍들은 낙엽이 되어 어디론가 휩쓸려가야 하고, 순백으로 풍성하게 부풀었던 억새꽃들은 거센 바람에 꽃씨들을 날려 보내며 뼈만 앙상하게 남게 된다. 단풍들은 한해살이를 끝내는 마지막 삶이라 노을처럼 그리도 찬란한 것이고, 억새꽃들은 긴긴 날들을 오래오래 참다가 꽃 중에서는 마지막으로 피는 꽃이라 들국화처럼 청초하면서도 쓸쓸한 것인지도 모른다.

억새꽃의 아름다움은 혼자 피는 것이 아니라 무리를 이루는 데 있고, 그보다 더 아름다운 것은 바람이 부는 대로 흔들리고 쓸리고 나부끼고 출렁이면서 하얀 꽃들의 파도를 이루는 데 있었다. 억새들은 그 가늘고 긴 키의 호리호리한 몸매를 서로서로 의지해 가며 아무리 거센 바람이 불어도 부러지거나 꺾이는 일 없이 낭창낭창한 허리로 바람결을 타며 오히려 더 환상적인 군무를 이루어냈다. 굽이치고 솟구치고 자지러지고 너울거리는 억새꽃들의 하얀 춤사위는 그 어느 꽃도 흉내낼 수 없는 아름다움이었다.

「이리 좋은 경치 속에서 농사나 짓고 살면 얼마나 신간이 편할까. 나도 다 때려치우고 농사나 지어?」

「아이고메, 속 터지는 소리 마씨요. 농사지어서는 앞날이 캄캄허요. 우리는 못난 쫌팽이들이라 도시로 못 나가고 죽도 사도 못혀서 이러고 앉었제, 요것 사람이 못헐 짓이요.」

「아니, 왜요? 새마을운동으로 농촌이 살기 좋아졌잖아요?」

「하이고, 선하품 나오는 소리허덜 마씨요. 도시사람들은 아무 물정도 모르고 그리 말해쌌는디, 재작년보톰 새마을운동은 헌마을운동 되야부렀소.」

「헌마을운동? 왜요?」

「말을 다 허자면 속에서 천불이 올르는디, 막말로 인자 대통령도 안 믿소. 아 금메 우리 농촌사람들 다 죽이기로 작정혔는지 농산물값이 해마동 똥값이 되는디다가, 돼지값도 똥값이 되는 판에 워쩔라고 나라가 사딜이는 미곡수매가꺼정 말뚝 박어 묶어뿌냐 그것이오. 근디다가 그 빌어묵을 놈으 주택개량인가 집 껍데기 뒤집어 바꾸긴가를 억지로 몰아대서 글 안 해도 찢어지게 가난헌 살림에 집집마동 빚더미에 올라앉게 혀부렀단 말이오. 판이 요리 각다분허니 되야분께 땅 파묵어 갖고는 앞날이 캄캄허다 생각헌 사람들이 보따리 싸짊어지고 줄줄이 도시로 나가기 시작혔소. 도시에 나가 막노동에 등짐을 져도 세 끼 밥 편케 묵고 새끼덜 공부 갤칠 수 있다고 험서. 인자 처녀 총각들만 도시로 내빼는 시상이 아니다 그것이오.」

「이거 듣고 보니 헌마을운동이란 말이 맞네. 이러다가 박 통도 볼장 다 본 것 아닌가?」

「어허, 그런 입바른 소리 말어. 그만들 일어나. 너무 오래 쉬었어.」

농부들의 말은 과장이 아니었다. 농촌 경제가 파탄에 이르러 해마다 탈농과 이농으로 농촌을 등지는 수가 40여만 명씩을 헤아리고 있었다.

온 동네에 전깃불이 들어오게 된 날 밤 돼지를 잡는 잔치가 벌어졌다. 그 흥거운 잔치의 상좌에는 기술자들이 앉혀졌다. 어른들이 술에 취해가는 동안 아이들은 돼지비계나 부침개를 우물거리며 불 밝은 동네를 사방으로 들뛰고 다녔다.

잔치가 끝나고 며칠이 지나지 않아 동네에는 두 가지 일이 생겼다. 이장과 새마을지도자들이 앞장서 일으키는 선거바람이었고, 양복을 미끈하게 빼입은 청년들이 뚜껑 덮힌 짐차를 몰고 나타난 것이다.

마을사람들은 선거바람에는 시큰둥했다. 이미 전기가 새마을운동이란 이름으로 가설되고, 그건 한 달 뒤에 있을 국회의원 선거를 위한 선심 쓰기라는 것을 알고 있었던 것이다.

「닌장맞을, 전기 놔줘도 한나도 고맙덜 안 혀. 어디고 다 놓는 것이고, 전기 킨다고 묵고 사는 것이 나사지는 것도 아닝께.」

「그라제. 우리 살기 에롭게 맨글어놓고 무신 초친 맛으로 전기 인심이여. 전기가 밥 믹여주가니?」

「고것이 다 우리럴 홍어좆으로 알고 허는 짓거리들이여. 전기 놔주면 또 표 쏟아질 것이라고 턱 믿는 것인디, 나는 인자 내 좆을 짤라도 표 안 줄 것이여.」

사람들은 이장이나 새마을지도자들의 등뒤에다 대고 이런 소리들을 해대고 있었다.

그런데 양복 입은 낯선 청년들은 금방 마을사람들의 관심을 끌었다. 마을회관 마당에 차를 세운 그들은 빠른 손놀림으로 차 옆구리에 높은 쇠막대를 묶어 세웠다. 그 쇠막대 끝에는 잠자리 날개 모양으로 굽어진 또다른 쇠줄이 여러 개 달려 있었다. 그리고 상자 안에서 물건을 꺼내 차 위에 올려놓았다. 네모난 그 물건은 텔레비전이었다.

「와아, 테레비다, 테레비!」

환성을 터뜨린 것은 아이들이었다. 그들은 읍내에 퍼져 있는 텔레비전이 얼마나 재미나는 것인지 잘 알고 있었다. 읍내에 사는 아이들이 부러운 게 한두 가지가 아니었는데, 그중의 하나가 텔레비전을 마음껏 볼 수 있다는 거였다.

「자아, 낮에는 방송을 안 하니까 지금은 테레비가 안 나오고, 이따가 저녁부터 하니까 너희들 저녁밥 먹고 모두 나오너라. 아주 신나는 것 다 보여줄 테니까.」

청년은 나긋나긋 정답게 말하며 아이들의 가려운 데를 살살 긁고 있었다.

다른 청년들은 이미 이 고샅, 저 고샅으로 자취를 감추고 없었다. 그들은, 도시와는 달리 사립문들이 다 열려 있는 집들로 맘놓고 드나들며 텔레비전 선전에 침이 마르고 있었다.

「자아, 전기가 들어왔으니 이제 안방에 극장을 하나 차리셔야지요. 텔레비전, 이게 바로 안방극장 아닙니까. 한번 틀었다 하면 밤 12시, 동해물과 백두산이 마르고 닳도록이 나올 때까지 몇 시간이고 가지가지 재미있는 것들을 골고루 다 볼 수 있는 신식 안방극장. 값은 하나도 걱정하지 마세요. 이 동네에 전기가 들어온 것을 축하하는 의미루다가 우리 회사에서 특별히 반값에 드려요. 그것도 일시불, 아니 한꺼번에 받아가는 것이 아니라 월부로, 다달이 조금씩 받아가요. 그러니까 푼돈으로 근사한 안방극장을 차리는 셈이지요. 자아, 더 긴 말은 이따가 더 하기로 하고, 일찍 저녁 잡수시고 회관 마당으로 나오세요. 거기서 텔레비전을 한바탕 틀 테니 구경부터 해보세요. 그럼 이따가 만나요.」

청년들은 텔레비전이 인쇄된 울긋불긋한 선전지를 여자들의 손에 쥐어주고 다음 집을 향해 양복 깃을 펄럭이며 사라졌다.

여자들은 너나없이 가슴이 울렁이고 두근거렸다. 읍내 출입에서 더러 눈여겨보았던 텔레비전. 발목을 틀어잡는 것처럼 발길을 돌리지 못하게 했던 그 희한한 기계를 맘껏 볼 수 있는 사람들의 신세를 얼마나 부러워했던가. 그 요술상자 같은 기계가 바로 눈앞에 와 있는 것이 아닌가.

집집마다 빠짐없이 돌고 온 청년들이 차 옆에 모여앉아 담배를 피우고 있었다. 그때 검정 지프 한 대가 나타났다.

「야, 사장님 떴다.」

「이런, 빨리도 오네.」

청년들은 담뱃불을 끄고 일제히 일어났다.

「여긴 어떻게 돼가고 있어?」

지프에서 내린 남자가 청년들을 휘둘러보았다.

「예, 한 집도 빼놓지 않고 선전을 다 마쳤습니다.」

한 청년이 군대식으로 대답했다.

「그것 말고, 몇 대나 먹일 수 있을 것 같으냔 말이야.」

그 남자는 마땅찮다는 듯 얼굴을 찌푸렸다.

「그건 아직……. 저녁 먹고 다 나오게 해놨으니까…….」

「다들 정신 똑똑히 차리고 반 이상은 먹여야 해. 이건 월부책하고는 달라서 찍으면 넘어가게 돼 있는 나무둥치야. 안 사고는 못 배기게 썰을 삼삼하게 풀란 말야. 월부책 시장 한물가고 있는 판에 이것으로 왕창 한 몫 잡지 못하면 자네들 인생도 삼류 된다는 것 잘 알아두라구. 힘들 내. 다른 동네들 돌아서 또 올 테니까.」

청년들에게 거친 기세로 말을 마치고 다시 지프에 오르는 남자는 다름 아닌 윤 사장이었다. 월부책 조직을 운영했던 그는 언제부터인지 품목을 바꾼 것이었다.

텔레비전바람이 한바탕 불고 지나가자 선거바람이 본격적으로 일어나기 시작했다. 다른 때와 달리 무소속이 세 명이나 입후보한 것에 마음 느긋해 하며 강기수는 선거구에 도착했다. 무소속이 많이 나설수록 야당 표를 깎아먹게 되니까 자신한테는 그만큼 유리했던 것이다. 거기다가 자신의 선거구에는 전기가 안 들어가는 곳이 한 군데도 없도록 완벽하게 조처를 했으니까 이번 당선은 더 쉽도록 되어 있었다.

「다들 알지? 이번에는, 우리 선거구민들의 오랜 숙원사업이었던 전기 가설 문제를 내가 완전하게 해결했으니까 그 점을 적극 선전하고 환기시키라구. 그 사실 앞에서 야당이고 무소속들은 꼼짝달싹하지 못하게 돼 있으니까.」

강기수는 선거참모들에게 여유만만하게 일렀다. 그의 옆에는 아들 강 길천이 자리잡고 있었다. 선거운동을 돕고 실습도 시킬 겸해서 데려온 거였다.

「여러분, 절대 속지 마십시요. 전기 가설은 강기수가 한 것이 아닙니다. 그건 어차피 전국적으로 하게 되어 있던 일인데 여당이 선거에 이용해 먹으려고 일부러 선거 직전으로 시기를 맞춘 것이고, 강기수는 그걸 자기 힘으로 한 것처럼 여러분들을 속이고 있습니다. 여러분, 사기가 별 것입니까! 남들을 거짓말로 속이는 것이 사깁니다. 그러니까 강기수는 여러분들을 속이는 사기꾼이다 그겁니다. 여러분, 절대 속아선 안 됩니다. 그리고 이번 기회에 강기수가 그동안 한 일이 뭐가 있는지 분명하고 확실하게 따져야 합니다. 한마디로 말해서 강기수는 그동안 국회의원만 편케 해먹었지 여러분들을 위해서 한 일이라고는 쥐꼬리만큼도 없습니다. 그동안 모든 농산물값은 똥값이 되고, 돼지값도 똥값이 되어 여러분들을 헛고생만 시켰습니다. 어디 그뿐입니까. 추곡수매가격을 묶어버려 여러분들은 농비도 못 건지고, 자식들 공부도 못 가르칠 처지가 되었습니다. 이게 누구의 잘못이겠습니까! 바로 권력 쥐고 있는 정부와 여당의 잘못이고, 여당 국회의원인 강기수의 잘못입니다. 강기수는 여러분들이 뽑아준 국회의원 자리에 올라앉아 떵떵 권세만 부렸지 여러분을 위해서 한 일이 아무것도 없습니다. 그런 강기수를 그대로 둬서는 안 됩니다. 이번에 철저하게 그 책임을 따져야 합니다. 그 책임을 어떻게 따지느냐! 여러분들이 한 표도 찍어주지 말고, 다시는 국회의원을 해먹지 못하게 해야 합니다. 이 일을 하지 못하면 여러분들은 더욱더 가난하게 살게 될 것입니다. 안 그렇습니까!」

야당과 무소속 후보들은 약속이나 한 것처럼 이런 내용으로 선거운동을 펼치기 시작했다. 강기수는 4대 1의 협공을 당하는 셈이었다.

「피래미들이 파닥거려 봤자 잉어를 어찌 당해. 제놈들이 한 표라도 더 얻어보려고 용을 써대는 거지. 그따위 것에 신경 쓰지 말고 내가 말한 대로 계속 밀어붙여.」

강기수는 그런 보고를 받고도 여전히 느긋하게 대꾸했다. 평생 선거로 산전수전 다 겪은 노장다운 여유였다.

「어이 이 사람들아, 거 야당이나 무소속 후보들 말 찬찬히 들어보면 그것이 다 우리 씨리고 애린 속 콕콕 찍어내는 공자님 말씸 아니여?」

「잉, 고것이 다 우리가 허고 잡은 말이었제. 속이 다 씨언씨언혀.」

「그려, 우리야 들어줄 디 읎응께 속으로 끙끙 앓기만 혔는디, 그런 말 대신 해준께 3년 묵은 체증이 확 뚫리는 기분이랑께.」

「그나저나 요분에는 으쩨야 쓸까?」

「으쩌기는 머시럴 으쨰. 우리 요 꼴로 맹근 여당헌테 쓴맛을 뵈야제. 우리가 그간에 덮어놓고 여당만 찍어준께 그것들이 우리럴 핫바지 저구리로 보고 즈그덜 꼴리는 대로 혀분 것 아니여?」

「옳여, 씹 주고 따구 맞는다는 말이 공연시 있는 것이 아니랑께로. 다지 에미 붙어묵을 놈들이여. 여러 말헐 것 읎이 요분에는 강기수가 밥 쉽게 묵게 혀서는 안 돼야.」

「그려, 강기수가 우리 위허는 일헌 것이 머시가 있어. 혼자 배 터지게 잘묵고 잘살았제. 인자 우리도 사람이란 것을 뵈줘야 혀.」

가을걷이도 다 끝나버려 한가하게 모여앉은 사람들의 관심은 온통 선거에 쏠리고 있었다. 추수된 벼는 곧바로 추곡수매가 동결로 이어져 있는 판이라 농부들의 여당 성토는 날이 갈수록 열이 오르고 있었다.

「아버지, 민심 돌아가는 게 영 좋지가 않아요. 남자들은 그렇다 쳐도 여자들까지 여당을 욕해대고, 운동원들을 쳐다보려고 하지도 않아요. 빨리 무슨 조처를 취해야 될 것 같은데요.」

며칠 동안 선거구를 돌아본 강길천은 아버지에게 조심스럽게 말했다.

「원, 사내 녀석이 겁이 많기는. 초장에는 야당 충동질에 귀 솔깃해 다 그러는 법이다. 그러다가도 중반, 종반을 거치면서 점점 잠잠해지고 결국은 여당을 찍게 된다. 가난하고 힘이 약한 것들일수록 눈치 빠르고 약아빠진 법이거든. 내가 단계적으로 적당하게 조처를 취해나갈 테니까 넌 아무 걱정 말고 잘 배우기나 해라.」

강기수는 사랑스럽고 기특하다는 눈길로 아들을 바라보았다.

강숙자는 선거전이 중반전으로 접어들고 있을 때 고향에 내려갔다. 사나흘 선거구를 돌아본 강숙자는 당황했다. 다른 때와 다르게 어디를 가나 사람들은 여당을 내놓고 욕해대고 있었다. 여자들까지 거침없이 아버지를 욕하는 것은 민망해서 들을 수가 없었다. 아버지의 운동원들은 면박을 해대고, 손을 내젓고, 외면을 해버리는 유권자들 앞에서 말도 제대로 건네지 못하고 풀죽어 있었다.

「헹, 비누 한 장, 고무신 한 짝으로 또 우리 표 묵겠다는 생각은 인자 그만 혀야 될 거이다.」

「하면. 우리가 그런 싸구려도 아니고, 우리도 인자 그리 밑지는 장사는 안 혀. 우리가 이리 쪽박 차게 된 손해 다 물어내기 전에는 강기수 찍으면 안 돼야.」

「두말허면 잔소리제. 우리 농촌 잘살게 허겄다고 큰소리 뻥뻥 쳐서 국회의원 된 인종이 우리 요리 망쳐놨으면 한강 물에 빠져 죽어야제 무신 낯짝으로 또 끼대와서 표 찍어도라는 것이여. 가당찮은 소리허지도 말라고 혀.」

여자들은 오히려 이런 말로 운동원들을 몰아세웠다.

강숙자는 뒤늦게 '농촌 경제 파탄'이라는 것을 주목했다. 솔직히 말해서 평소에는 별 관심 없이 지나쳐버렸던 문제였다. 고향이래야 아버지 선거 때나 겨우 발걸음하는 곳이었고, 서울에 살다 보니 농촌이 마음에서 멀어진 지는 이미 오래였다. 도대체 농촌이 얼마나 살기 어려워졌길래 민심이 그토록 험하게 변했는지 알 수가 없었다.

그런데 강숙자가 더 놀란 것은 아이들이 놀이를 하면서 박자 맞춰 흥얼거리거나 외치고 다니는 소리가 모두 아버지에 관한 것이라는 점이었다.

"이번에는 갈아보자 강기수 장기독재."

"기호 셋 강기수 3등이다 강기수."

"강기수 오리알 낙동강 오리알."

선거 때 아이들의 놀림감이 되거나, 아이들이 싫어하는 사람은 꼭 떨어진다는 말이 있었다. 강숙자는 너무 불안하고 불길해 더 참고 있을 수가 없었다.

「아빠, 제가 며칠 동안 여러 동네를 돌아봤어요. 민심이 어떤지 자세히 알고 계세요?」

강숙자는 아버지와 단둘이 마주앉아 따지듯이 물었다.

「왜, 그놈의 추곡수매가 동결로 말들이 많든?」

강기수는 알 만한 것은 다 알고 있다는 듯 빙긋이 웃으며 담배를 빼들었다.

「가능하면 아빠 신경 자극하는 말은 피하려고 하는데, 중대한 사태는 정확히 알아야 하니까 말씀드리는 거예요. 말들이 많은 정도가 아니라 아주 심각한 상태예요.」

「그래, 그거 별 걱정하지 마라. 추수해 놓고 속상하던 김에 선거하게 되니까 옳다 잘됐다 하고 화풀이해 보는 거다. 그러다가 제풀에 잠잠해져.」

「아빠, 그렇게 편하게 생각하다간 큰일나요. 저도 벌써 선거 여러 번 치러봤잖아요. 그때마다 제가 한 말 틀린 적 거의 없었잖아요. 제 말 똑똑히 들으세요. 이번 형편은 전번들하고는 아주 달라요.」

「그렇긴 하다만 너무 신경 쓰지 말아라. 다 되게 돼 있다.」

강기수는 뚱뚱한 몸을 굼뜨게 움직이며 피식 웃었다.

「아빠 참 답답하시네요. 제 말은 돈 많이 타내서 중간에서 즈네들 배 채우려고 사태를 과장하는 운동원들 얘기가 아니라구요. 이런 말씀까진 안 드리려고 했는데 어쩔 수 없어요. 국민학교 애들까지 뭐라고 떠들고 다니는지 아세요?」

「뭐? 애들이?」

강기수는 딸의 말을 무지르며 상체를 벌떡 일으켰다.

「예, 너무 놀라진 마세요. 기호 셋 강기수 3등이다 강기수, 강기수 오리알 낙동강 오리알, 이렇게 노래를 부르고 다녀요.」

「이런, 이런 빌어먹을. 재수 없게 왜 애새끼들까지 그러고 나서지? 참모라는 것들은 왜 여태 그런 보고도 안 하고 자빠졌어.」

강기수는 얼굴이 잔뜩 구겨지며 담배에 거칠게 불을 붙였다. 그는 아이들의 입질에 오르내리면 마가 낀다는 불길함에 사로잡히고 있었다. 그건 미신도 속설도 아니었다. 어른들이 집 안에서 드러낸 속마음이 아이들을 통해서 나타나는 것이었다.

「아빠, 참모들 나무랄 것 없어요. 참모들은 그런 말까지는 차마 못하는 것 아니겠어요? 지금 중요한 건 사태를 정확하게 파악해서 빨리빨리 대처해 나가는 거예요. 아빠한텐 여러 가지 방법이 있잖아요.」

「알았다. 이러고 있다간 큰코다치겠다. 내가 사태를 더 정확히 알아보고 발동을 걸어야겠다. 너도 더 열심히 해라.」

「예, 알았어요. 홍 서방도 내려오라고 전화할까요?」

「그건 좀 기다려봐라. 공무에 너무 지장을 주면 안 되니까.」

강기수는 긴급명령을 내려 참모회의를 소집했다.

「요즘 아이들이 나를 험담하는 노래인지 타령인지를 하고 다닌다는데, 그건 야당이나 무소속 쪽 놈들이 조직적으로 퍼뜨리고 있는 악질적인 행위야. 오늘부터 그런 악질들을 당장 색출해 내. 그리고, 애들이 그따위 노래를 흥얼거리지 못하도록 철저히 단속해. 그런 놈들을 그때그때 잡아 부모가 누군지 확인하고, 그 부모들한테 선거 방해·후보자 비방으로 경찰서에 처넣겠다고 공갈을 쳐. 나도 경찰서장을 만나 적극 협조하게 만들 테니까. 다들 똑똑히 들어! 앞으로 3일 이내에 그따위 노래가 싹 없어지도록 일소시켜. 내가 암행반을 풀어 조사할 텐데, 만약 3일 후에도 그놈의 소리가 나돌게 되면 그땐 그 지역장은 단단히 각오해. 알겠나!」

강기수는 비대한 몸을 부들부들 떨어가며 열을 토해냈다. 그가 그렇게 화가 났을 때 잘못 걸리면 요절이 난다는 것을 잘 아는 참모들은 잔뜩 몸을 사린 채 굽실거렸다.

강기수는 곧바로 경찰서로 차를 몰았다.

「서장, 지금 애들이 날 비방 모략하는 말에 가락을 붙여 노래로 부르고 다니는 걸 알고 있소, 모르고 있소.」

강기수는 다짜고짜 경찰서장을 다잡고 들었다.

「아니…….」

서장은 눈치 빠른 고급관료답게 애매모호하게 우물쭈물했다. 안다고 해도 덫에 걸려들게 되고, 모른다고 해도 덫에 걸려들게 될 형편이었다.

「서장, 이거 서운해서 되겠소? 내 문제는 바로 여당문제고, 여당문제는 바로 각하의 문제 아니오? 헌데, 서장이 선거 관리를 이렇게 해서 되겠소? 서장 자리는 도대체 어디서 나오는 거요?」

강기수는 잠시도 쉴 틈 없이 서장의 심장을 향해 독 묻힌 화살을 날려대고 있었다.

「예, 최선을 다하려고 하고 있습니다만 불찰이 있었으면 너그럽게 용서해 주십시요. 당장 만족하실 만큼 시정 조처하겠습니다. 의원님 일이 바로 제 일인 것을 항상 명심하고 있습니다. 심려를 끼쳐드려 정말 면목없고 죄송스럽습니다. 곧 일소시키겠습니다.」

경찰서장은 강기수가 더는 화를 내지 못할 정도로 재빨리 대응하며 연신 머리를 조아렸다.

「알았으면 됐소. 우린 한 배를 탄 운명이라는 것을 한시도 잊지 마시오.」

「예에, 항상 늘 명심하고 있습니다.」

「이번 선거를 잘 끝내면 서장이 원하는 데로…….」

강기수는 실눈을 떠서 경찰서장을 제압하고 들었다.

「예, 의원님께서 베풀어주신 은혜에 항상 감읍하고 있습니다. 분골쇄

신하겠습니다.」

경찰서장은 고개를 깊이 숙였다.

강기수는 그런 식으로 군수, 읍장까지 다 만났다. 선거에 관한 한 그 촉수가 동물적으로 예민한 그는 어떤 위기감을 떼치지 못하고 있었다.

그는 사흘 동안 차를 몰아 선거구를 샅샅이 돌았다. 그가 놀란 것은 전기 가설이 아무 효과도 내지 못하고 있다는 사실이었다. 전기 가설은 추곡수매가 동결에 떠밀려 흔적을 찾을 수 없을 지경이었다. 그는 당황하지 않을 수 없었다. 전기 가설로 추곡수매가 동결에 대한 불평 불만을 상쇄할 수 있다고 계산했던 것은 큰 오산이었다.

공업화가 사람 잡는구나.

강기수는 새로 세워진 시멘트 전봇대들을 바라보며 속으로 탄식했다. 추곡수매가 동결에 대해 농촌 출신 의원들은 누구나 불안해 하고 불만이었다. 그러나 국가적 대세인 공업화 정책에 따라 실시되는 것인데 반대하고 나설 수도 없는 노릇이었다.

추곡수매가 동결은 물가 안정과 직결되어 있었다. 각 도시마다 집결되어 있는 공장 노동자들의 저임금을 유지하려면 물가가 안정되어야 하고, 물가를 안정시키려면 물가에 가장 영향이 큰 주식인 쌀값을 안정시켜야 하고, 쌀값을 안정시키려면 추곡수매가를 동결할 수밖에 없었다.

그런데 추곡수매가를 동결하는 효과는 그것으로 끝나지 않았다. 그 조처로 농촌 살림들이 어려워지자 농촌을 떠나는 사람들이 부쩍 늘어나고, 농촌을 떠난 사람들은 도시로 모여들고, 도시로 모여든 사람들은 손쉬운 일자리를 찾아 공장들로 들어가고, 인력 구하기가 쉬우니까 노동자들의 저임금은 계속 유지되고, 노동자의 저임금은 공업 생산품의 원가를 줄여 수출을 신장시키고, 수출 신장은 공업화를 촉진시키고 있었다.

이러한 구조에 대해 일부에서는 '농민들의 일방적 희생'이라는 비판도 있었지만, 조국 근대화의 물결과 공업입국의 대세 앞에서 그런 소리는 흔적도 없이 묻히고 말았다. 공장을 가진 기업들이 추석이나 설에 공원들을 고향에 내려보내며 친구 한 사람을 데려오면 한 달 치 월급을 보너스로 준다고 할 정도로 일손이 달리고, 정부에서는 작년 말에 수출 목표 100억 불을 달성한 다음에 다시 그 목표를 1천억 불로 내걸고 더욱 기세를 올리고 있는 판이니 농촌 출신 의원들은 그저 냉가슴을 앓을 수밖에 없었다.

이것 참, 생각보다 심각하네. 야당이나 무소속놈들은 살판났다고 날뛰어대고. 이걸 어쩌지…….

강기수는 또 한숨을 쉬며 몸 무겁게 차에 올랐다.

밤이 늦어 강기수는 선거사무장을 불렀다. 심통 사나워진 그의 얼굴을 본 사무장은 미리부터 움츠러들어 옆걸음질을 쳤다.

「내일부터 고무신이고 타월을 풀어.」

「저어, 그건 아직…….」

「여러 소리 말고 시키는 대로 해!」

「예에, 알겠습니다. 그런데……, 그 약효가…….」

「약효고 뭐고, 지금 선거판이 어떻게 돌아가고 있는지나 알고 그따위 걱정하고 있는 거야? 이대로 판세 굳어진 다음에 그런 것 풀면 무슨 소용 있어. 기차 떠난 다음에 손 흔들어대기고, 죽은 자식 불알 만지기지. 하루라도 빨리 풀어서 판세를 흔들어야 돼. 일단 흔들어놓은 다음에 또 풀어대는 거야. 약효를 계속 지속시킨다 그 말이야. 알아들어?」

「예, 알겠습니다. 현명하신 판단이십니다.」

「그리고, 밤이면 사랑방마다 이장이나 지도자들 앞세워 술통 디밀어. 한두 번으로 끝내지 말고 사흘거리로 퍼먹여. 그리고 이 일 감시 똑바로 해! 약아빠지게 중간에서 뺑땅쳐서 일 망쳐놓는 놈들을 잡아내란 말이야. 그따위 사기꾼놈들은 요절을 내고 말 테니까. 알겠어!」

「예, 명심하겠습니다.」

「괜히 듣기 좋게 예, 예 하지 말고 벼락맞기 전에 정신 똑바로 차려야 해. 이번 싸움은 목숨을 내건 사생결단이라는 걸 알아야 해. 그 어느 때보다 우리가 처한 상황이 불리한데다가, 상대해야 될 놈들은 넷이나 돼. 이번에 자칫 잘못되면 자네 신세도 어찌 되는지 알지? 죽을 각오를 하고 뛰어.」

「예, 사력을 다하겠습니다.」

강기수는 엄포나 과장으로 '목숨을 내건 사생결단' 운운하는 것이 아니었다. 그건 속내를 다 털어놓지 못해서 그렇지 혼자서는 그만큼 심각하고 절실한 형편에 놓여 있었다. 그는 이번을 끝으로 아들에게 선거구를 넘겨주려 하고 있었다. 그런데 이번에 잘못되었다가는 그 꿈이 수포로 돌아갈 판이었다. 평생 닦아온 기반을 아들에게 넘겨주기 위해서는 이번 싸움은 그야말로 수단과 방법을 가리지 않고 사생결단을 할 수밖에 없었다.

「다른 애로사항이나 뭐 할말 없나?」

「예, 조직원들이 총력을 다하도록 몰아대겠습니다만, 가능하시면 의원님께서 유권자들을 좀더 많이 만나주셨으면 합니다. 운동원들이 열번 절하는 것보다 후보자가 한 번이라도 직접 대면하는 것이 훨씬 더 낫고, 후보자하고 직접 악수를 한 사람은 틀림없이 찍는다는 말이 있지 않습니까.」

「알았어. 나도 내일부턴 잠자는 시간만 빼놓고는 현장을 전부 누빌 거야. 이 사실도 모든 조직원들에게 빨리 알려. 그저 운동하는 척하면서 농땡이치거나 데데하게 구는 놈들은 눈에 띄는 대로 박살을 내고 말 테니까.」

「예, 엄중 시달하겠습니다.」

강기수는 정말 이튿날 아침 일찍부터 유권자들을 찾아 차를 몰아댔다. 밤새 사무장의 지시를 받은데다 강기수의 차를 본 운동원들은 먼발

치에서도 몸을 사리며 잽싸게 움직이기 시작했다.

선거운동이 종반으로 접어들면서 강기수가 떨어질 것이라는 소문이 파다하게 떠돌고 있었다. 그 불길한 소문을 선거사무실의 참모들은 쉬쉬하며 덮기에 바빴다. 강기수가 그 이야기를 들은 것은 딸 숙자를 통해서였다.

「뭐가 어쩌고 어째! 우리 운동원놈들은 도대체 뭣들 하고 자빠졌는 거야.」

선거운동에 지쳐 있던 강기수는 화낼 기회를 기다리기라도 한 것처럼 성질에 불을 붙였다.

「아빠, 지금 화내실 때가 아니잖아요. 냉정하게 대처할 방안을 찾아야지요.」

선거운동으로 얼굴이 수척해진 강숙자는 싸늘한 기색으로 아버지를 응시했다.

「그래……, 그렇긴 하다만 화를 안 낼 수가 있냐. 다른 때보다 돈도 훨씬 더 많이 쓰고 애도 더 많이 쓰는데도 이 모양이니 이걸 어쩌면 좋으냐.」

강기수는 딸의 기세에 밀리며 얼굴이 일그러졌다.

「정치 잘못해 인심 다 잃은 건 어쩔 수 없구요, 어쨌거나 아빠 당선이 돼야 되잖아요.」

「그야 두말하면 잔소리지.」

「그럼 제가 생각하기로는 두 가지 방법밖에 없어요. 하나는, 남천장학사 출신들은 고시에 붙었거나 안 붙었거나 아빠가 직접 전화해서 다 불러내리세요. 그 사람들이 모두 내려와 뛰면 판이 달라져요. 그리고 또 하나는, 돈 아까워하지 말고 더 쓰세요. 돈을 쓰더라도 구식으로 고무신 주고 막걸리 사주고 하지 말고, 부동표라고 생각되는 사람들을 잘 골라 내 현찰을 주세요. 그럼 틀림없이 효과가 나요.」

「현찰? 지금까지 쓴 돈만도 지난번보다 훨씬 더 많은데.」

「아빠! 지금 돈이 문제예요? 한 표 차로 당락이 결정돼요. 아빠가 만약 100표나 200표 차로 실패하면 어떡하실 거예요? 그 반대로 지금 수백 표 앞서 있다 해도 돈을 써야 돼요. 이겨도 표차가 크게 이겨야 체면이 서잖아요.」

「허어……」

강기수는 딸을 멍하니 바라보고 있었다. 그는 '저게 사내 두 몫 하네' 하는 생각을 하고 있었다.

그날 밤부터 다음날까지 강기수는 서울로 전화 걸기에 바빴다.

선거 막바지에서 돈이 더 많이 풀리는 기미를 알아챈 송동주는 때는 이때다 싶어 신바람이 나고 있었다. 그는 이런 모임 저런 모임을 꾸려가며 돈을 타내기에 분주했고, 그럴 때마다 사람 수를 부풀리는 것은 예사였고, 어느 모임에는 절반 이상의 사람이 며칠 전과 중복되기도 했다. 더구나 부동표를 상대로 은밀하게 현찰을 건네는 일이 시작되자 그는 남모르게 환호성을 올렸다. 철저하게 비밀을 지키라고 당부하는 그 일은 돈이 제대로 전해졌는지, 안 전해졌는지 위에서 확인할 리가 없었다. 그는 받아낸 돈의 절반 이상을 먹어치우고 말았다.

강기수의 다급한 전화를 받은 남천장학사 출신들은 줄지어 내려왔다. 고시에 합격해 법조계에 몸담고 있는 사람들은 더 말할 것도 없고, 고시에 실패해 다른 분야에서 일하는 사람들이라 해도 그들은 모두 시골사람들의 눈에 서울에서 출세한 인물들이었다. 그런 그들이 대거 고향에 나타난 것은 사람들의 이목이 집중되는 관심거리가 아닐 수 없었다. 또한 그들은 강기수가 고향의 인재들을 길러낸 공을 입증하는 살아 있는 증인들이었다.

그들은 자기 집안을 비롯해서 동네로부터 선거운동을 하기 시작했다. 강숙자의 생각대로 그들의 움직임은 선거 막판을 흔드는 새로운 바람이 되고 있었다. 그러나 남천장학사 출신들이 하나도 빠짐없이 모두 다 내려온 것은 아니었다. 열 명 남짓이 모습을 보이지 않았는데 그중에는 김선오도 끼어 있었다.

강기수가 현찰을 돌렸다고 말썽이 되는 가운데 투표가 끝났다. 개표 결과는 1천 표를 조금 더 넘겨 강기수의 당선이었다. 다른 때 압도적인 표차를 보였던 것에 비하면 가까스로 당선된 것이나 마찬가지였다.

「에이 빌어먹을, 겨우 1천 표 차이가 뭐야.」

강기수가 벌컥 화를 냈다.

「아빠, 이번의 1천 표는 다른 때 1만 표보다 많다구요.」

강숙자가 쏘아대듯 말했다.

「짜석, 말하는 것하고는.」

강기수는 나무라는 표정을 짓다 말고는 껄껄 웃으며 딸의 어깨를 감싸잡았다.

제10대 국회의원 선거 결과는 야당인 신민당이 득표율에서 집권 공화당을 앞지르고 있었다. 각 신문들이 보도한 당선자 명단에서 천안의 한인곤 이름은 보이지 않았다.

45
피신하라

겨울강은 적막했다. 강변 양쪽 가장자리로 살얼음이 잡혀 있는 강줄기는 흐름을 감지할 수 없는 채 그 자태처럼 기나긴 외로움을 드리우고 있었다. 강변 백사장에 찍힌 여름의 흔적들마저 매서운 북풍에 부대끼며 시나브로 사라져가고 있었다. 강의 침묵 속에서 이따금 날갯짓하는 철새들의 모습이 춥고 서글펐다. 얼핏 보아서는 어디서 흘러와서 어디로 흘러가는지 분간하기 어려운 강줄기는 그 양쪽 끝이 아시무락하게 멀고 멀었다. 그 먼 한쪽 끝의 하늘에 노을이 연하게 물들어 있었다. 노을도 추위를 타는 것인가, 여름의 노을처럼 야하고 강력하게 불타 오르는 기세는 느낄 수 없었다. 거리가 먼데다가 빛이 약해서 그런지 이쪽 강물에는 노을기가 전혀 미치지 않았다. 그래서 강변은 더 춥고 쓸쓸한지도 몰랐다.

유일민은 먼 노을을 바라보며 한사코 느리게 걸음을 옮겨놓고 있었다. 강둑에 줄지어 선 미루나무들은 활엽수의 겨우살이가 어떤 것인지

시범을 보이기라도 하듯 잎 하나 달지 않고 송두리째 알몸을 드러내고 있었다. 멀쑥하게 키가 큰 그 나무들의 실가지들은, 투명하게 맑아 더 시려 보이는 겨울 하늘에 박혀 추위를 타고 있었다. 그 나무 아래서 유일민이 느린 걸음을 옮길 때마다 낙엽들이 밟히는 소리가 바스락거렸다. 그러나 그 연약한 소리는 독음이 아니었다. 그의 발길을 따라 옮겨지는 또다른 발길에서도 그 소리가 나며 복음을 이루어내고 있었다.

강줄기를 따라가는 강둑도 길었다. 강둑을 따라가는 발걸음은 낙엽 밟히는 소리만 낼 뿐 두 사람의 침묵도 길었다. 유일민은 먼 노을이 변색해 가며 사위어가는 것을 보면서, 피우지 않는 담배 생각을 했다. 이런 때 담배 한 대를 피우고 싶은 마음이 간절했다. 그러나, 담배보다 더 생각나는 것이 술이었다. 술을 마시면 이야기가 술술 풀려나가리라 싶었다. 물론 어떤 분위기 좋은 술집을 생각하지 않은 것도 아니었다. 그러나 아무리 생각해도 그건 술 마시면서 할 이야기가 아니었다. 자신의 마음도 그렇지만 채옥이의 마음을 생각해서도 좀더 색다르고 의미 있는 장소를 골라야 했다.

먼 노을이 암청색에서 암회색으로 변하면서 어스름이 내리기 시작했다. 철새들도 보금자리를 찾아가는지 끼리끼리 날갯짓하며 강 위로 낮게 날아가는 모습들이 분주했다. 유일민은, 이제 그만 이야기를 꺼내야 한다고 또 자신을 채근했다. 어두워지기 시작하는데 채옥이를 더 춥게 할 수는 없었다. 그런데 그 이야기는 어찌도 그리 꺼내기 어려운지 몰랐다. 채옥이도 다 눈치채고 있으리라 생각하면서도 이야기를 어떻게 시작해야 좋을지 난감하기만 했다. 그동안 뜸을 들일 만큼 들였으니 한마디로 결론을 말해 버리는 것이 좋을 것인지, 아니면 채옥이의 의견을 묻는 식으로 해야 할 것인지 종잡을 수가 없었다. 그런 망설임은 자신의 뜻을 채옥이가 뜻밖에도 거절할지 모른다는 염려 때문에 생긴 것이었다. 채옥이는 병적이리만큼 두 아이에게 집착하고 있었다. 두 아이를 위해서라면 그 어떤 일도 할 수 있는 반면에 두 아이가 조금이라도 불행하게 되는 일은 절대로 하지 않게 되어 있는 것이 그녀의 정신 상태였다.

그러나, 유일민은 그동안 뜸을 들여온 결과를 믿기로 했다. 몇 번이고 조심스럽게 되짚어본 바로는 이제 솥뚜껑을 열기에 적당한 때였다.

유일민은 아랫입술을 지그시 물었다가 입을 열었다.

「내가……. 서울에 올라와서 고등학교 선배들을 따라 처음 수영을 하러 온 곳이 여기였어. 난 그때 저 한강 물 속에 머리까지 깊이 박고 간절하게 기도했었어. 나의 앞길이 잘 풀리도록 해달라고.」

유일민은 말을 끊으며 가늘게 한숨을 쉬었다. 임채옥은 고개를 숙임막한 채 발걸음만 옮겨놓고 있었다.

「그런데……, 그 기도는 아무 효험이 없었어. 채옥이가 잘 알다시피 모든 일이 꼬이고 어긋나고 했으니까. 물론 내 인생은 기도로 풀릴 일이 아니었지.」

유일민은 또 신음하듯 한숨을 쉬었다. 어둠살을 타고 불어오는 찬바람에 미루나무 가지들이 울고, 임채옥의 머리에 두른 스카프가 나부꼈다.

「그런데 이제 와서 보니……, 그 기도가 딱 한 가지 사실을 들어주었어. 그건 내 인생에 가장 중대한 일이기도 하지. 그래서 굳이 여길 찾아오고 싶었는지도 모르겠어.」

유일민은 걸음을 멈추며 한강을 바라보았다. 한강은 안개처럼 퍼져내리고 있는 어둑발에 잠겨들고 있었다.

「채옥아, 우리 결혼하자!」

유일민은 이 말과 함께 몸을 획 돌렸다. 그리고 격렬한 목소리만큼 강하게 임채옥의 양쪽 팔을 붙들었다.

「오빠아…….」

임채옥은 당황스럽게 유일민을 올려다보았다.

「나 그동안 오래 기다렸어. 백일 탈상이 지나고 바로 말하고 싶었지만

채옥이 마음도 그렇고, 아이들 감정도 생각해서 해가 바뀌기를 기다렸
던 거야. 이제 백일 탈상이 세 배쯤 지났으니까 우리 결혼하자구.」

유일민의 목소리도 눈길도 뜨거웠다. 그건 그가 최초로 보이고 있는
열정이었다.

「오빠, 전 그럴 자격이……」

「아무 말 말어. 아들 말 들었지? 아저씨가 우리 아빠면 좋겠다고 한
말. 그것이면 충분해. 애들이 날 받아들이는 마당에 자격이고 뭐고가 어
딨어. 채옥이 자식은 바로 내 자식이야. 아무 걱정하지 말어.」

「오빠!」

임채옥은 와락 유일민의 가슴에 안겨왔다. 유일민은 임채옥을 힘껏
끌어안았다. 그 순간 폭설 퍼붓는 강원도에서 첫날밤을 보냈던 기억이
퍼뜩 떠올랐다. 그리고, 그때와 다를 것 없는 욕정이 솟구치는 것을 느
꼈다.

「오빠……, 우린 저 한강 같은 운명인가 봐요. 남한강 북한강이 끝내
합해 흐르는 것같이……」

임채옥은 유일민의 심장이 박동하는 소리를 들으며 낮게 속삭였다.

「그래, 그런 운명이야.」

유일민은 시를 유난히 좋아했던 처녀 시절의 임채옥을 다시 느끼며
그녀를 더 꼭 끌어안았다. 그의 뇌리에는 그녀가 시집가기 직전에 보냈
던 이별의 편지 구구절절이 떠오르고 있었다.

「저어……, 한 가지 부탁이 있어요.」

임채옥이 조심스럽게 말했다.

「무슨……?」

「함께 제주도에 좀 가주세요.」

「제주도? 왜?」

「가서 말씀드릴게요.」

「언제?」

「빠를수록 좋아요. 오래 안 걸리고 1박 2일이면 되니까 토요일날 오후에 갔다가 일요일날 돌아오면 회사 일에도 별로 지장이 없을 거예요.」

「애들도 데려가야지?」

「아니요. 하룻밤이니까 애들은 친구 집에 맡기면 돼요.」

「알았어. 그럼 이번 주말에 가지.」

강이 보이지 않을 정도로 어둠이 진해져 있었다. 그들은 발길을 돌렸다. 올 때와는 다르게 임채옥의 오른손은 유일민의 왼손에 잡혀 오버 주머니에 들어 있었다. 유일민은 자신이 언제 임채옥의 손을 잡았는지 알 수가 없었다. 자신이 먼저 잡은 것인지, 임채옥이 먼저 잡은 것인지, 아니면 서로 함께 잡은 것인지……. 자신도 모르는 사이에 자연스럽게 이루어진 그 일이 믿을 수 없도록 신기하기만 했다. 한 가지 분명한 것은 임채옥의 손을 잡는 데 이제 아무런 장애도 없다는 점이었다. 마침내 임채옥을 얻게 되었다는 사실이 현실이 아니고 꿈인 것만 같았다. 형사들을 가로막으며 자신을 지켜주려고 했던 최초의 타인, 평생을 잊을 수 없는 임채옥의 그 모습이 유일민의 눈앞에 선명하게 떠오르고 있었다.

더 바라지 않습니다. 무사하도록 지켜주십시오.

그 옛날 한강 물 속에서 그랬던 것처럼 유일민은 하늘을 향해 마음을 모두었다. 그는 얻을 것을 다 얻은 것 같은 벅찬 만족감으로 숨쉬기조차 거북했다.

유일민은 다음날 바로 비행기표를 샀다. 그러나 아무리 생각해 보아도 왜 제주도에 가려고 하는 것인지 짚이는 것이라고는 없었다. 이런저런 생각들이 두서 없이 떠올랐지만, 그저 나쁜 일이 아닐 거라는 믿음으로 다소 불안스러운 궁금증을 다스렸다.

유일민은 나흘 동안 결혼식과 새살림에 대해서만 생각했다. 스스로 쑥스럽고 계면쩍어 그런 생각을 애써 피하려고 했지만 조금 시간이 지나면 어느새 결혼식장을, 결혼 선물을, 새 거처를 생각하고 있고는 했다. 아무에게도 말할 수 없는 일이지만, 그는 날마다 가슴속에 온갖 꽃들이 만발하고, 새싹들이 파릇파릇 돋아나고, 찬란한 해가 떠오르는 것을 느끼고 있었다. 그렇게 새 기운이 용솟음치는 감정은 난생처음 느끼는 것이었다 임채옥의 이별 편지를 받았을 때의 참담함과 절망과 어둠이 그렇게 뒤바뀌고 있었다.

「제주도에 가본 적 있으세요?」

공항에서 만난 임채옥은 꽃처럼 환한 웃음을 피워냈다. 그녀의 얼굴은 다른 때와 달리 화장이 좀더 화사했다.

「마음뿐이었지. 언제 사람처럼 살아봤어야 말이지.」

유일민은 임채옥의 여행가방을 받아들며 희미하게 웃었다. 그는, 1박 2일이라면서 제법 큰 여행가방을 흘끗 쳐다보았다.

「제주도는 참 좋은 곳이에요. 경치도 아름답고, 사람들도 순박하고 정직하고, 육지하고는 너무 달라서 갈 때마다 여기가 우리나라인가 착각이 생겨요. 제가 제일 살고 싶은 곳이 제주도예요.」

「그런가……. 좋다는 말은 많이 들었는데, 가끔 신문 나는 걸 보면 외부사람들이 땅 투기를 해서 문제가 되곤 하더군. 서울 재벌들 돈이 그렇게 몰려가면 제주도의 좋은 점이 남아날까?」

「그게 큰 문제기는 해요. 제주도가 관광지로 개발되면서 인심도 변해가고 있는데, 그래도 아직까진 천국이에요. 그 좋은 섬을 어떻게 좀 잘 살렸으면 좋겠는데.」

「글쎄……, 돈이란 괴물 앞에서 모든 건 변하고 망가지게 돼 있어. 자본주의란 게 원래 그렇고, 우린 더구나 잘살기 위해 누구나 혈안이 되어 있으니까.」

유일민이 씁쓰레하게 웃음지었다.

「어서 가요. 시간 얼마 안 남았어요. 비행기 첨 타니까 겁나죠?」

임채옥이 유일민의 팔짱을 끼며 놀리듯 생글 웃었다.

「응, 겁나 죽겠는데. 채옥이가 나 좀 업고 타.」

유일민은 어깨를 떠는 시늉을 했다.

「어머머, 그런 농담 첨 듣네요.」

임채옥은 좀 과장되게 눈을 휘둥그레 떴다. 유일민을 쳐다보는 그녀의 눈에도 얼굴에도 어떤 생기 도는 빛처럼 기쁨과 즐거움이 넘치고 있었다.

아……, 이렇게도 곱고 아름다울 수가 있는가…….

유일민은 가슴을 휘도는 야릇한 열기에 감기며 자신도 모르게 감탄하고 있었다. 문득, 내가 너무 유치해진 것이 아닐까 하는 생각이 들었지만 다음 순간, 유치해도 그만이라는 엉뚱한 배짱이 생기는 걸 느꼈다.

비행기에는 사람이 절반이나 찼는지 어쩐지, 빈자리가 더 많아 보일 지경이었다.

「겨울이라 이래요. 여름철엔 표를 못 구해서 야단인데.」

임채옥의 눈치 빠른 설명에 유일민은 자리잡고 앉으며 고개를 끄덕였다. 하긴 겨울에 바다의 고장을 찾아가는 게 이상한 일이기도 했다.

제주도에서 유일민을 제일 먼저 맞이한 것은 한라산이었다. 한라산을 보는 순간 유일민은 이상스러운 놀라움으로 멍하니 서 있었다. 남한에서 제일 높은 산이 그렇게 가깝게, 한눈에 보이리라고는 미처 생각하지 못했던 것이다. 높은 산들이란 으레 깊고 깊은 첩첩의 산들을 지나야 볼 수 있는 법이었다. 그리고, 한라산은 전혀 높아 보이지도 않았다.

「한라산 보고 놀라셨지요? 곧 손에 잡힐 것 같고, 금방 한걸음에 올라갈 수 있을 것 같고요. 그치만 여기서부터 걸어서 등산로가 시작되는 곳까지 가는 데만 꼬박 하루가 걸린대요. 거기서 백록담까지가 또 하루구요. 다른 봉우리들 없이 한라산 혼자서만 솟아 있어서 저렇게 보이는 거래요. 그러니까 제주도는 한라산 하나인 셈이에요. 저 보세요, 산줄기가 양쪽으로 서서히 뻗어내려서 해변에 가 닿고 있지요. 사람들은 저 한라산의 모습을 소가 편안하게 엎드려 있는 형상이라고들 하는데, 제가 보기로는 그렇지 않아요. 여자가 폭넓은 치마폭을 끝까지 다 펼치고 얌전하게 앉아 있는 것 같아요. 그래서 저는 한라산을 어머니의 산이라고 생각해요. 언제나 한라산을 보면 어머니 품에 안긴 것처럼 마음이 아늑하고 편안해져요. 오빠는 어떻게 생각하세요?」

임채옥은 그런 한라산에 마치 무엇을 고하기 위해 제주도에 온 것처럼 먼 봉우리를 우러르듯 하는 눈길을 보내고 있었다.

「응, 채옥이 생각이 더 그럴듯한데. 사진으로 한 부분만 본 것하고는 영 다르게 참 특이하고 묘하게 생긴 산이야. 더구나 저 정상에 물이 담겨 있다니……」

유일민은 신비감이 더욱 깊어지는 것을 느끼며 고개를 끄덕였다.

「언제 백록담을 꼭 한번 봤으면 좋겠어요. 거기서 기도를 드리면 소원성취가 다 된다거든요. 근데 제주도사람들도 저 상봉에 올라가 본 사람들보다 못 올라가 보고 죽는 사람들이 더 많대요.」

임채옥은 차례가 온 택시 문을 열었다.

「그게 본래 그런 거야. 정작 서울사람들이 남산 구경 못하고 살잖아.」

유일민이 택시에 앉으며 말했다. 임채옥이 유일민에게 바짝 붙어앉으며 쿡쿡거렸다.

호텔에 방을 정하고 커피숍에 자리를 잡았다. 거기서도 한라산이 바라다보였다. 그러나 창문 크기에 잘려 그 산줄기의 유연하고도 여유로운 긴 흐름을 전부 볼 수는 없었다.

「이제 여기 온 까닭을 들을 차례 아닌가?」

유일민은 커피잔을 들며 임채옥을 부드러운 눈길로 바라보았다.

「좀더 있다가요. 커피 빨리 마시고 바다 구경 나가요. 제주도 바다는 참 기막혀요. 우리나라에서 제일 깨끗한 바다라서 그런지 그 물 색깔이 층층이 다른 게 보석이 따로 없어요.」

임채옥은 상그레 웃으며 말을 피했다.

「제주도에 완전히 반했군.」

유일민은 커피를 천천히 마시며 왜 여기에 온 것인지 다시 생각해 보았다. 그러나 여전히 짚이는 것이라고는 없었다. 성급하게 신혼여행을 온 것도 아니고……, 임채옥의 깊은 속내를 헤집어낼 도리가 없었다.

「함덕해수욕장으로 가주세요.」

임채옥이 택시 운전수에게 말했다.

택시는 이내 시가지를 벗어나 오른쪽으로 밭들과, 왼쪽으로 바다가 펼쳐진 길을 달리기 시작했다. 겨울 바다는 짙푸르렀고, 겨울 밭들은 텅텅 비어 있었다. 그런데 유일민의 눈길은 그 밭들과 밭 가장자리마다 둘러쳐진 나지막한 돌담에 머물렀다. 밭의 흙이며 돌들이 모두 검정색이었던 것이다. 그뿐만 아니라 달리는 차 안에서 보아도 그 돌들은 마치 벌집처럼 숭숭 구멍이 뚫려 있었다.

「저 돌들이 왜 저렇지?」

유일민이 무심결에 한 말이었다.

「돌이요? 검고 구멍 뚫린 것 말인가요?」 임채옥이 차창 밖을 내다보고는, 「오빠 같은 사람은 척 보면 알아차려야지요. 지리책에 나오잖아요. 한라산이 어떤 산이라는 거. 이것 못 알아맞히면 오빠가 일류대학 나왔다는 것 안 믿을 거예요」 하며 그녀는 샐샐 웃었다.

「지리책? 글쎄에…….」

유일민은 고개를 갸웃갸웃했다.

「알았어요. 오빠 수학, 영어는 박사지만 지리는 엉터리였나 봐요. 한라산은 화산이 폭발했던 사화산이잖아요.」

「오라! 화산 때문에 색깔이 저렇고, 저 돌에 뚫린 구멍들은 기포라 그거지? 그래, 그래, 내가 엉터리야.」

유일민은 제 이마를 치며 껄껄거리고 웃었다. 그 검은 화산토와 화산석들은 유일민을 맞이한 제주도의 두 번째 인상이었다.

겨울 해변에는 물새조차 보이지 않았다. 가없이 넓은 겨울바다에는 배 한 척 떠 있지 않아 더 아득하게 넓어 보였고, 머나먼 수평선도 더욱 숨 자지러지게 멀어지고 있었다. 싸한 추위를 품고 있는 하늘도 쪽빛이었고, 무한의 무게를 담고 있는 바다도 쪽빛이었다. 서로를 닮은 하늘과 바다는 저 까마득하게 먼 곳에서 맞닿으면서 수평선이 하늘인지, 하늘이 수평선인지 분간할 수 없게 하며 그 깊이를 모를 정적에 잠겨 있었다. 그 정적은 쉼없이 밀려드는 파도에 실려와 해변에 겹겹이 쌓이고 있었다. 밀려오고 또 밀려오는 파도는 슬픈 노래 같은 소리를 앞세워 새하얀 물꽃을 피워내고는 백사장에 스러지곤 했다.

유일민은 그 장엄한 자연에 압도당하며 묵묵히 서 있었다. 겨울 바다가 이처럼 숭엄하고 경건하다는 것은 생애 첫경험이었다. 그때 퍼뜩 떠오르는 것이 있었다.

이 속에서 사랑을 맹세하려는 것이 아닐까…….

그 생각이 들자 그럴 수 있는 일이라 싶었다. 임채옥은 감상적인 데가 있기도 했고, 자신들이 오늘에 이르기까지 남다른 곡절이 많기도 했던 것이다. 만약 그녀가 새로운 마음가짐으로 사랑을 맹세하고자 하면 흔쾌히 따르리라 생각했다. 삶이란 수많은 사건들의 연결이고, 그때마다 어떤 형식이 필요한 것이다. 그 형식은 그저 겉치레가 아니고 마음을 새롭게 다지는 계기가 된다. 그 형식은 곧 충실한 내용을 이끌어내고, 인생이란 형식과 내용을 일치시키며 가꾸어가는 자기자신들의 나무다. 더구나 결혼이란 인생사 수많은 사건들 중에서 가장 중대한 사건이 아닌가…….

「저는 바다에 오면 죽고 싶어져요.」

긴 머리카락을 나부끼며 바다만 바라보고 있던 임채옥이 이윽고 침묵을 깼다.

「…….」

유일민은 바다를 바라본 채 임채옥의 손을 잡았다.

「그런데……, 한참 생각하다 보면 죽고 싶은 만큼 살고 싶다는 욕망이 생겨나요. 그건 알 수 없는 바다의 마력이에요. 그래서 저는 바다에 자주 와요. 중대한 일이 닥칠 때마다…….」

「…….」

유일민은 바다를 바라본 채 임채옥의 어깨를 감싸안았다.

「오빠, 그런 제 맘 이해가 되세요?」

임채옥은 두 팔로 유일민의 허리를 감았다.

「그래……, 이해할 수 있어. 아니……, 나도 동감이 돼. 바다를 보니까 무언가 경건해지고……, 새로운 삶의 의욕 같은 것이 생겨나…….」

유일민은 자신의 감정을 솔직하고 그리고 모자람 없이 담아내려고 한마디, 한마디를 신중하게 했다. 임채옥이 군이 바다를 찾아온 의미를 되새기면서.

「정말이에요, 오빠? 정말 오빠도 그런 감정이 생기세요? 전 유치하다고 흉잡힐 줄 알았어요.」

임채옥은 유일민의 허리를 더 꼭 끌어안으며 고개를 들어 유일민을 올려다보았다.

「흉잡히기는. 그런 게 가장 순수하고 진실한 감정일 거야. 그런 감정을 유치하다고 하는 게 시건방지고 덜된 짓이지.」

유일민은 임채옥의 눈을 어느 때 없이 깊이 들여다보며 웃었다. 그는 그 눈에서 전에 보지 못했던 또 하나의 바다를 보고 있었다.

「오빠, 우리 저 백사장 좀 걸어요.」

임채옥은 유일민의 눈길이 눈부신 듯 고개를 숙이며 속삭였다.

반달형의 백사장에는 파도소리만 자욱했다. 휘어져 감기며 밀려온 파도는 깊은 흐느낌 같은 소리와 함께 몸부림치듯 백사장에 부서지고 또 부서지고 했다. 물 머금은 모래톱은 바다 색깔에 젖은 듯 마른 모래밭의 새하얀 색과는 달랐다.

「이 모래는 저 바다에서 밀려와 그렇겠지만, 모든 게 검은 데서 이런 흰 모래가 있는 게 신기하군.」

「오빠, 멋없이 그렇게 과학적으로 말해 버리면 어떡해요.」

임채옥이 유일민을 때리는 손짓을 지으며 눈을 흘겼다.

「과학적……?」

「네에. 이 모래가 왜 희냐면 말이죠, 원래는 검었는데 저 바닷물에 길고 긴 세월 동안 씻기고 씻겨서 하얗게 된 거예요. 이렇게 말해야 문학적이고 운치가 있잖아요.」

「호오, 그것 참 기막힌데? 난 채옥이 감각을 도저히 당할 수가 없어. 그래, 자기도 모르게 논리적이고 과학적으로 말하는 버릇은 그게 다 어설픈 유식이나 지식 때문이야. 참 멋없이 말야.」

유일민은 감탄하는 얼굴로 고개를 끄덕끄덕했다.

「그렇게 감탄하시면 제가 민망해요. 그건 모방이거든요.」

「모방?」

「네에, 어떤 시인이, 바다는 왜 그리 푸르른가, 파도로 끝없이 바위에 부딪쳐 멍이 들었기 때문이라고 썼거든요. 그걸 살짝 이용해 먹었어요.」

「아니야, 그런 모방은 아무나 하나? 난 그 시를 읽었더라도 채옥이 같은 생각은 못 해내. 그리고 그건 모방이 아니라……, 뭐랄까? 응, 응용이야, 응용.」

「오빠, 너무 관대하게 봐주지 마세요. 그렇게 사적으로 치우치면 국가 발전에 막대한 지장이 초래돼요.」

「뭐야!」

임채옥은 깔깔거리며 백사장을 뛰었고, 유일민은 그 뒤를 쫓았다.

임채옥은 백사장을 벗어나 아까 왔던 길로 뛰어가고 있었다. 그녀가 가는 방향으로 한라산의 의연하고 수려한 자태가 먼 배경 그림처럼 펼쳐져 있었다. 그녀는 마치 한라산의 품으로 안기고 있는 것 같았다. 한라산과 어우러진 그 모습이 자신의 인상에 남아 있는 그 어떤 영화 장면보다 아름답다고 생각하며 유일민은 뛰고 있었다. 그러면서 마음 한구석에서는, 그냥 이대로 호텔로 돌아가는 것인가? 하는 미심쩍음이 고개를 들었다.

「오빠, 빨리 오세요, 빨리. 저기 마침 택시가 있어요.」

임채옥이 뒤돌아서서 다급하게 외치며 손짓했다. 유일민은 장난삼아 뛰고 있던 다리에 힘을 가했다.

「어머 아저씨, 아까 우리 태우고 왔던 아저씨 아니세요?」

택시를 타려던 임채옥이 운전수를 보고 놀랐다.

「예, 맞습니다. 어서 타세요.」

운전수가 환하게 웃었다.

「어떻게 된 거예요? 또 손님 태우고 오셨어요?」

「아니오. 겨울이라 택시도 잘 없고 해서 그냥 기다린 겁니다. 빈 차로 시내 들어가 봐도 손님이 별로 없고 하니까요.」

「어머, 고마워요. 그럼 대기료 드릴게요.」

「아닙니다, 아닙니다. 제 좋아서 한 일인걸요. 피곤한 김에 한숨 자면서 잘 쉬었어요.」

운전수는 손까지 내저으며 차를 출발시켰다.

임채옥은 운전수를 가리키며 유일민에게 눈짓말을 했다. 그녀의 눈은, 이봐요, 제주도사람들은 이렇다니까요, 하는 말을 담고 있었다. 그 의미를 알아새긴 유일민은 느리게 고개를 주억거렸다. 그건 유일민을 맞이한 제주도의 세 번째 인상이었다.

「아저씨, 저녁 먹고 이따가 이 차 대절할 수 있어요?」

임채옥이 손거울을 꺼내며 운전수에게 물었다.

「그럼요. 어디 가시게요?」

「네, 여기 와서 밤바다를 구경하고 싶어요.」

「예, 좋지요. 밤에 고깃배들이 불을 밝힌 걸 보는 건 구경거리 중에 일품이지요. 몇 시쯤 차 대기시킬까요?」

「8시가 어떨까요?」

「예, 그렇게 하겠습니다.」

차의 속도를 따라 가까운 경치는 계속 바뀌는데도 해가 그렇듯 아무런 변화도 보이지 않고 초연하게 솟아 있는 한라산을 바라보다가 유일민은 불현듯 한 사람의 이름을 떠올렸다. 어딘가 이국 풍정이 느껴지는 제주도를 생각하다가 이곳의 특산물인 귤을 떠올렸고, 귤이 생각나자 대뜸 그 정치인이 떠올랐던 것이다.

심술과 욕심이 얼굴에 맥질된 그 사람이 떠오르자 유일민은 대번에 기분이 상하고 말았다. 그는 제주도에 어마어마하게 큰 귤농장을 가지고 있다고 진작부터 소문이 나 있었다. 귤은 가장 비싸고 귀한 과일이었다. 그는 제주도에서 제일 큰 귤밭을 차지하고 앉아 막대한 치부를 일삼고 있었다. 그가 대규모 귤농장을 갖게 된 것도 권력의 힘을 이용한 것이라는 말이 자자했다.

「무슨 생각을 하세요?」

임채옥이 방싯 웃으며 유일민 옆으로 다가앉았다.

「아니, 괜히 이곳과 연관된 어떤 정치인이 떠올라서…….」

「아유, 정치는 생각지도 마세요. 기대할 것 아무것도 없이 다 틀렸잖아요.」

임채옥은 싸늘한 어조로 몸서리치는 시늉을 했다.

「그래, 골치 아파. 근데 말야, 제주도가 이렇게 좋을지는 몰랐어. 채옥이가 반한 마음을 알겠어.」

「그렇지요? 제주도는 우리나라 보물이에요. 이 아름다운 섬에 사람이 산다는 게 아까울 정도예요. 사람이란 아름다운 자연을 자꾸 망치기만 하잖아요. 육지사람들이 몰려들면서 여기 인심도 경치도 자꾸만 망가지고 있다니 걱정이에요.」

「그래, 사람, 그게 문제지. 자연의 입장에서 볼 때 사람만큼 골칫덩어리도 없을 거야. 그렇지만 어쩌겠어. 그게 다 인간이 사는 방법이니. 제주도 망가지는 것도 너무 애석해 하지 마.」

유일민은 임채옥의 손등을·토닥거렸다.

겨울 밤바다의 정적은 더 깊고 은밀했다. 어둠 속에 번지는 파도의 슬픈 음조만 더욱 애절하고 간절해지고 있었다. 어둠 짙은 밤바다 저 멀리 작은 불빛들이 모둠모둠 빛나고 있었다. 별들이 바다에 빠져 빛나고 있는 것 같은 그 작은 불빛들은 밤바다를 치장한 유일한 장식이었다.

말없이 모래밭을 걷던 임채옥은 물가에 가까워져 걸음을 멈추었다. 어둠이 짙어 가까이 있는 서로의 얼굴을 알아보기 어려울 지경이었다.

「오빠…….」

가늘고 낮은 임채옥의 음성이 파도소리에 묻혀버리는 것 같았다.

「응…….」

「저는 이 깨끗한 바닷물에 몸을 씻고 새롭게 태어나고 싶어요.」

임채옥의 목소리는 또렷해져 있었다.

「아니…….」

「바다는 모든 생명의 근원이잖아요. 저는 새롭게 태어나고 싶어요.」

임채옥의 목소리는 더욱 또렷했다.

「…….」

「오빠도 빨리 옷을 다 벗으세요. 이제 우리 인생이 새롭게 시작돼요.」

임채옥은 옷을 벗기 시작했다.

「…….」

'바로 이것이었구나!' 하고 깨달으며 유일민은 '감기 들면 어쩌려고' 하는 말을 가까스로 참아내고 있었다. 그 말을 한다고 임채옥의 기세가 꺾일 리 없었고, 또한 이런 분위기에서 그 말은 전혀 어울리지 않는 객쩍은 소리일 뿐이었다.

유일민도 옷을 벗기 시작했다. 과거를 깨끗하게 씻어버리고 싶어하는 임채옥의 심정……, 옛날을 새롭게 회복하고 싶어하는 그녀의 마음……, 그건 어쩌면 자신이 더 바라는 것이기도 했다.

알몸이 된 임채옥은 먼저 바다로 걸어 들어갔다. 어둠 속에서 파도소리가 굽이치고 있었다. 유일민도 곧바로 그녀의 뒤를 따랐다.

바닷물에 발을 담그는 순간 머리끝이 쭈뼛해지며 머리가죽이 바짝 오그라드는 것 같았다. 그리고, 동시에 찌르르한 오한이 전신으로 퍼지며 온몸을 위축시켰다. 그러나 유일민은 어금니를 맞물며 가슴을 폈다.

바다는 경사가 완만했다. 걸음을 옮길 때마다 바닷물은 조금씩 차올랐다. 유일민은 바닷물이 차오를수록 추위가 가시는 것을 느끼고 있었다.

바닷물이 유일민의 배꼽께에 이르렀을 때였다. 임채옥이 입을 열었다.

「오빠, 우리 손 잡아요.」

유일민은 임채옥의 손을 잡았다. 무슨 말인가를 하고 싶었지만 아무런 말도 떠오르지 않았다.

걸음을 더 옮겨놓으면서 임채옥도 아무 말이 없었다. 바닷물이 유일민의 가슴께에 차올랐을 때였다. 임채옥이 걸음을 멈추었다. 바닷물은 유일민보다 키가 작은 임채옥의 목에 이르러 있었다.

「오빠, 오늘부터 제 과거는 완전히 없어졌어요.」

임채옥이 유일민의 다른 손을 마저 잡고 마주서며 말했다.

「그래…….」

「오빠의 좋은 아내가 되겠어요.」

「그래…….」

「오빠, 절 안아주세요.」

유일민은 안겨오는 임채옥을 힘껏 감싸안았다. 그 순간 그는 눈물이 울컥 솟는 것을 느꼈다.

「오빠, 사랑해요.」

「그래, 나도.」

일순간 그들의 입술이 하나가 되었다.

물에서 나온 임채옥은 정신없이 서둘러댔다.

「오빠, 타월 여깄어요, 타월. 빨리빨리 몸 닦으세요. 감기 들면 큰일 나요.」

임채옥이 유일민의 어깨에 걸쳐준 건 전신이 다 감길 만큼 큰 수건이었다.

「내 걱정 말고 채옥이나 빨리 닦아. 난 이래뵈도 군대생활 할 때 강원도 추위 속에서 냉수마찰하며 끄떡없이 견딘 몸이야.」

「제 수건은 여기 따로 있어요. 빨리 몸 닦고 내의 갈아입으세요.」

「내의?」

「네, 새것으로요.」

유일민은 그제서야 왜 여행가방이 큼직했었는지를 깨달았다.

그들은 서로를 껴안고 바다를 등졌다. 밤바다의 파도소리는 정적 속에서 쉼없이 울리고 있었다.

호텔 방으로 들어서자 임채옥이 유일민을 끌어안았다.

「오빠, 우리의 잃어버린 아이를 되찾고 싶어요.」

그녀의 목소리가 뜨거웠다.

「그래, 찾아야지.」

유일민의 목소리도 뜨거웠다.

그들은 서로의 옷을 벗기며 침대로 가고 있었다.

며칠이 지나 유일민은 동생과 마주앉았다.

「나 곧 결혼해야 되겠다. 집문제 때문인데, 난 새 집을 장만할 테니까 이 집 명의를 네 이름으로 바꾸도록 해.」

「결혼?」 유일표는 깜짝 놀라다가, 「그거 참 잘됐네. 어떤 여자야? 근데 왜 이 집 명의를 내 이름으로 바꿔? 우리가 딴 데로 나가야지.」 그는 두 가지를 한꺼번에 물었다.

「아무 말 말고 그대로 해. 내가 너한테 해줄 게 뭐가 있냐.」

「아니, 형 사업도 힘드는데 그러면 안 돼지. 우린 어디서 전세살이를 해도 괜찮아.」

「걱정하지 마. 무리하는 것 아니니까. 그동안에 그 정도 돈은 벌었다.」

유일민은 동생을 바라보며 웃었다.

「형, 그거 정말이야?」

유일표의 눈에도 목소리에도 물기가 번져 있었다.

「그래, 난 무리하는 사람이 아니잖냐. 내 사업은 그런대로 잘 돌아가고 있으니까 아무 걱정 말고 어서 명의 변경하는 절차를 밟어.」

「그럼 이 집에 내 문패를 붙여도 된다 그 말인가? 이거 통 믿어지지 않는데. 맨주먹 붉은 피로 서울에 올라와 내 문패를 단 집을 갖고 재산세를 내게 되다니. 마침내 완전한 서울특별시민이 되는 건데, 형, 우리 성공했네! 아니지……, 난 아무것도 한 게 없으니까 우리가 아니라 형이 성공했네.」

유일표는 상기된 얼굴로 뒷머리를 긁었다.

「왜에, 성공이라면 우리의 성공이지. 너도 그동안 몸고생, 마음고생을 얼마나 많이 했는데. 그나저나 60퍼센트가 넘게 집이 없는 서울에서 우리가 집을 하나씩 갖게 됐으니 성공이라면 성공이라고 할 수도 있겠구나. 네 말 듣고 보니 완전한 서울특별시민 된다는 게 감동적인 면도 없진 않구나. 어떤 사람은 13평짜리 아파트를 갖게 된 날 아내와 얼싸안고 울었다고도 하더라.」

유일민은 지난날을 더듬는 듯한 감회 어린 얼굴로 말했다.

「그런데……, 어떤 여자야……?」

유일표는 머뭇거리며 입을 열었다.

「너도 기억할 사람인데…….」

유일민은 임채옥이 홀로 된 사연을 간추려 이야기했다.

「잘됐네. 형, 결혼 축하해.」

유일표는 밝게 웃으며 말했다. 그러나 속마음은 그리 밝지 않았다. 형에 대한 인사로 '잘됐네' 했을 뿐 진정으로 '참 잘됐네' 할 수는 없었던 것이다. 인연치고는 참으로 질긴 인연이었지만, 무언가 마음 한구석이 찜찜하였다. 그건 처녀가 아니기 때문일 수도 있었고, 두 아이가 딸려 있기 때문일 수도 있었고, 가족 구성이 복잡해질 장래에 대한 불안 때문일 수도 있었다.

「어머나, 어머나, 우리 아주버님 정말 멋지셔요. 항상 침울하시고, 통 말도 없으시고 해서 아무 멋도 없는 분이신 줄 알았는데 진짜 멋쟁이에요. 정말 너무 멋지고 근사해요.」

유일표의 말을 전해 들은 그의 아내 서경혜는 두 손을 모아잡고 흔들며 수선스럽다 싶은 반응을 나타냈다.

「갑자기 왜 그리 수다를 떨지? 그게 뭐가 그리 멋지고 근사해?」

유일표는 아내에게 눈총을 쏘며 퉁명스럽게 내질렀다.

「어머, 요새 세상에 얼마나 기막힌 러브스토리예요. 그보다 더 멋진 순애영화의 주인공이 어디 있겠어요.」

「괜히 감상적으로 그러지 마. 앞으로 가정이 복잡해지고, 시끄러워질 수도 있으니까.」

「가정이……?」 서경혜는 잠시 어리둥절하다가, 「새 애가 태어나면 가정에 불화가 생길지도 모른다 그건가요?」 그녀는 남편을 향해 똑바로 눈길을 모았다.

「눈치 하나 빨라 좋네.」

「아이구, 누가 형제애 없다고 할까 봐서 그런 걱정하고 있어요, 지금? 당신은 철학과 나왔다면서 인생의 기본도 모르는 엉터리예요. 남자 자식들은 후처가 못 키우지만, 후처 자식들은 남자가 얼마든지 잘 키운다는 말도 못 들었어요? 엄마가 같으면 아무 탈 안 생기니까 그런 걱정은 하지도 말아요. 그리고, 아주버님이 애인을 그토록 사랑하는데 그애들을 차별하실 분이세요?」

「글쎄, 그게 듣고 보니…….」

유일표는 어물거리며 담배를 빼물었다.

「그분이 누군지, 그렇게 뜨거운 사랑을 받는 게 부럽네요.」

서경혜는 아까의 분위기로 다시 돌아갔다.

「그런 말로 괜히 나 화나게 만들지 말고 형이 주는 선물이나 받을 생각해.」

「선물이요……?」

「선물도 엄청난 선물이야. 이 집을 내 이름으로 명의 변경하래.」

「네에?」

서경혜는 문이 휘둥그레지고 입까지 벌어졌다.

「너무 놀라지 말아. 몸 상해.」

「안 놀라게 됐어요. 갑자기 돈벼락을 맞은 것이나 마찬가진데. 그럼 아주버님은 어떡하시구요?」

서경혜는 눈을 훔쳤다.

「새 집을 장만할 거래. 그동안 모아둔 돈이 있어서.」

「아주버님 참 대단하시고 고마우세요. 아무 표도 내지 않고 그렇게 사업 잘 끌어가시고, 꼭 부모처럼 마음도 그리 크게 쓰시고.」

서경혜는 또 눈물을 훔치며 목이 잠겨들었다.

「형이 고생 참 많이 했는데…….」

유일표는 고개를 주억거리며 담배연기를 길게 내뿜었다.

유일민은 20일쯤 지나 결혼식을 올렸다. 임채옥이 예식장을 원하지 않아서 백운대의 도선사에서 조촐하게 치렀다. 그리고 신혼여행이라는 것도 가지 않았다. 남들에게는 공장을 잠시도 비울 수 없는 급한 일이 밀렸기 때문이라고 했지만, 그들은 이미 신혼여행을 다녀온 셈이었던 것이다. 또, 임채옥의 아이들을 며칠씩 떼어놓을 형편도 못 되었다.

형의 결혼식이 끝나자 유일표는 커다란 문제를 해결한 것처럼 마음이 홀가분해졌다. 그동안 결혼하지 않은 형과 함께 살면서 얼마나 입장 옹색하고 마음의 짐이 컸는지 몰랐다. 형이 떠나고 나니 아내와의 잠자리도 편해졌고, 아침에 눈을 뜨면 괜히 신명이 나고는 했다. 형과 자신의 인생이 음지에서 양지로 바뀐 것 같은 묘한 기분이 가슴에 감돌고 있었다.

유일표는 그런 생기 속에서 그 일을 적극 추진했다. '노동자를 위한 기도회'— 그건 단순히 기도회가 아니었다. 노동운동을 하다 생존권을 잃어버린 노동자들에게 힘을 주고, 노동조합 조직을 강화시키고, 노동자들을 더 일깨우고자 하는 또다른 형태의 노동운동이었다.

기도회는 성황이었고 효과가 컸다. 참가한 노동자들은 상기된 호응으로 결속을 다짐했다. 착취에 대항하고, 억압에 저항해야만 사람다운 삶을 얻을 수 있다는 것에 노동자들은 한마음을 이루었다.

유일표는 흡족한 마음으로 재건대로 돌아와 야학을 시작했다. 첫 시간이 끝나갈 즈음이었다.

「빨리 전화 받아봐요. 박 목사님이라고 하는데 위급한 일이래요.」

이용진 대장이 다급하게 말했다.

「여보세요, 박 목사님, 어쩐 일이십니까?」

유일표는 불길한 예감으로 이렇게 물었다.

「아, 유일표 씨, 큰일났어요. 빨리 몸을 피하세요. 수사기관에서 우리 간부 셋을 체포했어요. 계속 체포할 테니까 빨리 피해야 돼요. 오늘 밤부터 집에 들어가지 마세요. 절대 잡히면 안 되니까 명심해요. 그럼…….」

「목사님은…….」

「내 걱정은 말아요. 그럼…….」

전화가 끊겼다.

유일표는 송수화기를 든 채 어금니를 맞물었다. 불안해 했던 사태가 결국 터지고 만 것이다. 그는 앞이 어둠으로 막히는 것을 느꼈다. 어디로 가야 할 것인지……, 머릿속도 어둠이 가득할 뿐이었다.

「무슨 일 생겼어요?」

이용진이 불안한 기색으로 물었다.

「예, 빨리 피신하래요. 오늘 일로 체포가 시작됐다고.」

유일표는 송수화기를 놓았다.

「그래요? 그럼 지금 당장 피해요. 내빼는 게 대통령 빽보다 더 쎄니까. 내가 감옥살이하면서 귀아프게 들은 말이오. 참, 돈이 있어야 되겠지. 잠깐 기다려요.」

이용진이 나가자 유일표는 형네 회사에 전화를 걸었다. 거의 날마다 야근을 하기 때문에 형이 있을지도 몰랐던 것이다. 형은 야근을 함께하는 사장이었다.

「형, 피신해야 될 일이 생겼어. 집에 연락 좀 해줘야 되겠어.」

「무, 무슨 일이냐?」

「아무것도 모르는 게 좋아. 혹시 형한테 내 행방에 대한 조사가 나오면 지금 전화한 것도 없었던 일로 해야 해.」

「……」

「형, 미안해. 사상문제는 아니니까 너무 걱정하지 마.」

「괜찮아. 할 일 한 거니까. 어디 정한 데는 있냐?」

「아니, 아직…….」

「선희한테로 가라. 아무도 모르니까. 돈 없지? 지금 빨리 이리 와.」

「아니, 여기서 해결됐어.」

「됐다. 몸 조심해라. 어서 끊자.」

유일표는 의자에 주저앉으며 담배에 불을 붙였다. 두려움 한편에서 분노가 고개를 들고 있었다. 결국 올 것이 온 거였다. 정부는 노동자들의 블랙리스트를 만들다 못해 노동운동의 뿌리를 도려내려고 나선 것이었다. 노동자들을 적으로 삼는 정권이 얼마나 오래 가는지 봐라. 그는 어금니를 맞물어 뿌드득 소리가 나도록 갈았다.

「자아, 이것 넣고, 빨리 떠요.」

이용진이 돈봉투를 내밀었다.

「이거 죄송합니다.」

「무슨 말씀이오. 남들이 못하는 장한 일 한 건데. 빨리 서울을 벗어나요.」

「예, 그럼…….」

「참, 집에 연락 못했지요? 전화가 없으니까. 지금 내가 가겠소.」

「아닙니다. 형한테 전화했어요.」

「아, 잘됐군요. 장기간 피해야 될 텐데 돈 떨어지면 바로 연락해요. 가명으로 짤막하게 안부 편지를 보내요. 그럼 그 주소로 송금할 테니까. 나한테 편지할 사람은 아무도 없으니까 편지할 때마다 이름을 바꿔도 그게 유 선생이라는 건 금방 알 수 있어요.」

「예, 감사합니다.」

「한곳에 오래 있지 말고, 몸이 아파 요양 다니는 것으로 적당히 둘러대요.」

유일표는 재건대 뒷골목으로 빠져나갔다. 어둠을 밟으며 서울역으로 가야 할지 고속버스터미널로 가야 할지를 생각했다. 서울역이 가깝기는 했지만 모든 행선지가 한곳에 집중되어 있는 것이 신경에 거슬렸다. 그곳에 수사망이 퍼져 있다면 위험하기 짝이 없는 함정으로 들어가는

셈이었다. 그는 고속버스터미널로 방향을 잡고 걸음을 빨리 하기 시작
했다.

46
피땀으로 뭉친 돈

폭염은 숨을 쉴 수 없을 지경이었다. 푸른색이라고는 찾을 수 없는 광막한 황무지에는 백광만 지글지글 타고 있었다. 그 속에서 일을 하고 있는 근로자들은 쉴새없이 땀을 흘려 옷이 흡사 물에 빠진 형상이었다.

「어이, 저기 저건 뭐야?」

「어디? 개새끼라도 한 마리 나타났어?」

「아, 저 사람 초짜라 회오리바람 첨 보는구만? 조심해. 저기 휘말리면 황천객 되는 수도 있으니까.」

「아니, 저 왼쪽을 봐. 저기서도 일어나는데?」

「뭐, 놀랄 것 없어. 여기 회오리바람은 사방에서 동시에 일어나니까.」

한 사람이 말을 꺼내자 근로자들은 그게 더위를 이기는 방법이기라도 한 것처럼 말을 잇대었다.

새끼들, 더럽게 떠들고 자빠졌네. 좆심 못 쓰니까 양기가 모두 주둥이로 올라붙었나.

문태복은 그들을 향해 눈을 째지게 흘기며 욕을 해댔다. 그전 같았으면 자신도 한마디 걸치고 들었겠지만 요즈음에는 이상하게도 자꾸 짜증이 나고 걸핏하면 신경질이 솟고는 했다. 그러나 그건 괜히 그러는 것이 아니었다. 밥을 먹고 한참이 지나도 꼭 체를 한 것처럼 속이 더부룩하고 메슥거렸다. 그리고 아침에 일어나도 피곤이 풀리지 않고 몸이 지뿌드드하고 묵지그리했다. 의무실에 가서 소화제를 타 먹어봐도 체한 느낌은 가셔지지 않았다.

「어, 어, 정말 회오리바람이 사방에서 일어나는데?」

「이러다가 오늘 또 샌드스톤(모래바람) 몰아쳐 일당 작살내는 것 아니야?」

「이런 무식하긴. 회오리바람이 일어날 때는 우박이 쏟아지는 일은 있어도 샌드스톤이 불어대는 일은 없어. 사우디밥 2년차 똥구멍으로 먹었어?」

「아이구, 유식해서 좋겠다. 국회의원 출마해라.」

회오리바람은 나선형으로 휘돌아오르며 사방에서 일어나고 있었다. 수직으로 곤두서 빠르게 이동하는 그 바람기둥은 거대했다. 어지럽게 휘돌면서 드높게 솟는 그 위세에다가 황무지의 모래까지 감아올리기 때문에 회오리바람은 공포스럽기 그지없었다. 그 억센 바람기둥이 멀리 있을 때는 신기한 구경거리였지만 가까이 다가오면 사람들은 일제히 일을 멈추고 차 밑 같은 데 납작 엎드려 피신을 해야 했다. 어물거리다가 그 바람에 휘말리면 공중으로 붕 떠올랐다가 내동댕이쳐지기 십상이었다. 그런 봉변으로 머리가 깨지거나 골절상을 입은 사람들도 더러 있었다.

그러나 회오리바람보다 훨씬 더 사납고 위협적인 것이 모래바람이었다. 난데없이 불어닥치는 거친 모래바람은 그야말로 광대한 황무지의 무법자였다. 반사막지대를 휩쓰는 세찬 바람은 모래를 수평으로 흩뿌리며 삽시간에 허공을 모래먼지로 뒤덮어 아무것도 보이지 않게 해버렸다. 모래바람이 휘몰아치면 짙은 안개가 낀 것처럼 1~2미터 앞을 분간할 수 없었다. 모래바람이 불어오면 모든 근로자들은 일을 중단하고 재빨리 보안경을 끼며 허둥지둥 몸을 피했다. 그들은 바람이 불어오는 반대편으로 차량에 다붙어 수건으로 코까지 막고 얼굴을 묻었다. 그러나 바람이 지나가고 나면 밀가루같이 미세한 모래먼지로 콧속이 따끔거리고 입 안은 서걱서걱했다. 그렇지만 정작 고통스러운 것은 땀 잔뜩 밴 옷과 몸에 모래가 파고들고 달라붙은 것이었다. 그 모래들은 빨래를 하고 샤워를 해야 제거되는 것이지 그냥 옷을 벗어 털고 수건으로 닦아낸다고 떨어져나가지 않았다. 근로자들은 모래를 대충 털어내고 일을 다시 해야 했고, 미세한 모래들이 묻어 있는 몸에 또 땀이 나면 온몸은 가렵고 따끔거리고 쓰라렸다.

사람이 휘청거리거나 쓰러질 정도로 거세게 휘몰아치는 모래바람은 곧잘 마술을 부리고는 했다. 평평했던 곳에 왕릉 몇 배나 되는 모래산을 만들어놓고 가는가 하면, 도로 왼쪽에 있었던 모래산을 오른쪽으로 옮겨놓기도 했다. 그래서 사람들은 모래바람을 '귀신바람'이라고 부르기도 했다.

「어, 왜 이리 어둠침침해져?」

「저것 봐. 갑자기 먹구름이 끼잖아?」

「그거 보나마나 아냐? 회오리바람들이 데려온 거지.」

「그거 잘됐다. 비나 한바탕 퍼부어대라. 그래도 구름 끼니까 좀 살겠네.」

문태복은 비가 오기를 바라는 말을 들으며 찌푸린 얼굴로 하늘을 올려다보았다.

회오리바람의 기둥들이 무리 지어 지나간 하늘에는 먹장구름이 뒤엉키고 꿈틀거리며 빠르게 퍼져나가고 있었다. 회오리바람도 느닷없었지만 두꺼운 먹구름이 기세를 펴는 것도 느닷없었다. 사우디의 기후 변화

는 언제나 그렇게 갑작스럽고 난데없이 일어났다. 까마득하게 먼 지평
선 저쪽 하늘에서 구름떼가 뭉클뭉클 피어오르는가 싶으면 얼마 지나지
않아 천둥이 울려대고, 30분이 못 되어 하늘이 온통 새까매지며 한바탕
비가 쏟아지는 것이 사우디였다. 그러나 그런 소나기는 집이 불타는 데
바가지물 끼얹는 것이나 마찬가지였다. 먹구름이 지나가고 나면 이글거
리며 쏟아지는 백광의 위세 앞에서 물기는 금세 흔적도 찾을 수 없이 되
고 말았다.

그래, 비나 좀 퍼부어대라. 이놈의 답답한 속 좀 뚫리게.

문태복은 목을 늘여 헛트림을 하며 오목가슴을 쓸었다. 그러면서 그
는 마음이 찜찜하고 자꾸 신경이 거슬렸다. 혹시 '사우디병'에 걸린 것
이 아닌가 하는 불길함이 점점 커지고 있었다.

근로자들이 부르는 '사우디병'이란 여러 가지가 있었다. 가장 흔한 것
이 담석증이었고, 그 다음이 머리가 멍해지는 두통이나, 얼굴 반쪽이 굳
어지는 안면마비였다. 담석증은 석회석 성분이 너무 많은 물 때문에 생
겼고, 두통이나 안면마비는 우리나라와 전혀 다른 기후 때문에 생기는
거였다. 그리고 흔한 것이 피부병이었다. 피부병은 땀을 너무 많이 흘리
다 보니 생기기도 했고, 파리나 모기에 물려 생기기도 했다. 심한 더위
의 영향인지 사우디의 파리나 모기는 특히 독해 피부병을 자주 일으켰
다. 어쩌면 땀 때문에 피부가 약해져 있는 탓인지도 몰랐다.

근로자들 사이에는 그런 병들에 대한 여러 가지 소문이 퍼져 있었다.
어떤 사람은 담석증이 심해 사우디에서 치료를 받다가 안 되어 귀국해
서 수술을 받느라고 1년 6개월 동안 번 돈의 절반을 까먹었다고도 했고,
또 어떤 사람은 귀국해서도 두통이 자꾸만 심해지면서 기억력까지 없어
져 반편이 노릇을 한다고도 했고, 다른 어떤 사람은 사우디에서는 아무
렇지도 않았는데 귀국해서 피부병이 생기기 시작해 여러 병원을 다 찾
아다녀도 낫지 않아 고생고생한다고도 했다. 그런가 하면 특별한 병도

없이 기운을 못 쓰고 시름시름 앓는 사람이 있는가 하면, 어떤 사람은 마음은 들떠오르는데 그게 잘 서지를 않아 애태우다가 결국 이혼을 당했다고도 했다. 먼 바다를 건너오는 그런 소문들은 근로자들을 불안하고 우울하게 만들었다.

「어, 이게 뭐야!」

누군가가 놀라 소리쳤다. 하늘에서 무엇인가가 후드득 떨어지기 시작했다.

「우박이다, 우박!」

「빨리 피해라, 우박이다!」

공사장 여기저기서 다급한 외침이 터지고, 우박이 자동차 범퍼를 치는 소리가 우당탕 쿵쾅 요란해지기 시작했다.

문태복은 재빨리 장비 작동을 멈추고 차 아래로 기어 들어갔다.

「아야야야……」

누군가 우박에 얻어맞았는지 저쪽에서 비명이 울렸다.

「거기 누구야? 얼떠게 우박에 얻어터지고 죽는 소리하는 게.」

「허, 정 씨로구만.」

「그럴 줄 알았어. 신참 초짜는 군대서나 어디서나 표를 낸다니까. 어디, 머리야?」

「아니, 한발 늦어서 엉덩이를 얻어맞았어.」

「그나마 다행인 줄 알아. 머리통 얻어맞았으면 처자식하고 빠이빠이하는 판이었으니까. 그게 다 알라신의 덕인 줄이나 알라구.」

「아니, 고참들이라고 누구 약올리는 거요, 지금? 남은 엉덩이가 깨지는 판에. 에이 시팔, 무슨 놈에 우박이 이렇게 커. 이건 야구공보다 더 크잖아.」

「흐흐흐흐……」

「히히히히……」

그들은 제각기 자기 차 밑에 납작 엎드려 목청 높여 떠들고 있었다.

우박은 요란한 소리를 내며 점점 거칠게 쏟아져내리고 있었다. 그 소리가 더욱 야단스러운 것은 상상할 수 없도록 큰 우박들이 중장비들에 사정없이 부딪치기 때문이었다.

우박은 차 밑으로까지 굴러 들어왔다. 문태복은 느긋한 마음으로 엎드렸던 몸을 천천히 돌려 눕혔다. 그리고 탁구공만한 작은 것은 치우고 사과만큼씩 큰 우박을 골라 안전모에 담았다. 그것을 베개삼아 베었다. 그건 폭염 속에서 익은 머리를 식히기에 최고였다. 그리고 다시 큰 우박을 양손으로 들고 얼굴부터 문지르기 시작했다. 우박은 대개 30분 정도 쏟아졌다. 그 시간은 그야말로 알라신이 내려주시는 최고의 휴식시간이었다. 우박으로 전신을 문질러 시원하게 식힐 수 있었고, 요령 좋게 번갯잠의 꿀맛을 깜빡 즐길 수도 있었다. 그런 여유는 갑자기 쏟아지는 우박을 여러 차례 경험한 고참들이 갖는 것이었다. 신참들은 우박의 크기에 놀라 눈이 휘둥그레지고 어리둥절하다 보면 땀 끈적거리는 몸에 흙까지 묻히고 차 밑에서 기어 나와야 했다.

「어이 문 씨, 빨리 나와요. 우박 다 지나갔어. 그동안에 마누라하고 한판 화끈하게 돌아가고 있는 거요!」

이런 외침에 문태복은 어렴풋이 들었던 잠을 깼다. 마누라는 아니었지만 정말 어떤 예쁘고 육체미 좋은 여자하고 한창 신나게 그걸 하고 있던 참이었다. 그것은 어김없이 빳빳하게 곤두서 있었다. 그런 꿈은 사우디에 와서 수없이 꾸고 있었다. 생시와 다를 것이 없는 그 생생한 정사는 자신만 꾸는 것이 아니었다. 여자를 전혀 상대할 수 없는 근로자들은 누구나 그런 꿈을 꾸었고, 몽정은 그들 사이에서 가장 흥미로운 이야깃거리였다. 예쁜 여자와 색다르고 멋진 정사를 한 몽정 이야기를 잘하는 사람이 인기였다. 그들이 성적 욕구를 일차적으로 해결하는 것이 몽정이고, 그 다음이 수음이었다.

「거 우박 녹을 때까지 좀 내버려두면 어디 덧나나, 제길.」

문태복은 굼뜨게 몸을 뒤집으며 투덜거렸다.

「세상에 이렇게 큰 우박이 있다니, 이건 도저히 믿을 수가 없어요. 집에 돌아가서 이런 말을 하면 거짓말이라고 할 텐데요. 꼭 꿈을 꾸고 있는 것 같아요.」

신참 근로자는 걸음걸이가 뒤뚱거리는 어린애처럼 우박 속으로 발을 옮겨놓으며 들떠 있었다. 우박은 그의 무릎 깊이로 쌓여 있었다.

그 크고 작은 얼음덩이들은 강렬하게 내리쬐는 햇볕을 받아 반들반들 빛나고 있었다. 햇빛을 반사하며 빤짝거리는 우박들은 그대로 영롱한 보석이었다. 그런데 우박들은 금세금세 작아지며 자취를 감추고 있었다. 강렬한 햇볕에 급속도로 녹고 있는 것이었다.

「어, 어, 이거 왜 이래, 이거 왜 이래.」

신참은 우박의 높이가 푹푹 꺼지는 것을 보면서 얼떨떨해서 우왕좌왕했다. 고참들은 담배를 빨며 그저 웃고 있었다.

「아니, 이럴 수가 있는가. 순식간에 이럴 수가 있는가……. 이게 어떻게 된 일이야…….」

신참은 우박이 다 없어져버린 것을 보면서 사방을 두리번거리며 헛소리하듯 하고 있었다. 그가, 우박이 녹아 땅에 스밀 새도 없이 증발해 버린 것을 '순식간'이라고 느끼는 것은 무리가 아니었다. 무릎까지 차올랐던 그 큰 우박들이 흔적도 없이 사라질 때까지의 시간은 미처 5분도 걸리지 않았던 것이다.

「세상에, 이런 희한한 일도 다 있는가. 꼭 귀신에 홀린 것만 같아요.」

그는 고참들을 바라보며 멍한 얼굴로 중얼거렸다.

「너무 그리 놀라지 마셔. 이까짓 건 아무것도 아니니까. 앞으론 그보다 더 희한한 것도 볼 거니까. 지금 저 땅에 살아 있는 건 아무것도 안 보이시지. 근데 땅이 푹 젖도록 비가 많이 쏟아져 봐. 꼭 거짓말처럼 그 다음날부터 여러 가지 풀들이 돋아나고, 깜짝 놀랄 만큼 빨리 자라나는 거야. 씨가 비를 기다리면서 땅속에 숨어 있었던 거지. 그러다가 불볕이 계속 쏟아져내리면 풀들은 언제 없어졌는지 모르게 흔적도 없이 사라져 버린다구. 꼭 거짓말 같은 구경 앞으로 많이 하게 될 테니까 너무 그리 놀라지 마셔. 많이 놀라면 심장 나빠지니까.」

어느 고참이 담배연기를 풀풀 날리며 놀리듯 어르듯 말했다.

그렇게 한바탕 우박이 쏟아지고 나면 이런저런 피해가 적지 않았다. 특히 승용차들의 피해는 컸다. 앞뒤의 차창이 깨지는 것은 예사였고, 범퍼와 지붕 그리고 트렁크도 우글우글해지고는 했다.

일과가 끝나고 숙소로 돌아와서도 문태복은 오목가슴을 계속 쓸었다. 그러나 무엇이 얹힌 것 같은 기분은 조금도 나아지지 않았다. 샤워를 해도 전처럼 몸이 개운하거나 가벼워지지 않았다. 그는 소변을 보다가 입을 딱 벌리며 몸을 움츠렸다. 요도가 뜨끔하더니 그 아픔이 속으로 깊이 찌르르 퍼지고 있었다.

담석증!

순간적으로 그의 머리를 친 생각이었다. 며칠 전부터 그런 느낌이 스치고는 했지만 애써 외면하고 피해왔던 생각이었다. 오줌 나오는 것이 시원찮은 것 같고, 뒤끝이 깨끗하지 않고 오줌이 좀 남은 것처럼 께름칙한 느낌이 들 때부터 담석증의 불안이 마음에 서리기 시작했었다. 체한 것 같은 느낌도 그 임시에 나타난 것이 아닌가 싶었다.

니기미, 재수 옴 붙게 담석증이면 어쩌지.

문태복은 신경질적으로 가래를 돋우어 내뱉으며 바지 지퍼를 올리고 돌아섰다.

「이보쇼, 문 씨. 오늘 밤에 화끈한 판이 벌어지는데 어찌 한 다리 껴보시지.」

한 사람이 다가서며 귓속말을 했다.

「일없시다.」

문태복은 고개를 외틀었다.

「이거 왜 이러시나. 하룻밤 잘만 돌리면 왕창 반년 치 일한 걸 잡는다 니까. 서울 집값은 1년에 두 배 이상 치솟는데 여기서 쌔빠지게 일해 봤 자 말짱 도로아미타불이지. 밤에 몇 탕만 잘 잡으면 팔자 고친다니까. 이거 하고 싶어한다고 아무나 붙여주는 것 아니라구. 고참으로 믿을 만 하니까 붙여주는 거지.」

「나 왕년에 그 빌어먹을 그림공부에 미쳐서 그 좋은 월남 경기 싸그리 조져먹은 놈이오. 그래서 또 이 불구덩이 땅에 팔려온 팔잔데 그 짓 또 해서 되겠소? 내 그 짓 또 하면 손가락을 다 잘라버릴 결심을 하고 여기 왔소. 아니, 좆대가리를 잘라버릴 참이오.」

문태복은 일부러 끝말을 덧붙였다.

「알았소, 알았소. 평양 감사도 제 하기 싫으면 그만이니까.」

그 남자는 손을 내저으며 쓴 얼굴로 돌아섰다.

개새끼, 믿을 만한 고참 좋아하시네. 고참한테 돈 있는 것 알고 저 지 랄이지.

문태복은 그 바람잡이 뒤에다 대고 침을 내뱉었다.

노무과에서 단속을 해대는데도 노름은 갈수록 심해지고 있었다. 노름 은 단속을 피하느라고 막사에서 하지 않았다. 취침시간이 시작되면 살 짝살짝 철망을 넘어가 멀찍하게 떨어진 곳에 전지불을 밝히는가 하면, 전화선이나 가스관 같은 것들을 지하에 함께 매설할 때 쓰는 자재인 커 다랗고 네모난 시멘트관 속에 들어가 판을 벌이기도 했다. 그런 식으로 노름이 계속되는 것은 야근비를 받아 수중에 돈들을 지니고 있었고, 그 바람잡이 말마따나 국내 물가가 폭등하고 있으니까 그 손해를 노름으로 벌충하자는 바람이 일고 있기 때문이었다. 문태복은 화투짝을 쥐고 싶 은 유혹을 성욕이나 흡연욕만큼 강하게 느끼고 있었다. 화투짝을 쥐기만 하면 곧 한판을 쓸어잡을 것같이 손끝이 간질간질해지고 전신이 스멀거리면서 정신이 어지러운 듯 어릿거리는 듯 들떠오르고, 다급한 갈증처럼 허둥거리게 하는 그 유혹은 견디기 어려웠다. 그러나 그때마다 주먹을 부르쥐고 몸을 떨면서 그 유혹과 싸워냈다. 또다시 월남 때의 신세가 될 수 없었고, 이제 아내와 아들이 있는 몸이었다. 그리고 월남에서의 경험을 돌이켜보면 자신은 노름에 남달리 재빠른 솜씨나 특출한 재간이 있는 것이 아니었다.

이제 와서, 두 차례씩이나 연장해 가며 2년 반 동안 고생한 것을 망칠 수는 없었다. 처음에는 택시 한 대가 꿈이었지만 아들이 태어나자 집 한 채를 더 장만하고 싶은 욕심이 생겼다. 꿈이 그렇게 커진 것은 꼭 아들 때문만은 아니었다. 휴가를 가서 보니 생각보다 아내가 돈을 알뜰하게 모아놓았고, 국내 물가는 터무니없이 올라 있었다. 아무래도 물가 오른 것을 벌충하고 꿈을 키우기에는 사우디밖에 없었다.

문태복은 식판을 놓고 앉았지만 입맛이 돌지 않았다. 배는 고픈데 식욕이 생기지 않는 건 이상한 일이었다. 그러나 먹지 않고는 견딜 수 없는 일이라서 그는 손 무겁게 숟가락을 들었다.

「이봐, 그 소문 들었어? 3호 숙소 이 씨 얘기 말야.」

문태복의 옆사람이 자기 친구에게 나직하게 말했다.

「이 씨 얘기? 모르는데. 왜 또 마누라 빵꾸 났다는 소식 왔나?」

「글쎄 그렇다니까. 여동생한테서 편지가 왔는데, 새언니가 아무래도 이상하다, 화장을 진하게 하고 멋을 심하게 부리기 시작하더니 요새는 자꾸 집을 비우고 밤에도 늦게 들어오고 그런다고 썼더라는군.」

「그년 그거 탈났군. 그래서 이 씨는 어쩌는 거야?」

「어쩌기는. 눈이 뒤집혀서 당장 귀국 신청했지.」

「그나저나 개 같은 년들이 왜 그리 많지? 즈네 남편들이 얼마나 죽을 고생해 가며 벌어 보낸 돈인데 그 돈을 가지고 놀아나나 그래. 그게 어디 그냥 돈이야? 피를 짜낸 거지.」

「그게 다 여기가 얼마나 더운지 몰라서 그래. 백 번 말하면 무슨 소용 있어. 우리도 말로만 듣고는 여기가 이렇게 더울 줄은 몰랐잖아. 방법은 딱 한 가지가 있어. 마누라들을 모두 여기로 끌어와 열흘씩, 아니 닷새씩만 남편을 따라다니게 하는 거야. 그리 되면 바람피우는 년 하나도 안 생길 것 아니겠어.」

「그거 기막힌 방법이지만 회사에서 그리 해줘야 말이지. 또 사우디에 서는 딴 나라 여자들은 받아들이지도 않잖아. 위문단이 와도 여자 연예 인은 못 오는 판국이니. 좌우간 그 기막힌 돈을 뿌려가며 바람피우는 년 들도 죽일 년들이지만, 남편 사우디 간 여자들만 노리는 새끼들은 다 때 려죽여야 해.」

「그나저나 경찰은 뭐 하고 있어. 그런 놈들 다 소탕하지 않고.」

「시장스런 소리하지 마슈. 데모 막고 도둑놈 잡기에도 손이 모자라는 경찰이오.」

어느덧 이야기는 같은 식탁에 둘러앉은 사람들에게 번져 있었다. 그 이야기는 근로자 모두가 분해 하고 열을 내는 공동 화제였다.

「그 택시 운전수놈들부터 잡아 족쳐야 돼. 그놈들이 월급받는 날이면 은행 앞에 차를 대고 기다리고 있다가 돈 받아가지고 나오는 여편네들 을 꼬신대잖아.」

「그런 못돼먹은 새끼들이 그렇지 않은 운전수들 속에 섞여 있을 텐데, 그걸 무슨 수로 가려내냐 그거요. 손님 태우는 거라고 하면 그만이지.」

「더러운 새끼들! 여편네들 후리는 건 그놈들만이 아니야. 재작년부터 카바레들이 신바람 나고 있대잖아. 미친년들이 카바레에 가서 돈 뿌리 면서 거기 빌붙어 사는 건달새끼들하고 놀아난다는 거야.」

「하여튼 도리 없어. 각자가 제 여편네 꼼짝못하도록 지키게 하는 수밖 에는.」

「그래요. 여자가 정숙하다는 건 말짱 헛소리라구요. 여자하고 사기 그 릇은 내돌리면 금이 간다는 옛말이 무슨 말인지 알 것 같아요.」

「여자? 그걸 왜 요물이라고 했겠어. 세상에 못 믿을 게 여자니까 다들 미리미리 단속 잘해야 할 거요.」

그들은 다들 시무룩해져 밥맛을 잃은 눈치였다. 그런 소문을 들을 때 마다 그들은 이런 식으로 분함과 열기를 다스릴 수밖에 없었다.

문태복은 억지로 밥을 떠넣으며 황동일을 생각하고 있었다. 그는 사 우디바람이 불기 전에 벌써 자신에게 돈 많은 여자들을 낚는 요령을 가 르쳐준 위인이었다. 그런 그가 날마다 여자를 상대하지 않으면 안 되는 그 별난 정력을 무기삼아 얼마나 신바람 나게 날뛰고 있을지 모를 일이 었다. 그가 사우디 오는 것을 마다했던 것은 그런 꿍꿍이속이 있었던 것 은 아닐까 하는 생각까지 들었다.

문태복은 아내에 대한 걱정은 없었다. 아내는 엄한 친정아버지 밑에 서 함부로 외출도 못하고 살고 있었다.

「뭐, 여자들이 놀아난다고? 세상 망조로다. 남자들이 그 더운 타국으 로 돈을 벌러 갔으면 여자들은 하루 세 끼를 두 끼로 줄여가며 돈을 모 으고, 품행을 춘향이처럼 하는 게 도리지 어디서 놀아나길, 놀아나? 자 넨 아무 걱정 말게. 내가 꼼짝달싹 못하게 닦달할 테니까 자넨 그저 몸 건강하게 돌아와.」

장인은 딸만 지키는 것이 아니라 돈도 철저하게 간수해 주었다. 그런 장인을 보아서도 다시는 화투짝을 손에 쥘 수 없었다.

해외 근로자들의 아내들이 사치와 방탕한 생활을 하는 것은 국내에서 도 수많은 소문으로 퍼지고 있었다. 어느 근로자는 집으로 전화를 걸었 더니, 전화를 아내가 받지 않고 엉뚱한 남자가 받더란다. 그 근로자는 놀라 '당신 누구야?'고 했더니 상대방은 오히려 당당하게 '당신은 도대 체 누구냐?'고 하더란다. 어떤 여자는 남편에게 김을 보냈다. 그 남편은 김을 두 친구하고 나눠 먹었다. 그런데 세 사람은 죽고 말았다. 김에 청산가리가 발라져 있었던 것이다. 어떤 근로자는 3년 만에 돌아오니 아이들은 사글세방에서 굶주리고 있고 아내는 감옥에 갇혀 있었다. 아내가 거액 노름판에 끼여들었다가 집까지 다 날리고 쇠고랑을 찬 거였다. 그 남자는 아이들을 데리고 쥐약을 먹고 말았다.

그런 사태는 소문으로 끝나지 않고 주간지들의 기삿거리가 되면서 사회문제로 등장했고, 마침내 〈타국에 계신 아빠에게〉라는 대중가요가 나오기에 이르렀다.

"아빠가 떠나신 지 사계절이 갔는데
낯선 곳 타국에서 얼마나 땀 흘리세요.
오늘도 보고파서 가족사진 옆에 놓고
철이 공부시키면서 당신만을 그립니다.
염려 마세요, 건강하세요. 당신만을 사랑하니까."

이 노래를 텔레비전과 방송에서 틀어대면서 금방 유행하기 시작했다. 특히 방송에 자주 나오는 것은 중동에 있는 근로자들이 앞다투어 신청곡으로 뽑기 때문이었다.

문태복은 날이 바뀔수록 기분이 나빠지고 있었다. 속은 더 더부룩해지고 오줌누기는 힘들어졌다. 설마설마 했지만 담석증이 거의 틀림없었다.

「어이 문 씨, 내일 쉬는 일요일인데 리야드 나가?」

「빌어먹을, 거기 간다고 뭐 먹을 것 있어?」

문태복은 짜증스럽게 내질렀다.

「됐어, 안 갈 줄 알고 물은 거니까. 내일 개 서너 마리 잡고 한바탕 기분 풀 거니까 싸대기 담을 돈 내봐.」

「씨발, 개고기고 싸대기고 다 싫어.」

문태복은 더욱 신경질을 부렸다.

「아니, 왜 그래? 자네 어디 아퍼? 요새 계속 기운 없어 보이고, 저기

압이고 말야.」

「아프긴 어디가 아파. 이젠 날짜 채우기가 넌덜머리가 나서 그렇지. 얼마야?」

문태복은 속내를 싹 감추며 주머니에 손을 넣었다. 의무실에서 진단이 내려질 때까지는 아픈 기색을 보이고 싶지 않았다. 괜히 남들에게 지는 것 같은 기분이 싫었던 것이다.

「제대 날짜 받아둔 병장 기분이라 그거지? 그 심정 알 만해.」

문태복은 다음날 개고기보다는 싸대기를 더 많이 마셨다. 오줌이 잘 나오게 하기 위해서였다.

「이거 말야, 개 기르기 시작한 건 정말 기막힌 아이디어야. 이건 첨에 누가 생각해 낸 거지?」

「누가 따로 있어? 싸대기 만드는 것처럼 여러 사람 생각이 이리저리 모아진 거지.」

「오늘 세 마리 잡았으니까 이제 몇 마리 남았나?」

「뭐, 걱정할 것 없어. 그 새끼들 날마다 배 터지게 먹고 하는 일이라곤 흘레붙고 새끼 낳아대는 것밖에 없으니까.」

「그나저나 그것들 흘레붙는 걸 보면 열 받친다니까. 누구 약올릴 일이 있어서 그리 오래 붙나 그래?」

「그래, 개새끼 숫놈 팔자가 왜 그리 부러운지.」

「아이고, 부러울 것도 많겠다. 그렇게 부러우면 암놈 한 마리 끌어내서 한판 붙어봐.」

「그게 쉽게 빠지기만 한다면 당장 붙지. 근데 사람은 거기에 한번 물리면 너무 오래 빠지지 않아 결국 죽게 된다잖아.」

「그게 사실일까?」

「아니 죽은 사람 있잖아.」

「뭐? 우리 근로자 중에?」

「옛날얘기에.」

「치워라, 싱거운 소리.」

「그렇게 시시한 소리하지 말고 누가 제대로 된 음담 한번 해봐.」

「더 할 게 뭐 있어야지. 그동안에 다 풀어먹어 누구나 밑천 거덜난 지 오랜걸.」

「신참들 있잖아, 신참. 거 윤 씨 한번 해보슈.」

「그래, 신참들은 고참들 덕에 개고기 공짜로 얻어먹으니까 그 값을 해야지.」

「윤 씨, 술맛 나게 아주 쌈빡한 것으로 하나 해봐.」

「이거 참 별로 아는 게 없는데요. 그냥 인사로 한 가지 하겠어요. 저어, 고추농사 얘긴데요……, 어떤 마을에 홀아비와 과부가 고추농사를 지어먹고 살고 있었어요. 그런데 과부네 고추밭은 잘되는데 어떻게 된 것이 홀아비네 것은 잘 안 되는 겁니다. 과부가 무슨 특별한 거름을 하는 눈치도 아니고, 홀아비는 아무리 생각해도 그 이유를 알 수가 없었어요. 그래서 홀아비는 그 이유를 꼭 알아내려고 숨어서 망을 보기 시작했어요. 그런데 밤이 되자 과부가 광주리를 이고 그 큰 방뎅이를 마구 흔들어대며 밖으로 나가는 것 아닙니까. 홀아비는, 아니 저년이 이 밤중에 어디를 가나 싶어 살금살금 그 뒤를 밟았지요. 그런데 과부는 고추밭으로 가더니 밭두렁에 광주리를 놓고 거기다가 옷을 홀랑홀랑 벗어던지는 것 아닙니까. 곧 옷을 다 벗어버린 과부는 희고 큰 방뎅이를 더 흔들어대며 밭고랑을 마구 뛰어다니는 것 아닙니까. 그러자 고추들이 쑥쑥 커지는 겁니다. 옳지, 옳지. 바로 저거로구나! 홀아비는 무릎을 쳤습니다. 그래서 다음날 두 딸을 불러앉히고 그 이야기를 다 한 다음, 너희들도 당장 오늘 밤부터 그리 하라 일렀습니다. 두 처녀는 어쩔 수 없이 밤이 되자 고추밭으로 나가 옷을 다 벗고 밭고랑을 뛰어다니기 시작했습니다. 그런데 그만 고추농사를 완전히 망치고 말았습니다. 고추들이 커지

다 못해 다 터져버렸거든요.」

「으와 하하하…….」

「어허허허…….」

그들이 개고기를 원할 때마다 먹을 수 있는 것은 일삼아 개들을 기르기 때문이었다. 이슬람교도들은 개를 악마로 취급하는 까닭에 사우디사람들은 집에서 전혀 개를 기르지 않았다. 그래서 사우디의 개들은 황무지에서 살아가는 들개였고, 생김도 머리가 작고 네 다리가 날씬하게 길면서 가슴이 쫙 벌어진 대신 배는 홀쭉하게 달라붙어 야성을 풍기고 있었다. 그 개들은 반늑대처럼 사나울 뿐만 아니라 생김대로 어찌나 날쌘지 자동차로 협공을 해도 잡기가 쉽지 않았다. 먹이를 끼워 덫을 놓기도 하고, 새끼를 잡아 묶어놓고 유인을 하기도 하고 하다가 생각해 낸 것이 사육이었다. 날마다 식당에서 버리는 음식은 많았고, 캠프는 넓어 개들을 기르는 데는 아무 문제가 없었다. 그래서 사무실에서 가장 멀리 떨어진 캠프의 구석지, 식당의 쓰레기들을 내다 버리는 곳 옆에 개 사육장을 만들었다. 처음에는 암수 네 마리였던 개는 배불리 잘먹으면서 새끼들을 많이 낳았고, 그 새끼들도 잘먹으면서 쑥쑥 자라났다. 개들이 스무 마리로 불어나는 데는 얼마 걸리지 않았다 그때부터 쉬는 일요일이면 마음놓고 개고기 잔치를 벌이게 되었다. 사무실에서는 뒤늦게 개 기르는 것을 알았지만 모르는 척했다. 그건 하등 회사에 손해를 끼치는 일이 아니었고, 근로자들의 건강을 위해 오히려 회사가 할 일이었던 것이다.

문태복은 다음날 오줌을 누는 데 더 고통을 당했다. 오줌이 잘 나오라고 싸대기를 많이 마셨는데 그게 되레 탈이 된 모양이었다. 그는 가까스로 일과를 마치고 의무실부터 찾아갔다.

「담석증이 좀 심해요. 일단 리야드 병원에 입원하도록 합시다.」

의사의 말에 낙담하며 문태복은 힘겹게 입을 열었다.

「완치는 되겠습니까?」

「얼마간 치료를 해봐야 알겠는데, 안 되면 부득불 귀국을 해서 완치시켜야지요.」

문태복은 집까지 장만하려던 꿈이 깨지는 것만 같아 전신의 맥이 풀렸다.

「사무실에 연락해 놓을 테니 내일 입원하도록 준비해요.」

문태복은 아내와 아들을 생각하며 터벅터벅 의무실을 나왔다.

이튿날 아침 문태복은 사무실의 승용차를 타고 리야드 병원으로 출발했다. 물값보다 기름값이 더 싼 땅이긴 하지만 사무실의 그런 배려에 그는 콧등이 시큰해지고 있었다. 물 1리터에는 1리알이고, 휘발유 1리터는 60랄라인 것이 사우디였다.

질주하는 차창 밖을 하염없이 내다보며 문태복은 외롭기도 하고 억울하기도 했다. 왜 하필 내가……, 걸려도 6개월이 지나 걸릴 것이지……. 가만있거라 보자, 입원을 1주일쯤 하게 되면 어찌 되지? 일당이고 야근비도 싹 공치게 되고, 병원비까지 내게 되면……, 그래서 낫게 되면 모르지만 안 나으면……, 닳아져서 쓸모 없게 된 중장비의 부품 꼴이니 보나마나 바로 귀국……, 그리 되면 계약기간을 다 못 채웠으니 항공료는 꼼짝없이 내가 물어야 하고……, 아이고 맙소사, 그 손해가 다 얼마인가……, 그러고 말야……, 담석증을 앓으면 그 힘이 약해진다잖아……? 그게 사실일까? 하아, 이거 가지가지로 골 때리네.

문태복은 이런 생각들을 하다가 가물가물 잠에 젖어들었다.

차가 꿀렁거리며 멈추는 바람에 문태복은 잠이 깼다. 병원에 다 온 줄 알고 눈을 비비던 그는 깜짝 놀랐다. 차는 끝없이 넓은 황무지의 한가운데, 고속도로 가장자리에 멈추어 있었다.

「빌어먹을, 앵꼬 났어요.」

사무원이 주먹으로 핸들을 치며 신경질을 부렸다.

「차라리 장가가면서 불알 떼놓고 가는 게 낫지. 이 넓은 땅에서 고속도로를 달리면서…….」

문태복은 어이없는 웃음을 흘리며 담배를 꺼냈다.

「항상 만땅 채워진 줄 알았지 누가 이럴 줄 알았소. 틀림없이 어젯밤에 어떤 작자가 이거 몰고 리야드 갔다 와서 그냥 자빠져 잔 거요.」

「뭐, 화낼 것 없시다. 사우디사람들 인심 하나 좋으니까 차 지나갈 때까지 기다렸다가 기름을 좀 얻을 수밖에. 리야드는 아직 멀었소?」

문태복은 느긋하게 담배연기를 내뿜었다. 고속도로에서 고장난 차를 보면 줄줄이 차를 세우고 고장을 고쳐주려고 마음 합해 애쓰는 것이 사우디사람들이었다.

「한 시간 반 왔으니까 한 30분 정도 남았어요.」

「그럼 기름 얼마 안 얻어도 되니까 걱정 놓으쇼.」

문태복은 여전히 태평스러웠다. 사우디사람들은 기름이 떨어져 멈춘 차를 보면 으레 자기 차 기름을 빼주는 것만이 아니었다. 고속도로에서 차를 태워달라고 손을 흔들면 열에 열이 다 정거를 하지 그냥 지나가 버리는 차는 하나도 없었다.

차에서 내린 문태복은 뒤로 돌아서 바지 지퍼를 내렸다. 저만치 앞에 눈에 띄는 것이 있었다. 뼈를 드러내기 시작한 낙타의 형체였다. 낙타의 시체는 물기라고는 없이 바짝 말라비틀어져 아직 가죽이 남은 부분부분도 앙상한 뼈의 모양이 선명하게 느껴졌다. 불볕 쏟아지는 더위와 건조한 날씨 속에서 낙타의 시체는 썩지 않고 바짝 마른 상태에서 거센 바람이 불 때마다 가루로 날아가고 있었다. 자연이 자연스럽게 치르고 있는 풍장이었다.

10여 분쯤 지나자 차 한 대가 이쪽으로 달려오고 있었다. 사무원은 두 팔을 흔들어대기 시작했다. 문태복은, 어쩌나 보자 하고 바라보고 있었다.

그 차는 어김없이 그들의 차 뒤에 와서 멈추었다. 사무원이 밝아진 얼굴로 뛰었다.

사무원이 그 차에서 내린 남자에게 손짓을 해가며 한동안 말을 했다. 그 남자는 「오케이, 오케이」 하며 웃고 고개를 끄덕였다.

「사우디사람들 인정 많고 인심 좋은 건 참 감탄할 만해요.」

다시 차를 몰기 시작하며 사무원이 흡족하게 웃었다.

「초면인데도 물건값 모자라는 걸 다음에 갚으라고 외상을 주고, 놀이터에서 식구들이 모여앉아 밥을 먹다가 지나가는 사람에게 권하고, 우리나라하고는 영 딴판이죠. 덥지만 않다면 끝내주는 나란데 말이오.」

「그럼 아마 석유가 안 나올걸요. 석유는 석회석 지질에다 기온이 40도 이상 되는 땅에서 나온다니까요.」

「그게 그런가요?」

문태복은 입원 수속을 하고 병실 배정을 받다가 깜짝 놀랐다.

「어머, 한국 분 아니세요?」

한 간호원이 다가서며 한 말이었던 것이다.

「아 예, 하, 한국사람입니다. 어, 어떤 일이십니까, 한국 분이.」

문태복은 너무나 반가워 마구 말을 더듬었다. 가슴이 뭉클해지면서 눈물까지 솟으려고 했다.

「네, 저희들도 돈 벌려고 왔지요.」

간호원이 입을 가리며 수줍게 웃었다.

「예, 그러고 보니 간호원들도 사우디에 왔다는 말을 얼핏 들은 것도 같군요. 많이 왔나요?」

「네, 리야드에도 꽤 많아요. 제가 좀 바쁘니까 또 뵙도록 하죠.」

문태복은 멀어지는 간호원을 넋 놓고 바라보고 있었다. 아까 느꼈던 외로움이 가시는 것 같았고, 그 간호원이 그렇게 예뻐 보일 수가 없었다.

문태복은 1주일 동안 치료를 받았다. 그러나 증상이 심해 별다른 효과가 없자 의사는 퇴원 결정을 내렸다. 그건 곧 귀국 조처였다. 조마조마

했던 것이 현실로 닥쳐버려 문태복은 낙심의 눈물을 삼키며 가방을 챙겨 들었다.

「너무 상심하지 마세요. 혼자만 당하는 일이 아니잖아요. 귀국하시면 수술하지 않고도 치료하는 방법이 있어요.」

그 간호원은 밖에까지 배웅을 나오며 말했다.

사무실에서는 귀국 날짜를 사흘 뒤로 정했다. 해마다 사우디로 오는 근로자들이 폭증하게 되자 금년부터 우리나라 비행기가 직접 취항하기 시작해서 귀국 비행기표는 쉽게 구할 수가 있었던 것이다. 그리고 사무실에서는 일 못하게 된 사람은 하루라도 빨리 떠나 보내려고 했다.

비행기가 이륙하여 고도를 잡자 기내 방송이 흘러나왔다.

「조국 근대화의 역군, 산업전사 여러분, 그동안 얼마나 수고들 많이 하셨습니까. 여러분들은 이미 조국의 품에 안겨 있습니다……」

여자의 그 낭랑한 목소리에 문태복은 가슴이 찡 울리는 것을 느꼈다. 동시에 울컥 울음이 복받쳐올랐다.

시끌덤벙하던 기내가 일시에 조용해졌다. 다른 근로자들도 숙연한 얼굴로 굳은 듯 앉아 있었다.

47
싱거운 친구

「어떻게, 연락은 됩니까?」

이상재의 목소리는 속삭이듯이 낮았다.

「아뇨. 연락은 안 되구요, 아직까진 무사하다는 것만 알고 있어요. 재건대 쪽으로 가끔 편지가 오니까요.」

유일표의 아내 서경혜의 목소리도 잔뜩 억눌려 있었다.

「편지가요……?」

이상재의 눈에 즉각적으로 놀라움이 드러났다.

「너무 걱정 마세요. 돈이 필요할 때면 가명으로 안부 편지를 보내는 거니까요.」

「아, 그렇군요. 그래도 그거 조심해야지요. 이만저만 혈안이 되어 있는 게 아니니까요. 근데 왜 진작 알려주지 않았습니까. 내가 재건대에 전화하지 않았더라면 계속 모르고 있었을 것 아닙니까.」

이상재는 서운한 기색을 감추지 않았다.

「이해해 주세요. 모르는 게 약이라는 말 있잖아요. 알면 아는 게 죄가 되는 세상이라⋯⋯.」

「예, 그렇기도 하지요. 허지만 일표하고는 어디 그냥 그런 친구인가요. 형제나 다름없는걸요.」

「네, 고맙습니다. 잘 알고 있어요.」

서경혜는 앉음새가 불편한 듯 몸을 무겁게 움직였다. 그런 그녀의 배는 폭넓은 임신복을 입었는데도 표가 나게 불렀다.

「아 참, 그러니까⋯⋯, 그⋯⋯, 아기는 언제나⋯⋯.」

이상재는 몹시 어려워하며 걱정스러운 기색을 드러냈다.

「네, 예정일이 얼마 안 남았어요.」

자율 반응인 듯 서경혜의 손이 배로 갔다.

「이것 참. 병원은 정해져 있습니까? 혹시 아니면 내가⋯⋯.」

「네, 처음부터 다닌 병원이 있어요. 그이하고 친한 강자숙이란 분이 소개해 준 병원인데, 원장님이 아주 잘해 주세요.」

「아 예, 다행입니다. 그렇지만 병원에 가시게 되면 바로 연락주세요. 집사람이 나서서 돕도록 할 테니까요.」

「네, 고맙습니다. 너무 마음쓰지 마세요. 저한테도 손윗동서가 생겼잖아요.」

서경혜는 수줍게 웃었다.

「아, 그렇지요. 그 형님네는 잘 지내십니까?」

「네, 두 분 다 행복해 하세요.」

「그런데⋯⋯, 그 형님이나 서경혜 씨나 이번에 고통을 당한 것 아닙니까?」

「네, 아주버님도 저도 한 차례씩 조사를 받았어요. 저는 다행히 임신한 몸이라 쉽게 끝났는데 아주버님은 하룻밤을 새우는 고생을 하셨어요. 그렇지만 그 단체가 사상적으로 의심을 받고 있지는 않아서 아주버님도 별일은 없이 풀려나셨어요.」

그때의 일이 되살아오르는지 서경혜의 얼굴이 약간 찌푸려지며 긴장의 빛이 스쳐갔다.

「그만하기 다행입니다만, 고생들 참 많이 하셨습니다. 시일의 길고 짧음과 상관없이 그런 일 당하면 심적 고통이 극심해지니까요. 나도 투위 관계로 서너 번 경찰서에 끌려가 봤는데, 그거 사람이 못할 짓입니다. 그 고통은 당해보지 않은 사람은 모르지요.」

서경혜는 자신도 모르게 배를 가만히 눌렀다. 그때 경찰서에서 풀려난 다음 뱃속의 아이가 이틀 동안이나 심하게 꿈틀거리거나 발길질을 해댔던 것이다. 그리고 배도 뜨끔뜨끔 아팠다. 너무 겁이 나 병원을 찾아가지 않을 수 없었다. 의사는 대뜸 무슨 충격받은 일 없었느냐고 물었다. 산모가 받는 충격을 뱃속의 아이도 시차 없이 그대로 받는다는 거였다. 안자경 원장은 정성스레 배를 어루만지며 따스하게 위로를 해주고는, 음악을 들으며 신경을 안정시키고 즐겁게 웃을 수 있는 사람들을 만나 빨리 그 기억을 잊어버릴 수 있도록 하라고 했다. 그러나 그 일은 말처럼 그렇게 쉽게 되지가 않았다.

「일표가 하는 일은 올바른 일이고, 누군가는 꼭 해야 될 일이니까 힘내세요. 이거 얼마 안 되는데 일표한테 보낼 때 보태서 보내주세요.」

이상재는 봉투를 내밀었다.

「아니에요, 이 선생님도 형편이 어려우신데요. 아주버님이랑 재건대장님이 다 알아서 하고 계세요.」

「그렇더라도, 이런 돈은 받는 게 예의라고 하지 않습니까. 이건 돈이 아니라 마음이잖아요.」

「……」

서경혜는 위아랫입술을 아프게 물며 돈봉투를 받아넣었다.

「너무 걱정하지 말고 건강 잘 살피세요. 일표 개, 우리 친구들 중에서

말도 제일 잘하고, 운동도 제일 잘하고, 눈치도 제일 빠르고, 제일 똑똑
했으니까 아무 탈없이 무사하게 견뎌낼 겁니다. 또 들르도록 하지요.」

「그럼 멀리 안 나가겠습니다.」

서경혜는 사무실 밖으로 나가지 않고 이상재에게 인사했다.

「그럼요. 나오지 마세요.」

혹시 감시하고 있을지 몰라 다방 같은 데서 만나지 않고 이상재는 직
접 사무실로 찾아든 것이다. 그저 출판사에 드나드는 사람으로 꾸미는
것이 가장 안전할 듯싶었다.

이상재는 어떻게 할까 망설이다가 허진을 찾아가기로 했다. 직위가
올라갈수록 바빠지는 허진과 따로 약속시간을 잡기가 어려워 바로 회사
로 찾아갔다. 짤막한 틈새시간을 이용하는 데는 그 방법밖에 없었다.

허진은 또 긴급회의에 들어가고 없었다.

「회의가 몇 시에 끝날지 모르겠습니다.」

여 비서는 친절하게 웃으며 상냥한 목소리로 말했다. 그러나 그 말에
는, 기다릴 생각 말고 돌아가라, 는 거부가 매섭게 서려 있었다.

「서로 바쁜 몸이니까 온 길에 잠깐 만나야겠소. 가능하면 친구 이상재
가 와 있다고 메모나 좀 전해주시오.」

대기업들의 사옥이 턱없이 크고 으리으리한 것이 마땅찮고, 출처 불
명의 제복을 입은 수위들이 현관에서부터 까탈스럽게 구는 것이 언제나
비위 상하는 이상재는 이렇게 말하며 손님용 의자에 주저앉았다.

「중요한 긴급회의 때는 메모를 전할 수 없게 되어 있습니다.」

「알았소. 그냥 기다리겠소.」

이상재는 봉투에서 교정지를 꺼냈다. 사무실에서 교정을 보나 여기서
교정을 보나 매일반이었던 것이다.

교정을 열 쪽쯤 보아 넘기는데 허진이 돌아왔다.

「아니, 웬일이야? 오래 기다렸어?」

「차분하게 교정 보고 있었으니까 신경 쓰지 마.」

「들어가자. 그런데 어쩌지? 지방 공장에 급히 내려갈 일이 생겨서 따로 다방에 갈 시간이 없으니까 여기서 그냥 커피 한잔해야 되겠는데.」

허진이 자기 방으로 앞서 들어가며 말했다.

「그러자. 시간 걸릴 얘기 아니니까.」

「앉아라. 요새 출판사는 어떠냐? 살기가 좀 나아져서 그런지 독서 인구는 늘어나는 추세라며?」

「바쁜데 문화면 기사도 읽냐? 그런 추세이긴 한 것 같은데 우리 출판사는 아직 신나는 꼴이 없이 그저 그렇다.」

「하다 보면 대어가 잡힐 때도 있겠지. 너도 바쁠 텐데 어쩐 일이냐?」

여 비서가 커피를 내왔다. 이상재는 여 비서가 나가길 기다려 입을 열었다.

「너 일표를 위해서 돈 좀 내놔야 되겠다. 많은 돈은 아니고 용돈 정도로.」

「왜, 무슨 일 생겼냐?」

커피잔을 들던 허진이 눈치 빠르게 반응했다.

「응, 나도 뒤늦게 알았는데 지금 도피 중이다. 그 노동운동 문제로 수배를 당하고 있어.」

「자식 참, 결국 그렇게 됐구나. 지금 어디 있는데?」

허진이 한숨을 쉬었다.

「부인도 몰라. 나 지금 부인한테 돈 좀 전하고 오는 길이다. 돈은 어떻게 전해지는 방법이 있는 모양이더라.」

「그래, 피해 다니자면 돈이 없어서는 안 되겠지. 그나저나 그놈도 어지간히 억세고 독한 놈이야. 가정 환경이 그러면 그런 위험한 길은 피해서 좀 편하게 살 길을 찾아야 하는데 꼭 미련한 곰처럼 그 길을 가다가 이런 일까지 당하게 되니 말야. 그래, 고등학교 때 다른 애들은 별 관심도 없는데 그놈이 나를 돕고 나섰을 때부터 벌써 다른 데가 있었던 놈이지. 그놈이 재건대 야학에 발을 디민 것도 나 때문이었고, 거기서 끝까지 버티면서 노동운동에까지 나서게 된 것도 충분히 이해는 해. 그놈은 날 욕하겠지만 하루라도 빨리 기업 자본을 형성시켜야 하는 우리 현실은 또 다르거든. 어쨌든 그놈이 무사해얄 텐데.」

허진은 아까보다 더 진한 한숨을 쉬며 지갑을 꺼냈다. 그리고 돈을 다 꺼내 이상재에게 내밀었다.

「지금 가진 게 이것밖에 없으니까 미안하지만 며칠 있다가 다시 한번 들러줄래?」

「아니, 이것도 너무 많아. 용돈 정도라니까.」

「나 지방 다녀와야 하니까 며칠 있다가 꼭 다시 와줘. 내가 그동안 말할 기회가 없어서 그랬다만, 오늘날 내가 있는 게 다 누구 덕이냐? 일표하고 너희들이 도와준 덕 아니냐? 그걸 잊으면 사람이 아니지. 이런 때 아니면 내가 언제 일표를 도울 수 있겠니. 일표는 나 같은 놈 돈 필요 없다고 할지 모르지만 말야.」

「그래, 고맙다. 너 바쁘니까 이만 가야겠다.」

이상재는 홀가분한 기분으로 일어섰다. 허진의 깊은 속내를 알게 되어 그렇게 마음 흐뭇하고 개운할 수가 없었다.

「새끼, 고맙기는. 고생은 혼자 다 하고 다니면서.」

허진이 이상재의 어깨를 툭 쳤다.

「내가 가장 괴로웠을 때는 노동자들에게 좀 심하게 하지 말라는 일표의 부탁을 들어줄 수 없을 때였어. 여긴 내 회사가 아니라 난 고용인일 뿐이잖아. 그리고 너한테 기업인의 입장만 강변했던 것은 과도기적인 우리 현실도 그렇지만, 더 많이는 나 스스로의 의식을 그렇게 만들고 무장시키려는 일종의 자기 최면이었는지도 몰라. 그렇지 않고선 이 현실에서 버텨나갈 수가 없으니까. 기업마다 노동 착취가 자행되고 있고, 제대로 사람 대접 못 받고 있는 노동자들이 억울한 것을 누가 모르냐. 허지만 그런 말 다 하고 살 수 있는 세상도 아니고, 괴롭다.」

엘리베이터 앞까지 따라나오며 허진이 한 말이었다.

「그래, 일표도 네 입장 이해할 때가 오겠지.」

「아니야, 이것도 다 변명일 뿐이겠지. 또 보자.」

허진의 얼굴에 자조적인 웃음이 스치고 지나갔다.

이상재가 사무실에 돌아오니 사우디아라비아에 간 최주한의 편지가 와 있었다.

"야 임마, 구멍가게 출판사 꾸려가느라고 너도 허덕거리며 힘들겠지만 편지 좀 자주 하지 않고 이럴 수가 있냐. 넌 그래도 글줄이나 쓸 줄 안다는 놈 아니냐. 형제도 눈앞에서 멀어지면 딴 남이 된다더니 내가 수만 리 밖에 와 있으니 친구고 뭐고 싸그리 잊어버린 모양이지? 일표 그 새끼도 편지 따먹는 귀신이 돼버렸으니, 이 세상에 믿을 놈 하나도 없다는 말은 역시 명언 중에 명언이다.

이곳 더위는 말로 어떻게 할 수가 없을 지경이고 상상을 초월한다. 그대로 불길 속에 들어 있다고 할 정도로, 한마디로 살인적이다. 그런데다 술도 여자도 오락도 아무것도 없다. 이런 속에서 죽을 고생을 해가며 고전을 면치 못하고 있는 이 형님의 유일한 즐거움은 고국에서 날아오는 편지를 읽는 것이다. 그런데 너희들이 작당해서 편지 따먹기 시합을 하고 있으니 그게 어디 친구냐. 이제 내가 절교 선언하기 일보 직전이다……."

이런 식으로 엄살을 떨어대고 있는 최주한의 편지를 보며 이상재는 비시시 웃고 있었다. 그동안 편지 답장에 신경 쓰지 않았던 것이 저으기 미안하기도 했다. 더운 데서 고생하는 걸 잘 알면서도 차일피일 미루다 보면 답장 쓰는 것을 잊어버리게 되고는 했다. "술도 여자도 오락도 없고……, 편지 읽는 것이 유일한 즐거움이다." 이 대목이 가슴을 찡

하게 했다. 최주한은 주량은 크지 않았지만 술을 맛있게 마실 줄 알았다. 술이 취하면 남도 육자배기를 걸직하게 뽑을 줄 아는 멋을 지니고 있었다. 그런 친구가 술 없는 곳에서 고생을 하고 있다니 딱하지 않을 수가 없었다.

최주한은 허진에 비해 직장 운이 너무 없는 편이었다. 부실공사의 여파로 회사가 부도나 실업자가 되는가 하면, 그 다음에 들어간 회사는 야당에 정치자금을 댄 의심을 사 몇 차례 세무조사를 받은 타격으로 휘청거리다가 다른 재벌회사로 넘어가게 되자 그만두어야 했고, 직장생활에 회의를 느껴 자기 사업을 해보려고 벼르다가 여의치 않아 1년 가까운 세월만 낭비하고 다시 취직을 했고, 거기서는 지방색이라는 요상스런 덫에 걸려 고전을 하다가 돌파구를 찾겠다며 결국 사우디바람에 실려 머나먼 나라까지 간 것이다.

참 인생사란 묘하고 야릇한 것이었다. 최주한과 허진은 사람 살아가는 것이 어떤 것인지 좋은 대조를 이루고 있었다. 사람이 사회적으로 출세하며 살아간다는 것은 꼭 학벌로 좌우되는 것도 아니고, 실력으로 판가름나는 것도 아니라는 것을 그들 둘은 잘 보여주고 있었다. 학벌로 치자면 최주한이 허진을 단연 압도하는 일류대학이었고, 수출신장시대에 새로운 무기로 등장한 영어실력에서도 최주한은 카투사라는 이상한 군대에서 3년 동안 익힌 회화로 그 발음의 유창함은 허진이 오히려 딸릴 지경이었다. 그런데 허진은 한 회사에서 뿌리박아 사장이 가장 신임하는 중역의 자리에 올라 있었고, 최주한은 고작 관리부장으로 사우디의 폭염 속에서 고생고생하며 친구들에게 왜 답장 빨리빨리 보내지 않느냐고 푸념을 늘여놓는 신세가 되어 있었다.

이상재는 유일표의 일을 알릴 겸해서 긴 답장을 쓸 마음을 먹었다. 유일표의 일을 알면 최주한은 무척 놀랄 것이다. 중학교 때부터 동창인 그들의 우정은 또다른 데가 있었다. 최주한은 자기 사업을 구상하면서 상대 출신도 아닌 유일표를 전무 자리에 앉힐 생각을 할 정도였다.

이상재는 이틀에 걸쳐 편지를 썼다. 일하는 틈틈이 쓰기도 해서였지만, 편지가 워낙 길기도 했다. 어디 너 소원풀이 한번 해봐라 하는 마음으로 쓰다 보니 편지는 대학노트 석 장의 앞뒤로 빡빡하게 차는 길이가 되었다. 그건 자신이 제일 길게 쓴 편지였다. 그 편지의 상당 부분은 어디를 떠돌고 있을지 모를 유일표에게 보내는 심정이기도 했다. 월남에서 군대의 그 지루한 시간을 죽이기 위한 좋은 방법으로 허미경에게 편지를 쓰면서도 그렇게 길어진 적은 없었다.

이상재는 편지를 받고 놀라고 흡족해 할 최주한을 생각하며 우표에 침을 발라 봉투에 붙였다.

「이거 사우디까지 며칠이나 걸립니까?」

이상재는 여 직원에게 봉투를 내밀며 물었다.

「15일 정도요.」

여 직원은 이쪽을 거들떠보지도 않고 화난 듯한 얼굴로 대꾸했다. 무척이나 불친절한 태도였다.

「아니, 그렇게나 오래 걸립니까?」

이상재는 한 1주일 걸리리라 생각해 왔던 것이다.

「……이건 빨라진 거예요. 우리나라 비행기가 뜨기 전에는 20일이 넘게 걸렸어요.」

여 직원은 왜 말이 많으냐는 느낌으로 눈을 치뜨며 톡 쏘는 어투로 말했다. 그 태도는 거만하고 도도하고 불친절하기로 정평이 나 있는 공무원의 전형이었다.

이상재는 기분이 확 상하고 말았다. 더러 공무원들을 대할 때마다 기분이 언짢지 않은 적은 한 번도 없었다. 왜 그리 불친절하냐고 한마디하고 싶었지만 그냥 참고 돌아섰다. 그런 말을 한다고 고쳐질 그들이 아니었다. 자기들이 대단히 높은 자리에나 군림하고 있는 것처럼 길들여진 그 못된 버릇은 달리 고칠 도리가 없는 그들의 고질병이었다. 공무원들이란 국민의 세금으로 먹여살리는 무리들이었다. 그러므로 그들에게는 국민에 대한 봉사의 의무가 있을 뿐이었다. 그런데 그들은 국민 위에 군림하여 제나름의 권력 횡포를 자행하는 존재들로 둔갑해 있었다. 그것은 군대에서 폭력 행사를 당연시하는 것과 함께 일제 식민지시대의 악습을 그대로 이어받고 있는 못된 행태였다. 총독부 시절에 일본인 공무원들이 조선 식민지 백성들 위에 얼마나 무도하게 군림했던가. 그 못된 버릇이 세월 따라 고쳐지기는커녕 독재권력이 길어지면서 더 심해져가고 있는 양상이었다. 독재권력은 정권 유지를 위한 한 세력으로 공무원 집단을 이용하고, 공무원들은 그 우산 아래서 멋대로 부정 부패하며 횡포를 일삼고 있었다. 그건 더없이 잘 어울리는 공생 관계였다. 나라를 위해 독재권력은 무너뜨려야 하고, 썩은 공무원들을 일소시키기 위해서도 독재권력은 무너뜨려야 했다. 정직하고 양심적인 공무원들도 적지 않겠지만, 어떻게 된 것이 눈에 띄는 공무원은 다 그 모양이었다.

이상재는 평소의 불신감이 되살아올라 우울하게 인쇄소로 가는 버스에 올랐다.

이상재는 교정을 보면서 기분이 차츰 좋아지고 있었다. 짤막짤막한 작품들이 개성 있게 감칠맛 나고, 끝머리에서 이루어지는 반전들이 상쾌한 묘미를 주고 있었다.

지난번 번역물의 베껴먹기 사건으로 원 선배나 자신은 마음이 몹시 상해 연달아 번역물을 내놓을 생각이 없어지고 말았다. 그래서 궁리 끝에 기획한 것이 국내 작가들의 콩트집이었다. 번역물에 비해 원고료 부담이 좀 있긴 했지만 또 베껴먹기 당해 속상할 염려는 없었던 것이다.

「물결출판사 이 선생님, 손님 찾아오셨는데요.」

새 콩트를 교정 보며 그 재미있는 내용에 빙긋이 웃고 있던 이상재는 고개를 들었다. 사환 아가씨가 교정실 문을 반쯤 열고 있는데 그 뒤에서 한 남자가 나타났다.

「이 형, 오랜만이네. 나야, 김진택이.」

김진택……?

그 이름이 귀에 설어 '누구지?' 하며 기억이 깜빡 하는데, 부드럽게 웃으며 다가오는 남자의 얼굴을 보자 이상재는 그가 누구인지 알아보았다.

「아니, 이게 누구야!」

이상재는 책상에서 벌떡 일어나며 그 남자와 악수를 했다. 그의 기억의 수첩은 대학생 때로 빠르게 넘어가고 있었다. 흑곰……, 그때의 별명이 어울리게 김진택은 여전히 거무튀튀한 얼굴에 듬직한 체구를 유지하고 있었다.

「이거 얼마 만이야. 이 형도 영감 티 나려고 하네.」

김진택은 혜식은 농담 잘하는 옛날의 냄새를 물씬 풍겼다.

「영감 티? 그럴지도 모르지. 살기 고달프니까. 그런데 이거 어쩐 일이야?」

이상재는 그의 웃음에 화답하느라고 웃고 있었지만 머릿속에서는 학사주점 시절의 장면 장면들이 이것저것 포개지고 엇갈리고 있었다.

「응, 어디 가서…….」

김진택은 교정실 분위기가 마음에 안 드는 기색으로 좌우로 눈길을 돌렸다.

조용해야 할 교정실은 뜻밖에도 왁자하게 시끄러웠다. 전화번호부를 만드는 사람 여섯이 저쪽 자리에서 둘씩 마주보고 앉아 그들 특유의 시끄러운 방법으로 교정을 보고 있었다. 전화번호들의 활자는 정말 깨알보다 더 작았다. 그 숫자들은 자칫 잘못하면 오자가 생기기 십상이었다. 전화번호부는 1년 내내 쓰는 것이므로 하나가 틀리는 경우에도 여러 차례 항의를 받을 수 있는 우려가 있었다. 만약 그 번호가 사용 빈도가 높은 영업용일 경우 그 항의는 수백 번이 넘을 수도 있었다. 그런 골치 아픈 일을 막기 위해서 그들은 둘씩 짝이 되어 한 사람은 전화번호를 불러 대고 다른 사람은 교정을 봐나가고 있었다. 교정을 보다가 자기도 모르게 깜박 조는 것을 막으려는 방법이었다. 세 사람이 제각기 전화번호를 불러대고 있으니 교정실의 소란은 가관이었다.

「이렇게 시끌시끌한 속에서 교정을 보고 있다니 대단하군. 나가지.」

김진택은 얼굴을 찌푸렸다.

「뭐 대단할 거 없어. 자꾸 듣다 보면 둔감해지니까.」

이상재는 교정지를 덮어 봉투에 넣으며 몸을 일으켰다.

「저 인간들은 기본 예의도 모르나? 왜 저리 안하무인이야?」

김진택은 계단을 내려가며 더 참을 것 없다는 듯 불쾌감을 드러냈다.

「다 돈 힘이지. 이 인쇄소에서 최고 고객으로 떠받들거든.」

「최고 고객? 그게 무슨 소리야?」

「저 일거리가 돈벌이가 잘된다 그런 말씀이지. 일반 출판사 조판비보다 저 조판비가 거의 열 배쯤 비싼데다, 출판사에서는 3개월짜리 어음쪽지 받는데 저 일은 현찰 받고, 다른 정부 간행물 따내는 데 저 일은 실적으로 꼽히고, 이익이 한두 가지가 아니니까.」

「골치 아프군, 오나가나 그놈의 돈. 자본주의 꼬라지는 갈수록 한심해.」

이상재는 문득 그의 끝말이 신경에 걸렸다. 이 친구가 아직도 그때의 생각에 빠져 있나 싶었던 것이다. 그러나, 설마 하며 아무 내색도 하지 않았다.

「내가 여기 있는 걸 어떻게 알았어?」

이상재는 다방에 자리잡고 앉으며 물었다.

「여기 있는 거야 사무실에서 가르쳐준 것쯤 모를 리 없을 거고, 출판사 하고 있는 걸 어떻게 알았느냐 그거겠지? 이 형은 내가 어찌 사는지 통 몰랐겠지만 난 이 형이 기자 노릇 하고, 쫓겨나고 한 것 다 알고 있었지.」 김진택은 담뱃갑을 꺼내 담배를 권하고는, 「난 그동안 친척이 하는 회사에서 일하다가 얼마 전에 그만뒀어. 친척이 하는 회사라고 해도 월급쟁이 신세 빤한 거고, 그래서 내 사업을 하려고 퇴직금 좀 낫게 받아가지고 나왔지. 나도 출판을 해볼 맘이 있어서 좀 배우려고 이렇게 이 형을 찾아온 거야.」 그는 이상재가 물을 것도 없이 이런 말까지 잇대었다.

「배우기는 뭘. 나도 아는 것 별로 없는 초보잔걸.」

이상재는 건성으로 대꾸하며 신경은 딴 데로 쏠리고 있었다. 10년이 넘도록 아무 연락도 없이 지내오면서 그가 자신이 살아온 것을 알고 있다는 것이 꼭 감시를 당해온 것처럼 달갑지 않았다.

「초보자긴, 벌써 몇 년이라고. 물결출판사는 유치한 책 안 내고, 일정한 수준을 유지하면서도 쏠쏠하게 팔리는 책들을 갖고 있잖아. 그게 어디 아무나 할 수 있는 일인가? 다른 출판사들도 출판 잘하고 있다고 알아주던데. 그게 말로 그냥 되는 건 아니겠지만 그래도 경험자의 조언을 들으면 훨씬 낫지 않겠어? 옛 우정을 생각해서 귀찮게 생각하지 말고 좀 도와줘.」

「그야 도울 수 있으면 도와야지. 그런데……, 출판이라는 것이 과연 할 만한 사업인지 모르겠어.」

이상재는 또 '옛 우정'이라는 말에 잊고 있었던 그때의 일들이 묵은 사진첩을 빠르게 넘기는 것처럼 스쳐가며 신경이 분산되는 것을 느끼고 있었다.

「그게 무슨 소리지? 소득이 증대되면서 출판은 유망 업종으로 꼽히던데.」

「글쎄, 그렇게 보는 측면도 있긴 한데, 내가 보기로는 회의가 더 많아. 뭐랄까……, 사업이라는 게 노력을 바치고 세월이 쌓여가면 축적되는 게 있어야 하는데, 출판은 그게 없어. 다시 말하면, 다른 업종들의 특이한 상품들은 그 수명이 10년을 넘어 몇십 년씩 가는 게 많은데, 책이란건 국어사전이나 성경을 빼놓고는 아무리 인기 있는 것이라 해도 그 수

명이 1년 넘기기 어렵고, 보통 책들은 3개월 정도에서 죽어버려. 그러니까 10년이고 20년이고 바쳐 100종, 200종의 책을 가지고 있어 봐야 그건 다 시체고, 언제나 팔리는 새 책을 내려고 쫓기고 허덕거리고 하는 거지. 이런 축적 없는 일이 과연 할 만한 것인지 날이 갈수록 회의하게 돼.」

이상재는 원 선배에게도 하지 않은 내심의 이야기를 솔직하게 털어놓았다.

「난 또 무슨 소리라고. 책이 활명수나 진로소주 같기를 바랄 수는 없지. 소비자가 특수층으로 한정되어 있으니까. 그렇지만 그 영향력을 생각하면 출판은 매력이 있잖아? 앞으로 소득을 따라 독자들이 자꾸 불어나면 그 문제는 점차 나아질 거구 말야.」

김진택은 커피를 한모금 마시며 아주 여유롭게 웃었다.

「음……, 그렇게 생각하고 시작한다면 실망도 적고 해볼 만하겠지. 그렇지만 그런 여유를 가지려면 자금이 꽤나 많아야 할 텐데……?」

이상재는 '영향력'이라는 말이 또 신경에 걸렸다. 출판의 영향력이 매력이라 출판을 한다……? 선뜻 이해가 되지 않고 무언가 아리송하고 알쏭달쏭했다. 자신은 출판의 영향력에 대해서는 한 번도 생각해 본 적이 없었다. 신문·방송·텔레비전에 비해 출판의 영향력이란 지극히 미미했던 것이다. 내용 무거운 책일수록 팔리지 않는 풍토에서 그 영향력이란 더욱 보잘것없는 것이었다.

「자금? 그게 많지 않으니까 이렇게 이 형을 찾아와 그 요령을 배우려는 거지. 좌우간 배우는 건 단숨에 되는 게 아니니까 차차 하기로 하고, 오랜만에 만났으니까 오늘 밤 술 한잔 어때?」

김진택은 붙임성 좋게 거무튀튀한 얼굴에 웃음을 가득 피워냈다.

「응, 아직 시간이 멀었는데…….」

이상재는 팔목의 시계를 보았다.

「그건 걱정하지 말어. 시간을 다시 정하고 그동안 이 형은 할 일 해.

난 또 어디 갈 데가 있으니까.」

「그럼 그렇게 하지 뭐.」

김진택과 헤어져 이상재는 교정지를 다시 잡고 앉았지만 문장이 눈에 들어오지 않았다. 머릿속은 지난날의 기억들로 완전히 점령당해 있었다.

김진택은 농담 잘하면서도 진중했고, 소탈하면서 열성적이어서 학사주점을 운영해 나가는 일꾼의 한 사람으로 아주 제격이었다. 그는 술 심부름을 하면서 재치 있는 농담으로 손님들의 기분을 잘 맞춰냈고, 그가 대학생인 줄 모르는 손님들이 술 취해 하대를 해도 그는 전혀 기분 나쁜 내색 없이 잘 받아넘겼다. 그의 그런 열성적인 봉사는 1주일에 적어도 사흘이라서 회원들 중에 그를 당할 사람은 거의 없었다. 주점의 운영이 조직의 활동자금을 마련하기 위한 것이었으므로 그의 봉사는 곧 조직에 대한 열성이었다. 그는 주점의 봉사에 열성인 만큼 이론도 남들 못지않게 갖추어 회원 토론회에서도 무게 있는 발언을 곧잘 하고는 했다. 그가 남들에게 좀 빠지는 것이 있다면 대학이 속칭 일류가 아니라는 점이었다.

그 조직은 4·19정신을 이어받아 민주주의를 추구하고 민중의 삶을 이끄는 지성인의 모임이었다. 그 대상은 모든 대학에 걸쳐 있었지만 회원 가입은 은밀하면서도 까다로운 편이었다. 좋은 대학이라고 해서 가입이 쉬운 것이 아니었다. 역사와 사회에 대한 올바른 인식과 불의와 모순에 맞설 수 있는 굳은 의지를 인정받아야 했다. 그 선정 기준은 정의로움을 품고 있는 대학생들의 정서와 잘 부합되었고, 가입의 비밀스러움과 엄격함은 회원들의 자부심과 긍지감을 상승시키는 구실을 했다.

회원으로 먼저 가입한 이상재는 유일표를 추천하려고 했다. 유일표야말로 자신보다 더 그 조건에 합당한 인물이었고, 마음에 들지도 않은 철학과에 다니면서 맥빠져 있는 그에게 생기를 되찾게 해줄 수 있는 기회이

기도 했다. 그러나 막상 유일표의 가정환경이 그런 의욕을 꺾고 있었다.

학사주점이 성업을 이루었던 것은 특별히 술맛이 좋아서도 아니었고, 술값이 싸서도 아니었다. 일반 막걸리집들에서 맛볼 수 없는 특이한 분위기 때문이었다. 대학생들이 무의식 중에 갖는 공통점은 스스로 지식인이라는 우월의식이었다. 그런데 그 우월감은 자기보다 나은 지식인들을 향해서는 곧 열등감으로 바뀌게 마련이었다. 지식에 대한 과시욕과 선망이 교차시키는 예민한 감정 변화였다. 학사주점은 상호에서부터 분위기까지 그런 감정을 위로받고 충족시킬 수 있는 곳이었다. 그곳에서는 대학생들이 선망하는 신진 지성인들을 쉽게 볼 수 있었고, 술기운에 실린 그들의 유창한 언변은 지적인 분위기를 자아내기에 모자람이 없었다. 신문이나 잡지에서 대할 수 있을 뿐인 그들을 술집에서 가까이 만나게 되면서 대학생들은 자기들도 수준이 한 급 올라가는 기분에 취할 수 있었던 것이다.

그런데 그 조직이 어느 날 갑자기 통일혁명당이라고 지목되었다. 그와 동시에 대규모 간첩단으로 몰리고 말았다. 그건 그야말로 청천벽력이었다. 월남으로 몸을 피해가서 아무리 생각해 보아도 그건 너무 황당하고 억울하기 짝이 없는 누명이었다. 토론회에서 가끔 민족 분단이 의제가 되긴 했지만 통일을 혁명적으로 해야 한다는 의제가 등장한 일은 없었고, 박정희의 강압정치를 비판한 적은 있지만 간첩 노릇을 한 적은 단 한 번도 없었다. 분명한 사실이지만, 만약 위에서 혁명적 통일을 위해 이북의 편을 들어야 한다는 낌새라도 보였더라면 단연코 그 조직에 등을 돌렸을 것이다. 왜냐하면 대통령일 뿐이면서 황제적 권한을 휘둘러대는 박정희도 싫을 뿐만 아니라 1인 독재로 우상이 되어 있는 북의 김도 똑같이 싫었고, 민족 통일에 관한 한 끝도 한도 없이 반목만을 일삼고 있는 남과 북의 정치 집단에 대해 용서할 수 없는 불신을 가지고 있었기 때문이다.

결국 그 사건은 70명이 넘게 기소되었고, 3~4명이 사형, 수십 명이 실형을 받고 마무리되었다. 사형은 감형이 되지 않았고, 실형을 받은 사람들 중에는 지금까지도 옥살이를 하는 사람도 있었다. 애써 잊으려고 했던 그 조직에 대해 아직까지도 풀리지 않은 수수께끼가 많았다. 자신은 민족사상연구회에 속했을 뿐인데 수사기관에서 발표한 수사 결과는 상상할 수도 없이 끔찍스러운 내용들로 차 있었다. 민족사상연구회는 통혁당의 하부조직들 중의 하나로 되어 있었다. 자신은 그 하부조직들 중에서도 학생회원이었을 뿐이라 화를 모면한 셈이었다.

이상재는 연달아 담배를 피워 물었다.

그런데……, 김진택은 어찌 되었을까? 그는 학생 중에서도 유난히 열성으로 활동했고, 그래서 윗사람들에게 칭찬을 많이 받지 않았던가. 그가 나처럼 무사할 수 있었을까……? 그는 통혁당의 실체를 알고 있었을까……?

지난날의 의문에 새로운 의문들이 겹쳐져 이상재의 머릿속은 더 혼란해지고 있었다. 그는 교정 보기를 포기하고 새로 나온 교정지를 챙겨가지고 사무실로 돌아왔다.

이상재는 그와 약속한 다방으로 나가며 그동안 의식의 저편으로 멀어져 있었던 통일문제를 계속 생각하고 있었다. 통일……, 그것은 바쁘고 힘겨운 나날의 삶 속에서 곧잘 잊혀지거나 추상화되기 예사였다. 통일……, 그게 이루어지기는 이루어질 수 있는 문제일까? 언제나 그렇듯 또 막막한 회의가 앞을 가로막았다. 어쩌면 그것이 통일에 대한 정답일지도 몰랐다. 미국과 소련이 정면대결 하고 있는 속에서 통일이라는 말 자체가 몽상일지도 몰랐다. 그 구도 자체가 통일과는 정반대였고, 굳이 통일을 하려면 다시 전쟁을 해야 한다는 사실을 전제로 하고 있었다. 다시 전쟁……, 그건 끔찍스런 일이었다. 그런데 더욱 답답한 것은 남과 북의 정치세력이었다. 그들은 미국과 소련이 만들어놓은 구도를 지키는 데 충실했을 뿐 전쟁 없는 통일에 대한 모색은 한 일이 없었다. 지난날 자신이 통일문제에 관심을 가졌던 것이 새삼스럽게 순진무구하게 느껴지기도 했다.

　김진택이 찾아간 술집은 낙원동 뒷골목에 다닥다닥 붙어 있는 간이 2층집이었다. 그는 그런 술집을 택한 목적을 달성하려는 듯 경사 급하고 허술한 계단을 거침없이 올라갔다. 대로변에는 큰 건물들이 너무 많이 세워져 무계획 도시개발로 지탄받고 있는데 거기에서 얼마 떨어지지 않은 뒷골목에는 그런 싸구려 술집들이 여전히 남아 있었다. 그건 비정상적으로 팽창일로에 있는 서울이라는 도시의 두 얼굴이었다.

　「안녕하세요? 저는 김진주라고 해요. 술은 뭘로 드시겠어요?」

　못생긴 편인 얼굴에 화장을 너무 야단스럽게 한 아가씨가 눈웃음을 치며 술상 옆구리에 앉았다.

　「여기도 맥주 있나?」

　김진택이 불쑥 물었다.

　「그러믄요, 술집인데요. 양주 빼놓고는 다 있으니 염려 놓으세요.」

　「그럼 맥주 가져와. 안주는 마른 것 말고 부침개 종류로 하고.」

　「어머, 멋진 실속파셔. 맥주홀 가봤자 술값, 안주값 다 바가지지 뭐. 별것도 아닌 기집애들 팁값도 왕창 나가고. 여기 잘 오셨어.」

　아가씨는 김진택에게 아양을 떨며 흥겹게 아래로 내려갔다.

　「출판사들이 갈수록 많이 생겨난다며?」

　김진택이 이상재에게 담배를 권하며 입을 열었다.

　「글쎄, 소자본으로 할 수 있으니까 그렇겠지 뭐.」

　「그게 좋은 현상인가, 나쁜 현상인가?」

　「모르겠어. 굳이 나쁘다고 할 건 없지만, 경쟁은 그만큼 치열해지는 셈이지. 책의 수명이 자꾸 짧아지는 것도 그 때문이고.」

　아가씨가 술과 안주를 가지고 왔다. 술상을 차린 아가씨는 익숙한 솜씨로 맥주병을 따고는 김진택 쪽으로 치우치게 자리를 잡고 앉았다.

「아가씨, 우린 우리끼리 할 얘기가 있으니까 아가씨는 딴 손님 받어.」

김진택이 말했다.

「왜, 내가 맘에 안 드세요?」

아가씨가 금세 토라졌다.

「무슨 딴소리야? 방금 말했잖아.」

김진택이 짜증스럽게 아가씨를 쏘아보았다.

「알았어요.」

아가씨가 발딱 몸을 일으켰다.

「참 별꼴이 반쪽이야. 여자 있는 술집에 와서 여자 퇴짜놓는 촌것들하고는.」

아가씨는 아래로 내려가며 큰소리로 화풀이를 하고 있었다.

「뭐 특별한 얘기 있다고 아가씨를 화나게 만들고 그래?」

이상재는 김진택이 따르는 술을 받으며 말했다.

「왜, 아가씨 필요해?」

「이런, 오해하지 말어. 그런 뜻이 아니고, 저 아가씨도 벌어먹고 살아야 되잖아.」

「아, 그런 차원인 줄은 몰랐군. 이 형은 역시 그런 속 깊은 데가 있어 마음에 들어. 나도 그 점에 전적으로 동감하는데, 허지만 오늘은 안 되겠어. 우리가 얼마나 오랜만에 만난 건데 조금이라도 우리 얘기 방해받을 순 없잖아. 여자가 끼여들면 얘기가 자연히 그 여자 수준으로 떨어지고, 아까운 시간 괜히 죽 쑤게 되고 하는 게 술자리 꼴들이잖아. 자아, 한잔 쭈욱 하자구.」

김진택은 잔을 내밀었다.

「그도 그렇군.」

이상재는 술잔을 부딪쳤다.

맥주를 대여섯 병 비울 때까지 김진택은 출판에 관해 이런저런 것들을 물었다. 이상재는 술기운이 퍼져오르는 것을 느끼며 대충대충 대답해 넘겼다. 그의 머릿속은 낮에 느꼈던 혼란으로 여전히 복잡했다. 그렇다고 그 의문들을 입 밖에 내지도 못하고 있었다.

「그런데 말야, 이 형은 그때 동지들 중에서 누구하고 가까이 지내는 사람 있어?」

김진택이 앉음새를 고치며 말머리를 돌렸다. 그의 얼굴도 목소리도 달라져 있었다.

「아니.」

이상재는 고개를 저으며 가슴이 찌릿해지는 긴장을 느꼈다.

「그렇겠지. 다 산산이 흩어졌으니까. 워낙 사건이 충격적이었던데다가 수사도 살벌했었으니까. 나도 그동안 소리 소문 없이 움츠리고 사느라고 아무하고도 가까이 지낼 수가 없었어. 그래도 이 형은 대단하다 싶데. 유신에 맞서 투쟁하다 퇴직을 당하는 걸 보면서 옛날의 정의감은 그대로 살아 있다는 것을 느꼈어.」

「정의감은 무슨……. 그런데 말이 나왔으니까 말인데, 그때 김 형은 위가 그렇다는 걸 전혀 눈치 못 챘어? 김 형은 간부급 선배들하고 특히 가까웠잖아. 신임도 받고 말야.」

마침내 이상재는 머릿속을 어지럽히고 있는 의문 하나를 꺼냈다.

「그야 물론이지. 내가 일 좀 열심히 해서 이쁨을 받았다 뿐이지 나도 이 형이나 똑같은 학생회원일 뿐이었는데.」

「그런가……. 그거 다 지나간 일이지만 지금까지도 풀리지 않은 의문들이 한두 가지가 아니야.」

이상재는 술잔을 들며 고개를 갸웃거렸다.

「의문? 나도 의문이 좀 있긴 한데, 이 형이 느끼는 건 뭔데?」

「글쎄……, 하도 많아서 원……. 아무리 생각해도 이해할 수가 없어.」

술잔을 비운 이상재는 말을 망설이며 고개를 더 갸웃갸웃했다.

「이런 답답하긴. 어디 속시원히 말해 봐. 우리끼린데 못할 말이 뭐 있어. 이제 와서 법에 걸리는 것도 아니고. 그런 의문 이런 기회에 털어내 버려야지 평생 품고 있을 거야?」

술을 단숨에 비운 김진택은 잔을 이상재에게 건넸다.

「글쎄, 그게 그렇긴 한데…….」 이상재도 잔에 가득 찬 맥주를 단숨에 비우고는, 「요새라고 그런 얘기 맘놓고 해도 되는 세상도 아니고…….」 그는 떫은 입맛을 다셨다.

「아이구, 걱정하지 마. 이런 술집에까지 귀 달렸나? 아가씨도 없어졌고, 저 떠들어대는 소리 들어 봐.」

김진택은 손가락으로 아래층을 가리키며 담배연기를 뿜어냈다. 아래에서는 젓가락으로 술상을 두들기는 소리에 맞추어 남녀가 노래를 불러대고 있었다.

「그런데 그게 말이야……, 먼저 김 형한테 물어볼 게 있는데, 김 형은 윗사람들이 정말 그런 행위를 했다고 생각해?」

이상재는 차마 '간첩활동'이라는 말을 꺼낼 수가 없었다. 그 말이 그들을 욕되게 하는 것 같았고, 또 그 말의 위험성이 마음에 걸리기도 했다.

「글쎄, 그건 나도 잘 모르겠어.」

「그리고 또 하나, 조직원들에게 무장을 시킬 계획을 가지고 있었다고 하는데, 그게 말이 된다고 생각해?」

「글쎄, 그거 나도 신문보도 보고 알았는데……, 그게 사실인지 아닌지는 알기가 어렵지. 그런 부분은 수사기관에서 과장할 수도 있으니까.」

「응, 그야 그럴 수도 있겠지. 그렇지만 그게 만약 사실이라면 그것처럼 어리석고 한심한 일은 없어. 한국은 땅이 넓고 넓은 중국 대륙도 시베리아 대륙도 아니야. 그렇다고 고엽제가 당해내지 못하는 베트남 정글지대도 아니야. 한국은 손바닥만한데다가 신고망이 거미줄처럼 짜여져 있어. 기자가 벽촌으로 취재를 갔다가 신고당해 파출소로 끌려가고, 어떤 소설가가 해변으로 취재여행을 하다가 신고당해 향토예비군들한테 포위당하는 게 한국이야. 이런 나라에서 비밀무장이라는 게 될 법이나 한 소리야?」

「내 생각도 그런데, 다 머리 있는 사람들인데 그런 어리석은 생각을 했을 것 같지는 않아.」

「좋아, 그건 그렇다고 쳐. 그럼, 우리는 보지도 못한 최고 수뇌부 몇 명이 월북해서 입당하고, 공작금까지 받아온 건 또 뭐지? 그들이 재판 과정에서 그 사실을 시인했으니까 더 할말이 없잖아. 그것도 도무지 이해할 수가 없어. 북쪽을 편들어 통일을 하겠다고? 우리 현실에서 그것처럼 어리석은 망상이 또 어디 있어? 김 형은 『6·25전사』 읽어봤는지 모르겠는데, 그 당시에 미군은 다 철수하고 고문관만 500여 명 남은 상태에서 전쟁이 터지자 일본 오끼나와 기지에서 뜬 미군 비행기가 서울 상공에 나타난 것이 불과 사흘 만이야. 그후로 북은 제공권을 완전히 빼앗긴 상태에서 원점으로 되돌아가 전쟁은 끝났어. 그런데 지금은 어떻지? 첨단무기로 무장한 주한미군만도 수만 명이야. 거기다가 완전히 베일에 싸인 미 C.I.A가 활동하고 있어. 이런 상태에서 북쪽 공작금을 받아 통일할 당을 만들어? 몽상을 해도 어떻게 그런 어이없는 몽상을 할 수가 있어?」

「글쎄, 그걸 몽상이라고 할 수도 있는데 말야……, 그게 꼭 그렇지 않은 경우도 있지 않아? 베트남을 봐. 미군이 두손들고 물러났잖아. 그건 미국이 종이호랑이일 수도 있다는 증거인지도 몰라.」

「그래? 김 형은 베트남에 가보고 나서 그런 말하는 거야? 나는 베트남에서 군대 말년 보내고, 그 뒤로도 그 문제를 곰곰이 생각해 봤는데, 베트남과 우리는 겉보기에는 같은 것 같지만 내부를 자세히 들여다보면 완전히 달라. 외세에 의해 국토가 분단되었다는 것만 같을 뿐이지 지도

자의 성격이나 자연환경은 완전히 다르단 말이지. 호지명은 프랑스군을 격파하고 조국의 독립을 이룩해 낸 그야말로 민족 영웅이야. 그런데 미국이 다시 개입하고 들자 베트남사람들은 자기네 영웅을 따라 다시 한 덩어리로 뭉쳐 끝끝내 독립을 쟁취한 거야. 그에 비해 북의 김은 일제가 패망해 떠나버린 상황에서 느닷없이 6·25를 일으켜 동족끼리 수백만을 죽이게 했고, 그 결과 남쪽에는 그에게 원한을 품은 사람들을 무수히 만들어내는 동시에 미군이 무한정 주둔할 수 있는 계기를 만들어줬어. 그리고 자연환경이야. 베트남은 고엽제가 그 위력을 발휘할 수 없도록 나무들이 줄기차게 자라나는 여름뿐인 나라야. 그러나 우리나라는 나무에 잎이 없는 달이 6개월 가까이나 되도록 겨울이 긴 나라야. 그러니 게릴라전이란 아예 성립이 안 되지. 그리고, 미국은 국내의 반전 여론과 국제적 압력에 밀리기도 했어. 미국을 과대평가할 것도 없지만, 종이호랑이로 보는 건 더 큰 문제야.」

「웅, 듣고 보니 그게 그렇기도 하네. 이 형은 기자생활을 해서 그런지 아주 논리적이고 주관이 확고하군 그래. 오늘 배우는 게 참 많아. 그나저나 우리가 마음 편케 잘살 수 있게 되려면 무엇보다도 통일이 돼야 하는데, 그건 어떻게 생각해?」

「통일? 글쎄, 그거 꿈같은 얘기 아닌가? 양쪽에서 서로 반목을 조장해 대면서 그 위기를 독재 강화에 써먹고 있으니 분단은 갈수록 견고해질 수밖에 없잖아. 한 가지 좋은 예가 있어. 거 김신조 부대 사건 있잖아? 난 그 덕에 6개월이나 더 군대에서 썩었는데, 그 사건이 터지자 이쪽에서는 김일성이 곧 쳐내려올 것처럼 난리 법석을 떨며 250만 향토예비군을 창설했어. 그걸 보고 저쪽에서는 가만히 있었겠어? 그랬을 리가 없지. 보나마나 미 제국주의자들과 그 앞잡이 괴뢰도당들이 북침 준비를 하고 있다고 대대적으로 선전하며 독재 강화의 호기로 삼았겠지. 그 맥락에서 통일을 운운하면 어떻게 되지? 재깍 빨갱이로 몰리잖아. 그러니까 어설프게 통일 내세우는 건 바보짓이야. 남과 북이 똑같이 내부의 독재부터 제거해야 돼. 분단을 악용하고 있는 독재 말이야. 내 말 틀려?」

이상재는 술 취한 눈으로 김진택을 쏘아보듯 했다.

「아니, 탁견이야. 술 취하니까 이 형도 아주 달변이네. 오늘 기분 좋게 마셨으니까 이만 갈까?」

김진택이 비틀거리며 몸을 일으켰다.

「이 형, 또 연락할 테니까 많이 좀 도와줘.」

술집을 나선 김진택이 손을 내밀었다.

「그럼, 내가 아는 건 다 가르쳐줄 테니까 바로 연락해. 다음번엔 내가 살게.」

이상재는 그의 손을 잡고 흔들며 흔쾌하게 말했다.

며칠이 지나도 김진택한테서는 아무 연락이 없었다. 콩트집을 내서 도매상에 넘기느라고 보름 가까이 정신없이 보냈다. 한숨 돌리고 생각하니 그때까지도 김진택한테서는 아무 연락이 오지 않았다. 가끔 생각하며 한 달이 지났다. 그래도 소식이 없었다.

싱거운 친구 같으니라고. 출판을 그만두기로 한 모양이군.

이상재는 이렇게 생각하며 그를 잊어갔다.

48
붉은 모래언덕

「여보, 그러지 말고 제발 이번 한 번만 오빠하고 동행하세요. 당신이 장인도 싫고 처남도 싫더라도 아내인 내 입장은 좀 생각해 줘야 되잖아요. 당신이 그렇게 무작정 거절해 버리면 난 새중간에 끼어 어쩌라는 거예요.」

또 그 이야기를 꺼내는 것에 원병균은 그만 화가 치밀었다. 그러나 아내의 말마따나 그 난처한 입장을 생각해서 감정을 눌렀다.

「그래, 당신의 난처한 입장 잘 알아. 그렇지만 내 입장이라는 것도 있잖아. 자꾸 말해 봤자 결론은 똑같은데, 내가 이번 일에 끼여들어 할 일도 없고, 장인 어른도 계속 그런 식으로 회사를 운영해서는 안 된다고 생각해. 그러니까 당신은 좀 괴롭더라도 모르는 척하고 있어.」

「아니, 어찌 그리 속 편한 소리를 하세요? 당신 가게 하라고 자꾸 전화가 걸려오는데 어떻게 모르는 척해요. 그리고 지금 아버지 회사에 난리가 나고 있는데 모르는 척한다는 게 말이나 돼요?」

처음에는 사정조였던 박영자의 어조가 냉기를 품으며 새침하게 변했다.

「당신은 참 알다가도 모르겠어. 어떤 때는 지나칠 정도로 사리 분별을 잘하다가도 어떤 때는 또 영 말이 안 되게 판단력이 없어진다니까. 이번 문제는 무조건 친정아버지 편만 들려고 하지 말라니까. 좀 어렵더라도 냉정하게 객관적 입장에서 생각해 봐. 사학과를 나왔다는 사람이 왜 그래?」

원병균의 어조에서도 짜증이 묻어났다.

「아니, 왜 갑자기 사학과까지 들먹이고 그래요? 맞아요, 그나마 사학과를 나왔으니까 자유언론 민주투사를 따라 지지리 궁색하고 가난한 것 참아가며 여지껏 살아왔다는 것 알기나 해요?」

박영자의 말에 가시가 돋혀 있었다.

「이런, 왜 또 말이 그쪽으로 회전을 하나? 가난해도 처자식 밥 굶긴 적 없고, 떨어진 옷 입힌 적 없으니까 당신이 장하다고 생각하면 큰 오해야. 투위회원 중에는 우리보다 가난하게 사는 사람이 훨씬 더 많으니까.」

「어머, 당신 그거 말이라고 해요? 당신은 그놈의 투위가 먼저예요, 마누라인 내가 먼저예요? 투위하고 마누라하고 뭐가 더 중하냐구요. 당신은 언제 한번 내 처지를 심각하게 생각해 본 적이 있어요? 여자의 마음이란 걸 생각해 본 적이 있냐구요. 난 애초에 신문기자 원병균하고 결혼했지 민주투사 원병균하고 결혼한 것이 아니에요. 그런데 갑자기 형편이 변하고 말았어요. 그래도 당신이 옳다, 사회정의를 위해 싸워야 한다, 하고 이성적으로 생각하며 모든 것을 받아들였어요. 그렇지만 고생이 오래갈수록 그런 마음은 자꾸 흔들리기 시작했어요. 난 당신이 마땅찮아하는 부잣집 딸로 컸어요. 그리고 여자예요. 철 따라 좋은 옷 해입으며 멋도 부리고 싶고, 값진 보석을 달고 친구들 만나 으시대고도 싶고, 분위기 있는 음식점에서 자주 외식도 하고 싶고 그래요. 그렇지만 그런 걸 다 참아왔어요. 친정에서 돈을 가져다가 하려고 하면 다 할 수 있었지만 당신 아내로 살기 위해 참아왔다구요. 그 대신 난 친구들 만나는 걸 포기하고 살았어요. 당신은 그런 여자의 마음을 알기나 해요? 이런 말을 하면 당신은 또 저질이다, 천박하다 하면서 경멸하겠지요? 경멸하려면 얼마든지 경멸해도 좋아요. 그렇지만 아무리 이성적이고 유식한 여자라도 속으로 그런 마음은 다 가지고 있어요. 당신 머리 좋고 똑똑한 사람이니까 깊이 한번 생각해 봐요. 여자가 자기의 초라하고 궁색한 모습을 보이지 않으려고 친구들을 피해가며 외롭게 사는 게 얼마나 슬프고 눈물나는 일인지.」

박영자의 눈에서는 눈물이 흘러내리고 있었다.

원병균은 말문이 막히고 말았다. 아내에게 면목이 없었고, 아내가 안쓰럽기 그지없었다. 그러나 마음과는 달리 말은 엇지게 나갔다.

「왜 친정 회사 일 얘기하다가 쓸데없는 소리하고 그래. 당신도 4·19 때 데모를 했다면 아버지에 대해서도 냉정하게 비판해야 돼. 월남에서도 근로자들이 항의 데모를 하게 만들더니 사우디에서 또 폭동을 일으키게 하면 어떡해. 그렇게 회사를 운영해 돈을 벌어 뭘 하자는 거야, 도대체.」

원병균은 신문을 획 밀치고는 현관으로 걸어나갔다.

「참 잘났군요. 당신이나 많이 냉정해 봐요. 난 그렇게 못하니까. 오빠하고 동행 안 하면 이혼인 줄이나 알고 나가요.」

박영자도 남편의 뒤에다 대고 억지소리를 퍼부었다.

남편이 뒤도 돌아보지 않고 나가버리자 박영자는 소파에 주저앉았다. 그때 문득 강숙자가 떠올랐다. 아버지에 대해서 냉정하라고 한 남편의 말은 4·19 때 자신이 강숙자에게 한 말이었다. 그때 강숙자는 끝내 데모에 참가하지 않았다. 그런데 지금 자신은 강숙자가 되어 있었다. 그때는 남의 일이라 그렇게 말했던 것인지, 지금은 타락을 해서 아버지 편을 들고 있는지 잘 구별할 수가 없었다. 어쩌면 남편 모르게 계속 친정 도움을 받고 있어서 그러는지도 몰랐다.

남편은 언론의 자유를 위한 투쟁만 하는 것이 아니었다. 기업들에 대해서도 독재정권에 못지않은 증오를 가지고 있었다. 독재정권의 비호를 받으며 기업들이 근로자들을 착취해 치부를 하고 있다는 거였다. 그 말을 틀리다고 할 수는 없지만 장인한테까지 조금도 여유를 보이지 않는 것은 야속하지 않을 수 없었다.

아버지도 안타까웠다. 세상은 빠르게 변해가고 있는데 어쩌자고 옛날식으로 회사를 운영하는지 모를 일이었다. 언제까지 축적이란 말이냐, 이젠 분배를 해야 한다, 하며 노동자들은 노조를 만들고 목소리를 높이고 있었다. 사회는 그들의 주장에 호응하는 분위기가 된 지 오래였다. 하긴 총리라는 사람이 국민들을 향해 으름장을 놓듯, 지금은 축적의 시기이지 분배의 시기가 아니다, 조금만 기다려라, 한 것이 10년 세월인데도 정부는 전혀 분배할 기미를 보이지 않고 있었다. 그런 거북살스러운 상황 속에서 아버지는 어떻게 했길래 근로자들이 외국에서까지 폭동을 일으키게 했는지 모를 일이었다. 아버지는 보나마나, 그대로 두면 다 굶어죽을 것들을 일거리 줘서 먹여살려 놨더니 이제 회사 망쳐먹으려 든다고 화를 낼 것이 뻔했다. 아버지에게는 도저히 고칠 수 없는 것이 두 가지 있었다. 줄기차게 여색을 밝히는 것이었고, 직원이나 근로자들을 종으로 취급하는 것이었다.

남편과 아버지는 상극 중에 상극이었다. 박영자는 한숨을 토하며 어깨를 늘어뜨렸다. 그때 전화벨이 울렸다.

「나다, 셋째오빠. 늬 남편 어떻게 됐냐?」

전화 속의 박준서 목소리는 급한 기색으로 퉁명스러웠다.

「오빠, 내 힘으로 안 되겠어요. 나하고 한바탕 하고 방금 회사로 나갔어요.」

「이런, 답답하기는. 한바탕 해버리면 어떡허냐? 부드럽게 살살 어떻게 했어야지.」

「오빠나 답답한 소리 말아요. 첨부터 한바탕 하자고 대들었겠어요? 하다하다 안 되니까 그리 된 걸 알기나 해요? 나도 속상하고 신경질 나 미치겠다구요.」

박영자는 자신도 모르게 울먹였다.

「알았다, 알았다, 수고했어. 내가 회사로 바로 찾아가 만날 테니까 넌 더 신경 쓰지 마라. 전화 끊는다.」

「거긴 언제 가는데요?」

「응, 오늘 밤에 출발해야 한다. 늬 남편 비행기표까지 다 끊어놨어.」

전화를 끊으며 박영자는 또 한숨을 쉬었다. 오빠가 직접 만난다고 될지 모를 일이었다. 남편은 아버지 못지않게 셋째오빠를 싫어했다. 아버지 회사에서 고속승진을 할 때부터 차츰차츰 금이 가기 시작해 셋째오빠가 유정회 국회의원이 되자 둘 사이의 우정은 완전히 깨지고 말았다. 자신이 생각해도 셋째오빠가 국회의원이 된 것은 어색하고 민망스러운 일이었다. 셋째오빠가 4·19의 부상자이기 때문만은 아니었다. 그건 순전히 아버지의 욕심과 허용의 산물이었고, 셋째오빠는 거기에 얹혀 어설픈 정치욕을 드러낸 셈이었다. 아버지는 돈으로 만족하지 못하고 우리 가문을 더 빛내야 한다는 욕심을 가졌고, 경쟁 상대인 다른 재벌들에게 나는 너희들과는 다르다는 것을 과시하고 싶은 허영에 차 있었다. 값비싼 보석을 주렁주렁 단 부잣집 여자가 또 하나의 색다른 보석을 탐하는 격이었다.

원병균은 시내버스 안에서 줄곧 아내 생각에 빠져 있었다. 여자의 마음……, 멋부리고 싶고, 보석을 갖고 싶고, 품위 있게 살고 싶고……, 그런 게 어찌 여자 마음일 뿐이겠는가……. 남자에게도 그와 똑같은 마음이 있다. 그 대상이 좀 다를 뿐이지. 초라하고 궁색한 모습을 안 보이려고 친구들을 피해가며 사는 것……, 그게 어디 슬프고 눈물만 나는 일이겠는가. 그것처럼 비참하고 고통스러운 일이 어디 있겠는가. 더구나 아내는 손꼽히는 재벌집 딸이 아닌가. 아내가 자신의 속마음을 그렇게 노골적으로 드러낸 것은 처음이었고, 그런 일로 눈물을 보인 것도 처음이었다. 아내의 눈물이 왜 그리 가슴 아프고, 사람을 서럽게 하는지……. 아내는 그동안 잘 참고 견디어온 것이다. 아내가 남달리 이성적이고 슬기롭지 않았다면 그건 불가능한 일이었다. 새삼스럽게 아내가 가엾고 안쓰러웠다. 내 아내로 살기 위해……, 그럼 나는 아내의 남편으로 살기 위해 무엇을 했는가? 자유언론 투쟁……?

아내한테 더 이상 이성적이기를 바란다는 것은 염치없고, 그것이 바로 비이성적이었다. 인간은 어떤 존재인가……. 이성적이면서 본능적이고, 본능적이면서 감성적이고, 감성적이면서 영성적이고, 영성적이면서 이성적이지 않던가. 그 요소들이 혼재해 있는 인간에게 이성적이기만을 강요하는 것, 그것은 또다른 폭력일 수 있었다. 더구나 형제도 아니고 부모를 대상으로.

그러나 장인은 용납할 수 없는 대목들이 너무 많았다. 성명서 건으로 우연히 알게 된 그 일도 너무나 충격이었고, 장인이라서 남아 있던 한 가닥 정마저 완전히 떨어지고 말았다. 아까 아내 앞에서 그 이야기가 곧 터져나오려는 것을 겨우 참아냈다. 장인한테 오만 정이 다 떨어져 그 어떤 일도 돕고 싶지 않다는 것을 아내한테 확실하게 이해시키려면 그 이야기를 했어야 했다. 그러나, 딸로서 아내가 무릅써야 하는 창피스러움과 모욕감을 생각해 차마 그 이야기를 뱉어낼 수는 없었다.

지난번 성명서 건으로 경찰서에 끌려가 조사를 받게 되었을 때 트집이란 트집은 다 잡던 경찰은 마침내 출판사 발행인이 위장이라는 데까지 이르렀다. 그래서 이상재가 끌려오고, 허미경까지 끌려왔다. 이상재는 오빠 친구로 동업하는 사이라고 허미경이 당당하게 대응해서 걱정했던 그 문제는 쉽게 풀렸다. 그런데 1주일 동안 구류를 살고 나와서 그 이야기를 다시 하다가 뜻밖의 사실을 알게 되었다.

「실은 저의 첫사랑이었는데, 박 사장 비서 때 몸을 망쳐 그렇게 혼자 살아가게 되었죠. 아들을 뺏기고 상처가 크니까요. 제가 군에 있을 때 일어난 일이었으니까 그땐 그냥 변심한 줄 알았었지요.」

「아니 그럼, 허미경 씨는 내가 그 집 사위인 걸 알아?」

「글쎄요……, 아마 모를걸요. 제가 그런 얘기한 적 없으니까요.」

「그렇다면 이 형은 내가 박 사장 사위인 걸 다 알면서도 허미경 씨 이름을 빌린 거 아냐.」

「글쎄요, 선배님 말을 듣고 보니 그렇군요. 이것 참 묘하군요. 이 말 듣고 생각해 보니 비로소 그것 좀 곤란하지 않나 하는 생각이 들지 그때는 이상하게도 그 일이 전혀 그렇게 그렇게 연결이 되지 않았어요. 뭐랄까……, 저는 선배님만 생각했고, ……그러니까 선배님에 대한 믿음이랄까, 존경이랄까……, 그런 게 전부였지 다른 건 생각지도 않았어요. 다시 생각해 보니 제가 이상하긴 이상하군요.」

자신을 그렇게 믿어준 이상재가 말할 수 없이 고마운 반면에 장인이 저지른 잘못이 너무 죄스러워 고개를 들 수가 없었다.

원병균은 버스에서 내리면서 아내 생각을 지우려고 했다. 그러나 사무실에 다다를 때까지 눈물 흘리는 아내의 모습은 지워지지 않았다.

「선배님, 변호사한테서 전화 왔습니다. 상고이유서가 다 됐다구요.」

먼저 출근해 있던 이상재가 대걸레를 옆으로 치우며 말했다.

「그 친구 어지간히 부지런하군. 그거 하나 작성하는 데 굼벵이가 서울 부산을 왕복하고도 남도록 질질 끌어대니 원.」

원병균은 세차게 혀를 찼다.

「상고 기일이 급하니까 연락 달라고 하면서도 그 말투가 좀 뜨악하다고 할까……, 맥풀리게 들렸어요.」

「그럴 만도 하지. 상고해 봤자 또 패소할 거니까. 패소할 사건 맡고 있는 변호사 심정은 우리하고 또 다를 거요. 우린 패소 그 자체를 역사 기록으로 남기려는 거지만.」

원병균이 쓸쓸한 듯한 웃음을 흘리며 담배에 불을 붙였다.

「저는 그럼 인쇄소에 가겠습니다. 교정지 바꿔와야지요.」

이상재는 바쁘게 사무실을 나섰다.

원병균은 소파에서 신문을 뒤적뒤적하다 말고 책상으로 옮겨앉아 교정지를 끌어당겼다. 정신을 교정지에 모으려고 했지만 장인의 일과 상고 건이 뒤섞이면서 머리는 혼란하기만 했다.

지난번에 고등법원은 해직기자들이 낸 해고처분무효확인소송 상고심에서 전원 패소 판결을 내렸다. 판사마저 중앙정보부에 끌려가 위협당하는 것이 예사가 된 세상에서 그건 너무 당연한 결과였다. 상고는 이기기 위해서 하는 것이 아니라 그 자체가 신문사와 정부를 향한 자유언론 투쟁인 동시에 역사의 기록으로 삼기 위함이었다.

똑, 똑, 똑, 손기척이 울렸다.

「예, 들어오세요.」

누가 노크를 다 하나, 생각하며 원병균은 고개를 돌렸다. 이 사무실은 사랑방과 같아서 그런 예의 갖추는 사람은 거의 없었던 것이다.

문을 열고 들어선 사람은 박준서였다.

「이거 어쩐 일이야. 아침 일찍부터.」

원병균은 어색스런 얼굴로 엉거주춤 일어섰다.

「어쩐 일이긴. 영자한테 전화하고 오는 길이야. 좀 나가지, 다방으로.」

박준서는 원병균과 달리 활달한 태도로 밝게 웃었다.

「다방은 무슨. 여기서 얘기해도 괜찮아. 내 동업자는 인쇄소에 가서 두 시간 안에는 안 오니까.」

원병균은 낡고 먼지 낀 소파에 주저앉았다.

「딴사람들이 올 수도 있잖아. 여긴 퇴직기자님들 집합소라며. 오랜만에 다방에서 커피 한잔해서 나쁠 것도 없고. 어서 일어나.」

박준서의 몸에는 흔히 사교적으로 사는 사람들이 풍기게 마련인 좀 능글맞고 비위 좋은 세련됨이 배어 있었다.

「이거, 변호사 사무실에도 가야 하는데……」

원병균은 시간 길게 끌 생각 말라는 듯 이렇게 중얼거리며 몸을 일으켰다.

박준서는 다방으로 들어서면서 바로 커피를 시켰다. 그리고 자리에 앉자마자 이야기를 꺼냈다.

「야 병균아, 우리 여러 말하지 말고 떠나자. 너하고 난 친구만이 아니라 가족이야. 집에 불이 났으면 일단 끄고 보는 것이 가족들이 해야 할 일 아니냐? 불길 놓고 누가 불냈느냐, 어쩌다가 불냈느냐 하고 따지고 있어서는 안 되는 것 아니냔 말야. 병균아, 우선 불부터 좀 끄자.」

원병균은 머리가 쿵 울리는 것을 느꼈다. 박준서가 '병균아' 한 호칭은 전혀 예상하지 못했던 공격이었다. 그 호칭은 처남 매제 사이가 되면서 없어진 지 오래였고, 말투도 친구 때 사용했던 '해라'를 버리고 '반말'로 올려야 했던 것이다. 그런데 박준서는 말투를 그 옛날의 '해라'를 쓰며 백기를 들게 하려 하고 있었다.

「그래, 불부터 끄는 게 가족의 도리라고 하자. 나도 그런 생각을 하며 곰곰이 생각해 봤어. 그렇지만 내가 거기 가서 할 일이라는 게 아무것도 없어. 안 그러냐?」

원병균은 커피잔을 들었다.

「알아, 너보고 무슨 일을 하라는 게 아니야. 나 혼자 가는 것보다는 동행하는 것, 그게 네가 할 일이야. 그것도 못하겠단 말이냐?」

「혼자? 회사 간부들은 아무도 안 간다는 거야?」

「그야 서너 사람이 가지. 그렇지만 그 사람들은 어디까지나 월급쟁이

일 뿐이야. 난 마음 편하게 의지할 사람이 필요하니까 넌 그저 특이한 나라 여행 가는 셈치면 돼. 오늘 저녁 출발이다. 아까 네 마누라한테는 말했어.」

박준서는 그의 아버지 박부길 사장의 스타일 그대로 한달음에 밀어붙이고 있었다.

「너 지금 제정신이냐? 난 여권도 없는 몸이야. 그리고 참, 요주의 인물이라 여권도 안 내줄 거다.」

원병균은 뒤늦게 떠오른 신통한 생각에 속으로 만족스럽게 웃었다.

「넌 예나 지금이나 순진무구해서 참 좋구나. 여권 벌써 다 냈고, 비행기표까지 샀다. 너 이거 무슨 말인지 감이 전혀 안 잡히지? 네 사진은 그저께 영자가 조달했고, 여권은 이틀 만에 나왔어. 어떻게 그렇게 될 수 있는지는 꼭 설명이 필요하지 않겠지? 내의며 거기 가서 입을 옷까지 여행 준비는 완료해 놨으니까 오후 5시까지 바쁜 일 끝내놓고 있어. 내가 모시러 올 테니까.」

원병균은 박준서를 멍하니 쳐다보고만 있었다. 금력과 권력이 합해졌으니 여권 아니라 더한 것도 못 해낼 일이 없다는 것을 그는 허전한 마음으로 깨닫고 있었다. 어쨌거나 더 어떻게 빠져나갈 틈이 없어 그는 백기를 들 수밖에 없었다. 커피잔을 드는데 또 눈물 흐르던 아내의 얼굴이 떠올랐다.

「이게 말이야, 일종의 전염병이야. 무슨 말인고 하면, 얼마 전에 항만 공사를 하던 회사의 근로자들이 대규모 폭동을 일으켰어. 수천 명이 중장비들을 무기삼아 관리직들을 공격해 대고, 공사장 여러 곳을 파괴하고, 사무실까지 떠넘겨버렸어. 그 폭동은 3일 동안 계속되다가 진압됐는데, 그 다음이 문제야. 그 소문이 퍼지면서 다른 회사 근로자들도 폭동을 일으키기 시작한 거야. 지금 우리 회사도 그 피해를 입고 있는 거지.」

비행기가 고도를 잡자 박준서가 안전띠를 풀며 말했다. 원병균은 담배를 피워 물며 한동안 입을 열지 않았다.

「……그거 제일 중요한 게 빠지지 않았어? 바람이 불어야 나무가 흔들릴 것 아냐.」

원병균은 그 말을 참을까 하다가 박준서의 말투가 너무 장인을 닮은 것이 역겨워 그냥 넘길 수가 없었다.

「그야 이유 없는 무덤 없는 법이지. 간단하게 말해서 임금 차별을 한다는 건데, 그건 근로자들이 자기네 푼수를 모르고 설쳐대는 거야. 근로자들은 1년 계약인 임시직일 뿐이고, 관리직이야 엄연한 정식 사원에다가 모두 대졸들이니까 월급이 차이 나는 건 당연하잖아. 어느 회사 어느 업종이나 다 그런 차이가 나는 게 정상인데 폭동을 일으키다니, 그따위 짓들은 도저히 용납할 수 없는 도전행위고 파괴행위야.」

얼굴에 감정이 돋은 박준서는 스튜어디스에게 위스키를 시켰다.

「그런 불만은 벌써 국내에서도 일어나고 있잖아. 일은 생산직 근로자들이 뼛골 빠지게 다 하는데 관리직들은 편히 책상에 앉아 펜대나 굴리면서 월급은 왜 더 많이 받느냐고. 그거 단순한 불만이 아니니까 경영자들은 심각하게 생각해 봐야 될 문제 아니겠어?」

「그거 하나도 심각할 거 없어. 블루칼라와 화이트칼라는 모든 면에서 엄연히 달라. 학벌에서부터 하는 일까지, 비교가 안 돼. 블루칼라들은 화이트칼라들이 놀고 먹는다고 생각하지만, 그건 하나만 알고 둘은 모르는 새대가리들의 생각이야. 한마디로 말해 블루칼라들은 손발일 뿐이고 화이트칼라는 두뇌야. 사람이 두뇌가 없는데 손발이 움직일 수 있어? 고작 단순노동이나 하는 블루칼라들이 뭐 대단한 일이나 하는 것처럼 착각하고 시건방을 떨기 시작하는 거야. 그건 일고의 가치도 없어.」

원병균은 더 말을 하고 싶지 않은 피곤을 느꼈다. 박준서는 철벽 같은 경영자 입장이었다. 그와 말을 더 해보았자 부질없는 언쟁만 될 거였다. 그와 자신은 세상을 너무나 다른 방향에서 바라보고 있었다. 4·19 때 함께 데모를 한 입장인데 어디서부터 차이가 나기 시작했는지 알 수가 없었다.

「이거 한 일도 없이 왜 이리 피곤하지. 나도 술이나 한잔 마시고 한숨 잘까.」

원병균은 스튜어디스를 향해 손짓했다.

공항에는 승용차 두 대가 마중 나와 있었다. 공항 건물을 나와 승용차까지 얼마 안 되는 거리를 걸어가는 동안 원병균은 화끈화끈 끼쳐오는 더위를 느끼며 자동차 범퍼 위에서 계란프라이가 된다는 사우디아라비아의 더위를 감지하고 있었다.

「지금 상황은 어떻게 돼 있소?」

마중 나온 소장과 여태껏 한마디도 하지 않았던 박준서가 차 앞에 이르러 대뜸 내던진 말이었다. 침묵의 힘으로 한껏 고조된 그의 거만한 위세는 마침내 대포가 되어 소장을 향해 날아간 것이다.

「예, 예, 주, 중정 요원들이 출동하자 오늘부터 기가 꺾였습니다.」

처음부터 잔뜩 주눅이 들어 허리를 펴지 못하고 걷던 소장은 더욱 허리를 굽히며 말을 더듬었다.

뭐라고? 중정!

원병균은 깜짝 놀라며 자신이 잘못 들었나 했다.

「중정사람들은 지금 뭘 하고 있소?」

박준서는 차에 몸을 부리며 말했다.

「예에, 주, 주동자들을 색출해 내고 있습니다.」

원병균은 전신에서 찬바람이 이는 것을 느끼며 소리 없는 한숨으로 마음이 무너지고 있었다.

이런 데까지 중정이……. 그들이 우리보다 앞서 온 것인가……?

더 단호하지 못하고 어물어물 따라온 것을 원병균은 후회하고 있었다. 또 눈물이 흐르는 아내의 얼굴이 떠올랐다.

「소장은 뭘 하고 있었소. 그런 불순분자들을 미리미리 색출해 내지 못하고.」

박준서가 두 번째 쏘아댄 대포였다.

「예, 예, 죄, 죄송합니다. 막사마다 탐지원들을 두 명씩이나 배치했습니다만…….」

앞자리에 앉은 소장은 하얗게 질린 얼굴을 뒤로 돌린 채 한층 더 굽실거렸다.

「시끄럽소. 두 명이 아니라 열 명을 배치하면 무슨 소용이 있소. 또 노무과는 멋으로 두고 있는 거요? 다 능력 부족이라 그따위 사태가 벌어지는 거요.」

박준서의 낮으면서 차가운 말은 소장의 심장을 향해 날아가고 있는 화살이었다. '능력 부족'이라는 단언은 '파면'을 시킬 수도 있다는 뜻을 담고 있었다.

「죄, 죄송합니다, 죄송합니다. 최, 최선을 다한다고 했습니다만……, 그게……, 저어…….」

다급해진 소장은 더욱 말을 더듬으며 어찌할 줄을 몰랐다.

원병균은 박준서의 옆자리에 앉아 그런 소장을 보기가 딱해 눈길을 돌리고 있었다. 그는 영락없이 제왕 앞의 죄지은 신하였다. 그렇게 군림하는 박준서도, 그렇게 굴종하는 소장도 다 마땅찮아 원병균은 차창 밖으로 펼쳐지고 있는 망망한 사우디땅을 바라보고 있었다.

그들의 캠프는 리야드 외곽에 자리잡고 있었다. 그런데 유리창이 다 깨진 정문 초소부터 폭동의 흔적을 드러내고 있었다. 캠프 안으로 들어가자 폭동의 그림자는 더 짙게 드리워져 있었다. 관리자들에 대한 근로자들의 불만을 그대로 나타내듯 사무실은 거의 다 파괴되어 있었고, 여러 종류의 건축 자재들이 어지럽게 널려 있는가 하면, 승용차가 박살나고 중장비들이 넘어져 있기도 했다.

「이걸 언제까지 이대로 둘 거요?」

상을 잔뜩 찌푸린 박준서가 내쏘았다.

「예에, 중정에서 주모자 색출이 완료될 때까지는 그대로 두라고 했습니다. 처벌의 근거로 삼아야 한다고요. 사진도 찍어야 하고요.」

앞으로 모아잡은 소장의 두 손이 떨리고 있었다.

「근로자들은 다 어디 있소?」

「예, 조사하는 동안 행동통제령이 내려서 모두 각자의 숙소에 있습니다. 조사는 차례로 진행되고 있고요.」

「조사는 언제까지 한다는 거요?」

「예, 오늘 중으로 끝낸다고 합니다.」

「그렇게 빨리?」

「예, 근로자들이 정치범이 아니라 단순하니까 빨리 끝내는 요령이 있다고 합니다.」

「빨리 끝내는 건 좋지만, 이번 기회에 불순분자는 확실하게 뿌리를 뽑아야 해.」

「예, 그렇게 말했습니다.」

「중정 책임자는 어딨소? 여기 파견된 요원들은 다 온 거요?」

「예, 모두 왔습니다. 곧 모시도록 하겠습니다. 그런데 저어…….」 소장은 연신 굽실거리며 마른침을 삼키고는, 「점심때가 다 됐는데, 근로자들 점심은 어떻게 해야 할까요?」 하며 눈을 껌벅거렸다.

「점심? 조사가 빨리 끝나게 할 겸 한 끼 굶겨? 폭동 일으킨 쓴맛이 뭔지 알게.」

박준서는 원병균을 쳐다보았다.

원병균은 박준서를 똑바로 쳐다보며 고개를 저었다.

「됐소. 시간 맞춰 식사 시키시오. 식당은 피해가 없소?」

「예, 식당은 말짱합니다.」

「허!」

박준서는 원병균을 보며 헛웃음을 쳤다.

「어서 책임자를 만나도록 하시지요.」

소장이 또 허리를 굽혔다.

「난 안 만났으면 좋겠어. 그쪽에서도 거북해 할지 모르고.」

원병균은 박준서에게 속삭이듯 말했다.

「그래? 그럴지도 모르겠군. 그럼 저 주차장 그늘에서 쉬고 있어. 오래 걸리지 않을 거야.」

「내 생각으로는 처벌할 주모자들을 최소화하는 게 좋아.」

박준서가 달가워하지 않을 것을 알면서도 원병균은 이 말을 잇대었다.

「최소화?」

박준서는 즉각적으로 거부감을 드러냈다.

「주모자들을 가능한 한 많이 제거해야만 다시는 이런 일이 벌어지지 않을 거라고 생각하겠지? 허나 그렇지 않아. 이 사람들은 다시는 그러지 못해. 왜냐하면 중정이란 힘 때문이야. 이 사람들은 자기네가 폭동을 일으키면 중정이 이런 식으로 신속하게 진압에 나설 줄 알았겠어? 아니야, 몰랐어. 그럴 줄 몰랐으니까 용감하게 나섰던 거야. 이 사람들도 중정의 무시무시한 위력을 너무나 잘 알고 있으니까 더는 아무 짓도 못해. 그리고 더 중요한 사실이 있어. 회사가 사우디에서 돈을 버는 것은 일정한 시한이 있지만, 국내에서는 회사를 대를 물려가며 경영해 나가야 해. 그런데 회사에 원한 사는 사람을 하나라도 많이 만들어선 안 돼. 잘 알지? 어떤 사업이든 소비자한테 불신당하고, 세상 인심 잃어선 해먹을 수 없다는 것. 화도 나겠지만 폭동은 이미 진압됐어. 이젠 냉정해질 단계야.」

원병균은 박준서의 눈을 주시하며 계속 낮은 소리로 말했다.

「알았어. 생각해 볼게.」

원병균은, 돌아서는 박준서의 기색이 별로 나쁘지 않은 것에 안도했다.

사무실 앞쪽으로는 쇠기둥들을 세워 위에 슬레이트를 얹어서 그늘을 만들고 있는 주차장이 있었다. 그것도 삐딱하게 기울어져 있었다. 원병균은 천천히 걸어 그 그늘로 들어갔다. 비행기에서 내리기 직전에 양복을 벗고 갈아입은 남방에는 어느덧 땀이 내배고 있었다.

이런 땅에서 육체노동을 하며 돈을 벌다니…….

원병균은 그동안 소문으로만 흘려들어 온 사우디의 폭염을 실감하며 멀찍하게 줄지어 선 근로자들의 막사를 바라보고 있었다 하층민들일수록 산다는 것이 얼마나 처절한 고통인지 새삼스럽게 비감을 느꼈다.

「저어, 더우신데 이것 좀 드시지요. 저는 여기 총무과장입니다.」

한 사람이 얼음을 채운 콜라잔을 쟁반에 받쳐 원병균 앞으로 내밀었다.

「아 예, 고맙습니다. 저는 원병균이라고 합니다. 그러니까…….」

「예, 박 의원님과의 관계를 말씀 들었습니다. 원로에 오시느라고 수고 많으셨습니다.」

「수고는요.」 원병균은 콜라를 벌컥벌컥 마시고는, 「근데 말입니다, 폭동 원인이 관리직과 차별을 받는 불만 때문이라고 대충 들었는데, 다른 이유는 또 뭐 없습니까? 총무과장보다는 근로자한테 물어야 합당한 질문이지만, 그들이 내세우는 요구조건을 가장 자세하게 알 수 있는 사람이 총무과장이기도 하지 않습니까? 이따가 다 알게 되겠지만, 어디 솔직하게 얘기 좀 해보세요.」

원병균은 상대방이 대답을 피할 수 없도록 몰았다.

「예에, 그게 그러니까……., 어차피 알게 되실 거니까 그들이 주장하는 대로 말씀드리자면, 그게 네댓 가지가 되는데, 첫째는 임금 차별이구요, 둘째는 식당을 분리해 음식 차별을 한다는 거구요, 셋째는 숙소를 분리해 시설 차별을 한다는 거구요, 넷째는 관리직들이 자기들을 너무 심하게 대한다, 뭐, 그런 것들입니다. 그렇지만 그런 것은 다 억지고 트집입니다. 이 더운 데서 적당히 했다간 게으름피우고 개판 쳐서 아무 일도 못하니까요.」

원병균은 콜라를 마시며 고개만 끄덕이고 있었다. 그 모든 것은 박준서와 따질 문제였지 총무과장은 아무 잘못도 책임도 없는 문제였다.

「여기서 지금 하는 일은 뭐요? 도로공사?」

원병균은 말머리를 돌렸다.

「아닙니다. 리야드에서 건설공사를 하고 있습니다.」

「건설공사? 도로공사는요?」

「예, 몇 년 동안에 중요한 고속도로 공사는 거의 다 끝냈기 때문에 이젠 2단계로 대도시들의 건설 공사로 접어들었습니다.」

「예, 잘 마셨습니다. 고맙습니다.」

원병균은 유리컵을 건넸다.

박준서는 30분쯤 지나 나왔다.

「가지.」

「어디로?」

「리야드로 가서 호텔에서 좀 쉬어야지. 비행기에서 잠을 못 잤으니까 샤워하고 한숨 자면서 수사가 끝나기를 기다리자고. 근로자들 점검은 그 다음이니까.」

박준서는 먼저 차를 탔다. 원병균도 차에 오를 수밖에 없었다.

차가 달리기 시작하자 박준서가 입을 열었다.

「아까 말했던 주모자 처벌 말이야……, 20명 선으로 정했어.」

「뭐, 20명씩이나?」

원병균은 박준서 쪽으로 고개를 돌렸다.

「뭘 그리 놀래? 한 막사에 하나씩인데. 수사관은 이 기회에 뿌리를 뽑으려면 한 막사에서 다섯씩은 잘라내야 한다고 완강했는데 내가 한 명씩으로 줄여야 한다고 밀어붙인 거야.」

더 말하지 말라는 듯 박준서는 뒤로 몸을 부리며 눈을 감았다.

　자동차 안은 서늘한 느낌이 들도록 시원했다. 원병균은 차창 밖의 낯선 땅을 바라보고 있었다. 그 넓고 넓은 황무지에 가끔 모래언덕들이 나타났다간 사라지고는 했다. 그런데, 땅이 침강되어 이루어진 수직의 낭떠러지들이 있는 지역에 이르자 붉은 모래언덕이 나타났다. 원병균은 다시 보았지만 부드러운 곡선으로 서너 개의 언덕을 이루고 있는 것은 분명 붉은 모래였다. 난생처음 보는 그 붉은 모래언덕은 신비스러웠다. 그 언덕을 유심히 바라보다가 그는 문득 이런 생각에 부딪혔다. 이 폭염의 땅에서 수많은 근로자들이 흘리고 있는 피땀을 농축시키면 저런 색깔이 되지 않을까……

49
고생의 뒤끝

나윤자는 부풀 대로 부풀어오른 배를 떠안고 힘겹게 걷고 있었다. 폭넓은 임신복을 입지 않아 그녀의 배는 더 표나게 불러 보였다. 생활이 어지간하면 다 사 입게 마련인 임신복도 입지 못한 그녀의 입성에서는 가난이 흐르고 있었다. 그리고, 진기 없이 꺼칠하고 기미 낀 얼굴에서도 궁기가 드러나고 있었다.

나윤자는 식품점 앞에 이르러 몸을 사리며 가게 안을 힐끔힐끔 살폈다. 그러다가 그녀는 문득 올케가 애를 낳아 가게에 안 나올 때라는 것을 깨달았다. 올케가 가게 안에 있는지 없는지 눈치를 살피는 것은 자신도 모르게 습관이 되어 있었다. 참 이상하고도 묘한 일이었다. 가게를 차리는 데는 올케의 돈이 땡전 한닢 들어가지 않았는데도 왜 그리 올케의 눈치가 보이는지 모를 일이었다. 올케는 뒤늦게 시집을 와서 가게나 좀 보며 호강하고 살았을 뿐이다. 그런데도 어머니마저 갈수록 더 올케의 눈치를 보며 살고 있었다.

「엄니, 그러지 말아요. 엄니가 왜 며느리 눈치보면서 살고 그래요? 돈 한푼 보탠 게 있어요, 무슨 고생을 한 게 있어요. 눈치는 올케가 엄니 눈치를 봐야지요. 안 그래요?」

나윤자는 어머니를 대할 때마다 이런 식의 말로 오기를 부렸다.

「금메, 고것이 참 요상시럽고 얄랑궂은 거이야. 메누리란 것은 시집 올 때 달르고, 첫 아그 낳아서 달르고, 둘째 낳아서 달르고 헌다등마, 그 옛말이 워찌 그리 딱 맞는지 몰르겠다. 메누리는 지 자석덜 밑천삼아 기를 세우는디 시엄씨야 자꼬 늙어감서 차차로 똥 친 작대기 돼간께 당연지사 아니겄어. 지 영감이나 살았으면 또 몰르겠는디, 영감도 옰이 혼자면 더 천시당허는 법이여.」

갈포댁의 시름겨운 대꾸였다.

「엄니, 그것이 무슨 맥빠지는 소리예요. 엄니가 얼마나 고생을 하고 살았는데. 이 식품점도 어디 오빠 혼자 힘으로 일으켰어요? 엄니가 죽을 등 살 등 고생고생해서 일으킨 거지. 엄니는 당당하게 호강하면서 살 자격이 있다구요. 엄니, 혹시 오빠가 장가들어 맘 변한 것 아니에요? 내가 오빠한테 한판 따질까요? 엄니 제대로 모시게 올케 언니 길 똑바로 잡으라고.」

「아서, 아서. 니넌 출가외인이여. 니나 메누리 노릇 잘허도록 혀. 나야 암시랑토 안 혀. 요런 가게 번듯허니 채래놓고 끄니 걱정 안 험서 돈 모트고 사는 요것으로 천하를 다 얻은 것이여. 나가 인자 머시럴 더 바래겠냐. 공연시 불란 지기덜 말어. 나라 상감도 심이 덜 차는 대목이 있는 법잉께.」

한가닥이라도 어머니가 서운한 마음을 품고 있다는 것이 나윤자는 견디기 어려웠다. 어머니만 생각하면 목이 메었다. 어머니는 눈물이고 서러움이고 쓰라림이었다. 서울에 올라와 어머니가 겪은 온갖 고생은 말로 다 할 수가 없었다. 그런 어머니가 돈 좀 여유 있게 쓰며 마음 편하게 살지 못하고 며느리의 눈치를 보아야 하는 것이 너무 속상하고 분하기까지 했다. 올케가 밉기도 했지만 더 야속한 것은 오빠였다. 오빠가 올케를 확 휘어잡고 어머니를 깍듯하게 모시게 해야 하는데, 어찌 된 일인지 알 수가 없었다. 오빠가 손이 그런 것 때문에 계속 한풀 꺾이고 있는 것인가……. 그 생각이 들면 자신도 그만 기가 수그러들었다.

나윤자는 한숨을 쉬며 식품점 간판을 올려다보았다. 복남식품점 — 여기 올 때마다 그 간판을 올려다보는 것도 버릇이 되어 있었다. 오빠의 이름을 딴 그 간판을 보면 그래도 마음이 푸근해졌다. 아무리 변두리 동네라지만 서울에서 버젓이 간판 단 식품점을 차리고 있다는 것은 꿈만 같은 일이었다. 오빠가 손가락 네 개를 잘리고 공장에서 쫓겨났던 그때의 암담하고 기막혔던 것을 생각하면 이건 이만저만 잘 풀린 것이 아니었다. 그러나 이름이 근사해서 식품점이지 속을 들여다보면 그전의 구멍가게나 별로 다를 것이 없었다. 굳이 달라진 것을 찾자면 미국산 음료 냉장고가 자리잡고, 그 옆에 음료박스가 높게 쌓여 있는 것이었다. 몇 년 전부터 두 개의 미국 음료회사는 치열하게 경쟁하기 시작했다. 그들은 자기네 음료를 서로 많이 팔게 하려고 유리문이 달린 소형 냉장고와 함께 간판 붙여주는 일을 앞다투어 했다. 그 바람에 구멍가게들은 '식품점'이라는 새 이름을 얻으며 공짜로 아크릴 간판을 달게 되었다. 그 간판들의 양쪽 끝에는 두 음료회사의 상표가 선명하게 붙어 있었다. 냉장고에서 시원하게 된 그 음료의 톡 쏘는 맛은 금방 사람들의 입맛을 사로잡고 들었다. 그 비싼 미제 음료 때문에 리어카를 끌고 다니는 가난한 냉차장사들은 그나마 살길을 빼앗기고 있었다.

「엄니이 —.」

나윤자는 어머니를 부르며 식품점 안으로 들어섰다. 길게 늘어지는 그녀의 목소리에는 어머니를 향한 안쓰럽고 안타깝고 서러운 온갖 정이 담겨 있었다. 다른 말은 다 고쳤으면서도 어머니는 어렸을 때부터 불렀던 그대로 여전히 '엄니'였다.

「이, 니 워쩐 일이여? 몸도 무거움시로.」

다듬고 있던 파를 던지며 갈포댁이 벌떡 일어났다.

「또 뭐 하세요? 그저 잠시도 쉬지 않고.」

나윤자는 마땅찮은 눈길로 파를 쳐다보았다.

「이, 손 놓고 있으면 멀 허냐. 노느니 염불허는 거이다. 얼렁 앉어라, 심드는디.」 갈포댁은 쪽마루에 수북한 파 쓰레기를 치우며, 「쬐깐 묵고 살 만혀짐스로 시상이 요상시럽게 변해간다. 파고 마늘이고 다듬고 까 놓고 허지 않으면 사가덜 않으니 말이여. 여자라고 생긴 것은 다 편차고 작정들 허고 나스는 풍존디, 요러다가는 콩나물꺼정 다듬어서 폴아야 될 날이 올랑가 무섭다. 말 타면 경마 잽히고 잡다는 옛말이 어찌 그리 딱 맞는지 몰라.」 그녀는 구시렁거리듯이 말했다.

「엄니, 벌써 콩나물도 깨끗하게 다듬어서 파는 세상이 됐어요. 여기야 변두리니까 아직 안 그렇지만.」

나윤자는 무겁게 몸을 앉히며 안쓰러운 눈길로 어머니를 쳐다보았다.

「머시여? 발써 워디서 그런 일이 벌어지고 그려?」

「으응, 나도 그냥 들은 얘긴데, 저어기 강남 부자 아파트촌 상점은 다 그런대요. 콩나물만이 아니라 무도 배추도 더 손댈 것 없이 깨끗하게 다 듬어서 판다는대요 뭘.」

「얼랴, 무시 배추꺼정도? 그려, 으쩌겄냐, 돈이 말허는 시상잉께. 그리 편케 한시상 못 살아보는 것이 빙신이제.」 갈포댁은 한숨을 쉬며 쪽마루에 앉더니, 「니 무신 일 있능겨?」 하며 딸을 새삼스럽게 쳐다보았다.

「응, 엄니도 알지요? 묘숙이 언니라고.」

「하면, 알제. 니 끌어준 사람 아니여.」

「예, 그 언니가 글쎄 중병에 걸렸다는 소식 듣고 안 가볼 수가 있어야 지요. 그냥 빈손으로 갈 수 없으니까 여기서 뭘 좀 살 겸 엄니도 볼 겸해서 왔어요.」

「중병이면 무신 병인디? 그 사람도 살기가 에롭다고 안 혔어?」

갈포댁은 계속해서 파 다듬는 일손을 놀리며 걱정스럽게 딸을 쳐다보았다. 그녀의 주름진 얼굴에도, 흰 머리카락들이 희끗거리기 시작한 머리에도 고단한 세월이 담겨 있었다.

「글쎄 말이에요. 살기도 어려운데 무슨 중병인지 모르겠어요. 그 언니도 고생만 죽도록 하고 살았는데, 큰일이에요.」

나윤자가 한숨을 쉬며 파를 집어들었다.

「아서, 아서. 그냥 앉었기도 심드는 몸으로 무신 짓이여.」 갈포댁은 딸한테서 잽싸게 파를 빼앗고는, 「그야 젊은 날 고상고상험서 살었응께 중병이 들지야. 머심살이 20년에 남은 것은 황천길 갈 골병밖에 윫다고 혔니라. 열다섯에 머심으로 지게 지고 나섰으면 서른다섯에 발써 황천길 가게 몸이 파삭파삭허니 되야부렀다 그것이여. 사람 몸이란 것이 다 한도가 있는 것인디, 근디, 니넌 요새 워쩌냐?」 말을 하다 보니 불현듯 딸 걱정이 되어 그녀의 말꼬리가 다급해졌다.

「그저 괜찮아요.」

나윤자의 두 손이 불룩한 배 위로 옮겨졌다.

「또 아픈 디는 윫는겨? 아그 노는 것은 워띠여? 잘 차고 그려?」

일손을 멈춘 갈포댁은 걱정스러운 빛으로 연달아 물었다.

「예, 괜찮아요. 아무렇지도 않아요.」

나윤자는 고갯짓까지 하며 웃었다. 그러나 하루에 한두 번씩 눈앞이 아뜩해지도록 현기증이 일어나고는 했다.

「그려, 막달잉께 아무 일도 윫어야제. 워디 아프고 요상시러운 기운이 있으면 금세 말혀라 잉?」

갈포댁은 딸의 손등을 쓸었다.

「예. 오빠는 어디 갔어요?」

「이, 도매상에 물건 허로 갔다. 하매 올 때가 다 되야간다.」

「손도 불편한데 이제 그만 앉아서 물건 받으면 안 돼요?」

「느그 오빠 통고집 알지야? 빵허고 콜라 빼놓고는 요 파 한 단꺼정 그냥 앉아서 받는 물건은 하나또 읎다. 자전거로 물건 대는 사람들 물건은 1원이 더 비싸도 비싸고, 같은 물건이라도 오래되고 그런 것이라고 뿌득뿌득 큰 시장 도매상으로 나간당께로. 허기사 고상이 쪼깐 되드라도 그리 야물딱지게 혀야제. 굳은 땅에 물 괴드라고 그간에 그리 지독시리 두 눈에 쌍불 키고 혔응께 이리 터잡았제, 우선 묵기는 꼬깜이 달드라고 편헌 것 좋아험서 앉아서 물건 받고 흘렁할렁 혔드람사 이리 든든허니 되얐을 것이냐. 끔 한 통 폴아야 1원이 안 남는디, 몇 년 동안에 이 가짓수 많은 물건들이 골백번 돌아나감스로 도매상 상대혀서 떨어진 이문만도 얼매냔 말이여. 느그 오빠 겉은 젊은 사람도 읎다. 하먼, 그리 지독시리 혀야제. 요 가게 채린 돈이 워디 그냥 돈이가니. 지 몸떵이허고 바꾼 것인디.」

누가 흉을 보는 것도 아닌데 갈포댁은 아들을 철저하게 두둔하고 있었다. 나윤자는 듣고 또 들은 그 말을 웃으면서 듣고 있었다. 오빠를 장하게 생각하는 그 말을 어머니는 지치지도 않고 되풀이했고, 자신도 언제 들어도 싫증나지 않고 듣기 좋은 노래 같기만 했다. 아무런 가망이 없이 망쳐져버린 줄 알았던 오빠의 신세가 이렇게 펴진 것이 너무나도 다행스럽기 때문이었다. 풀빵 하나를 제대로 사먹을 수 없었던 시절에 이런 상점을 가진 사람들이 얼마나 부자로 보이고 부러웠던가. 지금도 풀빵도 못 먹고 일에 시달리는 공원들이 숱한 것을 생각하면 오빠는 부자가 된 셈이었다.

「아저씨는 어떻게 살고 계신지 궁금하네요. 언제 또 다녀오셨어요?」

나윤자는 상점에만 나오면 생각나는 천두만의 이야기를 꺼냈다.

「이, 한 열흘 전에 댕겨왔다. 거그 땅이 걸어 농사 잘되는디다가, 농사지어갖고 식구 수대로 똑같이 갈라묵은께로 시상에 근심 걱정이 읎다는 것이여. 내외가 살도 올르고, 신간 편케 뵈는 것이 거그 잘 찾어간 것이 등마. 그 아자씨는 천상 농사꾼이여.」

「마음 편하게 잘사시면 참 다행이네요. 근데, 지난번에도 듣고 이상하게 생각했는데, 다같이 농사지어 식구 수대로 똑같이 가른다는 게 무슨 소린지 모르겠어요. 땅이 개인 것이 아니면 게으름피우는 사람도 있고, 꾀부리는 사람도 있을 것이고, 영 복잡할 것 같은데. 그러면 아저씨 같이 부지런한 사람만 손해보게 되잖아요.」

나윤자는 고개를 갸웃거리며 의심쩍어했다.

「이, 나도 고것이 요상시러바 안 물어봤드라냐. 글 안 해도 께을른 사람도 있고, 살살 힘진 일 피허는 꾀살이도 있고, 교회 돈 돌라서 달아나는 숭헌 사람도 있고, 베라벨 사람이 다 있다는 것이여. 워떤 인종은 돈 돌라 달아났다가 몇 달 만에 빈털터리 되야갖고 금메 거그로 끼대들어 왔드란다. 사람들이 전부 '저 못된 놈 경찰에 넴기라'고 야단이 났는디, 그 목사님 허시는 말씸이 '사람은 누구나 잘못을 저질를 수 있는디, 그 잘못을 회개허면 되는 것이라'고 험서 그 사람을 교회로 딜고 가 기도시키고 그대로 받아줬다는 것이여. 근디 또 기맥힌 일이 벌어졌어. 몇 달 있다가 그 사람이 또 돈을 돌라갖고 내뺀 것이여. 그리고 또 얼매가 지내서 그 사람이 빈주먹으로 거그럴 찾아들었단 마다. 근디 목사님은 또 웃는 낯으로 그 사람을 대험서 용서헌 것이여. 그런 목사님을 봄스로 사람들은 감복허고, 일도 열성으로 허게 된다드라. 그라고 목사님 내외간도 딴사람들허고 똑같이 농사짓고, 나누는 것도 똑같이 허고 헝께 아무도 불평헐 것이 읎이 한 덩어리가 되야간다는 것이여.」

「세상에, 어찌 그럴 수가 있을까. 그분은 아마 사람이 아닌가 봐요.」

나윤자는 믿을 수 없다는 얼굴로 중얼거렸다.

「그려, 나도 니허고 똑같은 말을 혔는디……. 거그가 바로 천국이 아닐랑가 몰르겄다. 느그 아부지가 살아기셨드라면 우리도 거그 가서 말년 보냈으면 좋았을 것인디. 느그 아부지도 천상 농사꾼이었응께.」

갈포댁은 목소리가 잠겨들며 눈을 훔쳤다. 남편을 생각하는 그녀의 눈자위는 붉어져 있었다.

「그래요. 마음만으로는 나도 그런 데 가서 살고 싶으네요.」

그곳으로 가고 싶어도 갈 수 없는 어머니의 외로움을 생각하며 나윤자는 고개를 끄덕였다.

「아주머니, 있잖아요, 우리 집에 콜라 한 빡스하고, 설탕 3키로짜리 하나 배달해 주세요.」

그때 손님이 밖에서 목청 크게 말했다.

「예에, 안녕허세요. 곧 배달허겄구만요. 무슨 잔치 있으세요?」

갈포댁은 딸하고 말을 할 때와는 다르게 서울말투를 쓰며 부리나케 달려나갔다.

「예에, 우리 애 생일이라 저희 친구들을 부른다는데 뭐 특별히 줄 게 있어야지요. 적당히 생일상 차려주고, 애들 좋아하는 콜라나 마시게 해야지요.」

「예에, 애나 어른이나 콜라는 다 좋아헝께요. 곧 배달허겄구만요.」

환한 웃음을 피워내며 갈포댁은 연신 고개를 주억거렸다. 그런 그녀는 손님을 대하는 게 아주 몸에 익어 있었다.

「니 머 묵고 잡은 것 읎냐?」

물건을 팔아 기분 좋은 기색이 담긴 얼굴로 갈포댁이 딸에게 물었다.

「아니요.」 나윤자는 고개를 젓고는, 「배달 들어왔으면 오빠가 빨리 와야 할 텐데. 나도 온 김에 오빠 보고 가야 하고.」 그녀는 중얼거리며 밖으로 눈길을 보냈다.

「아나, 요것 갖다가 얄팍얄팍 썰어서 계란에 부쳐묵어라. 기운 채래야 아그 잘 낳고, 기운 채리는 디는 괴기가 질잉께.」

갈포댁은 빨간 비닐포장이 된 소시지 두 개를 내밀었다.

「엄니, 싫어요. 이 비싼 걸 팔아야지. 오빠도 없고, 물건 그냥 들어내는 것 올케가 딱 질색하잖아요.」

나윤자는 물러나 앉는 몸짓을 하며 손을 저었다.

「하이고 싼지그나, 고것이 배와묵은 보초가 읎어서 그 모냥이제 나가 날이날마동 허는 일을 품삯으로 쳐봐라. 요까짓 것 수백 개가 당허는가. 여러 소리 말고 싸게 챙겨.」

갈포댁은 우왁스럽다 싶게 딸의 손가방을 뺏어 소시지를 넣었다.

「엄니이…….」

나윤자는 가슴 찡해지며 울상을 지었다.

「애비는 일찍 떠나불고, 오빠는 손꾸락 몽땅 짤리고, 앞을 봐도 뒤를 봐도 캄캄허고 막막헌 집구석 혼자 띠미고 발싸심험서 고상고상헌 것이 뉘기여. 니 아니었음사 그 숭악헌 시절을 워찌 견뎌냈을 끄나. 그런 공 하나또 몰르고 늦게 시집와서 무신 행짜여, 행짜가. 시상이 드럽고 빌어묵게 되니라고 메누리란 것들이 씨엄씨도 몰라보고, 시누이도 몰라보고, 다 망헐 놈에 풍조제.」

갈포댁은 다듬은 파들을 묶으며 성깔 돋은 푸념을 하고 있었다.

「엄니, 손자들 예쁜 것만 생각하세요. 힘든 일도 차츰 손을 떼구요.」

나윤자는 어머니를 측은하게 바라보며 말했다. 어머니야말로 평생 고생에 시달리며 집안을 이끌어왔는데 아직까지도 궂은일만 해야 하는 것이 속상하고 가슴 아팠다.

「그려, 손지새끼덜 이쁘고, 세 끼 밥 걱정 안 허고 입에 들어오는 것만으로도 천복을 누린다고 생각혀야제. 인간사 내리사랑만 있제 치사랑은 읎다고 혔응께 메누리헌테 위함받고 잡어허는 것이 물줄기 위로 돌릴라는 욕심이겄제.」

갈포댁은 휘늘어지는 한숨을 쉬었다.

「엄니, 나 왔어요.」

밖에서 들려온 외침이었다.

「음마, 아범 왔다!」

「예, 오빠예요.」

갈포댁과 나윤자의 말이 겹쳐지며 그들은 동시에 몸을 일으켰다.

「윤자 왔어, 윤자.」

갈포댁이 앞서 밖으로 나가며 말했고,

「그래 몸은 좀 어떠냐?」

나복남이 목에 두른 수건으로 땀을 훔치며 어머니를 뒤따라 나온 여동생을 보고 웃었다. 그는 살도 많이 오르고 화색도 좋아 보였다.

「응, 그저 괜찮아. 오빠는?」

나윤자도 오빠를 보며 웃었다. 그런데 기미가 두껍게 낀 얼굴에 드러나는 웃음은 어쩐지 쓸쓸하고 춥게 느껴졌다.

「나야 맨날 이 짓이고. 넌 그저 괜찮으면 어째야. 싹 괜찮아야지.」

나복남은 자전거 뒤에 실은 커다란 대바구니에 묶인 굵은 고무밧줄을 풀기 시작했다. 그 대바구니 위에는 밑에 담긴 것만큼의 높이로 물건들이 쌓여 있었다.

「물건들은 지대로 다 혔어?」

갈포댁은 손 빠르게 물건들을 내리며 물었다. 그런 그녀의 얼굴이며 몸짓에서는 조금 전의 수심은 간곳이 없고 어느새 생기가 돋고 있었다.

「예, 대충 하기는 했는데요, 그나저나 큰일났어요. 무슨 물가가 떨어지는 것은 하나도 없이 줄창 올라가기만 하는지 모르겠어요. 물가가 오르면 이익이 커지는 것이 아니라 장사만 안 되는데, 빌어먹을.」

나복남이 투덜거리며 침을 내뱉었다.

「당최 고것이 무신 일인지 몰르겄다 이. 잘살게 되얐다고 자꼬 나팔이나 불어대덜 말든지, 잘살게 되얐으면 물가가 잠잠허든지. 참 요상시런 시상 아니여? 누구 애 터쳐 죽일라고.」

「미친 새끼들, 다 정치를 엉망진창으로 해서 그래요. 위에 있는 놈들은 다 도둑놈들이고, 대학생들은 너 죽고 나 죽자 하고 맨날 데모를 해대니 나라 꼴이 될 게 뭐예요, 개새끼들.」

「아이고, 누가 듣겄다. 지발 그런 입바른 소리 씸벅씸벅해 버릇 허지 말어. 잽혀가서 졸갱이치면 누구 손해여. 요런 험헌 시상에서는 무신 허고 잡은 말이 있어도 그저 입 봉허고 사는 것이 질이여. 해방되고 정신읎이 어지러울 적에 이쪽저쪽에서 당헌 사람들은 다 말 자리나 헐지 아는 사람들이었응께. 하면, 말이 사람 잡는 법이여.」

갈포댁은 질색을 하며 빈주먹질을 해댔다.

「아이고, 모르겄어요. 어떻게 돌아가고 있는 세상인지. 혼자 죽을 때까지 해먹을라면 물가나 안 오르고 사람 살기 좋게 해놓든지, 물가 이리 오르게 엉망진창 만들었으면 대학생들 말대로 물러가든지, 이건 죽도 밥도 아니니까 사람 열 안 받게 생겼어요, 신경질 나게.」

나복남은 입으로 할말은 다 하며 손은 부지런히 놀려 물건들을 내려놓고 있었다.

「아서, 아서. 그런 말헌다고 들어주는 것 아니고, 시상에 바꿔지는 것도 아닝께 그냥 속으로만 그러려니 혀. 시끌시끌허고 무서운 시상에서는 나 못난이네 험서 입 봉허고 사는 것이 질이랑께로. 나 말 알겄지야?」

갈포댁도 아들이 내려놓는 물건들을 부산하게 옮겨놓으며 할말은 야무지게 다 하고 있었다.

서민들이 물가 오르는 것에 불만을 느끼는 것은 괜히 피상적인 것이 아니었다. 경제기획원에서는 지난 10년 간 기초 생필품값이 최고 1,200퍼센트 올랐다고 집계하여 보도하고 있었다. 정부기관의 집계가 그러니 소비자들의 체감 물가가 어떨지는 더 말할 것이 없었다.

「니 몸도 션찮응께 무거운 것 들 생각 말고 요 과자 선물쎄트로 혀.

보기 좋고, 속 실허고, 가뿐헝게 이보담 더 존 것이 옳다.」

갈포댁은 여러 가지 과자가 든 종이상자를 딸 앞에 내놓았다.

「그래, 중병 환자면 밥맛도 없을 텐데 오래 두고 먹기도 좋겠다.」

나복남도 고개를 끄덕였다.

「그러지요, 그럼. 좀 보기 좋게 싸줘.」

나윤자는 오빠에게 말하며 손지갑을 꺼냈다.

「왜, 돈 낼라고? 관둬. 딴사람도 아니고 전묘숙이 그 사람한테 가는 건데. 우리한테 고맙게 해줬으니 이런 때 한번 갚아야지.」

나복남이 포장지를 꺼내며 웃었다.

「그려, 오빠 말대로 혀라. 장자가 특별허니 맘쓰는 것잉께로.」

갈포댁이 냉큼 말을 받았다.

「이럴라고 온 것이 아닌데…….」

나윤자가 멋쩍은 얼굴로 오빠와 어머니를 번갈아 쳐다보았다.

「괜찮아. 그나저나 그 사람도 너무 고생을 많이 해서 병이 든 건가. 무슨 병인진 모르지만 중병이라니 큰일이다.」

나복남은 오른손이 불편한데도 능숙한 솜씨로 포장을 해나가며 말했다. 긴 세월에 걸친 숙달로 오른손은 왼손을 보조해 가며 손의 역할을 충실히 해내고 있었다.

「뻐스 올르고 내릴 때 조심허고, 오늘이사 워쩔 수 없다만 더 나댕길 생각허지 말고. 막달잉께 그저 조심허고 또 조심혀야 써.」

갈포댁은 상점 밖까지 따라나오며 딸에게 일렀다.

「알았어요. 그만 들어가세요.」

「그려, 핑허니 가.」

갈포댁은 말에 맞추어 빠른 손짓을 했다.

나윤자는 얼른 돌아섰다. 눈물이 솟구치려 했기 때문이다. 이상하게도 어머니만 대하면 눈물이 나려고 했다. 시집을 가고 나서 생긴 증상이었다. 어머니……, 뜻 모르게 서럽고 눈물나는 대상이었다. 홀로 외롭게 늙어가기 때문에 더 그런지도 몰랐다.

갈포댁은 무겁고 불편한 걸음걸이로 멀어지고 있는 딸을 하염없이 바라보고 있었다. 삼키고 또 삼키는 눈물이 목에 가득 차오르고 있었다.

불쌍허고 짠헌 것……, 복쪼가리도 잔생이 읎고 징허고 징허게 고상만 하고……. 다 에미 애비 잘못 타고난 것이 죄제. 부잣집에 태였드람사 그 인물에 머시가 모지랜 것이 있었을 것이여. 그나저나 아그나 지대로 잘 낳아야 헐 것인디. 묘숙이만 고상혀서 중병 들었간디. 저것도 겉보기로 표 안 나게 골병 들었응께 그 숭헌 일 한 분도 아니고 세 분썩 당헌 것이제. 삼신할메요, 아무 탈읎이 아그 잘 낳게 굽어살펴 주십소사, 굽어살펴 주십소사, 굽어살펴 주십소사.

갈포댁은 정화수 떠올린 마음으로 간절하게 빌고 있었다. 그녀는 딸 걱정으로 요새도 늘 마음을 놓지 못하고 있었다. 딸은 큰아들이 구멍가게를 차리고 난 다음부터 제 월급을 모으고 모아 늦은 시집을 갔다. 그런데 1년이 넘어서야 임신을 한 딸은 3개월을 넘기지 못하고 피를 쏟고 말았다. 그때만 해도 몸 간수를 잘못한 실수인 줄만 알았다. 그러나 두 번째 임신에서도 유산을 했고, 세 번째 임신도 유산이었다. 그제서야 몸이 부실한 것을 알고 병원을 찾아갔다. 병원에서는 표나게 아픈 데는 없는데 몸이 너무 허약하다고 했다. 다시 한약방을 찾아갔다. 어떻게 살았길래 젊은 사람 몸이 맥이 잡히지 않을 지경으로 이 모양이냐며, 몸이 이리 냉하고 종잇장 같으니 유산을 안 할 수 있느냐며 한의사는 한참이나 혀를 찼다. 기를 돋우고 몸을 덥게 하는 보약부터 먹이라고 했다. 그러나 그 보약값이 너무 비쌌다. 몸이 부실해 연달아 유산을 시킨 것도 면목이 없는 일인데 그 비싼 약값을 사위보고 내라고 할 수가 없었다. 염색공장에 다니는 사위의 월급은 저희들 살기도 빠듯한 형편이었다. 어쩔 수 없이 며느리 모르게 큰아들에게 사정할 수밖에 없었다. 생각보다 큰돈이라서 그랬겠지만, 큰아들은 덜 좋은 기색 끝에 보름을 끌어 돈을 내놓았다. 제 마누라 모르게 돈을 마련하느라고 그런 눈치였는데, 그게 그렇게 역정나고 서운할 수가 없었다. 딸이 집안을 위해 고생한 것에 비하면 며느리는 호강만 하고 살아온 셈이었다. 그런데 왜 큰아들은 제 여동생을 위해 쓰는 돈을 당당하게 내놓지 못하고 마누라 눈치를 보는지 모를 일이었다. 어쨌거나 딸은 보약을 먹은 다음 다시 임신을 했다. 조마조마한 가운데 유산을 면했지만 그러나 불안을 떼칠 수가 없었다. 그동안 딸은 두 번이나 병원에 가지 않을 수 없게 몸이 아팠다. 심한 어지럼증도 몸이 붓는 것도 허약한 몸에 애를 가진 때문이라고 했다. 딸을 병원에 데리고 다니면서 사위에게 면목없고, 큰아들에게 옹색스러웠고, 딸에게는 한없이 죄스러웠다.

나윤자는 몇 번씩 다리쉼을 해 가빠지는 숨을 고르며 산동네 비탈을 올라갔다. 전묘숙이 이 산동네의 무허가 판잣집을 장만한 것은 재작년이었다. 그때 그녀는 춤을 출 듯이 좋아했었다. 그 마음을 충분히 이해할 수 있었다. 집 없는 서러움을 면하게 되었기 때문만이 아니었다. 그집은 전묘숙의 힘으로 장만한 것이나 마찬가지였던 것이다.

전묘숙의 남편은 연탄공장에 다녔다. 그 벌이로는 가난을 면할 수 없다고 생각한 전묘숙은 시집을 가서도 미싱사생활을 끝내지 않았다. 은행의 여 행원들을 비롯해서 모든 직장의 여 직원들은 시집을 가는 것과 동시에 직장을 그만두어야 하듯이 미싱사들도 마찬가지였다. 그러나 보세가공이 번창하면서 결혼한 미싱사들도 전보다 월급이 한 급 낮은 하청공장들에서 일자리를 얻을 수가 있었다. 전묘숙은 어떤 하청공장으로 들어가 계속 재봉틀을 돌려댔다. 남편의 벌이로는 먹고 살고, 자기가 버는 돈은 한푼도 쓰지 않고 차곡차곡 모으고, 그렇게 몇 년 동안 억척스레 일을 해서 무허가 판잣집이나마 장만했으니 그 기쁨이 얼마나 컸으랴.

전묘숙네 판자대문은 반쯤 열려 있었다. 나윤자는 좁은 마당으로 들어서며 인기척을 냈다.

「언니, 언니.」

쪽마루 아래에는 여자 신발이 놓였는데 방에서는 아무 기척이 없었다.

「언니, 언니. 자요?」

나윤자는 목소리를 높이며 방문을 질벅거렸다.

「누, 누구세요?」

방에서 가느다란 소리가 흘러나왔다.

「언니, 나예요. 윤자.」

나윤자는 조심스럽게 방문을 열었다.

「어머, 윤자가 왔구나.」

누워 있다가 몸을 일으키는 전묘숙을 보는 순간 나윤자는 깜짝 놀랐다. 삐쩍 마른 얼굴이 거무스름하게 변한 여자, 그건 딴사람처럼 변해버린 전묘숙이었다. 병색이 완연한 그 얼굴, 대여섯 달 동안에 그렇게 변해버린 것을 믿을 수가 없었다.

「언니, 이게 어떻게 된 거예요?」

나윤자는 전묘숙의 손을 덥석 잡았다.

「몸도 무거운데……, 그래도 윤자가 찾아왔구나. 고마워.」

전묘숙이 웃으려고 애쓰며 말했다. 그녀의 눈 가장자리가 잘게 떨리고 있었다.

「언니, 어디가 아픈 거예요?」

「나……, 오래 못 살아.」

「네에?」

나윤자는 소스라쳤다.

「암이래……, 폐암.」

전묘숙의 목소리가 떨리고 눈에는 눈물이 핑 돌았다.

「어머나 언니, 어쩜 좋아요.」

나윤자의 목소리에 울음이 젖어 있었다.

「참 기막혀. 살 만하니까……」

전묘숙의 병색 짙은 얼굴로 눈물이 주르르 흘러내렸다.

「세상에, 세상에……. 어떻게 좀 안 된대요?」

안타깝게 말하는 나윤자의 눈에서도 눈물이 넘쳐났다.

「어쩔 수 없대. 너무 늦어서. 윤자 애기 돌은 못 보게 생겼어. 앞으로 길어야 반년이래니까.」

「언니, 언니, 그건 말도 안 돼요. 우리가 얼마나 고생하고 살았는데 한때를 못 보고……」

둘이는 함께 울고 있었다.

「그래, 고생 많이 하고 살았지. 결국 그 고생이 날 잡아먹은 거야. 그 지독한 먼지구덩이가……」

「언니, 이 일을 어쩌면 좋아요. 왜 하필 언니가……」

「어쩔 수 없지. 너무 억울하고 원통하지만 어떻게 하겠어. 이럴 줄 알았으면…… 애들을 낳지 말았어야 하는 건데. 그것들을 생각하면 미칠 것만 같애.」

전묘숙은 울음을 추스르며 어깨를 떨었다.

「언니, 어떡해요.」

「나, 윤자한테 한 가지 부탁이 있어. 나 떠나고 난 다음에 우리 두 애들 좀 가끔 찾아봐 줘. 새엄마 밑에서 눈칫밥 먹고 살아야 할 텐데, 윤자가 가끔 찾아보면 애들도 의지가 되고, 새엄마도 함부로 못할 것 아니겠어? 그래 줄 수 있지?」

「어언니……」

나윤자는 눈물을 흘리며 고개를 끄덕였다.

「그래, 고마워. 내가 친정어머니도 없고 여동생도 없는 형편에 윤자한테 이 부탁을 하고 나니 그래도 마음이 놓이네. 그만 울어. 괜히 뱃속 애기한테 해로워. 그나마 윤자가 애 낳는 것은 보고 떠나게 돼서 다행이야. 윤자는 나처럼 되지 말고 한세상 보고 살아야지.」

전묘숙은 다시 나윤자의 손을 잡고 쓰다듬었다. 나윤자도 한 손으로 전묘숙의 손등을 어루만졌다. 서로 겹쳐져 있는 그녀들의 손은 보통 여자들의 손이 아니었다. 오랜 미싱사의 생활로 이상하게 휘어져 돌아가는 듯한 손가락 마디에는 군살이 박혀 있었다.

「애 낳기 전에는 더 오지 말어. 힘들어 뵈는데. 애 낳으면 바로 연락 주고. 내가 꼭 가서 축하해 주고 싶으니까.」

대문까지 따라온 전묘숙이 한없이 쓸쓸하고 슬픈 웃음을 지으며 말했다.

「예, 언니…….」

나윤자는 마땅히 할말을 찾지 못하고 전묘숙을 바라보기만 했다. 흔히 하는 '몸조리 잘하세요'나 '힘내세요' 하는 말을 쓸 수가 없는 형편이었다.

「그래, 조심해서 어서 가.」

「언니이…….」

나윤자는 비탈길을 내려가며 새로운 눈물로 가슴이 젖고 있었다. 전묘숙은 겨우 서른여섯밖에 안 된 나이였다. 그 젊은 나이에 세상을 떠나야 하다니……, 그저 기가 막힐 뿐이었다.

「그래도 금녀는 참 잘됐어. 남편이 사우디에 가서 벌어 보낸 돈 야무지게 잘 모아서 17평짜리 아파트를 샀지 뭐야. 시집갈 때는 운전수라고 마음에 안 들어하더니 팔자가 폈지. 더 미싱에 안 매달려도 되고. 우리들 중에서 젤 잘된 거지.」

언젠가 전묘숙이 한 말이었다.

그러나 강금녀라고 괜찮을 것인가?

불현듯 스친 생각에 나윤자는 깜짝 놀랐다. 그 생각에 겹치는 또 하나의 생각이 있었다.

나는 괜찮을까……?

이 생각과 함께 가슴이 답답해지는 것 같았다. 다음 순간 눈앞이 아찔해지는 현기증이 일어났다. 나윤자는 허둥거리며 어느 집 담을 붙들었다. 곧 쓰러질 것처럼 어지럼증이 전신을 휘감고 돌았다. 그녀는 정신을 차리려고 아랫입술을 깨물며 떨었다. 숨이 막히는 것 같고, 땅이 흔들리는 것 같은 어지러움이 한바탕 휘돌아 지나가고 있었다. 그녀는 부들부들 떨며 가까스로 눈을 떴다. 눈앞에 빨강·노랑·파랑, 색색가지의 별들이 오락가락하고 있었다. 그녀는 다시 눈을 감으며 숨을 몰아쉬었다.

놀라고 울어서 이리 심한 모양이구나…….

그녀는 한 손으로 머리를 받치며 이 생각을 했다. 그러나 현기증은 배가 불러오를수록 자주 일어나고, 심해지고 있는 것이 분명했다.

이것도 미싱사생활하고 무슨 상관이 있는 것인가……?

그때 문득 떠오르는 말이 있었다.

「우리 봉제공장 출신들은 온갖 병으로 골병이 들 대로 다 들어 시집가봤자 3년 써먹기 어렵대.」

여공들이 모여앉아 농담처럼 하고는 했던 말이었다. 그때 웃고 말았던 그 말이 새삼스럽게 가슴을 쳤다.

아니야, 아니야. 설마 나한테 무슨 일이 있을라구. 난 보약도 지어 먹었는데.

그녀는 고개를 저으며 조심조심 걸음을 옮겨놓기 시작했다. 몇 걸음을 옮기던 그녀는 섬찟 놀랐다.

피!

그녀의 머리를 친 생각이었다. 아래가 축축했던 것이다.

마음이 급해진 나윤자는 샛골목으로 들어섰다. 그리고 오가는 사람이 있는지 없는지 살필 겨를도 없이 옷 속으로 손을 집어넣었다. 축축히 젖은 팬티 밑을 훔쳐 손을 꺼냈다.

「휴우…….」

어깨가 처져내리도록 안도의 숨을 토해내며 그녀가 들여다보고 있는 손에는 피가 묻어 있지 않았다. 아까 심하게 몰아친 어지럼증을 참아내느라고 자신도 모르게 오줌을 지렸다는 것을 그녀는 뒤늦게 깨달았다. 그녀는 왈칵 끼쳐오는 부끄러움을 느끼며 얼굴을 감쌌다.

보름쯤 지난 늦은 밤이었다. 행인도 드물고 상점들은 문을 닫고 있었다.

「장모님, 장모님, 문 좀 열어요. 큰일났어요.」

어떤 남자가 이미 문을 닫은 복남식품점의 함석문짝을 마구 두들기며 외쳐댔다.

「자네가 워쩐 일이여? 무신 일이여?」

쪽문이 왈칵 열리며 갈포댁의 다급한 소리가 터져나왔다.

「장모님, 크, 큰일났어요. 집사람이 배가 아파서 정신이 왔다갔다해요.」

「고것이 무신 소리여. 몸 풀라면 안직 보름도 더 남았는디. 언제보톰 그려?」

「모르겠어요. 야근하고 돌아오니 아파서 정신을 못 차리고 있었어요.」

「글면 시방 집에 있어?」

「예에.」

「아이고메 답답헌 사람아, 급헌 사람 병원으로 옮기고 왔어야제. 가세, 싸게 가세.」

택시를 타고 병원으로 가는 동안 나윤자는 고통을 이기지 못해 정신이 오락가락했다.

「윤자야, 윤자야, 정신 놓덜 말어. 이 응등물고 정신채래야 써.」

갈포댁은 딸을 감싸안고 애가 탔다.

「이거 임산부도 태아도 위험합니다. 빨리 수술을 하지 않으면 안 되겠어요.」

의사의 말이었다.

「야야, 얼렁 살려만 주시씨요.」

갈포댁은 떨리는 두 손을 의사 앞에 모았다.

나윤자는 수술실로 실려 들어가고, 그녀의 남편은 수술동의서에 손도
장을 눌렀다.

산신령님, 터줏대감님, 삼신할메요, 우리 윤자, 불쌍헌 우리 윤자 굽
어살펴 주십소사. 삭신 녹아내리게 고상만 허고 산 불쌍헌 우리 윤자 굽
어살펴 주십소사. 그 불쌍헌 것이 한시상 보고 살게 굽어살펴 주십소사.

복도에 놓인 긴 나무의자 끝에 바짝 쪼그리고 앉은 갈포댁은 온 마음
을 쏟아 빌고 있었다.

두 시간이 넘어 수술실 문이 열렸다.

「애는 무사한데 산모가…….」

의사는 굳어진 얼굴을 돌렸다.

「머, 머시라고라?」

갈포댁이 비틀비틀하다가 푹 쓰러졌다.

「장모님, 장모님!」

사위가 허둥지둥 갈포댁을 끌어안았다.

갈포댁은 한사코 멀어져가는 딸의 모습을 보며 가물가물 정신을 잃고
있었다.

50
보이지 않는 손들

이경열은 호텔로 들어서며 주위를 살폈다. 자신과 눈이 마주치는 아는 얼굴이 없는 것을 확인한 그는 천천히 커피숍으로 갔다. 누구를 찾는 척하며 그는 커피숍을 한 바퀴 돌아나왔다. 그리고 화장실로 걸어가며 다시 주위로 빠른 눈길을 돌렸다.

변기 앞에 섰지만 소변이 잘 나오지 않았다. 요의는 느껴지는데 오줌이 시원하게 나오지 않는 증상, 그건 그를 만날 때면 으레 그랬다. 긴장하지 않으려고 하는데도 뜻대로 되지 않았다.

그는 변기 앞에서 물러서며 시계를 보았다. 아직 10분 정도 남아 있었다. 그는 세면대로 가서 수도꼭지를 틀었다. 물이 시원하게 쏟아져나왔다. 그 거침없는 물줄기에 두 손을 적시며 그는 생각했다.

오늘은 무슨 일이지? 어떤 특별한 일인가? 굳이 호텔에서 만나자고 하게. 세상은 계속 뒤숭숭하고, 무슨 색다른 일인 것은 분명해. 그나저나 대학생들의 유신 반대 데모는 왜 이렇게 수그러들 줄을 모르고 극성

맞지. 계속 잡혀 들어가는데도 그놈의 기세가 꺾이지 않으니 그 용기들 참 대단해. 그런데 왜 대통령에 대한 나쁜 소문은 계속 퍼지고 있지? 그 게 음해를 하기 위해 어떤 조직이 고의적으로 퍼뜨리는 유언비언가, 아 니면 소문대로 사실일까? 그게 사실이라면 부인이 죽고 없어서 통제가 안 되는 것인가? 기자인 나도 사실 확인을 할 수가 없으니 참. 그렇지만 그런 나쁜 소문들은 유신 반대 데모와 겹쳐져 치명상이 될 수도 있지 않 은가. 그런데 엎친 데 덮치는 격으로 야당 총재가 들고 나온 소리는 또 뭔가. 김일성하고 면담할 용의가 있다니. 외신기자클럽에서 그렇게 떠 들어댔으니 세상이 더욱 시끌시끌해질 수밖에. 그게 비록 정치적 제스 처라고 하더라도 무책임하게 그따위 소리해 대면 반공주의가 조금이라 도 흔들리는 것 아닌가.

그는 손을 다 씻고 수도꼭지를 잠갔다. 고개를 들다가 큰 거울에 담긴 자신의 얼굴과 마주쳤다. 이만하면 미남이야, 하며 씩 웃었다. 거울 속 의 얼굴도 씩 웃었다. 웃는 그 얼굴이 더욱 미남으로 보였다.

이만한 인물이면 부장 아니라 편집국장은 못해? 어디 인물만 근사한 가? 실력은 또 어떻고? 편집국장을 거쳐 주필을 해먹어도 모자랄 게 없지.

그때 그의 뇌리에 퍼뜩 떠오르는 얼굴이 있었다. 윤 기자였다. 그는 반사적으로 몸서리치며 얼굴을 훔쳤다. 그 일 이후로 윤 기자가 걸핏하 면 떠오르고는 했다. 그를 의식에서 지우려고, 깨끗하게 잊어버리려고 애를 썼지만 그는 끈질기게 따라다녔다. 그 일로 그가 신문사에서 쫓겨 났기 때문인지도 몰랐다. 그에게 미안한 마음이 없지 않았다. 그러나, 남과 북을 동급으로 취급해 싸잡아 범죄시하는 그의 언사는 용납할 수 가 없었다. 인간의 능력을 존중하는 자본주의가 인간을 획일화하는 사 회주의보다 우월한 것은 더 말할 것 없이 틀림없는 사실이었고, 그런 자 본주의를 지키기 위해 반공주의를 강화하는 것은 가장 현실적인 대안이었다. 그런데 그는 반공주의를 허물어뜨릴 수 있는 위험한 발상을 가지고 기자생활을 하고 있었다. 그런 의식을 가지고 있는 한 그는 어차피 당하게 되어 있었다.

이경열은 거울 속의 자신을 응시했다.

신경 쓰지 마. 다 잊어버려. 어차피 인생은 한판 살다 가는 거야. 그리고 인생은 언제나 현실이고, 적자생존이니까. 내 능력껏 내 인생을 빛나게 살다 가야지 왜 아버지 때문에 억울하고 분하고 서럽게 살아야 하는가. 아버지의 인생은 아버지의 인생이고, 내 인생은 내 인생이다. 아버지는 아버지의 인생을 선택했고, 나는 나의 인생을 선택했다. 아버지가 선택한 사회주의 때문에 내가 불행해지고 비참해져야 할 아무런 이유도 까닭도 없다. 그래서 난 자본주의를 선택한 거다. 인생은 연습도 재공연도 할 수 없는 단 1회뿐인 연극이다. 그러므로 나는 내 인생을 내가 바라는 대로 복되고 성공적으로 살 수 있는 자유와 권한이 있다. 너, 회의하지 마라. 주저하지도 마라. 어차피 인생은 대결이고, 대결은 힘있는 자가 이기게 되어 있고, 이기는 자만이 옳다. 아버지를 잊어라. 아니, 아버지를 거부하라. 오로지 현실이 있을 뿐이다.

이경열은 스스로를 최면하는 주문을 새로운 기분으로 뇌었다. 당연한 순서처럼 또 하나 떠오르는 얼굴이 있었다. 유일민이었다. 함께 잡혀가 고생을 한 때문인지 그의 기억도 의식 깊이 박혀 지워지지 않았다. 어쩌면 그가 같은 나이 또래였고, 좋은 대학에 다니고 있었기 때문인지도 모른다. 그는 지금 어디서 무엇을 하며 살고 있을까. 그때 우연히 길에서 만난 뒤로 전혀 더는 만날 수가 없었다. 그게 벌써 15년이 다 되어가는가? 더 만날 필요도 없고, 만나서 반가울 대상도 아니었다. 그런데 왜 잊혀지지 않는지 모를 일이었다. 사람의 의식이란 어떤 구조로 되어 있는 것인가. 잊고 싶은 기억들을 자기 마음대로 지울 수 없는 그것, 좋은 기억보다는 나쁜 기억들을 훨씬 더 많이 각인시키고 있는 그 구조가 어떻게 생겨먹은 것인지 알 수가 없었다.

누군가가 화장실로 들어왔다. 이경열은 그런 생각에서 깨어나며 시계를 보았다. 약속시간 3분 전이었다. 그는 서둘러 화장실을 나왔다. 엘리베이터는 바로 우측에 있었다. 그것을 타기 전에 다시 주위를 살폈다.

이경열은 12층에서 엘리베이터를 내렸다. 34호실을 찾아가 초인종 단추를 눌렀다. 땡똥땡똥 하는 요란스런 쇳소리가 아니라 딩딩 하는 부드러운 악기음이 연약하고 멀리 들렸다. 모든 것이 하루가 다르게 변하고 발달하면서 초인종소리도 다양하게 달라지고 있었다.

「어서 와. 역시 시간 지키는 게 칼이군.」

이경열을 맞이한 것은 지난날 신문사를 출입했던 김이었다.

「인사드려. 나와 함께 일하는 분.」

김이 이경열에게 말했다.

「처음 뵙겠습니다. 이경열이라고 합니다.」

이경열은 소파에 앉은 사람에게 허리를 굽혔다.

「어서 오시오. 나 민이라고 하오.」

마르고 날카로운 인상의 남자가 일어나며 악수를 청했다.

그들 셋은 원탁에 둘러앉았다.

「자아, 커피 마시면서 얘기 시작하자구. 방금 시킨 거니까 따끈해.」

김이 이경열 앞으로 커피잔 하나를 밀어놓았다.

「에에, 이 기자한테 한 가지 특별히 협조를 부탁할 게 있어서 이렇게 만나자고 한 거요.」

민이라는 남자는 커피에 설탕을 타며 말을 꺼냈다.

「에에, 그게 뭐고 하면 말이오, 기자의 신분을 이용하면 별로 힘들지 않고 자연스럽게 해결할 수 있는 일이오.」

민은 성질 급하게 보이는 생김새와는 다르게 느긋한 손놀림으로 커피를 한모금 마시고, 담배를 뽑아 불까지 붙였다.

「그 일이 다른 게 아니라 여기 있는 자들의 거처를 신속하게 알아내는 거요. 기자로서 가족들에게 접근해서 말이오.」

민이 담배연기를 씹듯이 말했고,

「거 있잖아, 비밀 인터뷰를 하는 것처럼 시도하란 말이지. 기자한테는 '취재원 보호'라는 게 있으니까 그걸 내세워 절대 비밀을 보장하겠다고 안심시키면서 말야.」

김이 말을 거들었다.

「그렇소. 그 방법을 쓰면 우리 일을 돕는 효과가 클 거요.」

민이 종이 한 장을 이경열 앞으로 밀어놓았다.

대여섯 명의 이름과 주소가 적힌 종이를 슬쩍 보고 이경열은 커피잔을 들었다. 이건 어떤 대학의 데모 주동세력을 알아내는 것보다 고약한 일이라고 생각했다. 그는 담배에 불을 붙여 연기를 내뿜은 다음 입을 열었다.

「이게 어떤 사건에 관계된 것인지 알아야 일을 시도하지 않겠습니까.」

「아, 좋소. 말하려던 참이었소.」 민은 이경열의 말을 협조 의사로 받아들이는 듯 반색을 하고는, 「이게 바로 그 골치 아픈 도산 배후조종자들이오. 이놈들은 쥐새끼들처럼 잽싸게 몸을 피해 벌써 몇 개월 동안이나 지하에 잠적해 있는데, 그 수법이 꼭 빨갱이오. 이새끼들 검거가 시급한데 우리 수사로는 한계가 있소.」 그의 어조나 인상에서는 냉기가 끼치고 있었다.

「이 차장, 그 자리 이제 그만 벗어날 때도 됐잖아? 이번 일만 잘 처리해 봐. 그 다음은 내가 다 알아서 해줄 테니까. 도산을 도산시키는 건 기업들만을 위해서가 아니잖아? 대국적으로 보면 국가 경제를 위해서고, 그 과정에서 기업들이 안정적으로 잘돼야 신문사 광고도 빵빵하게 잘 들어올 것 아니겠어. 이 점 사장님께서 그 누구보다 잘 알고 계시니까 이 차장의 공이 십분 잘 반영된다 그런 말이야.」

김이 이경열의 어깨를 두들겼다.

「이걸 100프로 성공시키기는 쉬운 일이 아닐 텐데요…….」

이경열은 커피잔을 들며 민에게 눈길을 보냈다.

「물론이오. 절반만 넘으면 대성과요.」

「예, 그럼 최선을 다해 보겠습니다.」

이경열이 커피잔을 놓고 종이를 집어들며 결연한 투로 말했다.

「아, 화끈해서 좋소. 우리도 화끈하게 하겠소.」

민이 손을 불쑥 내밀었다. 이경열이 그 손을 마주잡았다.

「이게 그 집들의 약도고, 직코스로 접촉해야 될 사람들의 명단이야.」

김이 007가방에서 묶음종이를 꺼내 이경열에게 넘겼다.

「미안하지만 기왕 수고하는 것 속전속결로 좀 해주시오. 일이 총정리 단계에 들어섰기 때문이오.」

민이 담배를 권하며 말했다.

「예, 그쪽 일은 언제나 그렇잖아요.」

이경열은 담배를 뽑으며 씩 웃었다.

「하 이거 참, 잘 이해해 줘서 고맙소. 이 차장은 역시 애국자요. 배웠다는 사람들이 이 차장 절반만 돼도 얼마나 좋겠소. 아니 그건 욕심이고 반에 반만 돼도 더 안 바래요. 그런데 어찌 된 놈으게 삐딱한 생각을 하는 놈들을 보면 전부가 배운 놈들이고, 그치들이 무식한 것들 살살 꼬셔서 못된 물을 들이고 있단 말이오. 나라가 조용하게 잘돼 나가려면 그 삐딱한 놈들의 뿌리를 도려내야 하는데, 그것 참……, 어쨌든 잘해 봅시다.」

이경열은 호텔에 들어갈 때처럼 신경 쓰며 호텔을 나섰다.

며칠이 지나 이상재는 유일표의 아내 서경혜한테서 전화를 받았다.

「저어……, 이따가 좀 뵈었으면 하는데요.」

몹시 조심스러워하는 서경혜의 어조에서 이상재는 직감적으로 유일표를 떠올렸다.

「알았습니다. 제가 다시 전화드리지요.」

「네, 알았습니다.」

이상재의 말뜻을 알아차린 기색으로 서경혜가 먼저 전화를 끊었다.

이상재는 바로 사무실을 나와 공중전화를 찾아갔다. 서경혜네 출판사는 어떤지 모르지만, 자기네 사무실 전화는 오래 전부터 도청되고 있는 것이 틀림없었다.

「무슨 일 있습니까?」

「네, 뵙고 말씀드려야 될 것 같아요.」

서경혜의 목소리에는 아까보다 더 불안기가 서려 있었다.

「예, 마침 인쇄소에 갈 참이었으니까 그쪽으로 들르지요.」

「아니에요. 제가 인쇄소로 가겠어요. 여기는…….」

「예, 알겠습니다. 곧 출발합니다.」

일표가 위험하게 되었나? 혹시……. '잡힌 것일까?' 하는 생각이 순식간에 스쳐버렸는데 또다른 의식은 한발 늦게 그 생각을 막으려 하고 있었다. 이상재는 다급하게 사무실로 들어가 교정지를 챙겨가지고 인쇄소로 갔다.

인쇄소에는 서경혜가 먼저 와 있었다. 그녀의 얼굴은 긴장되고 불안해 보였다.

「일표한테 무슨 일 있어요?」

다방 구석자리에 앉으며 이상재는 먼저 입을 열었다.

「네, 그이는 무사한데요, 그이에 관한 일이에요. 혹시 ㅈ일보 이경열 기자라고 아세요?」

「예, 직접 알지는 못하고 무슨 일로 이름은 알고 있어요. 근데 그 사람이 왜요?」

「어제 전화가 왔었어요. 그이하고 극비리에 인터뷰를 하고 싶다구요.

오늘 만나 자세한 얘길 하겠다는 거였어요.」

「극비리에 인터뷰?」

이상재는 고개를 갸우뚱하며 얼굴이 굳어졌다. 그는 생각 깊어지는 얼굴로 담배를 빼물었다.

서경혜는 그의 생각을 방해하지 않으려는 듯 고개를 약간 수그린 그를 주시하고만 있었다.

「그거……, 수상해요.」

한참 만에 이상재가 말했다.

「그렇지요?」

서경혜가 자기 생각도 그렇다는 듯 반응했다.

「그게 말이지요, 의심스러운 게 한두 가지가 아니에요. 첫째는, 그자가 아무리 기자라고 하지만 어떻게 일표가 피신 중인 것을 알았냐 그겁니다. 공개 수배로 전단을 내붙인 게 아닌데 말입니다. 그러나, 기자로서 알려고 들면 알 수도 있어요. 수사기관에 접촉하면 되니까요. 그런데 이 대목에서 놓쳐서는 안 되는 게 그자가 수사기관과 접촉했다는 사실입니다. 둘째는, 왜 그자가 하필 도산에 관해서 관심을 가지며, 시도하기 어려운 줄 뻔히 알면서 극비 인터뷰를 하려고 하느냐는 점입니다. 신문은, 아니 다시 말해 모든 신문의 사주들은 일반 기업인들과 똑같이 도산을 적대시하고 있습니다. 왜냐하면 신문사 사주들은 기업들의 광고로 먹고 살고 치부하는 신문기업인들이기 때문입니다. 피신 중인 도산 관계자들이 단 한마디도 기업인들을 좋게 말할 리 없는 것은 뻔하고, 기업인들을 비판하고 매도하는 도산 관계자들의 발언이 단 한마디도 신문에 실릴 수 없는 것도 뻔한데, 헛수고에 불과한 뻔한 그 일을 왜 하려고 나서는지 의심 안 할 수가 없지요. 셋째는, 왜 하필 일표냐 그겁니다. 다 아시는 대로 일표는 가정 사정이 남달라서 그 관계자들 중에서도 특히 수사기관에서 주목하고 노리고 있을 것은 틀림없지 않습니까. 그들은 지금 도산에 빨간 물을 칠하고 싶어서 혈안이 되어 있으니까요. 이 정도면 무슨 말인지 아시겠지요?」

「네, 복잡하고 어지럽던 머리가 이제 정리가 됐어요. 그럼 어떻게 해야 되지요? 안 만나겠다고 딱 잘라 거절을 해버릴까요?」

「글쎄요……, 그게 작전상의 문젠데…….」 이상재는 새 담배에 불을 붙이고는, 「무작정 안 만난다고 하면 괜히 일표의 거처를 알고 있는 것으로 의심을 사고, 그게 괜한 탈을 불러 엉뚱한 고생을 할 수도 있어요. 그리고 이쪽에서 그쪽을 의심해서 안 만나려고 한다는 눈치를 보여서는 더욱 곤란한 문제고요. 그쪽이 경계해야 할 대상인 것을 알았으니까 일단 만나세요. 만나서 일표와 전혀 연락이 안 되고 있다는 사실을 확실하게 보여주세요. 전혀 불안해 하지 말고요. 그 사람은 폭행을 가할 수 있는 수사관이 아니라 기자일 뿐이니까요.」 그는 서경혜를 위로하는 눈빛으로 쳐다보았다.

「네, 말씀대로 하겠어요. 근데, 기자들이 수사기관하고도 무슨 관계를 갖나요?」

서경혜는 이해할 수 없다는 얼굴이었다.

「글쎄요, 가끔 그런 의심이 가는 친구들이 있긴 해요. 특종을 쓸 욕심 때문인지, 출세욕 때문인지, 결국 그게 그거겠지만 수사기관 정보를 남 먼저 빼서 기사를 쓰는 일이 있어요. 그래 봤자 저희들 발목에 스스로 족쇄 채우는 짓들이지요.」

이상재는 쓰디쓰게 웃었다.

「세상 참 너무 무서워요. 기자들은 그래도 양심이 있고 정의의 편인 줄 알았는데…….」

서경혜는 남은 커피를 마저 마셨다.

「성직에 너무 기대를 걸듯 기자들한테도 너무 후한 점수를 주신 거지요. 성직자들도 모순투성이의 인간일 뿐이듯 기자들도 그저 그런 인간들일 뿐이거든요.」

「그렇지만 이 기자님이나 원 기자님 같은 분들도 계시잖아요.」

「아닙니다. 우린 이미 세상을 모르고 현실을 모르는 다혈질이고 사회 부적응자들이고 돈키호테라고 낙인찍혀 버렸습니다.」

「아니에요. 그건 다수의 비겁한 기회주의자들이 자기네 비겁을 은폐 하기 위해서 악의적으로 퍼뜨리는 말이에요.」

서경혜의 말은 매서웠다.

「예, 그레셤의 법칙은 경제학에서만 통용되는 게 아닙니다. 인간의 사 회는 끊임없이 악화가 양화를 구축해 왔어요. 일표도 지금 그렇게 당하 고 있는 거구요.」

「사는 게 뭔지 나이가 들수록 모르겠어요.」

서경혜가 손가방을 챙기며 시계를 보았다.

「예, 빨리 들어가 보세요. 긴장할 것 없이 일 잘 처리하시구요.」

이상재는 몸을 일으켰다.

배상집은 얼굴을 훔치며 또 눈을 부릅떴다. 그러나 여전히 보이는 것 이라고는 아무것도 없었다. 어디서 빛 한 줄기 들어오지 않고 이렇게 지 독한 어둠에 갇혀보기는 처음이었다. 지하 1천 미터의 탄광 속에서도 이런 새까만 먹통 어둠을 겪은 적이 없었다.

배상집은 안타깝게 왼쪽 팔목을 눈 가까이 가져갔다. 그러나 손목시 계의 초침 돌아가는 소리만 들릴 뿐 정작 보고 싶은 시침과 분침은 보이 지 않았다. 그는 자신의 시계에서 초침 돌아가는 소리가 난다는 것을 비 로소 깨달았다. 서독에서 시계를 사고 지금까지 초침 돌아가는 소리를 들어본 적이 없었다. 이 방은 어둡기만 한 것이 아니라 그만큼 잡음 하 나 없이 조용하기도 했다.

배상집은 여기가 도무지 어디인지 알 수가 없었다. 이 방에 갇힌 지도 얼마나 오래되었는지 알 수가 없었다. 꼬박 하루가 지난 것 같기도 했고, 아닌 것 같기도 했다. 공포는 극에 달해 있고, 시계는 보이지 않고, 전혀 시간 가늠을 할 수가 없었다. 오직 한 가지 알고 있는 것은 어떤 수사기관에 잡혀왔다는 것뿐이었다. 그런데 이 수사기관이 어떤 수사기관인지 알 수가 없었다. 그리고 왜 자신이 붙들려오게 되었는지도 알 수가 없었다.

저녁 늦게까지 연구실에 있다가 학교를 나서는데 두 남자가 불쑥 앞을 막았다.

「배 교수님, 잠깐 가실까요.」

그들은 양쪽에서 팔짱을 끼며 낮은 소리로 말했다.

「아니, 왜 이래요. 당신들 누구요?」

「다 아실 텐데요. 조용히 가는 게 좋아요.」

그들은 우왁스러운 힘으로 끌었다. 그런데 어디서 나타났는지 검정 지프가 옆에 와서 섰다.

그들의 힘에 떠밀려 지프에 오를 수밖에 없었다. 지프에 앉혀지는 것과 동시에 눈이 가려졌다. 그리고 이 방에 떠밀려 들어왔으니 전부가 알 수 없는 것뿐이었다.

배상집은 또 섬찟 놀랐다. 그 소리가 또 들리는 것 같았다. 아주 멀리서 울리는 것 같은 긴 비명소리. 그 소리는 감감하게 멀고 가늘어 들리는 듯하다가는 사라져버리고, 또 한참이 지나서 들리는 것 같아 귀를 세우면 더 들리지 않고는 했다.

내가 잘못 듣고 있는 것인가? 이게 공포감 때문에 생기는 환청인가?

그때마다 공포감이 자꾸 심해지면서 배상집은 이런 생각을 몇 번이고 되풀이했다.

그런데 이 먹통방에서 아주 역한 화학약품 냄새가 풍기고 있는 것은 분명했다. 처음에 이 방으로 떠밀려들었을 때 그 냄새는 왈칵 끼쳐왔었다. 그 독한 냄새는 코가 맵고 목이 칼칼해질 지경이었다.

배상집은 자신이 무슨 잘못을 했는지 아무리 더듬어보고 되짚어봐도 알 수가 없었다. 실력 있는 교수, 능력 있는 교수가 되어야 한다는 일념으로 학교생활을 했을 뿐이다. 이런 데 잡혀와야 할 만큼 잘못을 저지른 일이 없었다. 교수들이 흔히 하는 정치 이야기도 철저하게 피해왔었다. 정치 이야기를 잘못했다간 위험할 수 있는 상황이었고, 이미 한국 정치에 환멸을 느껴 한마디도 하고 싶지 않기도 했다. 유신이라는 것이 야기하고 있는 정치 상황뿐이 아니라, 남·북 기관원들이 밀회하는 정치의 마성을 서독에서 목격한 다음부터 정치에 대한 환멸과 불신은 씻을 수 없는 것이 되었다.

밖에서 인기척이 들리더니 문이 벌컥 열렸다. 그 순간 빛이 쏟아져 들어왔다. 배상집은 그 빛이 반가움과 동시에 두려움에 사로잡혔다. 불빛이 그렇게 반가운 것도 처음이었고, 그렇게 공포스러운 것도 처음이었다.

「이봐 배상집, 편히 잤어?」

굵은 목소리와 함께 방 안이 확 밝아졌다. 배상집은 반사적으로 눈을 가렸다. 문을 열었을 때 들어온 복도의 불빛과는 달리 불빛은 너무나 강렬했다.

「이봐, 빨리 일어나 똑바로 서!」

굵은 목소리가 갑자기 소리쳤다.

배상집은 벌떡 일어나 똑바로 섰다. 그런데 목소리 굵은 남자의 모습은 보이지 않았다. 강렬한 불빛을 정면으로 받으며 배상집은 그 남자가 불빛 반대쪽의 어둠에 모습을 감추고 있다는 것을 알았다.

「이봐, 차렷자세를 또다른 말로 뭐라고 하지?」

「옛, 부동자셉니다.」

배상집은 자신도 모르게 소리쳤다. 그건 저 옛날 훈련병 시절에 외쳤던 목소리였다.

「좋아, 지금부터 부동자세로 취조에 임한다. 열중쉬어, 차렷! 열중쉬어, 차렷!」

배상집은 구령에 따라 자동인형처럼 착착 동작했다.

「너 여기 왜 잡혀왔는지 아나?」

「모르겠습니다.」

「암, 모르겠지. 교수라는 놈들은 다 제 잘난 맛에 사는 놈들이니까. 너, 네가 쓴 글들은 다 기억하겠지?」

「예, 거의 다 기억합니다.」

배상집의 의식은 순식간에 자신이 쓴 글들을 훑고 있었다. 그 어떤 글에도 조사를 받아야 될 만한 하자는 없었다. 어둠 속에 갇혀서 이미 점검한 것이었다.

「그래, 머리 좋은 박사시니까 당연히 다 기억하겠지. 그럼, 네가 쓴 글 중에서 빨갱이놈들 돕는 글도 있지?」

「예에? 그, 그런 것 없습니다. 저, 절대로 그, 그런 것 없습니다.」

배상집은 소스라치게 놀라게 심하게 말을 더듬었다.

「이새끼 이거 어디서 오리발 내밀고 이래? 교수님이라고 점잖게 대해주려고 했더니 안 되겠네. 완전 누드가 돼서 몽둥이 찜질을 당해야 정신 차리겠어?」

「저, 정말입니다. 저, 절대로 그, 그런 글 안 썼습니다.」

배상집은 자신의 인생이 산산조각 나는 것을 느끼며 눈을 부릅떴다. 그러나 눈으로 들어오는 것은 강렬한 불빛뿐 그 남자의 모습은 보이지 않았다.

「이새끼, 말이 많아. 너 얼마 전에 ○○일보에 쓴 글 있잖아. 그따위 글을 쓴 의도가 뭐야! 저의가 뭐냐구!」

「예, 그, 그건 아무 의도가 없습니다. 신문사의 청탁에 따라 서독의 사회복지제도를 있는 그대로 썼을 뿐입니다.」

「뭐, 아무 의도가 없어? 네놈이 그따위 글을 써대서 불평 불만을 하고 있는 노동자들을 선동하려는 저의를 누가 모를 줄 알아!」

어둠 속에서 터지는 고함과 함께 쾅 울리는 소리에 배상집은 질겁을 했다. 어둠 속의 남자는 몽둥이로 철책상을 내려쳤던 것이다.

「아, 아닙니다. 저, 절대로, 절대로 그런 뜻이 없었습니다.」

「이새끼, 개소리 치지 말어. 귀신은 속여도 우리 눈은 못 속여. 지금 노동자들의 가려운 데를 살살 긁어 선동해 대며 큰 공장마다 노조를 만들어 나라를 망치려고 드는 세력들이 있어. 그 대표적인 게 도시산업선교회 놈들인데, 이 나라 망치려고 흔들어대는 것 제일 좋아하는 게 누구야. 김일성 그 인간이지. 그리고, 자본을 댄 기업주 무시하고 노조 만들어 즈네들이 주인 행세하겠다고 날뛰는 노동자들의 생각은 꼭 빨갱이식이고. 그 노동자들을 뒷조정하고 있는 도산놈들은 더 볼 것 없이 빨갱이 집단이야. 이런 상황에서 네놈은 그따위 글을 써서 부채질을 해댄 거야. 그러니까 넌 도산놈들이나 하나도 다를 것 없는 용공 빨갱이라 그거야. 알아들어!」

배상집은 또 질겁을 했다. 교묘하게 얽혀든 빨갱이 누명에 정신이 하나도 없는데 어둠 속의 남자는 또 철책상을 내려쳤다.

「아, 아닙니다. 저는, 저는 자유민주주의와 자본주의 신봉자입니다. 다른 글들을 보시면 아시지 않습니까.」

배상집은 울먹이듯 하며 두 손을 모았다.

「차려야, 차렷!」

배상집은 똑바로 부동자세를 취했다.

그때 문이 열렸다.

「배상집, 뒤로 돌앗!」

배상집은 구령대로 뒤로 돌았다. 불빛이 환한 속으로 한 남자가 나타났다. 배상집은 흠칫 놀랐다. 방금 들어선 그 남자의 한쪽 손에는 축 늘어진 작은 개 한 마리가 들려 있었고, 다른 손에는 큰 통이 들려 있었다. 그 남자는 방구석으로 뚜벅뚜벅 걸어가더니 개를 내던졌다. 그 구석에는 어느 집에서나 흔히 볼 수 있는 수채가 네모난 모양으로 만들어져 있었다. 죽은 개는 그 수채 가운데 널브러져 있었다. 그 남자는 들고 있던 통의 마개를 열었다. 그리고 통에 든 액체를 개 위에 붓기 시작했다. 곧 놀라운 일이 벌어졌다. 그 액체는 개의 사체에 닿자마자 부글부글 끓어오르기 시작했다. 그리고 독하고 역한 화학약품 냄새가 퍼지고 있었다. 그 남자는 액체를 다 쏟고는 밖으로 나갔다.

액체가 맹렬한 기세로 부글부글 끓는 속에서 개의 형체는 점점 사라져가고 있었다. 그 액체는 죽은 개를 빠른 속도로 녹이고 있었다. 개의 형체가 완전히 해체되어 버리는 데는 오래 걸리지 않았다. 배상집은 완전히 넋이 나가버렸다. 바로 눈앞에서 일어난 일인데도 도저히 믿을 수가 없었다.

「배상집, 열중쉬어, 차렷! 뒤로 돌아!」

배상집은 기계처럼 움직였다.

「똑똑히 봤지? 저건 바로 한강으로 흘러 들어간다. 그럼 티끌만큼도 흔적이 안 남지. 황소도 저것보다 열 배만 부으면 깨끗하게 사라져. 너 여기 잡혀온 것 아무도 모르지?」

어둠 속에서 흘러나오는 목소리는 나직하면서 느릿했다.

「……」

「왜 대답이 없어!」

「예에……, 자, 자, 잘못했습니다. 저, 저, 정말 잘못했습니다.」

더듬거림이 한층 심해진 목소리는 푸들푸들 떨리고 있었다.

「뭘 잘못했지?」

「그, 그, 그런 글 쓴 것 자, 잘못했습니다.」

「그럼, 빨갱이라는 걸 자인한다 그런 말인가?」

「아, 아닙니다. 저, 저는, 저는 빨갱이는 아닙니다. 다, 다시는 그런 글 안 쓰겠습니다. 맹세합니다. 요, 용서해 주십시요.」

「빨갱이가 무슨 표내고 다니는 줄 아나? 빨갱이들은 전혀 빨갱이가 아닌 것처럼 위장하고 있으니까 골치 아픈 거야. 바로 너처럼 말이야.」

「아, 아닙니다. 저는, 저는 절대로 빨갱이가 아닙니다. 믿어주십시요, 믿어주십시요. 저는 서독에 광부로 가서 고생하며 공부를 한 몸입니다. 저는 박사학위를 따려고 사력을 다했는데, 용공을 해서 그 노력을 헛되이 할 만큼 어리석지 않습니다. 그리고 저는 지금의 대학 교수직에 최고로 만족하고 있습니다. 그런데 그 직위를 망칠 게 뻔한 용공을 왜 하겠습니까. 이런 점을 헤아려 저의 진심을 믿어주십시요.」

「그따위 번지르르한 소리 백 번 해도 소용없어. 빨갱이들일수록 말을 매끈하게 발라맞춘다는 것 몰라? 넌 어차피 교수질은 끝장났어.」

「아이고, 살려주십시요, 살려주십시요. 다, 다시는 그런 글 안 쓰겠습니다.」

배상집은 울음 범벅인 목소리로 두 손을 맞비벼댔다.

「이새끼, 차려야, 차렷!」

어둠 속의 남자가 꽥 소리쳤다.

배상집은 나무토막처럼 뻣뻣해졌다.

「너같이 겉 다르고 속 다른 놈들 때문에 이 나라가 안 돼. 네놈이 쓴 그따위 글은 노동자들만 간뗑이 붓게 벼려놓은 게 아니야. 대학생들놈까지 선동해서 생각을 삐딱하게 만들고 있어. 대학생놈들이 왜 끝없이 데모를 하는지 알아? 다 너 같은 종자들이 암암리에 부채질을 하고 있기 때문이야. 너 같은 악질 분자들은 남김없이 쓰레기 청소를 해버려야 돼.」

「아, 아닙니다. 저는, 저는 아닙니다. 저, 저는 결백합니다, 겨, 결백합니다. 제발 살려주십시요, 살려주십시요.」

배상집의 목소리만 울음 범벅이 아니었다. 그의 얼굴에는 눈물이 줄 줄 흘러내리고 있었다.

「결백해? 살려줘? 흥, 그래, 살려준다고 치자. 너의 결백을 뭘로 입증할 거야? 어디, 살려줄 테니까 살아날 수 있게 결백을 입증해 봐.」

「……」

배상집은 머리가 텅 빈 것을 느꼈다. 어떻게 결백을 입증해야 할 것인지 아무 생각도 떠오르지 않았다. 몸이 달고 애가 탔지만 머릿속은 하얗게 비어 있었다.

「왜 말이 없나? 그 침묵이 바로 빨갱이라는 것을 입증하는 거지? 넌 빨갱이야. 더 말할 것 없어.」

「아, 아닙니다, 아닙니다. 너, 너무 갑작스러워 생각이 안 떠오른 겁니다.」

「생각이 안 떠올라? 그래, 너무 긴장해서 그럴 수도 있지. 그럼 아주 간단한 방법을 가르쳐주지. 네가 글을 쓴 그 신문에 전번 것하고는 정반대의 글을 써. 우리나라의 실정상 노조란 너무 성급한 것이다 하고. 그리고 중단 없는 경제발전을 위해서 유신은 꼭 필요한 것이다 하는 내용으로.」

배상집은 현기증과 함께 무릎이 휘청 꺾이는 것을 느꼈다.

「왜 대답이 없나!」

고함과 함께 몽둥이가 철책상을 내려쳤다.

「예, 저어, 저어, 다른, 다른 무슨 일을……, 다른 무슨 일을……」

배상집은 부들부들 떨고 있었다.

「뭐? 그것 말고 다른 무슨 일을 시키면 하겠다 그거야?」

「예에……」

「흥, 그렇게 표나는 일은 곤란하시다? 그래, 대학생놈들이 어용교수 물러가라고 데모도 하는 판이니 젊은 교수 체면 구기고 싶지 않다 그거지? 그럼, 표나지 않는 일은 할 수 있다 그거야?」

「예에…….」

「틀림없어!」

「예에…….」

「좀 생각해 볼 테니까 기다려.」

어둠 속의 남자는 밖으로 나갔다.

배상집은 뼈가 없는 사람처럼 허물어져내렸다. 아내와 아이의 얼굴이 밀려들었다. 서독에서 고생했던 일들이 한꺼번에 떠올랐다. 그 위에 대학생활이 겹쳐졌다. 그 생각들이 마구 뒤엉키며 울음이 복받쳐올랐다. 목놓아 울고 싶은 심정이면서도 어금니를 맞물며 가까스로 참아냈다. 그는, 이 끔찍한 소굴에서 무사히 벗어나야 된다는 생각에만 정신을 모으려고 애썼다.

「이리 나와.」

한 남자가 문을 열며 말했다.

배상집은 튕기듯 일어나 그 사람을 따라 나갔다. 긴 복도를 한참이나 걸었다. 어디선가 숨 자지러지는 비명들이 울리고 있었다. 배상집은 몸이 조여들며 자신이 먹통방에 앉아 들었던 감감한 비명소리가 환청이 아니었다는 것을 깨달았다.

앞서가던 남자가 어느 방으로 들어갔다.

「거기 앉어.」

배상집은 책상 앞에 놓인 철의자에 앉았다.

「배고플 테니까 먼저 이것부터 먹고, 그런 다음에 여기다가 자서전을 써. 태어나서부터 지금까지를 세세하게 써. 거짓말 한마디도 없이. 글 많이 써봤으니까 빨리 쓸수록 좋아.」

그 남자는 곰탕 그릇을 밀어놓고 돌아섰다.

배상집은 고개를 수그린 채 그 남자의 얼굴을 보지 못했다. 생각과는 달리 고개를 들 수가 없었다.

그 남자가 나가자 배상집은 비로소 시계를 보았다. 10시였다. 10시……? 배상집은 시계가 멈추었나 생각했다. 다시 보니 초침이 돌고 있었다. 어젯밤 10시쯤 잡혔으니까 꼬박 열두 시간이 지난 셈이었다. 아까 먹통방에서 들었던 초침 돌아가는 소리는 더 들리지 않았다.

배상집은 다시 아내와 아이를 생각하며 숟가락을 들었다. 전혀 밥맛이 없었지만 먹어야 한다고 생각했다. 언제 풀려날지 모르는데 버티어야 했다. 그리고, 먹지 않으며 반항한다고 오해받을 수도 있었다.

배상집은 곰탕을 절반쯤 먹고 나서 손수건으로 입을 닦으며 방 안을 둘러보았다. 아까의 방처럼 살벌하기는 마찬가지였지만 화학약품 냄새는 나지 않았다. 그 독한 냄새를 생각하자 등골이 오싹해지면서 흔적 없이 녹아 없어지던 개가 떠올랐다. 그는 눈을 질끈 감았다 뜨며 책상으로 다가앉았다. 볼펜 아래 놓인 백지는 두툼한 것이 수십 장은 되어 보였다. 그는 종이를 끌어당겼다.

배상집은 세 시간 정도 걸려서 자서전이라는 것을 끝냈다. 그것을 쓰다 보니 서독에서 정보원의 협조 요구를 거부했던 일이 너무나도 선명하게 다가왔다. 그 사실을 써야 하나 말아야 하나 몇 번 망설이다가 빼버렸다. 비협조로 트집을 잡혔으면 잡혔지 유리할 것이 없었던 것이다.

배상집은 두 번째의 곰탕을 먹고 나서 또 자서전을 써야 했다.

「다시 써!」

배상집은 세 번째의 곰탕을 먹고 나서 또다시 볼펜을 잡았다.

「배상집, 아까 말한 것 틀림없지?」

세 번째의 자서전을 챙기며 그 남자가 말했다.

「예에…….」

「좋아. 그럼 여기다가 서약서를 써. 극비리에 우리에게 협조하겠다고.」

「저어……, 무슨 일을…….」

「이건 쥐도 새도 모르고, 우리하고 당신하고만 아는 거야. 당신 아내도 알면 안 돼. 이 일에 협조를 잘하면 현재의 당신 신분 보장은 말할 것도 없고, 앞으로의 신분 상승에도 적극 도움을 줄 거야. 당신 학교의 학생 조직과 그 동태를 주도면밀하게 파악하는 거야.」

「…….」

「왜 대답이 없나? 못하겠다 그거야?」

「아, 아닙니다.」

「아무 걱정할 것 없어. 이건 무덤까지 가는 비밀이니까. 그리고, 당신은 비밀 유지를 위해서 또, 학생들에게 신뢰를 받고, 학생조직에 접근을 용이하게 하기 위해서 적당한 선에서 비판적 자세를 취하는 게 좋아. 그런 구체적인 전략 전술은 차차 가르쳐줄 테니까 신경 쓸 거 없고. 알겠어?」

「예에…….」

「좋아. 여기다 서약서 써.」

배상집은 검정 지프를 타고 그곳에서 벗어났다. 지프는 집이 멀지 않은 곳에서 멈추었다. 배상집이 내리자 지프는 곧 떠났다. 그는 전신에서 기운이 빠져나가는 것을 느끼며 비실비실 전봇대에 몸을 기댔다.

「이봐, 한잔 더 하자구.」

「미쳤어. 벌써 11시 반이 넘었어.」

술 취한 두 남자가 어깨동무를 하고 지나가고 있었다.

51
홀로 푸르른 나무

한인곤은 책을 덮으며 저자의 이름을 다시 확인했다. 임종국. 그리고 책 제목을 한 자, 한 자 다시금 읽었다. 『친, 일, 문, 학, 론.』

그는 끄음 된숨을 내쉬며 책을 쓰다듬었다. 무어라고 형언하기 어려운 독후감이 가슴에 꽉차 있었다. 그건 재미난 소설이나 좋은 영화를 보고 나서 느끼는 감동이 아니었다. 그런 느낌과는 꽤나 다른 어떤 느낌이 가슴을 묵직하게 누르는 것 같기도 했고, 허전했던 마음에 무언가가 뿌듯하고 그득하게 담긴 것 같은 기분이기도 했다.

그런 일을 이렇게 책으로 쓰는 수도 있구나. 이게 얼마나 좋은 방법인가. 내가 아무것도 한 것 없이 허송세월만 한 것에 비해 이건 얼마나 효과가 나는 좋은 방법인가.

한인곤은 이런 깨달음 속에서 책을 다시 쓰다듬었다.

자신이 억지 예편을 당하고 정계로 진출하며 품었던 꿈은 작지 않았다. 잘못된 세상을 바로잡아야 한다. 이 목표 아래 철도의 두 레일처럼

바탕을 이루었던 것이 이승만 독재의 타도였고, 친일파 세력의 척결이
었다. 그 두 가지를 해결하지 않고는 나라가 잘될 도리가 없었다. 그 일
을 이루어내는 데 국회의원으로서 자신의 능력을 전부 바칠 각오를 했
었다.

그런데 이승만 독재는 야당 국회의원들이 힘쓴 것 아무것도 없이 학
생과 시민들의 무서운 분노로 무너지고 말았다. 4·19는 영원히 잊을 수
없는 감동이었다. 그건 성난 대중의 힘이 얼마나 무서운 것인가를 실감
한 계기였고, 정치인들이 자기들 유리할 대로 입에 올리며 이용해 먹기
만 하고 막상 막연한 대상이었던 국민이란 존재를 명확하게 확인한 기
회였다.

혁명으로 쟁취한 정권을 영광스럽게 물려받았으니 이제야말로 나라
를 잘되게 하고, 올바른 세상을 만들 수 있는 절호의 기회가 왔다고 얼
마나 꿈에 부풀었던가. 그 제대로 된 정치 속에 친일파 세력의 척결이
포함된 것은 더 말할 것이 없었다. 그들을 제거하지 않고는 나라가 바로
설 수가 없었고, 사회 정의가 이루어질 수도 없었다.

그러나 그 꿈이 얼마나 순진무구한 것이었는지는 곧 확인되었다. 야당
에서 힘 하나 안 들이고 여당이 된 민주당은 그날부터 피 흘린 혁명의 숭
고함을 배신하기 시작했다. 그들은 혁명의 나라를 강건하게 세우는 올바
른 정치를 펼치는 데 총력을 모으는 것이 아니라 서로 권력을 많이 갖겠
다는 탐욕을 앞세우며 파벌끼리 진흙탕 개싸움으로 나날을 지새웠다. 같
은 여당의 입장에서 그 싸움을 바라보아야 하는 것은 참 어처구니없고도
기가 막혔다. 그런데 더 놀라운 것은 양쪽 파벌의 수뇌부 대부분이 친일
파라는 사실이었다. 그 뒤늦은 사실 확인은 너무나 큰 충격이었다.

친일파 세력들은 여당과 고급 공무원, 경찰과 군대의 상급 지휘관에
몰려 있고 야당은 깨끗한 줄 알았었다. 수많은 국회의원들 중에서 한 사
람, 그것도 초선인 신참의 힘이 얼마나 하잘것없고 미약한 것인가를 날

이 바뀔 때마다 구체적으로 실감하며 의기소침해져 가고 있는 판에 당의 핵심을 이루고 있는 사람들의 과거가 그렇다는 것은 이만저만 큰 실망이 아니었다.

자신은 어쩌면 그때 정치판을 떠났어야 했는지 모른다. 그때 이미 자신의 꿈은 그 어느 것도 이루어질 수 없게 되어 있었다. 아버지의 재산을 반의 반도 안 남게 까먹어가면서 결국은 이렇게 초라한 꼴이 되기 전에 과감하게 정치판을 등졌어야 했다. 그러나 국회의원이라는 것, 그 권력의 자리를 버릴 수 없는 욕심 때문에 자신도 적당히 타협하고 적당히 보신하는 그렇고 그런 정치인으로 변해가다 보니 결국은 유권자들에게 버림받고 만 것이다.

흔한 말로 '정치 무상'이었다. 낙선이 되고 나니 그날로 찾아갈 데라고는 없었고, 더구나 찾아오는 사람은 아무도 없었다. 죽은 시체에서는 이도 부산하게 떠나가듯 낙선과 함께 선거참모들마저 발 빠르게 멀어져버렸다. 그러니 지난날 굽실거렸던 관공서 사람들이 고개를 외트는 것은 더 말할 것도 없었다. 별수없이 아버지가 남겨놓은 사업을 돌볼 수밖에 없었다. 그것이나마 착실하게 끌어가지 않으면 머지않아 생계문제에 봉착할 판이었다.

스스로 외면하지 못했으니 유권자들에게 버림받은 것을 계기로 더는 정치에 마음을 두지 말자고 생각을 정리했다. 이제 나이도 나이였고, 정치에 환멸도 깊었다. 아내도 그 뜻에 동의했다. 사업에 마음을 쏟으며 나날을 바쁘게 보내려고 했다. 그러나 분주한 사업도 아니어서 날마다 시간이 남았다. 그 무료한 시간을 메울 방법이 없어서 사무실 가까이에 있는 서점에 발길을 하기 시작했다. 책을 읽으니 잡생각이 없어지고 시간이 잘 갔다. 그리고 새로운 지식을 얻는 즐거움도 생겼다. 가능하면 역사에 관계되는 책들을 골라 샀다. 어떤 때는 여 종업원이 요즘의 베스트셀러라며 연애소설을 권하기도 했다. 그럼 그런 책도 사다가 읽었다.

「어머, 당신 이런 책도 다 읽어요?」

아내가 놀라서 물었다.

「왜? 나도 멋진 연애 좀 해보려고.」

이런 혜식은 농담을 하기도 했다.

그러던 어느 날 여 종업원이 책 한 권을 내밀었다.

「의원님, 이 책 어때세요. 의원님이 좋아하실 것 같아서 챙겨났는데요.」

전 국회의원에 대한 예우로 아가씨는 깍듯하게 '의원님'이라고 호칭하며 친근하게 웃었다.

「이게 뭐지? 『친, 일, 문, 학, 론』……?」

제목을 한 자, 한 자, 띄어 읽었던 것은 언뜻 그 뜻이 잡히지 않은 까닭이었다. 입으로 읽기 전에 눈으로 읽은 제목에서 받은 첫 느낌은 '아니, 문학으로 한·일 친선을 하자는 거야?' 하는 거부감이었다.

「네, 이게 친일을 한 문인들을 비판하는 책이거든요. 친일한 문인들이 누구누구고, 어떤 글들을 썼는지 다 나와 있어요.」

「아! 그래? 이거 참 중요한 책이네. 새로 나온 건가?」

「아니에요. 나온 지 오래돼서 안 보이다가 이번에 재판이 나왔어요.」

「그래, 이런 책은 사 봐야지. 요새 세상에 이런 책을 쓰는 사람이 다 있네. 뭐 하시는 분인가?」

「저도 잘 모르겠는데, 책에는 시인이고 문학평론가라고 씌어 있어요.」

「오라, 그래서 문인들에 대해서 썼군. 그래, 빨리 싸줘.」

그래서 이틀에 걸쳐 책을 다 읽었다. 그 내용은 놀랍기 그지없었다. 이광수나 최남선이 글로 친일을 한 줄 알았을 뿐이지 그토록 많은 문인들이 줄줄이 친일을 한 줄은 전혀 몰랐던 사실이었다. 알고 보니 이광수나 최남선은 워낙 거물이라서 대표적으로 알려진 것뿐이었다. 남녀 가리지 않고 그 많은 문인들이 천황 만세, 일본군 필승을 외치는 글을 써 댔으면 그럼 친일을 안 한 문인이 있기나 한 것인지 궁금할 지경이었다.

한인곤은 담배를 깊이 빨며 그 책을 물끄러미 바라보았다. 학병으로 끌려가 중국땅에 배치되고, 중경 임시정부를 찾아 부대를 탈출하고, 새로운 광복군으로 총을 잡았던 그 옛날의 기억들이 지금 벌어지고 있는 일들처럼 생생하게 떠올랐다. 본국의 지원이라고는 없는 상태에서 자신들은 오로지 조국의 광복을 위해 영국군이나 중국군과 합작을 하기도 하고, 단독으로 작전을 펼치기도 하면서 일본군과 싸우고 있었던 바로 그때에 수많은 문인들은 천황폐하를 칭송하고 일본의 침략을 성전으로 미화하는 글들을 다투어 써대고 있었다. 그런데 다른 분야의 모든 친일파들이 아무런 처단도 당하지 않고 승승장구하듯이 그 사람들도 또 어엿한 문인으로 행세하고 있었다. 법학자인 줄만 알았던 유진오가 소설을 쓴 문인이라는 것이 금시초문이었고, 그런 사람이 일류로 꼽히는 대학의 총장을 지냈다는 것이 기가 막혔다. 민주당 파벌 싸움에서 핵을 이루었던 주요한이 박순천과 함께 친일 경력을 가졌다는 것은 알았지만, 그가 시인으로 친일을 했다는 것 또한 놀랄 일이 아닐 수 없었다.

한인곤은 임종국이라는 세 글자에 눈길을 박고 있었다. 이 사람은 엄청난 일을 한 것이었다. 그가 한 일은 법적 처단은 아니었다. 그러나 법적 처단이 이미 틀려버린 마당에 그들의 잘못만이라도 이렇게 명백하게 밝혀 기록으로 남긴다는 것은 제2의 법적 처단이나 다름없는 일이었다. 이런 기록을 남겨놓지 않으면 친일파들이 자행한 매국행위와 민족반역 행위는 영원히 덮어버리고 말게 되는 것이다. 자신은 일제시대를 중심에서 몸소 겪었고, 그 누구보다도 친일파 척결에 적극적 관심을 가지고 있는데도 이 책에서 접한 내용의 90퍼센트가 전에 몰랐던 새로운 사실이었다. 하물며 세대가 바뀌면 어찌 될 것인가. 뒤따라오는 세대에게 역사의 진실을 알릴 수 있는 것은 책밖에 없었다. 친일파에 대한 법적 처단이 이루어지지 않았으므로 이런 책은 더욱 필요한 것이다.

자신은 친일파들에게 분노와 증오만 가졌을 뿐 국회의원으로 정치판에 몸담고 있는 동안 그들을 척결하는 일은 털끝만큼도 한 것이 없었다. 오히려 평생에 걸쳐서 그들에게 당하기만 해왔다. 군대생활에서 진급이 더디며 한직으로만 밀려다닌 것이 그렇고, 계급정년이란 불명예로 예편 당한 것이 그렇고, 친일파 못자리판이나 다름없는 여당의 정보정치에 걸려들어 꿋꿋하게 야당생활을 못하고 굴복한 것이 그렇고, 발악적 유신독재가 민심을 잃어가는 판에 야성 강한 지역에서 여당의 탈을 쓰고 나서서 결국 버림받은 것이 그랬다. 그동안 정치를 한다고 없애버린 아버지의 재산이 얼마인가. 그 돈으로 자신도 이런 책 만드는 일이나 했으면 얼마나 성과 있고 보람스러웠으랴.

한인곤은 불현듯 떠오른 이 생각에 어이없이 웃었다. 책은 아무나 쓰나, 하는 생각이 스스로를 희롱했기 때문이었다. 일기 쓰기도 제대로 못하는 주제에 참 엉뚱하고도 가당찮은 욕심이었다.

임종국, 이 사람은 어떤 사람일까…….

책에 쓴 그 많은 문인들 중에 태반은 살아 있을 텐데, 그 사람들하고는 어떻게 지내려고 이런 일을 하고 나섰을까. 문인들의 사회라고 해서 다른 집단사회와 다를 것이 없을 텐데, 이래 가지고 그 사회에서 발붙이고 살아갈 수 있을까? 한국사람들은 자기 아버지의 잘못만 얘기해도 원수지간이 되고 마는데 더구나 당사자들의 잘못을, 그것도 사소한 흥거리가 아니라 매국과 민족반역죄에 해당하는 잘못을 샅샅이 들추어냈으니 그들이 얼마나 감정을 품고 원수 대하듯 할 것인가. 시인이고 문학평론가라면 사람들의 그런 마음이나 사회 풍토를 모를 리 없는 일이었다. 이 사람은 용기와 배포가 남다른 것인가? 아니면, 그들에게 따돌림당하거나 무슨 피해를 입더라도 어쩔 수 없다고 각오를 한 것일까?

도대체 이 사람의 생업은 무엇일까? 시인이고 문학평론가라니까 글을 써서 먹고 사나? 그 많은 사람들에게 따돌림을 당하는 경우 그게 가능할까? 글만 써가지고는 먹고 살기 어렵다는 말을 들었는데…….

그런데……, 이 사람은 이 일을 이것으로 끝내고 마는 것인가……? 문인들만이 아니라 다른 분야에 더 많은 친일파들이 드글드글하지 않은가. 사회적인 영향력에서 문인들도 무시할 수 없겠지만, 현실적으로 더 막강한 힘을 발휘하고 있는 정치계, 법조계, 군부, 경찰, 공무원 집단, 그리고 경제계까지 친일파들이 얼마나 많은가. 그 분야마다 이런 책을 내면 얼마나 좋을까. 그런 생각은 없는 것일까?

한인곤은 이틀 동안 그런 여러 가지 궁금증에서 놓여나지 못했다. 그래서 사흘째 되는 날 서점을 찾아갔다.

「이봐 미스 정, 한 가지 부탁이 있는데 좀 수고해 주면 좋겠어.」

「네에, 무슨 일이신데요?」

「저, 『친일문학론』 쓰신 임종국 선생님 말야, 그분 주소를 좀 알았으면 좋겠어.」

「아니, 뭐가 잘못된 게 있나요?」

「아니야. 그 반대야. 너무 훌륭한 일을 하셔서 한번 만나뵀으면 해서.」

「아, 그러세요? 그럼 금방 알아드릴게요. 그분도 좋아하시겠네요.」

「어떻게 쉽게 알 수 있는 방법이 있어?」

「네에, 책 내용을 트집잡거나 시비 거는 것이면 곤란하지만, 책을 잘 썼다고 좋아하는 것이면 출판사에서 금방 가르쳐주거든요.」

「그런가. 그럼 바쁘겠지만 좀 부탁해.」

「네, 이따가 오후까지는 알아내 연락드릴게요.」

한인곤은 임종국 그 사람을 꼭 만나보고 싶었다. 그런 궁금증들을 그냥 덮고 넘어가지 못하는 성미인데다가, 여유시간도 늘어지게 많았다.

오후에 미스 정의 전화를 받고 한인곤은 서점으로 갔다.

「전화는 없으신가 보지?」

주소를 받아든 한인곤이 물었다.

「그럼요. 글쓰시는 분들 가난하잖아요.」

미스 정이 당연하지 않느냐는 듯 웃었다.

「그래, 그렇겠지. 전화 사정이 많이 좋아지긴 했지만 그래도 비싼 돈이니까.」

한인곤은 고개를 끄덕이며 돌아섰다.

「갑자기 서울은 왜 가세요? 서울 쪽은 쳐다보기도 싫다고 하시구선.」

이튿날 아침 한인곤의 아내가 의아스럽게 물었다.

「물론 쳐다보기도 싫지. 서울 가도 국회의사당 쪽은 안 쳐다보지. 이 책 쓴 분 좀 만나보려고.」

한인곤은 봉투에서 책을 꺼내 보였다.

「『친일문학론』? 이게 무슨 책이에요? 갑자기 친일문학 하려구요? 아니다! 당신, 이 저자한테 왜 이따위 책 썼느냐고 따지려는 거지요?」

그의 아내는 금세 불안한 기색을 드러냈다.

「아니야. 그 반대야. 이 약아빠지고 눈치 빠른 세상에서 이런 책을 쓰셨으니 참으로 장하고 훌륭하십니다 하고 인사하려고. 이 책은 친일문학을 하라는 게 아니고 일제시대에 어느 문인들이 어떤 글을 써서 친일을 했는지 상세하게 밝혀놓은 거야.」

「어머나, 그런 일 해가지고 어쩌려고…….」

그의 아내는 눈이 커지게 놀랐다.

「그러니까 내가 인사 가려는 거지.」

한인곤은 책을 봉투에 넣고 나섰다.

「당신도 참 어지간해요. 세월이 그리 지났는데도 친일이야 하면 정색을 하고 덤비니. 이젠 좀 잊을 만도 한데.」

「당신, 그런 소리 말아. 이 나라가 이 꼴로 엉망진창되고, 질서도 양심도 없이 이따위로 망해가고 있는 근본 원인이 뭔지 알아?」

한인곤은 정말 정색을 하며 언성이 높아졌다.

「네, 네, 알았어요. 친일파 민족반역자들을 해방과 함께 일소시키지 못해서 그래요.」

그의 아내는 재빨리 말하며 두 손을 저어댔다. 그건 그녀의 말이 아니라 결혼한 이후로 되풀이해 온 한인곤의 말이었다.

「괜히 혀끝으로만 그러지 말고 마음 깊이, 진심으로 그걸 알아야 해.」

한인곤은 구두를 신으며 쏘아붙였다.

「네, 알았어요. 오래 걸려요?」

「누가 붙드는 놈이 있어야 오래 걸리지. 늦어도 내일은 내려와.」

「그럼 다녀오세요.」

그녀는 가슴이 찡해져 대문을 나서는 남편을 지켜보고 있었다. '누가 붙드는 놈이 있어야 오래 걸리지.' 그 말이 너무 슬프고 서럽게 가슴 저렸다. 그 한마디는 남편을 더 쓸쓸하고 외롭게 보이게 했다. 국회의원을 하면서 남편은 남달리 궂은일도 많이 겪었지만, 그 자리를 잃고 나니 주변이 갑자기 적막강산이 되어버렸다. 남자에게 사회적 지위가 없어지는 것, 그것처럼 초라하고 참담한 일이 또 있을까. 사람이 갑자기 허깨비가 되어버리고, 허수아비가 되어버리는 것은 옆에서 보기도 괴로운 아픔이고 고통이었다. 그러고 보면 남재구는 때에 맞춰 재주를 아주 잘 넘는 사람이었다. 그 사람이 어떻게 남편의 가장 친한 친구였는지 새삼스럽게 소름이 끼쳤다.

고속버스에 몸을 실은 한인곤은 다시 책을 한 쪽, 한 쪽 넘겨갔다. 문인이란 사람들이 왜 그런 글들을 써댔을까. 공갈 협박을 이겨내지 못해서 그랬을까? 아니면, 출세를 위해서 그랬을까? 그런 글을 쓰고 무슨 혜택을 받은 것인가? 글은 거짓을 쓰는 게 아니라는데, 그럼 그들은 진정 천황을 떠받들며 일본군이 승승장구하기를 바라고, 믿은 것인가? 그럼 그들에겐 독립을 위해 싸우고 있는 사람들의 존재는 안 보인 것인가? 그 수가 적으니 있으나마나 한 존재라고 하찮게 여기고 묵살해 버린 것인가? 문인이란 무엇인가? 옛날 말로 하면 선비 아니겠는가? 선비란 지조가 있어야 하고, 지조를 지키기 위해서는 목숨도 내놓는다고 하지 않았는가? 그런데 어찌 문인들이 그렇게도 많이 매국의 글을, 민족반역의 글을 써댈 수 있는가?

한인곤은 문득 머리를 스치는 한 가지 생각을 붙들려고 했다. 언젠가 읽었던 글귀 하나가 스치기는 했는데, 그 뜻만 막연하게 느껴질 뿐 문장이 명확하게 떠오르지 않았다. 그건 글이라는 것이 얼마나 오래가며, 그러므로 함부로 써서는 안 된다는 내용이었다.

한인곤은 오른손으로 이마를 싸잡으며 그 글귀를 생각해 내려고 애를 썼다. 그런데 머릿속에 짙은 안개가 낀 것처럼 생각날 듯, 생각날 듯하면서도 답답하기만 했다.

그는 책을 덮고 담배를 피워 물었다. 그건 아주 옛날 중국에서부터 전해 내려오는 말이었다. 그것까지는 생각이 나는데 글귀는 안개 속에서 가물가물했다. 한 번 얼핏 읽고 지나간 것이 시험문제로 나와 떠오를 듯 말 듯하는 것 같은 안타까움이었다. 그는 연달아 담배를 빨아댔다.

아아, 내 머리도 이젠 바삭바삭 되어버린 것인가. 기억력 하나는 자신하고 살았었는데. 그게 그러니까……, 무엇은 어떻고, 무엇은 어떻다 하는 식의 대구로 된 것이었는데…….

머리를 짜내다 못한 한인곤은 짜증을 부리며 담배를 껐다. 그리고 다시 책을 펼쳤다. 그 순간 퍼뜩 떠오르는 것이 있었다.

"말로 지은 원한은 백 년을 가고, 글로 지은 원한은 만 년을 간다."

바로 이것이었다. 한인곤은 자신도 모르게 무릎을 쳤다.

「글로 지은 원한은 만 년을 간다…….」

한인곤은 기쁨에 넘쳐 이 대목을 소리내어 뇌었다.

그건 글이 만 년을 가는 것이므로 함부로 잘못 쓰지 말라는 뜻이었다. 그 문인들은 이런 경구를 몰랐던 것인가? 그런 것을 모르고 글을 썼다면 문인으로서 기본 조건을 갖추지 못한 것이고, 알면서도 그렇게 매국적이고 민족반역적인 글을 썼다면 그건 이미 문인일 수가 없었다.

「승객 여러분, 서울에 도착했습니다. 잊으신 물건 없이 차례차례 내리시기 바랍니다.」

유니폼 말쑥하게 입은 여 차장이 공손하게 인사하며 말했다.

한인곤은 안전띠를 풀고 일어나며 시계를 보았다. 천안에서 서울까지 40분밖에 안 걸리는 것이 그때마다 신기하기만 했다.

택시를 탄 한인곤은 일단 신설동 로터리에서 내렸다. 빈손으로 가는 건 예의가 아니라서 무엇을 사야 할까 궁리하며 사방을 두리번거렸다. 여러 상점들 중에서 식품점이 눈에 들어왔다. 그곳으로 가며 먼저 머리에 떠오른 것이 술이었다. 글쓰는 사람들이 술 좋아한다는 생각 때문이었다.

식품점에서 선물용으로 포장되어 있는 정종을 사들었다. 그런데 술만 달랑 사들고 간다는 것이 과히 탐탁하지 않았다. 뭔가 빈약해 보이고 무성의한 것 같았다. 많은 물건들로 가득 찬 식품점 안을 둘러보다가 한인곤의 눈길은 설탕에 머물렀다. 설탕은 언제부턴가 명절 때 선물로 대인기였다. 그것도 선물용으로 포장된 3킬로그램짜리로 샀다.

「이 주소가 어디쯤이죠?」

한인곤은 돈을 내고 나서 주소를 내보였다.

「가만있어라 보자, 여기가 주소가 복잡해서 원……, 예, 저기 저 길 건너로 가보세요.」

식품점 주인은 고개를 갸웃거리며 손가락질했다.

한인곤은 책을 든 손에 정종을 들고, 다른 손에 설탕을 들고 길을 건너갔다. 그곳 어느 상점에서 다시 길을 물었다.

「글쎄요, 저어쪽 골목으로 가보세요.」

골목으로 접어들어 쌀가게에서 다시 주소를 댔다.

「이 골목이 아닌데요. 왼쪽으로 돌아 다음, 다음 골목으로 가보세요.」

그 골목까지 가서 또 번지수를 댔다.

「저어쪽으로 가서 찾아보세요.」

그저 막연하게 '저어쪽'이라는 말을 앞세워 한인곤은 이 골목 저 골목으로 발길을 옮겨가며 문패에 적힌 주소를 확인하고는 했다. 그러나 한 골목인데도 번지수가 들쭉날쭉이었고, 그나마 문패가 안 붙은 집이 더 많았다.

30분이 넘게 골목골목을 헤매다가 한인곤은 한숨을 토하며 정종과 설탕을 내려놓았다. 그 한숨은 복잡했다. 집 찾기를 쉽게 생각하고 먼저 물건부터 사든 것이 후회스러웠고, 주소를 그 모양으로 무질서하게 해놓고 있는 서울시 행정이 한심스러웠고, 국회의원을 해먹은 게 몇 년인데 그동안 그런 행정 난맥상에 대해 자신부터 무관심해 왔던 것이 더 한심스럽고 그랬다.

정종과 설탕을 30분 이상 들고 다니느라고 묵직해진 팔을 흔들며 한인곤은 담배를 피워 물었다. 이렇게 헤매 다니다가는 몇 시간이 걸릴지 모를 일이었다. 그는 어떻게 해야 쉽게 찾을 수 있을까를 궁리했다. 파출소, 동회가 떠올랐다. 그리고 우체부가 떠오르고, 출판사가 생각났다. 우체부는 만나기 쉬운 일이 아니고, 출판사에 전화를 하는 건 번거로웠다. 파출소와 동회 중에서 아무래도 동회가 나을 것 같았다.

다시 큰길로 나와 동회를 찾기 시작했다. 동회를 찾아가는 데도 10분이 넘게 걸렸다.

「여기서 나가서 말이지요, 왼쪽으로 쭉 가다가 가게가 나오면 거기서 세 번째 골목으로 들어가 오른쪽으로 쭉 가다 보면 쌀가게가 나오고, 거기서 왼쪽으로 돌아 두 번째 골목으로 들어가서…….」

귀찮은 기색으로 주워섬기는 동 직원의 말을 한인곤은 점잖게 웃으며 제지했다.

「난 지난번까지 국회의원을 지냈던 한인곤이라는 사람이오. 그렇게 해가지고는 찾아가기 어려우니까 좀 수고스럽더라도 약도를 그려주시오.」

한인곤은 바뀐 명함을 내밀었다. 흥, 국회의원 하면서 몸에 밴 것은 명함 내미는 것뿐이군, 하는 생각을 얼핏 했다.

「아, 그러십니까. 존함은 알고 있습니다. 몰라뵈서 죄송합니다. 이쪽으로 좀 앉으시지요.」

동 직원은 금방 친절해졌다.

「바쁘지 않으면 제가 모셔다 드려야 하는데 지금 워낙 바빠서요. 그 대신 곧장 찾아가실 수 있도록 약도를 자세히 그려드리겠습니다.」

「고맙소.」

한인곤은 의자에 앉으며 동 직원에게 담배를 권했다. 그러면서, 내가 현직이면 허겁지겁 앞장서겠지? 하는 생각으로 쓰게 웃었다. 그러나, 갓끈 떨어져버린 위인인데도 이만큼 친절하게 대해주는 것이 고맙다 싶기도 했다.

동 직원의 설명까지 듣고 한인곤은 동회를 나섰다. 약도는 아주 자세해서 그 사람이 안내해 주는 것이나 다름없었다. 골목골목을 돌아 마침내 '林鍾國'이란 문패 앞에 서게 되었다. 문패도 낡았고, 작은 집은 더 누추해 보였다. 잘살지 못하리라고 생각했지만 예상보다 훨씬 더 가난해 보였다.

「여보세요, 실례합니다. 임종국 선생님 계십니까?」

한인곤은 대문 앞으로 다가서 목청을 가다듬었다.

「누구세요?」

곧 여자의 목소리가 들렸다.

「예, 임 선생님을 좀 뵈러 왔습니다.」

「예, 들어오세요.」 여자는 아무 경계하는 기색 없이 대문을 따주고는, 「여보, 손님 오셨어요」 하며 돌아섰다.

한인곤은 조심스레 안으로 들어서며 그 여자가 임 선생의 아내라는 것을 알았다. 그런데 그 여인의 옷차림은 너무 남루해 보였다.

「누구신데?」

그때 오래된 한옥의 아랫방 문이 열리며 한 남자가 얼굴을 내밀었다.

그 얼굴을 보는 순간 한인곤은 주춤했다. 그 첫인상이 너무 특이했기 때문이다.

「안녕하십니까, 저는 한인곤이라는 사람입니다. 선생님의 『친일문학론』을 읽고 뵙고 싶은 마음에 사전 양해도 받지 않고 이렇게 불쑥 찾아온 무례를 용서해 주십시오. 뵙게 되어 생광입니다.」

한인곤은 깍듯하게 예를 갖추었다.

「아이고, 제 책을 읽으셨다구요? 이거 반갑습니다. 어서 들어오십시오.」

임종국은 그 특유의 순박하고 꾸밈없는 웃음을 지으며 손님을 반갑게 맞이했다.

「예, 초면에 실례하겠습니다.」

한인곤은 선물을 마루 끝에 놓고 책봉투만 가지고 마루로 올라섰다.

「어서 들어오십시오. 방이나마나 너무 좁아서 원.」

임종국은 서재로 들어서며 방바닥에 널려 있는 것들을 치우기에 바빴다.

한인곤은 서재로 들어서며 첫인상에서 받았던 느낌이 비로소 가시고 있었다. 한인곤이 첫인상에서 받은 느낌은 전혀 문인 같지 않다는 것이었다. 그럴 수밖에 없는 것이 임종국은 머리 모양부터가 바짝 치켜깎은 스포츠형이었다. 거기다가 기름한 얼굴의 생김생김은 선이 거칠고 주름살이 많아 천성적인 촌티가 나고 있었다. 그리고 잘먹지 못해 기름기라고는 없이 깡말라 있으니 그 얼굴은 천상 농사꾼처럼 보였다.

「방이 앉을 데도 마땅찮고 이렇습니다. 이해하시고 앉으십시오.」

임종국이 또 그 특유의 웃음을 환하게 지으며 자리를 권했다.

「예, 좋습니다. 그럼 앉겠습니다.」

한인곤은 방 안을 둘러보며 자리잡았다. 네 평이 될까말까 한 넓지 않은 방은 온통 책으로 가득 차 있었다. 세 벽의 책꽂이에서 넘쳐난 책들은 방바닥에까지 수북수북 쌓여 있었다.

「인사드리겠습니다. 한인곤이라고 합니다.」 한인곤은 명함을 건네고는, 「제가 이렇게 찾아뵙게 된 연유를 간략하게 말씀드리겠습니다」 하며 이야기를 시작했다.

임종국은 줄담배를 피우며 한인곤의 이야기에 귀를 기울이고 있었다.

「……그래서 여러 가지 궁금증을 참을 수 없어서 이렇게 무턱대고 찾아뵙게 된 것입니다.」

「아아, 그러니까 한 선생님께서는 그 귀한 광복군이셨군요. 예, 잘 오셨습니다, 잘 오셨습니다.」

임종국은 이까지 드러내며 그 특유의 웃음을 더욱 환하게 피워냈다. 그의 얼굴에는 천성적인 웃음이 담겨 있었고, 말을 할 때면 으레껏 그 웃음이 피어나고는 했다. 그런데 그 웃음은 순박하다 못해 천진난만하게까지 보였다.

성품이 저렇게 착해 보이는 사람이 어떻게 그런 강단 있는 일을 해냈을까. 아니, 성품이 착하고 진실하니까 아무런 눈치 같은 것 보지 않고 그런 일을 해낼 수 있는 것인가. 한인곤은 그 어린애 같은 순진무구한 웃음을 보며 갈피를 잡기 어려운 혼란을 느끼고 있었다.

「저어……, 제가 선생님 책을 읽고 받은 느낌은……, 저는 문학이나 예술 쪽과는 거리가 너무 먼 무식이라 마땅히 표현을 못하겠습니다만, 뭐랄까…… 이런 세상에서 어떻게 이런 글을 쓸 수 있었을까 하는 충격이었습니다. 다시 말하면 『친일문학론』에서 다루고 있는 친일문인들 중에서 상당수가 현재 살아서 활동하고 있는 사람들 아니겠습니까?」

「예, 상당수가 아니라 80퍼센트 이상이 살아 있고, 그 사람들이 현재 한국 문단을 쥐락펴락하고 있는 그야말로 실세들입니다.」

「그럼 선생님은 그 사람들한테 미움을 받고, 엄청난 피해를 입으셨을 텐데요?」

「예, 뭐 그 사람들의 힘이 미치는 잡지나 신문 같은 데는 글을 한 줄도 쓸 수 없게 된 것이 오래지요. 그리고 날 미친놈 취급해 버리고요. 그거 뭐 별거 아닙니다.」

이 말을 하면서도 임종국은 이를 드러내며 더없이 환하게 웃었다.

「문인에게 글을 못 쓰게 해버리면 어떡니까? 그건 문인의 생명을 끊는 것이고, 굶겨죽이자는 고사작전 아닙니까? 실례지만, 선생님은 다른 무슨 직업이 있으십니까?」

「직업이야 글쓰는 것밖에 없지요. 그래도 세상은 넓어서 그 사람들 영향력이 못 미치는 잡지도 더러 있으니까 원고료 벌이를 하고, 그럴 수 없는 글은 바로 책으로 묶어내서 인세를 좀 받고 해서 굶어죽지는 않고 있습니다. 그런데 우스운 것은 어떤 잡지에 글을 쓰고 나면 그걸 뒤늦게 안 그 사람들이 잡지사에 전화를 걸어대고, 압력을 가하고 야단이 나지요.」

임종국은 여전히 천진스럽게 웃고 있었다.

「아니, 그런 짓들까지 합니까? 뻔뻔스럽게.」

한인곤의 목소리에서 열기가 묻어났다.

「그 사람들 단결력이 아주 대단합니다. 그 사람들이 문단의 실세이다 보니 그런 압력이 통하기도 하고요.」

「자꾸 그렇게 되면 어떻게 살겠습니까. 그럼 책은 많이 팔립니까?」

「흐흐흐흐……」 임종국은 한인곤이 내놓은 책을 집어들어 맨 뒷장을 펼치더니, 「이 책 초판이 나온 게 1966년입니다. 이 원고는 다른 잡지에 미리 발표할 수 없는 내용이라 원고료 수입 한푼도 없이 바로 책으로 낸 것입니다. 그때 저는 출판사 사장한테 1만 부는 후딱 팔릴 거라고 장담을 했었지요. 그런데 사장은 고개를 갸웃갸웃하더니 2천 부를 찍겠다는 겁니다. 그래 제가 우겨서 3천 부를 찍었지요. 그런데 그 3천 부가 팔리는 데 10년이 넘게 걸려 바로 이 재판이 나오게 된 겁니다.」임종국은 웃으며 판권에 찍힌 '2판'이란 글자를 손가락으로 짚었다.

「아니, 13년 만에……」

한인곤은 곧 밀려나오는 다음 말을 황급히 눌렀다. '세상사람들이 어찌 그리 관심이 없을 수가 있을까요. 그러니까 친일파들이 제멋대로 날뛰는 것 아니겠습니까.' 이 말이 터져나가려 했는데, 그 관심 없는 사람들 중의 하나가 바로 자기자신이었다. 그런 책이 나온 줄도 모르고 세월을 보내다가 이제 와서 재판을 들고 그런 말을 할 자격이 없었다.

「죄송하지만, 인세라는 건 얼마나 받게 되시는지요?」

한인곤은 면구스럽고 죄스러운 기분으로 이렇게 물었다.

「예, 통상 정가의 10퍼센트씩을 받습니다.」

3천 부의 10퍼센트, 그리고 13년의 세월……. 그건 도저히 수입이라고 할 수 없는 빈약하고 빈약한 돈이었다. 한인곤은 임종국의 병약해 보이는 몸과, 이 집 전체를 덮고 있는 빈궁의 원인이 무엇인지 알 것 같았다.

「선생님, 선생님의 책이 나온 다음에 혹시 태도가 달라진 문인은 없습니까?」

「혹시 반성하거나 회개한 문인이 없느냐 그런 말입니까?」

「예.」

「참 유감스럽지만, 단 한 사람도 없습니다. 본인들이 공개적으로 반성하지 않고, 그때 어쩔 수 없었다 하는 식으로 변명하고 발뺌하기에 급급한 것은 그럴 수도 있다고 칠 수 있습니다. 그런데 가관인 것은 그들의 제자라는 젊은 문인들이 나서서 그들을 변호하고 옹호해 대는 일입니다.」

「아니, 정의로워야 할 젊은 사람들이 그 무슨 한심한 작태들입니까?」

「그야 뭐 다 아시지 않습니까? 이런저런 잇속으로 서로가 다 얽혀 있는 관계니까요. 아 참, 딱 한 사람이 반성을 했군요. 소설가 채만식이라고, 제 책 때문이 아니고 해방이 되자마자 그 사람은 민족 앞에 죄지은 붓을 더 놀려 글을 쓰지 않겠다고 절필 선언을 했습니다. 그 사람의 친일은 이광수에 비해 몇백 분의 1도 안 되는데, 친일의 글을 쓴 것은 민족을 위해서였다고 파렴치하기 이를 데 없는 괴변을 늘어놓으며 끝끝내 반성을 하지 않았던 이광수하고는 좋은 대조가 되지요. 다른 문인들이 전혀 반성을 하지 않고 온갖 비양심적이고 해괴망측한 변명들을 해대며 아무런 부끄러움 없이 뻔뻔스럽게 살아가는 데는 이광수가 반성하지 않은 것에 절대적인 책임이 있지요. 왜냐하면 이광수는 친일의 거두일 뿐만 아니라 문단의 최고 원로였으니까요. 이광수가 민족 앞에 무릎을 꿇고 사죄를 했더라면 그 뒤에 선후배들이 어찌 감히 말도 안 되는 변명들을 할 수 있었겠습니까.」

「예, 지당하신 말씀이십니다. 그런데, 문인들은 그런 글을 쓰라고 심하게 협박당하거나 신변의 위험을 느끼거나 했습니까?」

「예, 많은 사람들이 그 점을 궁금해 하는데, 그게 그렇지 않으니 어처구니없고 서글픕니다. 거물들 몇몇은 협박과 회유를 동시에 받았을 수 있습니다. 그러나 대부분의 문인들, 특히 이름이 별로 없었던 신진들의 경우는 자기네 출세를 위해서 자발적으로 나섰습니다.」

「자발적으로…….」

한인곤은 또 혀끝까지 나온 말을 얼른 되삼켰다. 군대생활에서 입에 붙은 '그런 개새끼들!' 하는 욕이 곧 쏟아지려고 했다.

「그런데 선생님은 이런 어려운 여건 속에서 글만 써가지고 어떻게 사십니까. 자식들도 한둘이 아닐 텐데. 어떻게 안정된 직장, 그러니까 대학 같은 데 자리를 잡으셔야 되는 것 아닙니까?」

「흐흐흐흐…….」 임종국은 소리를 내서 웃을 때는 하하하나 허허허가 아니라 수줍은 듯 <u>호호호</u> 하고는, 「아직 모르고 계시는 모양인데, 한다 하는 대학 총장들이나 설립자들 태반이 혁혁한 친일파들입니다. 연대 백낙준, 이대 김활란, 고대 유진오, 중앙대 임영신, 서울여대 고황경, 상명여대 배상명, 성신여대 이숙종 등등. 이들 중에 지금은 총장을 물러난 사람들도 있고, 제가 책을 낼 당시에는 대학이 아닌 중·고등학교만 가진 사람들도 있었습니다. 어찌 됐거나 문단에 국한되었다 하더라도, 친일파들의 뒤를 캐는 저 같은 인간을 그들이 좋아할 까닭이 없지요. 그래서 그쪽으로는 애초에 마음을 두지 않았습니다.」

「세상에, 교육계도 그렇습니까? 저는 교육계는 미처 생각하지 못했는데요.」

한인곤은 어깨가 처져내리도록 한숨을 토해냈다.

「뭐 구분하고 말고 할 것이 없습니다. 이 나라 모든 분야는 친일파들이 장악하고 있다고 보면 틀림없는 답입니다. 이 한 가지 사실만 기억하면 됩니다. 우리나라 양쪽 끝인 두만강변에서 제주도까지, 일제시대에 있었던 일본인들은 조선 총독부터 숯장사까지 다 합쳐서 80만 명 정도였습니다. 그런데 거기에 빌붙었던 친일파들은 150만 명을 넘었습니다. 그들 중에서 단 한 명도 처벌받지 않고 고스란히 기득권을 누리며 살고 있는 곳이 이 대한민국입니다.」

「그래서 말씀인데요, 선생님께서는 『친일문학론』으로 문인들만 다루고 끝내실 겁니까?」

「그럼 어떻게 하면 좋겠습니까?」

임종국이 또 이를 드러내며 눈이 감길 듯이 웃었다.

「힘이 드시겠지만 기왕 시작하신 일이니 각 분야마다 다 했으면 좋겠습니다.」

「예, 그렇지 않아도 그런 생각으로 계속 작업을 해오고 있습니다. 모든 분야에 걸친 친일파들의 친일 행적을 담은 『친일인명사전』을 내는 것을 제 필생의 목표로 삼고 있습니다.」

「아이고, 고맙습니다, 고맙습니다. 바로 그 부탁을 드리려고 찾아뵌
것입니다.」 한인곤은 숨김없이 감격스러워하며, 「선생님, 어서 나가십
시다. 이런 좋은 날 술 한잔 안 할 수 있습니까. 그 사전이 나오면 평생
저의 가슴에 쌓이고 쌓인 분함이 깨끗하게 씻겨질 것입니다.」 그는 스스
럼없이 임종국의 팔을 잡아끌며 몸을 일으켰다. 그는 점심때가 다 된 것
을 느끼며 폐를 끼쳐서는 안 된다고 생각하고 있었다.

「이거 대낮부터 술을…….」

임종국이 어물어물 일어나며 웃었다.

「대낮이면 어떻습니까. 술은 이런 때 마시라고 있는 것 아닙니까.」

「예, 한 선생님 같은 분을 만나기도 쉽지 않지요.」

임종국이 윗옷을 걸치며 고개를 끄덕였다.

「이건 약소하지만, 빈손은 인사가 아니라서 사온 겁니다.」

한인곤은 구두를 신으며 부인에게 말했다.

「아니, 그냥 오시잖고. 그럼 이걸 마십시다.」

임종국의 말이었다.

「아닙니다, 아닙니다. 집에서 마시는 술하고 술집에서 마시는 술하고
술맛이 다르지 않습니까. 이건 저를 생각하며 두고두고 드십시오.」

한인곤은 임종국을 끌고 대문을 나섰다.

로터리로 나온 한인곤은 괜찮아 보이는 식당으로 들어갔다. 술이 목
적이 아니고 듬직한 점심을 대접하고 싶었던 것이다.

한인곤은 불고기에다가 소주를 시켰다.

「불고기는 무슨, 갈비탕이면 족하지요.」

임종국이 놀란 얼굴로 손을 저었다.

「선생님, 신경 쓰지 마세요. 제가 그만한 여유는 가지고 삽니다.」

「이거 그래도……, 초면에…….」

임종국은 쑥스럽고 계면쩍게 웃으며 뒷머리를 긁적였다. 그 모습이 흡사 천진한 소년 같았다.

고기가 구워지고, 술잔이 오갔다.

「선생님, 아까 말씀하신 그 사전 만드는 일을 하시려면 일도 힘이 들겠지만, 그동안 생활도 문제 아니겠습니까?」

한인곤은 걱정스럽게 말을 꺼냈다.

「예, 그래서 한 가지 방법을 생각하고 있습니다. 아버지께서 남겨주신 저 집이 그런대로 값이 좀 나가니까 저걸 처분해서 내년쯤에나 경기도 어느 산골로 옮겨볼까 합니다. 싼 땅을 좀 넓게 골라 움막 하나 짓고, 나머지 땅에다가는 별로 힘 안 드는 과일농사나 지어 그걸 팔아 생활비를 하면 그 일을 하는 데 과히 어렵지는 않을 것 같습니다.」

「아, 그런 계획을 가지고 계십니까? 그럼 제가 사는 천안으로 오십시오. 천안에서는 호두가 잘되고, 호두농사는 나무를 심기만 하면 손댈 것 하나도 없이 가을에 따기만 하면 됩니다. 천안 명물 호두과자 아시죠? 천안이 딱 안성맞춤입니다.」

한인곤은 직감적으로 떠오른 생각을 토로하며, 그런 생각을 재빨리 해낸 스스로를 신통하게 생각하고 있었다.

「아니, 한 선생님이 천안 사세요?」

「예, 아까 그 명함에…….」

「아이고 이런……. 성함만 봤지 아래 주소는 안 보고……. 제가 이 모양입니다.」

임종국은 또 뒷머리를 긁적이며 웃었다.

「누구나 그러기 예사죠. 선생님, 천안 한번 생각해 보십시오. 제가 싼 땅을 물색해 볼 수 있습니다. 교통도 편리해 서울까지 40분밖에 안 걸립니다.」

「예, 말씀 듣고 보니 그거 아주 그럴듯합니다. 그쪽으로 적극 생각해

보도록 하겠습니다.」 임종국은 마음이 끌리는 얼굴로 고개를 끄덕이고
는, 「저어, 한 선생님께서 살아오신 게 남다르신데, 그 역정을 글로 써보
시는 게 어떨까요? 그건 바로 광복군 출신이 친일파 세력들에게 평생에
걸쳐서 어떻게 당해왔는지를 생생하게 보여줄 수 있는 좋은 기록입니
다. 그런 살아 있는 기록이 책으로 나와야만 친일파들의 문제가 과거가
아니라 현재라는 것을 보여주어 많은 사람들을 각성시키게 됩니다.」 그
는 사뭇 진지하게 말했다.

「아이고, 저 같은 게 무슨 글을 쓸 줄 알아야 말이지요.」

그 뜻밖의 말에 한인곤은 당황했다. 그러나 한편으로는 귀가 솔깃하
기도 했다.

「아니, 그렇지 않습니다. 예술적인 글이 아니고 자기가 직접 겪은 수
기 형식의 글은 누구나 쓸 수 있습니다. 어떤 월간지에서 모집하는 수기
에 배움이 많지 않은 공원이나 차장 아가씨의 글이 당선되는 경우가 있
습니다. 그 글들이 좀 서툴고 어색하긴 해도 소설보다 더 감동적일 때가
많습니다. 그 이유는 독특한 체험을 가식 없이 진실하게 썼기 때문입니
다. 글의 힘은 진실에 있습니다. 한 선생님은 충분히 쓰실 수 있습니다.」

「글쎄요, 어떻게 쓴다 해도 아는 출판사도 없고…….」

「그건 걱정 마십시오. 그런 진실한 글을 찾고 있는 출판사가 있습니
다. 저한테 친일 야화 같은 것을 내자는 신진 출판사가 있는데, 거길 소
개해 드릴 수가 있습니다. 너무 갑작스러운 이야기면 며칠 간 생각하신
다음에 연락주세요. 그런 기록은 자식들에게 남기는 데도 큰 의미가 있
습니다.」

「예, 좀 생각해 보겠습니다.」

자식들에게…….., 한인곤은 그 대목이 마음에 확 끌리고 있었다.

「저어……., 실례지만 술은 이제 그만 했으면 합니다. 제가 천식기가
좀 있어서요. 젊어서는 두주불사였는데, 나이 들면서 몸이 뜻 같지가 않

습니다. 죄송합니다.」

임종국이 민망한 얼굴로 웃었다.

「아 예, 건강 생각하셔야지요. 낮술이니 저도 이만하면 됐습니다. 고기 많이 드십시오.」

궁핍에서 헤어나지 못하고 살았으니 건강이 상하지 않을 리 있나 생각하며 한인곤은 불고기를 임종국 앞으로 옮겨놓았다.

「빈말 아니니까 생각해 보시고 곧 연락 주십시요.」

「예, 또 뵙도록 하겠습니다.」

한인곤은 식당 앞에서 임종국과 헤어졌다. 오후 2시인데 갈 곳이 없었다. 한인곤은 동대문 쪽으로 걸으며 정동진과 여동생을 생각했다. 그러나 정동진에게는 초라해진 꼴을 보이고 싶지 않았고, 난데없이 건축회사를 차리고 나선 여동생 내외는 비위가 상해 보기 싫었다.

한인곤은 바로 고속버스를 탔다. 천안에 도착할 때까지 글쓰는 일이 머리에 가득 차 있었다. 쓸 수 있을까 하는 걱정보다는 쓰고 싶다는 욕구가 한참 앞질러가고 있었다.

한인곤은 사나흘을 꼬박 그 문제만 생각했다. 쓸까, 말까를 생각하다 보면 자신도 모르게 어떻게 쓸까 하는 생각에 빠져 있고는 했다. 여유시간 많은데 딱 좋은 일 같았고, 자신의 돈을 들여서라도 책을 만들어 자식들에게 남길 가치가 있다는 생각이 들기도 했다.

한인곤은 닷새째 되는 날 아침 일찍 고속버스를 탔다. 임종국의 집에 들어가기 전에 쇠고기 세 근을 사들었다.

「쓰기로 마음먹었다구요? 참 잘하셨습니다. 이렇게 올라오신 김에 출판사에 인사 가시지요. 저도 거기 볼일이 있으니 겸사겸사 잘됐습니다.」

한인곤은 얼떨결에 임종국을 따라 광화문으로 나갔다.

「이 출판사는 퇴직기자 두 사람이 하는 건데, 규모도 작고 돈벌이도 별로 못해도 의식이 뚜렷해서 아주 좋습니다. 그러니까 저 같은 사람도 알아주고 하지요.」

임종국이 계단을 올라가며 설명했다.

출판사의 문은 약간 열려 있었다. 임종국은 인기척을 내며 그 문을 열었다. 그런데, 소파 탁자에 신문을 펼쳐놓고 있는 이상재는 사람이 들어오는 것도 모르고 있었다.

「이 선생님, 뭘 그리 열심히 보고 계십니까?」

「예에? 아, 임 선생님, 어서 오십시오.」

「인기척을 냈는데도 못 들으시고, 뭐 볼 만한 기사가 있나요?」 임종국은 신문을 흘끗 보고는, 「아, 남민전 사건 보고 계셨군요? 누구 아는 사람 끼었나요?」 하며 그 선한 웃음을 지었다.

「아닙니다. 워낙 또 거창한 사건이라서요.」

이상재는 속마음을 싹 감추었다.

「난 아침에 신문을 봤는데, 내가 아는 문인이 서넛이 끼어 있더라구요. 간첩 사건이라고 요란을 떨어났는데, 뭐 믿을 수가 있어야지요. 반정부 하면 간첩이 되는 세상이니 원.」

임종국이 허물허물 웃었다.

「예에, 어지러운 세상이지요.」

건성으로 대꾸하며 신문을 치우는 이상재는 의식에서 김진택을 털어내고 있었다. 출판사를 해보겠다고 찾아왔다가 술만 사고 더는 소식이 없어서 '싱거운 친구'라고 생각하고 말았는데, 김진택은 남민전 사건의 핵심으로 신문에 얼굴을 드러내고 있었다. 그는 '싱거운 친구'가 아니었다. 이제 알고 보니 그는 출판사를 하려고 찾아온 것이 아니라 자신을 접촉하려고 찾아온 것이었다. 그런데 술자리에서 자신이 쏟아놓은 말들을 듣고 쓸모 없다고 판단하고 손을 끊은 거였다. 남민전은 남조선민족해방전선의 약칭이었다. 왜 그 명칭의 시작이 '남조선'이어야 하는지, 이상재는 통혁당 사건 때처럼 이해할 수 없는 혼란이 머릿속에 가득했다.

「이 선생님, 여기 좋은 분 한 분을 소개시킬 겸해서 나왔습니다.」

임종국이 한인곤을 소파로 끌었다.

「아 예, 어서 오십시오.」

이상재는 인사할 몸가짐을 갖추었다.

52
동행에 심은 뜻

깨알만큼씩 한 자잘한 개미들이 싸움을 벌이고 있었다. 무리를 이루며 뒤엉켜 있는 개미들은 그 수를 헤아릴 수 없게 많았다. 수백 마리를 훨씬 넘고 수천 마리를 헤아렸다. 그 개미들은 일 대 일로 맞물고 거의 보이지 않을 정도로 가늘고 가는 다리로 서로 상대방을 밀고 당기고 했고, 어떤 것은 서로 맞물고 뒤잡이를 했고, 또 어떤 놈들은 서로 물려고 붙었다 떨어졌다 하며 실랑이를 하고 있었고, 두 마리가 서로 맞물고 싸우는데 다른 한 마리가 한쪽의 허리를 물며 협공을 했고, 어떤 놈은 옆으로 쓰러져 그 미세한 다리들을 떨며 죽어가고 있었고, 죽어버린 놈들을 물고 끌어가는 놈들이 있었고, 무엇을 지키는 것인지 싸우지는 않고 한곳에 몰려 와글거리는 놈들이 있었고, 연락병인 것인지 이리저리 부산스럽게 오가는 놈들도 있었고, 상대방을 이기고 앞다리로 더듬이를 쓰다듬는 놈도 있었고, 싸우다가 뒤돌아서 도망치는 놈도 있었다.

「애들도 피를 흘릴까요?」

거의 엎드린 듯해서 개미들의 싸움을 들여다보고 있던 한 승려가 뚝벅 말했다.

「그야 우리 눈에 안 보여서 그렇지 피를 흘리겠지요. 살아 있는 생명이니 피가 없을 리 없으니.」

같은 자세를 취하고 있는 옆 승려의 대꾸였다.

「그런데……, 얘들 피는 무슨 색깔일까요?」

「허……, 별생각을 다 하시오, 그려.」

「제가 국민학교 때 이 개미들보다 수십 배 큰 검은 왕개미들을 잡아 싸움을 시키면서 다리를 하나씩 잘라나간 일이 있었거든요. 그때 문득 이 개미들도 피를 흘릴까 하고 생각했고, 피를 흘리면 그 피는 무슨 색깔일까 하고 생각했었어요. 생김대로 검은 색깔일까, 사람처럼 빨간 색깔일까? 그 의문이 지금까지 풀리지 않거든요.」

「그걸 곤충학자는 아는지 모르겠소. 아마 곤충학자들도 모르기 쉽소. 그 사람들은 곤충의 종류만 모으기에 정신없지 그런 희한한 의문은 안 가질 테니까.」

「그렇지요. 그런 의문을 갖는 게 이상하지요. 그런데……, 우리 눈에는 다 똑같아 뵈는데 이놈들이 저희들끼리는 적과 아군이 어떻게 구분이 되겠지요?」

「그렇겠지요. 우리 인간들이 패를 갈라 싸울 때나 마찬가지겠지요. 이 개미들이 우리보다 수천, 수만 분의 1로 작아서 우리가 구분을 못하는 건데, 우리 인간들보다 수천, 수만 배 큰 어떤 존재들이 인간들이 이렇게 뒤엉켜 싸우는 전쟁터를 보면 마찬가지로 구분을 못하겠지요.」

「얘들은 왜 이렇게 치열하게 싸우는지 모르겠군요. 영토 싸움인지, 먹이 싸움인지, 아니면 종족 싸움인지. 가만히 보면 동종끼리도 싸우지 않는 것이 없어요.」

「아마 동종끼리 싸우기로는 인간 당할 게 없을 거요. 종족이 다르다고 싸우고, 색깔이 다르다고 싸우고, 나라가 다르다고 싸우고, 종교가 다르다고 싸우고, 이념이 다르다고 싸우고. 어찌 보면 인간의 역사라는 건 가장 잔인하고 가혹한 방법으로 끊임없이 싸워온 되풀이일 뿐이오. 다른 모든 동물들은 이 개미들처럼 그냥 몸으로만 싸우는데 인간이란 동물만 유일하게 도구를 만들어 사용하니 갈수록 잔혹하게 살육을 해대는 것 아니오. 지금 미국과 쏘련을 위시해서 소위 선진국이라는 나라들이 가지고 있는 원자폭탄이 이 지구의 생명체를 완전히 말살시키고도 남을 양이라니, 인간의 미래가 어찌 되겠소. 인간이 위대하다고? 가소로운 일이오.」

「그런 측면에서 보면 이 지구상에서 사람이라는 존재가 가장 문제는 문제지요.」

「그런 측면뿐만 아니라 소유욕에서도 사람이란 유일하게 두통거리요. 보시오, 이 세상 그 어떤 동물이 사람처럼 갖고 갖고 또 갖기를 탐하는지. 사람들 가까이에 있는 개, 돼지부터 시작해서 아무리 사납다고 하는 맹수까지 저희들 배를 채우면 더 이상 먹이를 탐하지 않아요. 이 개미들이나 다람쥐 같은 것들이 겨울을 나기 위해 먹이를 저장하는 동물에 속하는데, 그것들이 저장하는 먹이는 꼭 겨울을 날 만큼만 하지 절대로 남아돌게 욕심부리지 않아요.」

「예, 그렇더군요. 흔히 우리는 미련한 것을 돼지에 비유하고, 특히 미련스럽게 많이 먹는 사람을 돼지 취급하는데, 어떤 책을 보니까, 돼지가 실컷 먹고 난 상태에서 해부를 해보면 꼭 위의 70퍼센트밖에 안 차 있다는 겁니다. 100년을 산다는 학이나 다른 조류들도 그렇게 소식을 한다는데, 그러고 보면 우리가 돼지를 무조건 미련하게 간주하는 것은 돼지들에게 엄청난 실례를 범하는 거고, 정작 미련한 것은 돼지가 아니라 인간이라는 사실입니다. 그 미련한 표본이 저 로마제국의 귀족들이었습니다. 끊임없이 침략을 일삼아 약탈해 온 재물로 호의호식밖에 할 게 없는 귀족들은 날마다 먹고 마시고 여색을 즐기는 연회를 벌였습니다. 배가 터지도록 먹어 더 먹을 수 없게 되면 그들은 하인에게 그릇을 대령시켜 먹은 것을 토해내고는 또 먹고 마시고 했습니다. 그 꼴들을 하다가 로마는 결국 망하고 말았어요.」

「그런 짓들을 한 게 어디 로마 귀족들뿐입니까. 이땅의 조선시대 양반이라는 것들도 그에 못지않은 탐욕과 방탕으로 결국 나라를 망쳐먹었고, 지금이라고 뭐 달라요? 유 형이 왜 이렇게 주유천하를 하고 있어요? 자본주의 사회의 신종 귀족인 사업가라는 자들이 저희들 배만 불리고 근로자들을 사람 취급하지 않기 때문 아니오? 세월이 아무리 흐르고, 세상이 바뀌고 또 바뀌었다 해도 사람이라는 것, 그것 영원히 문젯거리고 두통거리요.」

승려 하나가 밀짚모자를 밀어올리며 허리를 펴고 돌아앉았다.

「예, 핵심을 찌르셨어요. 어떤 사장은 열 평 넘는 화장실을, 욕조·세면기·변기는 말할 것 없고 타일까지 전부 최고급 이태리제로 꾸미고 삽니다. 그런데 글쎄, 그걸 1년에 한 번씩 다 갈아치운다는 겁니다. 지루하다고요. 헌데, 그 전자회사 근로자들의 월급은 동일 업종의 다른 회사들보다 제일 적습니다. 물론 노조 결성이란 절대 용납이 안 되고요. 도대체 인간이라는 게 뭔지…….」

밀짚모자를 벗으며 돌아앉는 또 하나의 승려는 다름아닌 유일표였다. 옷만이 아니라 그의 머리도 박박 깎여 있었다.

「그래도 그 사람은 팔레비 왕보다는 낫소. 팔레비는 세면기고 변기고 다 순금이었다니까.」

「그랬으니 쫓겨나서 딴 나라에서 비참하게 죽었지요. 뭐가 뭔지 모르겠어요.」

유일표는 한숨을 쉬며 담뱃갑을 꺼냈다.

「나도 한 대 주시오.」

승려가 손을 내밀었다.

「스님, 이러다가 담배 배우시겠어요. 괜히 파계승 취급당하실려고.」

「아이고, 난 처음부터 땡초였소. 그리고, 부처님 계율에 담배 피우지 말라는 건 없소. 괜히 뒷사람들이 덧붙인 거지.」

「그야 당연하지요. 부처님은 2,500년 전에 사셨고, 담배야 콜롬브스라는 자가 아메리카 인디언들한테 배워 세계로 퍼지기 시작했으니 고작 200년 남짓인걸요.」

「하하하하……, 그게 그렇게 되나?」

승려가 고개를 젖히며 웃어댔고,

「담배도 음식이라는 말이 있으니까 대자대비하신 부처님께서는 다 이해하실 겁니다.」

담배를 내밀며 유일표도 마음놓고 웃어댔다.

앞에 맑은 개울이 흐르고 있는 인적 없는 산골에 그들의 웃음소리만 퍼져나가고 있었다.

「여기서 100리 쯤이면 여동생이 있는 절이오.」

승려가 저 먼 어딘가로 망연한 시선을 보낸 채 어설프게 담배연기를 불어냈다.

「거기 안 갈랍니다.」

유일표가 퉁명스럽게 말하며 작은 돌을 개울 멀리 던졌다.

「왜요. 여동생이 기다릴 텐데.」

「말을 어떻게 해야 할지 거북하고, 머리 깎은 여동생 모습 보는 것도 슬프고……. 안 가는 게 더 낫지요.」

「그래도 유 형 걱정하지 않겠소? 이러고 다니는 게 안전하다는 걸 잘 알면서도. 속세와 인연을 끊었다고 하지만, 위험에 처해 있는 핏줄의 걱정까지 끊을 수 있는 건 아니오.」

「아이고 스님, 괜히 눈물나게 만들지 말아요. 그만 일어나세요, 어디

가서 곡차나 한잔하게.」

유일표는 불끈 일어섰다.

「유 형도 이러다가 땡초 되겠소. 불교 용어가 입에서 술술 나오니.」

그 승려도 끄응 힘을 쓰며 몸을 일으켰다.

「글쎄요, 스님이 새벽마다 반야심경을 염송하는 걸 들으면, 참 인생 뜬구름 같은 것인데, 하는 생각이 들기도 해요. 스님은 스님의 어느 때 모습이 가장 멋진지 모르시지요?」

유일표는 걸음을 떼어놓으며 승려를 힐끔 쳐다보았다.

「나 같은 중놈한테 무슨 멋진 모습…….」

승려가 픽 웃음을 흘렸다.

「스님이 새벽 어둠을 바라보며 목탁소리에 맞추어 반야심경을 염송할 때, 그 모습이 한없이 경건하기도 하고, 한없이 슬프기도 하고, 한없이 외롭기도 하고, 하여튼, 저게 운영(雲影) 스님의 참모습이구나 하는 생각이 들고, 한없이 멋지게 보여요.」

「참, 별소리 다 듣겠소. 그저 부처님 덕에 목숨 부지하고 사니까 밥값 하느라고 하루 한 번씩 하는 것뿐이오. 내까짓 게 그 깊은 말씀을 깨달은 것도 아니고, 더구나 실행할 수 있는 것도 아니고…….」

「제 눈에는 그렇게 안 보이던데요?」

「그렇게 안 보이면……?」

승려 운영은 눈동자를 돌려 유일표를 빤히 쳐다보았다.

「글쎄요, 뭐랄까……, 스님의 염송에는 무엇인가를 빌고 있는 간절함과 절실함 같은 게 있어요. 그게 부처님께 바라는 것이 아니라 자기 스스로를 설득하고, 최면하고, 그리고 체념케 하려는 것 같은 절실함이라고 할까. 세상을 향해서 스스로를 단절시키고, 세상에 대한 원망을 불태우며, 젊은 가슴에 색즉시공 공즉시색을 깊이깊이 새기고자 하는 간절함 같은 것 말입니다. 그래서 운영 스님의 그런 모습이 그저 경건한 것만이 아니라 슬프기도 하고 외롭게도 보이는 게 아닌가 싶어요.」

「그렇게 보였다니 난 역시 땡초요. 어쩌면 유 형이 정확히 본 건지도 모르겠소. 나는 먹물옷을 걸치고 있을 뿐이지 그야말로 중도 속도 아니오. 아직도 가슴에 번뇌가 들끓고 있으니 어찌해야 좋을지 모르겠소. 몸만 세상을 등졌지 정작 마음은 세상을 등지지 못했으니 천상 땡초 면하기는 그른 것 같소. 은사 스님께서 그런 내 마음을 꿰뚫어보시고 운영이란 법명을 내리신 건데, 마음이라는 것이 어찌 생겨먹은 물건인지 뜬구름의 그림자처럼 되지를 않아요. 색즉시공 공즉시색을 날마다 입으로만 외워대지 반석처럼 마음을 눌러 부동의 깨달음으로 서지 않으니, 평생 이리 방황하다 떠나는 게 아닌가 모르겠소.」

운영의 입에서 가느다란 한숨이 길게 끌렸다. 깡마른 그는 키가 큰 편이었고, 잔잔하게 가라앉은 얼굴에는 우수가 서려 있었다.

「운영, 그 법명은 아무리 생각해도 너무 허무하고 공허해요. 뜬구름도 허망한데, 거기다가 그림자까지 덧붙였으니 텅텅 빈 허무 아닙니까. 생자필멸이고 만상허상인 것은 틀림없지만, 이름까지 그렇게 지어버리면……, 그것 참…….」

「대학 철학과에서는 불교도 배워요?」

운영이 불쑥 물었다.

「예, 동양철학을 훑을 때 구렁이 담 넘듯 하고 지나가지요. 그런데, 무식하게 말하자면 불교가 심오한 철학의 세계라는 건 주지의 사실이지만, 한 가지 큰 불만이 있어요.」

「……」

운영은, 그게 뭐냐는 눈길로 쳐다보며 발 옮김은 승려답게 빨랐다.

「너무나 허무를 절대시한 사상이거든요.」

동행해 온 이후에 줄곧 하고 싶었던 말을 유일표는 마침내 토해냈다.

「그게 왜 불만이오. 사실이 그런걸.」

「예, 사실이 그렇더라도 인간과 인간사를 너무 우주적 관점에서 바라보며 허무를 강조하고, 또 너무 결과론적으로 만사를 정의하며 허무를 입증하다 보니 이 세상 모든 것이 허무의 바다에 뒤덮여 인간의 현실이 너무 도외시되거나 묵살되어 버리는 결과를 초래합니다. 모든 종교는 어디까지나 인간의 현실적 삶의 문제를 위한 창조물인데 불교는 지나치게 무상의 사상에 치우치다 보니 현실과 멀어지고 있는 게 문제라는 생각이 듭니다.」

「유 형 입에서 그런 말 나올 줄 알았소. 허나 그게 한마디로 말하기 어려운 문젠데, 나 같은 땡초하고는 백날 얘기해 봤자 그게 그 타령이오.」

「알 것 다 아시면서 괜히 얘기 피하려고 하지 마세요. 피우시겠어요?」

유일표는 담뱃갑을 내밀었다.

운영은 고개를 저었다.

「알 것 다 알다니. 나한테 아무것도 기대하지 마시오. 난 내 한 몸 다스리지도 못하고 있는 위인이니까.」

「당연하지요. 그 나이에 내 한 몸 다스리게 되었다면 부처님 추월하게요?」

유일표가 담배연기를 내뿜었다.

「으하하하……」

운영이 느닷없이 웃음을 터뜨렸다.

단풍이 엷게 물들기 시작한 어느 나무에서 새가 놀란 듯 푸드득 날개를 털며 날아갔다.

「유 형이 은근히 농담을 잘한다니까요. 유 형과 동행하게 되면서 내가 몇 년 만에 크게 웃을 일이 자주 생겨요.」

「저한테 고마워하세요. 그게 득도의 제일 빠른 길이니까요.」

「하하하하……」

운영이 다시 시원하게 웃어댔다.

「스님, 저기 저 주인 없는 감나무에 감이 익어가고 있는데요.」

유일표가 허물어진 집터 같은 데에 서 있는 감나무를 가리켰다.

「그거 출출한데 잘됐소. 하나씩 따먹읍시다.」

그들은 감나무 가까이 갔다. 폭삭 주저앉은 집의 잔해가 잡초 속에 묻혀 있었다.

「사람이 떠난 지 꽤 오래된 것 같은데, 어디로 떠났을까요?」

유일표가 잡초를 헤치고 들어가며 말했다.

「보나마나 살기 어려운 판에 새 바람 타고 도시로 떠난 것 아니겠소. 어디로 가나 고해이긴 마찬가질 텐데.」

「그렇지요. 이런 데서 땅만 파고 살던 사람들은 도시로 나가봐야 최하층민일 뿐이지요. 이제 도시에는 최상층과 최하층이 천당과 지옥처럼 완전히 갈라져 있어요. 잘못된 자본주의가 만든 양지와 음지의 세상이지요.」

「그것 참 큰일이오.」

「이거 마침 단감인데요?」

「울안에 심는 거야 다 단감 아니오.」

「그런가요? 이렇게 아무것도 모르니 원.」

「아무것도 모르는 게 아니라 도시에 오래 살아서 그런 거요. 자아, 하나씩 따먹읍시다.」

운영이 먼저 감 하나를 땄다.

유일표는 감을 따서 승복 자락에다 씩씩 문지르던 손을 문득 멈추었다.

「작은오빠, 한곳에 오래 머무는 건 위험해요. 시골일수록 모르는 사람은 금방 표가 나고, 조금만 의심스럽다 싶으면 곧바로 신고를 해버려요. 간첩 신고 훈련이 어찌나 잘돼 있는지 몰라요. 그러니까 이 옷으로 변장하고 운영 스님하고 함께 다니세요. 아무리 생각해도 그게 가장 안전한 방법이에요.」

이 승복을 내놓으며 여동생 선희가 한 말이었다. 유일표는 감을 내려다보며 가슴이 먹먹해졌다. 감은 감이 아니라 민둥머리가 된 선희의 슬픈 모습이었다.

승려로 변장을 한다고 해도 여승들만 있는 선희네 절에는 있을 수가 없었다. 승복 차림으로 객승을 따라 정처 없이 떠도는 것, 그것처럼 안전한 방법은 없었다. 더구나 그 객승이 자기 아버지의 사상문제 때문에 세상을 등지고 구름처럼 바람처럼 떠돈다고 선희가 첫 편지에 썼던 바로 그 스님이니 더욱 안성맞춤이 아닐 수 없었다.

「이거 참 기묘한 인연입니다. 이런 기회에 중 행세하면서 주유천하 해보는 것도 좋은 경험이고, 잊지 못할 추억이 될 겁니다. 자기 한 몸도 편히 살아갈 수 없게 된 처지이면서도 약자의 편에 서는 고단한 삶을 자청하고 나서다니, 참 대단하십니다. 이 못된 세상, 몸 보존 잘해야지요. 이 세상이 언제나 바르게 될라는지 원.」

절 뒷개울에서, 일단 가위로 짧게 잘라낸 머리를 안전면도기로 밀어주며 운영 스님이 한숨 섞어 한 말이었다.

「갑시다.」

운영이 감을 으석으석 씹으며 돌아섰다.

「스님은 역시 해탈을 하셨군요. 하나로 만족하시니. 이 탐욕 많은 중생은 하나로는 도저히 안 되겠어요. 이게 아마 200개는 넘게 달린 것 같은데, 다 따서 짊어질 기운은 없고, 최소한 열 개는 챙겨야 되겠어요. 저는 특히 단감을 좋아하거든요.」

유일표는 이렇게 말하며 감을 부지런히 따서 바랑에 넣고 있었다. 그 바랑에는 선희가 마련해 준 세면 도구와 내의가 들었을 뿐이었다. 그리고, 만일을 생각해서 운영 스님이 지어준 법명이 일광(日光)이었다.

「이게 무슨 뜻입니까? 단순히 햇빛이란 뜻은 아닐 거고.」

유일표는, 운영 스님이 막대기로 땅바닥에 쓴 한자를 보며 물었다.

「유 형이 하는 일이 어두운 세상을 밝게 하려는 것이잖소. 그 일이 뜻
대로 잘 이루어져 이 세상을 태양처럼 밝게 비추라 하는, 이 소식(小識)
의 축원을 담았소.」

운영이 담담하게 말했다.

「이거 원 너무 과분하십니다. 이렇게 도망 다니는 놈한테.」

「아니지요. 나 혼자가 아닌 남들을 위해 고단한 일을 하고 나선다는
것, 그것처럼 장하고 값진 일이 어디 있겠습니다. 그건 바로 부처님께서
중생들을 향해 평생에 걸쳐서 설파하시고 실행을 당부하셨던 이타행,
바로 그것입니다. 이 세상에 그것처럼 어려운 일이 어디 있겠습니까.」

유일표는 감 열 개를 따 넣고 허물어진 집터에서 벗어났다.

「이 중생이 스님의 간식을 준비한 것이니 너무 탐욕스럽게만 보지 마
십시오.」

유일표의 능청스러운 말에 운영은 빙그레 웃으며 걸음을 떼어놓았다.

유일표는 단감을 맛있게 먹어댔다. 속살이 아삭거리며 씹힐 때마다
단물이 나오는 그 향그러운 맛과 함께 떠오르는 추억이 있었다. 날마다
배가 고팠던 국민학교 4~5학년 때 비가 쏟아지는 여름밤이면 으레 풋
단감 서리를 나섰다. 빗소리 덕에 들키지 않고 서리를 쉽게 할 수 있기
때문이었다. 그럴 때는 꼭 팬티까지 벗고 알몸으로 나섰다. 흰 팬티가
눈에 띄기 쉬웠던 것이다. 신주머니를 목에 걸고, 온통 비에 젖어 미끄
러운 감나무를 알몸으로 탄다는 것은 쉬운 일이 아니었다. 낑낑대며 오
르다가 들켜 감나무에서 떨어지고, 아픈 것도 모르고 도망친 것이 한두
번이 아니었다. 그렇게 고생해서 서리한 풋감은 얼마나 맛있었던가. 단
감은 익을 생각도 하지 않고 시퍼런 풋감인데도 이름값을 하느라고 떫
은 맛이 약간 돌면서도 달았다.

「저쪽 산굽이 돌아가면 쉬어갈 주막이 있소.」

운영이 감꼭지를 던지며 무심한 듯 말했다.

「거기도 스님한테 반한 과부댁인가요?」

유일표는 바랑에서 새 감을 꺼내며 느닷없는 말을 걸쳤다.

「내가 애 배게 한 처녀요.」

「호호호호……, 스님도 저하고 다니면서 농담 실력 느셨어요.」

유일표는 어깨를 들썩이며 웃어댔다.

운영은 이상하게도 절을 피해가며 길을 잡는 눈치였다. 왜 그러느냐고 물었다.

「절밥 얻어먹기가 쉬운 줄 아시오? 불을 때주거나 설거지하는 건 좋은데, 최소한의 출가 경력을 대야 해요. 그럼 유 형의 경우는, 난 가짜다 하고 들통내는 것 아니겠소? 가짜는 아주 엄히 다스리는데, 유 형은 몰매 맞고 그날로 경찰서행이오.」

「가짜 승도 있습니까?」

「적지 않지요. 동냥하기 쉬우니까 승려 행세를 하며 처자식 먹여살리는 건 그래도 순진한 거요. 승복 입고 다니면서 절 보물 탐지하고, 훔쳐내고 하는 전문적인 도둑놈들이 있어요.」

「도굴범들처럼 말입니까?」

「그렇지요. 그런 놈들이 문화재급 소형 불상이며 탱화 같은 것을 닥치는 대로 훔쳐다가 일본으로 팔아넘기고 있어요.」

「예, 사찰의 도난품들이 일본으로 밀반출된다는 기사 더러 읽었어요. 가짜를 엄하게 다스릴 만하군요.」

그래서 운영은 잠자리를 편히 할 수 있는 주막을 찾아다녔다. 그러다 보면 가끔 운영을 환대하는 여자주인들을 만날 수 있었다. 그런데, 승려 행세를 하면서 한 가지 고역스러운 것이 있었다. 사람들 눈길 앞에서는 담배를 피울 수 없는 일이었다. 곡차라고 이름을 슬쩍 바꿔 술을 마시는 건 예사롭게 되어 있는데 담배는 철저한 금물이었다. 그 통념의 완강함 앞에서 그야말로 수도하듯이 흡연 욕구를 참아내지 않으면 안 되었다.

「보살님, 바람 따라 구름에 실려 소승 왔습니다.」

운영이 주막으로 들어서며 합장했다.

「아이고 스님, 어서 오세요. 벌써 1년이 흘러갔나 보네요.」

반색을 하며 운영을 맞이하던 주인여자가 뒤따라 들어오는 다른 승려를 보고 멈칫했다.

「예, 소승의 도반 일광 스님입니다. 소승이 바람처럼 구름처럼 떠도는 것이 좋은 수도법 중의 하나라고 생각하기에 일차 동행하고 있습니다.」

운영이 독경할 때 같은 무게 실린 어조로 말했고,

「나무관세음보살.」

유일표는 이미 숙달된 합장과 함께 머리를 조아렸다.

「아이고 예, 관세음보살.」

주인여자가 황급히 합장하며 예를 갖추었다.

「보살님, 우리 저녁 공양은 좀 있다가 하고, 먼저 곡차를 좀 했으면 합니다.」

「네에, 어서 방으로 드시지요.」

「곡차값은 이 일광 스님이 톡톡하게 낼 것입니다.」

「아유, 스님도. 그까짓 거야……」

운영과 유일표는 문을 닫아걸고 술잔을 들었다.

운영은 묵묵히 술잔만 기울이고 있었다. 얼굴에 서린 우수가 더 깊어 보였다.

유일표는 운영의 기색을 살피며 그 말을 꺼낼까말까 망설이고 있었다. 운영은 이쪽에서 말을 꺼내지 않으면 먼저 입을 여는 일이 없었다. 말이 오가면 곧잘 자기 생각을 피력하면서도 말이 없을 때는 무언가 깊은 생각에 빠져들고는 했다. 그래서 자신이 무슨 생각을 하게 될 때면 한나절도 서로 말 한마디 없이 걷기만 할 때도 많았다.

막걸리사발이 서울 대포잔하고는 달라 크기도 했지만, 술도 서울 것처럼 물을 많이 타지 않아 두 사발을 마시고 나자 유일표는 술기운이 오르는 것을 느꼈다.

「스님, 선(禪)만을 중시해서 산속에 묻혀 있는 한국 불교는 문제가 있는 것 아닙니까?」

운영의 이야기를 이끌어내려고 유일표는 일부러 일격을 가하듯 도발적으로 입을 열었다.

「……」

운영은 느리게 눈길을 들더니 할말 더 하라는 듯 유일표를 바라보았다.

「이 세상의 모든 종교는 인간의 정신을 계도하여 삶의 태도를 올바르게 하기 위해서 탄생했습니다. 그런 본질에 입각해서 본다면 선에 지나치게 치중해 있는 한국 불교는 승려들만을 위한 종교로 존재할 뿐이지 인간들을 너무 도외시하고 있다고 보여집니다. 다시 말하면 타 종교에 비해 사회적 실천이 너무나 부족하다 그겁니다.」

「……」

운영은 고개를 끄덕이며 보일 듯 말 듯 웃었다.

「저의 짧은 생각으로는 그건 부처님의 가르침이나 뜻을 반쪽밖에 따르지 못하는 몰이해이고, 스스로의 종교를 불구화시키는 행위라고 생각합니다.」

유일표는 술기운에 실려 거침없이 말하고 있었다. 그건 운영의 입을 열게 하려는 자극이기도 했다.

「몰이해고, 불구화라. 일리가 없지는 않은데, 그럼 어찌해야 된다는 거요?」

운영이 표나게 웃으며 술사발을 유일표에게 내밀었다.

「예, 제가 대학에서 배운 바로는 모든 종교의 성직자들은 두 단계의 생활을 하게 되어 있습니다. 1단계는 성직자로서 기본 자질을 갖추는 수행생활이고, 2단계는 그 생활을 바탕으로 자기네 종교 정신을 사회적으로 실천하고 봉사하는 생활입니다. 그런데 불교 승려들은 그 1단계인 수행생활에만 머물러 자족하면서 2단계 임무를 거의 기피하고 있습니다. 이건 일종의 종교적 직무유기이고, 한국 불교의 위기일 수도 있습니다.」

「아주 힐난한 비판이신데, 아까 부처님의 가르침이나 뜻을 반쪽밖에 따르지 못하는 몰이해라고 한 말은 어떤 의미로 한 거요?」

운영은 여전히 부드럽게 웃고 있었다.

유일표는 그 모호한 웃음과 함께 그가 묻는 말의 뜻을 언뜻 잡을 수가 없었다. 어디, 알고나 떠드는지 보자, 하는 것 같기도 했고, 들어볼 필요가 있는 말이다, 하는 것 같기도 했다.

「예, 제가 대충 알기로는 석가모니의 생애야말로 두 단계로 이루어져 있습니다. 1단계가 출가를 해서 고행 수도를 통해 깨달음을 얻은 전반기이고, 2단계는 사회 속으로 들어와 무리 대중을 상대로 수많은 설법을 해서 인간의 정신을 정화시키고 사회를 올바르게 이끌려고 노력했던 실행의 후반기입니다. 석가모니는 그 두 단계의 균형을 통해서 구도자의 모범을 완성시켰고, 자신을 뒤따르는 승려들도 그렇게 하라고 시범을 보인 것입니다. 그런데 후대의 승려들은 그 균형과 조화를 이루지 못하고 수행과 실행의 어느 한쪽만을 강조하고 확대함으로써 서로 소모적인 갈등을 일으키고, 끝내는 부처님의 숭고한 뜻을 왜곡하면서 불교를 반쪽의 불구로 만들었습니다. 그 어떤 종교든 대중이 없는 종교는 존재할 수가 없습니다 세계의 수많은 종교들 중에서 불교는 경전이 제일 많기로 유명합니다. 어느 종교나 경전은 무엇입니까? 종교 창시자들의 설법 모음 아닙니까? 불교가 경전이 많다는 것은 부처님이 그만큼 대중을 중시하여 설법을 많이 했다는 증거입니다. 그런데 한국 불교는 선에만 집착하여 승려들이 산중에 묻혀 있는 것을 최고의 가치로 칠 뿐 대중과의 교류인 언어 소통을 경시하고 있습니다. 그러다 보니 사회성을 상실하고, 사회적 임무를 방기하고, 사회 봉사를 하지 않는 반쪽의 종교가 되어가고 있습니다. 이게 아무것도 모르는 자의 주제넘고 시건방진 입 놀림인가요?」

유일표는 술기운 번진 눈으로 운영을 바라보며 비식비식 웃었다.

「아니오, 그렇지 않소. 그건 오늘날 불교가 안고 있는 문제의 핵심을 찌르는 건데, 그렇지 않아도 불교 내부에서 젊은 승려들이 그 문제를 제기하고 있어요. 그 수가 많지는 않지만.」

운영이 담담하게 말했다.

「그런데 실례지만, 스님은 어느 입장이신가요?」

유일표는 담배에 불을 붙였다.

운영은 유일표를 이윽히 쳐다보다가 천천히 술잔을 비웠다. 그리고 한동안 빈 눈길을 어딘가로 보내고 있다가 입을 열었다.

「유 형이 결국 나한테 그걸 따져 물으려고 그런 말들을 한 것 아니오?」

「예, 어쩌면 그럴지도 모르지요. 제 앞에는 스님밖에 안 계시고, 가족적인 이유로 스님께서 당하시는 고통도 충분히 이해하지만, 일단 성직자의 길로 들어섰으니 이 위치에서 무언가 의미 있는 일을 할 수 있지 않겠습니까? 인생은 결과적으로 허무할지 모르지만 현실적으로는, 현실의 삶이 고달프면 고달플수록 그런 사람들의 나날은 고통스럽고 치열합니다. 승려라는 위치에서 그런 약자들의 편에 서게 되면 사회적 파급력도 커질 수 있고, 부처님의 말씀도 올바로 실천할 수 있게 되고, 스님의 삶도 새로운 의미로 활력을 찾을 수 있을 것입니다.」

「허허허……, 내가 유 형한테 설법을 듣고 있는 셈이오.」 운영은 공허한 느낌의 웃음소리를 나직하게 내고는, 「그동안 유 형이 한마디씩 불쑥불쑥 하는 말을 들으며 오늘 같은 얘기가 나올 줄 알았어요. 나도 내가 이렇게 한정 없이 떠돌며 사는 것이 옳은 것인지 아닌지 잘 모르고 있소. 이 길이 세상으로부터의 도피인지 수도인지도 모르고 있소. 한 가지 분명한 것은 사회적 좌절의 끝에서 다른 선택의 여지없이 걷게 된 마지막 길이었다는 사실이오. 나는 이 길에서 두 가지를 배웠소. 인생은 별거 아니라는 체념을 배웠고, 승려로 한평생 사는 것이 패배가 아니라는 것을 배웠소. 그러나 나는 아직까지 겉모양만 승려지 속마음까지 승려가 된 건 아니오. 대학 시절의 세속적 욕망을 다 씻어내지 못했고, 예쁜 여자를 보면 마음이 흔들리고 하는 설익은 중일 뿐이오. 내 마음이 종교적으로 바위처럼 단단해질 때까지 두들기고 다져야 해요. 그리고, 유 형과 함께 떠돌면서 유 형 같은 삶에 대해서도 많이 생각해 봤어요. 어느 측면에서 종교인보다 더 종교적인 삶을 사는 게 아닌가 하는 생각으로 나 자신을 비춰보고는 했어요. 부처님도 그렇고, 예수도 그렇고, 다 약자의 편에 섰으니까요. 유 형의 충고 새겨듣고, 마음에 깊이 간직해 두겠어요. 사람이 사람으로서 바르게 산다는 것은 어느 시대에나 옳은 가치고, 옳은 길이지요. 어디 두고 봅시다. 무위하게 사는 것도 죄니까.」 그는 술잔을 유일표에게 건넸다.

이튿날 아침 유일표는 날이 훤히 밝아서야 잠이 깼다. 바랑 위에 목탁이 놓인 채 운영은 보이지 않았다. 술이 너무 취해 운영의 새벽 예불소리를 듣지 못했다는 것을 알았다. 운영은 역시 승려였다. 아무리 술을 마시거나 늦게 자더라도 어김없이 새벽에 일어나 목탁을 치며 반야심경을 염송했다. '만상의 존재는 무상하며, 산다는 것은 부질없는 것이다. 그러므로 탐욕을 버리고 바른 마음을 가지라'는 불교정신이 응축된 그 짧은 경전을 염송할 때의 운영은 슬픈 듯하면서도 더없이 경건해 보이기도 했고, 어떤 때는 그지없이 행복해 보이기도 했다. 운영의 바랑에 든 것은 치약, 칫솔과 양말, 목탁뿐이었다. 인적 없는 산골의 나무 그늘에 앉아 땅바닥을 칠판삼아 운영에게 들었던 반야심경 강독은 마음에 깊이 새겨진 보물이었다.

며칠이 지나 어느 소읍에 들어섰는데 전파상의 스피커에서 살벌한 소리가 울려나오고 있었다.

「……부산 지역의 비상계엄령 선포에 이어 오늘부터 마산·창원 지역에 위수령이 발동되었습니다. 이에 따라 이 지역의 치안과 질서는 주둔군이 맡게 되었으며…….」

운영과 유일표의 시선이 마주쳤다. 그들은 한참이나 그렇게 서 있었다.

「이거 어디 가서 알아보지요? 신문 구하기도 마땅찮고.」

유일표가 입을 열었고,

「가만있어 봐요. 가장 잘 아는 건 경찰서나 읍사무손데, 관리라는 물건들은 상대할 게 못 되고, 됐어요, 약국을 찾읍시다. 약국 없는 데는 없고, 약사들은 다 대학을 나왔으니까 이런 데서는 제일 유식해요.」

운영이 걸음을 옮기기 시작했다.

「이거 나라 꼴이 어찌 될지 모르겠어요. 유신 철폐하라고 부산에서 대대적인 데모가 그저께 벌어졌고, 그 불이 마산으로 옮겨붙은 모양이에요. 억지로 대통령 하려고 하니까 벌써 몇 년 동안 잠잠할 날이 없이 나라가 엉망이지요. 욕심이 사람 잡더라고 박 통도 이거 야단났어요. 부인 죽었을 때 그만 관뒀어야 하는 건데. 에이 쯧쯧쯧…….」

중년의 약사는 마구 혀를 차며 모아놓았던 신문을 내주었다.

신문에 난 사진들은 살벌한 부산의 풍경을 보여주고 있었다. 험상궂게 생긴 장갑차들이 시내 한복판의 대로 가운데 서 있었고, 그 옆으로 철모를 쓴 군인들이 칼까지 꽂은 총을 허리에 받쳐 곤두세우고 버티고 있었다. 그들한테서는 또 데모를 하기만 하면 가차없이 찌르고 쏘아 죽이겠다는 살기가 뻗치고 있었다.

다른 데도 아닌 경상도 부산·마산에서……. 박정희가 믿는 땅에서까지 이러면……. 박정희는 이제 궁지로 몰릴 대로 몰리고 있는 셈인데……, 그래도 절대로 물러날 생각은 없겠지……? 그러나 이건 심상치가 않아.

유일표는 이런 생각을 하며 신문을 덮었다.

「저 사태를 어떻게 생각해요?」

약국을 나서며 운영이 물었다.

「글쎄요, 저런 식으로 서울서 또 일어나기만 한다면……, 정권은 종말이겠지요.」

「부처님의 말씀이 어찌 그리 맞는지. 다 탐욕 때문이오.」

「스님, 앞으로 얼마 동안은 신문을 볼 수 있는 데로 발길하는 게 어떨까요?」

「그럽시다. 이거 중대산데.」

다음날부터 그들은 읍이나 면으로 이어지는 발길을 했다. 며칠이 지나도 서울에서 데모가 일어났다는 소식은 신문에서 찾아볼 수가 없었다. 유일표는 저으기 실망하여 마음이 가라앉고 있었다. 언제까지 이런 피신생활을 해야 할 것인지 막막하기만 했다.

그러던 어느 날 아침 여인숙이 갑자기 소란해졌다.

「아니, 저게, 저게 무슨 소리야! 대통령이 죽다니.」

「뭐, 뭐라구? 박 대통령이 죽었어?」

「그게 무슨 소리야. 그 양반이 왜 죽어?」

「누가 총을 쐈대잖아, 총을!」

「아이고, 이거 큰일났네. 김일성이가 쳐내려오면 어쩌지?」

「누가 아니래. 이거 보통 문제가 아니야.」

「또 난리가 나면 어떡하게. 이제 좀 살 만해지는데. 총을 쏜 놈이 누구야 그래.」

유일표와 운영은 다투듯 밖으로 나왔다. 라디오에서는 박정희 대통령이 총을 맞아 서거했다는 사실만을 되풀이해서 알리고 있었다.

「정말 북에서 쳐내려오면 어쩌지요?」

운영이 고개를 수그린 채 낮게 말했다.

「그렇게 되면 정말 큰일이지요.」

운영의 첫 번째 걱정이 그렇듯 유일표도 즉각 떠오른 불안이 그것이었다. 그것은 평소부터 줄기차게 북쪽의 호전성을 강조하고 주입시켜 온 반공주의 교육 때문인지 어쩐지 따지기 전에 머리를 친 제1감이었다. 누구나 첫 번째로 그 생각에 부딪히는 공통점은 박정희가 북을 막고 있었다는 신뢰가 아니라 더 이상 전쟁은 일어나서는 안 된다는 공포감과 거부감의 표출이었다.

「스님, 이제 서울로 돌아갈 때가 온 것 같습니다.」

유일표는 아침을 먹으며 그동안 간추린 마음을 드러냈다.

「이게……, 세상이 달라지긴 했지만, 비상계엄이 전국으로 확대된 상황에서 괜찮겠어요?」

「예, 괜찮을 겁니다. 이제 박정희의 시대는 끝났으니까 그 시대에 취해진 수배 조처도 끝날 수밖에 없겠지요. 수사기관들은 이 비상 상황에 대처하느라고 정신이 없을 테니까요.」

「글쎄요, 그렇기도 하겠지만 완전히 안심해서는 안 돼요. 똑같이 군인들이 힘을 쓰고 있으니까요.」

「물론 조심해야지요.」

「예, 그럼 처자가 있는 곳으로 돌아가야지요. 그럼 이게 이별의 밥상이 되는 건가요? 이별 앞에 곡차가 없을 수 없지요.」

운영이 벌떡 일어났다.

53
제 발등 찍기

날마다 매서워지는 북풍 속에서 겨울이 깊어가며 세상은 얼어붙고 있
었다. 그런데 겨울 추위보다 더 혹독하게 세상을 얼어붙게 만드는 것이
있었다. 총칼을 앞세워 피 냄새 풍기고 있는 계엄령이었다. 세상사람들
은 한겨울 추위에 몸이 얼고, 계엄령에 마음이 얼고 있었다.

대통령이 술자리에서 총 맞아 죽고, 장장 9일장의 국장을 치르고, 이
미 범인이 잡힌 상태이니 계엄령은 해제되어야 했다. 그러나 계엄령은
해제될 줄을 모르고 서울 심장부는 장갑차와 무장 군인들의 차지가 되
어 있었다.

대통령을 죽인 범인 여덟 명이 기소되었다. 그리고, 국민이 직접 뽑은
것은 아니지만, 체육관에서나마 새 대통령을 선출했으면 계엄령은 마땅
히 해제되어야 했다. 그런데도 계엄령은 해제되지 않았다.

그렇다고 누가 나서서 계엄령을 해제하라고 할 수도 없었다. 그런 사람
들이 있다면 그들은 즉각 난동자로 체포되고, '난동자＝용공＝빨갱이'로

몰릴 수 있는 살벌한 상황이었다.

그러나 군인들이 아무리 총칼 들고 삼엄하게 진을 치고 있다고 해도 세상은 잠잠하지가 않았다. 이상야릇한 가지가지 소문들이 북풍보다 빠르게 퍼져나가면서 세상은 자꾸 뒤숭숭하고 불안스러워지고 있었다. 그 소문들은 분명 계엄령에 위배되는 것인데도 사람의 힘으로 바람을 잡을 수 없듯이 군인들의 총칼도 날로 심해지고 있는 소문을 잡지 못했다.

「박 통을 미국이 죽였다며?」

「그렇다더라니까 글쎄.」

「그럼 김재규가 미국하고 내통했다는 거야?」

「그야 말하면 잔소리지.」

「어찌 그럴 수가 있나. 심복 중에 심복이라는 사람이.」

「그러니까 열 길 물 속은 알아도 한 길 사람 속은 모른다고 했잖아.」

「근데 왜 미국은 남의 나라 대통령을 즈네들 맘대로 죽여?」

「그거 몰라? 미국 말 안 듣고 박 통이 꼭 원자폭탄 만들려고 해서 그랬다는 거.」

「웃기는 새끼들이네. 즈네들은 수만 개 가지고 있으면서 우리가 한 개 가지려는 걸 왜 못 갖게 해.」

「그걸 몰라? 천 년 만 년 즈네들 손아귀에 꽉 틀어쥐고 있으려는 속셈.」

「근데, 왜 정말 즈네들이 우리 대통령을 죽이고 그래? 독재해서 우리가 싫어하는 것하고, 미국이 죽이는 것하고는 완전히 다른 문제잖아.」

「이런 말 못 들었어? 미국 CIA에서는 각국 지도자들에 관한 정보를 수집하는데, 집무실 도청은 말할 것도 없고 똥까지 수집해서 분석한대잖아. 똥을 분석하면 기질이며 성격까지 다 나온대니까. 그런데 똥을 분석한 결과 우리 박 통이 제일 독종이었다는 거야. 그 독종이 독기를 발휘해 끝끝내 원자폭탄을 만들 테니까 미리 손을 쓴 거지.」

「그게 정말일까? 그럼 박 통은 그런 눈치를 전혀 못 챘을까?」

「근데 김재규 그건 뭐야? 박 통 죽이고 지가 대통령 될 생각이었나?」

「이런 소문 있잖아. 미국에서는 박 통이 죽으면 사람들이 광화문으로 쏟아져 나와 만만세를 부르며 환호할 줄 알았다는 거야. 그런데 어떻게 됐어? 단 한 사람도 만세 부른 사람은 없고, 온 나라가 쫙 얼어붙어 버렸잖아. 그 뜻밖의 사태에 미국이 그만 당황했다는 거야. 어, 어, 이게 아니로구나 하고 김재규를 모른 척해 버렸다는 거지. 그러니까 김재규는 그만 얼떨떨해져 있다가 쇠고랑을 차고 말았다는 거야.」

「하 그것 참, 말은 그럴듯한데 믿을 수도 없고, 안 믿을 수도 없고 말야.」

「그나저나 이 판이 이거 어떻게 돼가는 거야? 계속 군인들이 설쳐대고 있으니.」

「어떻게 되긴 뭘 어떻게 돼. '별들의 전쟁'인 거야 진작 다 소문났잖아.」

「그럼 또 군바리들이 잡는다고?」

「그럼 어쩌겠어. 총 든 게 그쪽인데.」

「그렇지 뭐. 새로 들어앉은 대통령이 허수아비라는 건 어린애들도 다 아는 거니까.」

「이거 참 나라 꼴이 뭐가 될려고 이러지? 그리 되면 박 통 죽으나마나 아냐?」

「누가 아니래. 박 통이 기를 써서 GNP 1천 불 만들어놓고 갔는데, 잘못하다간 그거 곤두박질 치게 된다구.」

「그런 소리 말어, GNP를 박정희 혼자서 다 올린 것처럼. 정치가 산으로 기어올라 가거나 바다로 빠져 들어가거나 간에 국민들은 그저 잘살아 보려고 죽자사자 일하고 있으니까. 언제라고 개판 정치 덕에 GNP 올랐나, 제길.」

계엄령은 유언비어 유포자들을 엄단한다고 으름장을 놓고 있었지만 그런 소문들은 말이 보태지고 부풀려지며 빠르게 퍼져나가고 있었다. 신문들이 죽은 시대를 대신하는 소문의 시대였다.

그런 소문들과 뒤엉키는 또다른 소문은 그날 밤 대통령 옆에 앉았던 여자가 대학생이니 미스코리아 출신이니 하는 우김질이 이어지는가 하면, 그 방에서 노래를 부른 여 가수를 놓고 여러 이름들이 떠돌아다니며 세상 떠난 대통령의 체면을 구기고 있었다.

양용석은 그런 소문들을 귓등으로 들으며 다른 일에 잔뜩 신경을 곤두세우고 있었다. 그는 건축회사 사장실에 버티고 앉아 있었지만 회사 일에서 관심이 떠난 지 벌써 한 달이 넘어 있었다. 회사 일은 전부 전무한테 떠맡겨놓고 건성으로 결재를 하며 신경은 온통 군부의 움직임에 집중되어 있었다.

「어머나! 이를 어째. 나라 망했네.」

박 대통령이 시해되었다는 텔레비전 보도를 보는 순간 한정임이 소파에 주저앉으며 터뜨린 말이었다.

「어! 어! 이게 무슨 소리야.」

양용석은 이 말밖에 못하면서, '나라 망했다'는 아내의 말과 똑같은 마음이었다.

슬픈 조곡이 흘러나오는 가운데 되풀이되고 있는 보도를 들으며 한정임은 울었다. 양용석은 무언가 복잡하게 뒤엉킨 마음으로 담배만 피웠다.

양용석은 사무실에서도 하루 종일 뒤숭숭하고 불안한 마음으로 보내다가 일찍 집으로 돌아왔다. 사업상 술 마실 선약이 있었지만 서로 다음으로 미루었다.

「어차피 떠난 사람은 떠난 사람이고, 이젠 세상이 바뀌었어요.」

식탁에 앉은 한정임이 말했다. 그녀의 기색에서는 아침에 울던 모습은 찾아볼 수가 없었다.

「……?」

양용석은 아내를 멀뚱하게 쳐다보았다.

「최혜경, 그것 이젠 팔다리 다 잘렸어요.」

한정임이 싸늘하고 매섭게 말했다. 그 눈초리며 얼굴에서도 섬뜩한 냉기가 뻗치고 있었다.

「글쎄……, 그럴까? 도로 그 사람들이 잡을 텐데.」

자신이 하루 종일 생각해 온 문제라서 양용석은 고개를 갸우뚱했다.

「좋아요, 공화당에서 잡겠지요. 그치만 최혜경네는 끝장났어요. 그 남편이 다른 사람들한테 억시게 미움 산 것 당신도 잘 알잖아요. 그 사람은 각하 없으면 시체예요.」

한정임은 정신차리라는 듯 남편을 똑바로 쏘아보았다.

「당신 말도 일리는 있는데, 그래도 속단할 수는 없어. 그 사람도 만만하지는 않으니까.」

「물론 그렇겠지요. 돈까지 많이 몰아잡고 있으니까 권력 안 잃을려고 온갖 짓 다하며 발버둥을 치겠지요. 그치만 이젠 한풀 꺾인 건 틀림없어요.」

「그야 그렇지.」

「흥, 천 년 만 년 갈 줄 알았겠지만 이렇게 당하는 수가 있다구요. 아유 그 배신자, 속이 다 시원해.」

한정임은 끝말을 이빨로 와드득 물어뜯듯이 하며 입을 앙다물었다.

「그래, 당신 심정 알아. 그렇지만 다 잊어버려. 세상 인심이라는 게 그런 건데 뭐.」

「어머, 당신 맘 좋은 척하며 그런 물러터진 소리하지 말아요. 남자 매력 빵점이니까. 난 이번에 최혜경이가 쫄딱 망하기를 바래요. 그렇게 돼야만 내가 복수를 할 수 있으니까.」

한정임은 싸늘한 냉기를 내뿜으며 파르르 기를 세웠다.

「여보, 복수는 무슨…….」

「여보, 당신은 배알도 없고 감정도 없어요! 내가 쇠고랑 차고, 감옥살이한 것 다 잊어버렸어요? 그러고도 내 남편이에요? 난 끝끝내 복수하고 말 거예요. 꼭!」

한정임은 그때의 감정이 조금도 누그러지지 않은 기세로 바락바락 소리치며 떨었다.

「알았어, 알았어.」

양용석은 건너편에 앉은 아내의 어깨를 두들기는 손짓을 하며 부드럽게 웃었다. 그때 당한 일을 잊지 못하는 아내가 딱하기도 했다.

그리고 며칠이 지나 대통령 시해사건 수사 발표가 있었다. 그 발표를 보면 그날 밤 박 대통령은 죽지 않을 수 없도록 이중의 살해 계획망 속에 포위되어 있었다. 대통령이 가장 믿었던 조직의 장과 그의 부하들에게 에워싸여 대통령이 죽어갔다는 사실이 세상사람들을 놀라게 했고, 또한 온갖 소문들이 퍼지는 의혹의 주머니가 되고 있었다.

며칠이 지나 한정임이 남편에게 불쑥 물었다.

「당신, 수사 발표하던 그 사람 알아요?」

「알지.」

「아니, 그냥 아는 게 아니라 말이 통하게 친하냐구요.」

「아니. 그런 사이는 아닌데.」

양용석은 이상한 낌새를 느끼며 아내를 주시했다.

「아유, 어쩌면 좋아. 그 사람이 실세라는데.」

한정임의 얼굴이 일그러졌다.

「실세? 그게 무슨 소리야?」

양용석은 이 말을 하면서 두 가지 생각이 동시에 스치는 것을 느꼈다. 상황 파악을 하는데 자신이 아내보다 한발 늦었다는 것과, 장성들의 움직임이 심상찮다는 그저 스쳐들은 소문이었다.

「척 들으면 모르겠어요? 당신 요새 뭘 생각하고 살아요?」

한정임은 마땅찮게 눈을 흘기며 짜증을 부렸다.

「나도 장성들이 묘하게 돌아가고 있다는 소식 정도는 듣고 있는데, 그런 것에 너무 신경 쓸 거 없어. 몇몇이 무슨 욕심이 있어도 자기들 뜻대로 될 세상이 아니니까.」

「그런 속 편한 소리 말아요. 총 들고 밀어대는데 안 될 게 뭐 있어요. 박 대통령은 뭐 한강 건너올 때부터 대통령이었어요?」

「이 사람이 왜 이렇게 넘겨짚고 이래. 당신이 어디서 무슨 말을 들었는지 모르겠는데, 미안하지만 5·16 때하고 지금하고는 상황이 전혀 달라. 5·16은 장면정권이 워낙 무능해서 민심을 다 잃어버렸으니까 성공할 수 있었지만, 지금은 유신으로 군부독재에 쓴 물이 나 있던 상황에서 박 통이 떠난 거야. 학생들이고 야당이고 일반 국민들이고 이제 민주주의 할 기회 왔다고 잔뜩 벼르고 있는데 또 군인들이 나서? 그건 어림없는 일이야. 절대 먹히지 않아.」

양용석은 자신 있게 말하며 고개까지 내저었다.

「예에, 나도 그런 생각쯤 안 하는 게 아니에요. 그렇지만 세상사란 엉뚱한 일이 얼마든지 벌어질 수 있다는 것도 생각해야 돼요. 더구나 지금은 말할 수 없는 혼란기니까 그런 일이 더 잘 벌어질 수도 있잖아요. 군인들이 모든 걸 장악한 계엄 상태에서 그들이 정권을 잡고 나설 수도 있다구요. 우리가 그런 경우에 신경 써서 손해날 건 없잖아요. 이익이면 이익이었지. 안 그래요?」

「그야 손해날 건 없지.」

「그러니까 당신은 그 사람들 움직임을 눈치 빠르게 살피고, 특히 그 사람하고 직코스로 줄이 닿는 선을 찾아내라구요. 이번 기회가 우리한테 절호의 찬스가 될 수도 있다구요.」

「글쎄, 그거 너무 오버센스 아닐까?」

「당신은 참 이상해요. 신중한 건 좋지만, 왜 그렇게 군인다운 박력이 없어요. 안 되면 그만이고, 되면 땡잡는 거다 생각하고 일단 시작해 봐야 되잖아요. 미리부터 안 될 거다 하고 손놓고 있다가 덜컥 정권을 잡아버리면 그때 가서 얼마나 땅을 치고 후회하게 되겠어요. 안 그래요?」

「글쎄, 그건 그런데. 당신은 어디서 무슨 소리를 들은 거야?」

「뭐 특별한 소린 아니에요. 그 사람이 젊은 장군들 중에서 박 통한테 제일 신임을 받았던 사람이고, 지금 이 판을 틀어쥐고 있는 실력자라는 것이었어요. 그러니까 만일을 생각해서 우리가 먼저 뛰자는 거지요. 또, 그 사람이 안 되더라도 앞으로 군 요직에서 계속 힘을 쓸 텐데, 그런 사람과 선이 이어지면 나쁠 것 하나도 없잖아요.」

「그야 그렇지. 군부대 공사만 따내도 땅 짚고 헤엄치기지.」

「그러니까 당신은 내일부터 그 일에 최선을 다하세요. 나는 나대로 부인 쪽을 알아볼 테니까요.」

양용석은 다음날부터 그 일에 정신을 집중시켰다. 그러나 그쪽으로 접근해 가는 것은 그다지 쉽지가 않았다. 계엄 상황의 핵심세력답게 차단막이 겹겹이었다.

그런데 새 대통령이 선출되고 나서 양용석은 바짝 긴장하게 되었다. '별들의 전쟁'이라는 소문과 함께 군인들이 다시 정권을 잡게 될 거라는 말이 솔솔 퍼지고 있었다. 아내의 예감이 맞아들어 가고 있는 느낌이었다.

양용석은 그동안 현직에 있는 동창 몇에게 전화를 걸어보았다. 그러나 그들은 그쪽 이야기만 조금 비치면 당황하며 전화를 끊으려고 들었다. 그들은 계급이 더 높으면서도 잔뜩 몸을 사리고 있었다. 역시 군대는 직책 우선이었다.

아내도 생각처럼 일이 잘 풀리지 않는지 자꾸 짜증을 냈다. 자신의 예감이 맞아들어 가고 있는 것 같으니까 아내는 얼마나 몸이 달 것인가. 남편 출세도 시키고, 최혜경에게 복수도 하고, 아내는 두 마리 토끼를 한꺼번에 잡으려 하고 있었다. 아내는 남편이 건설회사 사장인 것에 만족하지 못했다. 회사가 벌지 않아도 돈은 많으니 아내가 원하는 것은 권력이었다. 자신도 그저 그런 건설회사 사장보다는 국회의원쯤이 한결 좋을 것 같았다.

건설회사를 인수하기 전에 야당 쪽에 접촉을 안 한 것이 아니었다. 그러나 그쪽에서는 턱없이 많은 기부금을 요구했다. 그렇다고 국회의원 자리가 확정되는 것도 아니었다. 선거를 하게 되면 또 돈을 쏟아부어야 했다. 그런다고 당선을 장담할 수도 없었다. 떨어지고 나면 막대한 돈만 날리고 빈손을 털게 될 위험하기 짝이 없는 도박이었다.

양용석은 맛도 없는 담배를 뻐끔거리며 벌써 몇 번째 시계를 보았다. 그때 문을 두들기는 손기척이 울렸다.

「예에 ─.」

양용석은 목소리를 길게 끌며 자리를 고쳐앉았다.

「사장님, 다녀왔습니다.」

「아 고 상무, 어찌 됐어요?」

양용석은 상대방이 소파에 앉기도 전에 물었다. 고 상무란 지난날의 고 중령이었다.

「예, 약간의 성과는 있었습니다.」

고 상무는 두 손을 앞으로 모아잡고 허리를 굽혔다.

「약간의 성과?」

양용석은 눈을 치뜨며 앉으라는 손짓을 했다.

「예, 그쪽의 핵심참모하고 며칠 있다가 만나기로 했습니다.」

「며칠 있다가?」

「예, 요새는 모종의 중대한 일이 있어서 전혀 시간을 낼 수 없는 모양입니다.」

「그저 막연하게 며칠이면 그게 언제지? 모종의 중대한 일이란 또 뭐고?」

양용석은 얼굴을 찌푸리며 담배에 불을 붙였다.

「죄송합니다. 전혀 눈치를 챌 수가 없습니다. 잘 아시다시피 원래 군대 일이란 그런 것 아닙니까. 더구나 요새는 비상 상황이니까요. 다른 기관에서도 잔뜩 긴장하고 눈치만 살피고 있지 아는 게 없습니다. 우리가 그 누구보다도 빠르게 움직이고 있는 거니까 조금만 기다려주십시요.」

「핵심참모라면 대령쯤 되나?」

「예, 그렇습니다. 대령입니다.」

「그럼 고 중령하고 같은 또래 아닌가.」

양용석의 입에서는 불현듯 '고 중령'이라는 말이 나갔다.

「예. 그러니까 만나기만 하면 얘기가 잘 통할 겁니다.」

「한 가지 명심할 게 있어. 이렇게 암암리에 움직이고 있는 것이 우리만이 아니라는 사실이야. 수없이 많이 뛰고 있는데, 이건 또 하나의 전쟁이야. 이 일만 잘해 내면 내가 크게 봐줄 테니까 정신 똑똑히 차리라구.」

양용석은 앉음새를 가다듬으며 고 상무를 응시했다.

「옛, 명심하고 최선을 다하겠습니다.」

고 상무는 군대식으로 고개를 꺾었다.

이틀이 지나 해괴한 일이 벌어졌다. 군인들의 총격전 끝에 계엄사령관이 밤사이에 연행된 것이다. 그 사태는 가뜩이나 불안하고 뒤숭숭한 세상을 여지없이 뒤흔들어놓았다. 신문이나 텔레비전보다 더 빠르게 또 온갖 소문들이 퍼지기 시작했다.

군부대들이 서울을 포위하듯이 둘러쌌다고 하는가 하면, 총격전으로 군인들 수십 명이 죽었다고 했고, 유탄으로 민간인들도 여럿 죽었다는 둥, 흉흉한 소문들이 차가운 겨울바람을 무색하게 만들고 있었다.

그런데 사람들이 놀란 것은 민가가 밀집된 서울 시내에서 총격전이 벌어졌다는 것만이 아니었다. 계엄사령관이 대통령 시해사건에 관련되었다는 것만도 아니었다. 엄연히 계엄사령부의 하급기관에 불과한 기관에서 총을 쏘아대며 계엄사령관을 잡아갔다는 것에 충격을 받고 있었다.

「봐요, 봐요, 내 말이 어때요. 내 말이 틀림없잖아요. 그 사람이 실세라니까요. 이번 사건은 그 사람이 '별들의 전쟁'에서 완전히 승리했다는 걸 보여주는 거라구요. 그렇지요?」

한정임은 텔레비전 보도를 보면서 흥분을 감추지 못하고 숨 가쁘게 말했다.

「그래, 그런 모양인데……, 그리 된 모양이야. '별들의 전쟁'…….」

양용석은 힘없이 중얼거리며 느리게 고개를 끄덕이고 있었다. 그런 그의 머리는 여러 가지 생각으로 복잡했다.

고 상무가 말한 모종의 중대한 일이란 바로 저것이었을까? 어쩌면 그랬을지도 모른다. 어쨌거나 그 친구는 그것밖에 안 되는 계급으로 최강자가 되었는데, 나는 뭐지? 내가 예편을 당하지 않았으면 지금쯤 어찌되어 있을까? 최소한 이런 꼴은 아니지 않겠어? 아니지, 계급이 높으면서도 지금 다른 친구들이 하는 것처럼 기죽어 눈치보고 있을지도 모르지. 그건 차라리 더 못할 일 아닌가? 어쩌면 지금이 더 나을지도 모르지. 그런데……, 그런데……, 그 사람이 대통령……? 글쎄, 글쎄, 그게 말이 되나? 영 안 어울리는데, 너무나 안 어울려. 야당이나 대학생들이 가만히 있을까? 계엄……? 아무리 계엄이라도 가만히 보고만 있을까? 그리고 또 미국이 있잖아? 미국은 어떻게 나올래나?

「여보, 무슨 생각을 그리 하고 있어요? 무슨 좋은 생각이 떠올랐어요?」

한정임은 남편의 팔을 질벅거렸다.

「응? 아, 아니야. 이거 판이 어찌 돼가는 건지 한치 앞도 안 보여.」

양용석은 혀를 차며 담배를 빼들었다.

「아니, 그게 무슨 소리예요? 당신은 이럴 때 보면 참 답답하고 소심해요. 판이야 환하게 드러났는데 뭐가 한치 앞도 안 보여요. 대통령은 어차피 허수아빈 거야 세상이 다 아는 일이었고, 그 다음 실권자가 계엄사령관 아니었냐구요. 근데 그 사람이 당해버렸어요. 그럼 그 실권이 누구한테 가겠어요. 구구법보다 더 쉬운 걸 놓고 뭘 어렵게 생각하고 그래요. 중말 답답해 못살겠네.」

한정임은 왈칵 짜증을 부렸다.

「이거 봐, 그리 잘난 척 좀 하지 마. 그까짓 걸 몰라서가 아니라 세상은 그렇게 간단하지 않다 그 말이야. 세상이란 혼자 밥상 차려먹는 게 아니라구.」

「예, 또 야당이고 학생들 얘기 꺼낼라고 하는 거지요? 그렇지만 당신 이거 하나만 생각하면 돼요. 당신, '별들의 전쟁'이란 소문 들으면서 계엄사령관이 잡혀갈지 알았어요, 몰랐어요?」

양용석은 아내를 멀뚱히 쳐다보기만 했다.

「몰랐지요? 나도 몰랐어요. 우리만 모른 게 아니라 이 세상사람 전부가 몰랐어요. 안 것은 그 사람 편뿐이었어요. 근데 그 사람들은 그런 엄청난 일을 해치웠어요. 그 일은 계엄사령관 한 사람이 잡혀가는 것으로 끝난 게 아니에요. 세상을 향해서 누구든지 까불면 가차없이 해치우겠다는 시범을 보인 거라구요. 그리고 서울 동서남북에 부대들이 여차하면 밀고 들어오려고 진을 치고 있다는데 여당이나 학생들이 무슨 수로 일어난다는 거예요? 간단하게 한 가지만 생각해요. 당신이 만약 그 사람이라면 이런 상황에서 물렁물렁하게 하겠어요, 짱짱하게 독하게 하겠어요? 그 사람 군인이고, 한번 뽑은 칼이에요. 이런 상황에서는 복잡하게 생각하지 말고 내가 그 사람이다 하고 생각하라구요. 괜히 복잡하게 생각했다간 죽도 밥도 안 돼요. 알았어요?」

「이거야 원……, 당신이 군인이었으면 크게 출세했을 거야.」

양용석은 장식장으로 가서 양주병을 꺼냈다. 그는, 당신이 그렇게 단순하게 나대다가 최혜경한테 당한 것 아냐, 하는 말이 곧 밀려오는 걸 참으며 자리를 뜬 것이다. 그건 아내의 상처를 너무 심하게 찌르는 것이었고, 오늘의 재산은 아내가 최혜경을 끼고 이룬 것이니 오히려 역공을 당할 위험이 더 컸다.

「당신 말이 일리가 있기도 해. 하여튼 어떻게 잘 좀 돼야 할 텐데…….」

양용석은 술잔 하나를 아내에게 내밀며 소파에 앉았다.

「우리 정신차려야 해요. 모두 약아빠진 세상에서 이번에 판 뒤집어진 것 보고 서로 빨리 줄대려고 눈들이 시뻘게져 날뛸 거라구요. 그쪽에서도 정치하려면 결국 이것이 있어야 돼요. 이것 힘 당할 게 없으니까 아까워 말고 써야 해요. 이거야 원하는 자리 잡고 또 모으면 되니까.」

한정임은 손가락 두 개로 동그라미를 그려보았다.

「어쨌거나 당신 배짱 한번 대단해. 처남 찜쩌먹는다니까.」

양용석은 술은 한모금 마시고 사랑스럽다는 듯 아내를 쳐다보았다.

「아유, 오빠 얘긴 꺼내지도 말아요. 군인도 아니고 정치가도 아니고, 그따위로 정치하려면 뭐 하려고 해요? 오빤 배짱이 있는 게 아니라 바보 같은 통고집뿐이라구요. 차라리 정치가라면 남재구 씨가 훨씬 윗질이지. 오빠가 통고집 부려서 된 게 뭐가 있어요? 그 많은 재산 거의 다 까먹고 촌구석에서 초라하고 한심하게 됐지.」

「꼭 그렇게 말할 건 없지. 우리나라 여야 국회의원들이 거의 다 썩었으니까 그 속에서 오빠가 어쩔 수 없이 파묻힌 거지, 모두가 오빠만큼씩만 양심이 있고 청렴했어 봐, 이 나라는 달라졌지. 오빠를 그리 나쁘게만 생각하지 말어. 그런 분은 필요해.」

「옛 상관에 대한 의리 한번 잘 지키네요. 오빨 좋게 말하니까 기분 나쁠 건 없는데, 하여튼 오빠는 세상 사는 데 서툴고 답답해요.」

「근데 남재구 씨는 어찌 될라나? 혹시 모르니까 그냥 지나가는 셈치고 그 사람 한번 만나볼까?」

「아니, 그럴 것 없어요. 공화당 국회의원들이 한물간 것처럼 그 사람도 이젠 쉰밥이에요. 자기 살 구멍 찾느라고 정신이 없을 텐데 무슨 도움이 되겠어요. 잘못하다간 괜히 우리 속만 내보이고 손해만 보게 되는 건데.」

「그도 그렇군. 이거 참 세상 어지러워서…….」

「어지러워할 것 없어요. 정신만 똑바로 차리면 이런 혼란기일수록 크게 잡을 수 있어요. 저쪽에서도 이것 많고 믿을 수 있는 사람 찾을 건 뻔하니까. 우리야 이것 많겠다, 군 출신 족보 확실하겠다, 선만 닿았다 하면 우리만큼 유리한 사람들도 없어요. 당신도 각오 새롭게 하고 나서요.」

한정임은 남편 앞으로 술잔을 내밀었다. 양용석은 아내의 술잔에 자신의 술잔을 부딪쳤다. 배가 불룩한 두 개의 양주잔은 잘그랑 경쾌한 소리로 울렸다.

이튿날 한정임은 동창회 미스 최와 약속한 장소로 나갔다. 마음이 바쁘다 보니 젊은 사람과의 약속인데도 시간이 10분이나 일렀다.

한정임은 초조감을 덜려고 먼저 커피를 시켰다. 커피를 마시면서 또 생각을 짜내봐도 뾰족한 수가 떠오르지 않았다. 그건 철저하게 비밀을 지키면서 일을 해나가려고 하기 때문이었다. 남편의 계급에 따라 알고 지낸 군인의 아내들은 많았다. 그러나 그들을 다 경계의 대상으로 삼고 보니 고립 상태가 되어 길이 보이지 않았다. 그들을 접촉해 보면 연줄연줄로 얻어들을 소리들은 있겠지만 결정적인 도움을 얻기는 어려웠다. 괜히 그들에게 속내를 눈치채게 해서 경쟁자만 늘릴 위험이 더 컸다. 쥐도 새도 모르게 직코스로 가야 했다. 최혜경을 구워삶았던 것처럼. 과정이 좀 어렵더라도 그것이 가장 효과적인 방법이었다.

「어머 선배님, 먼저 와 계셨군요.」

「응 미스 최, 어서 앉아. 어떻게 됐어?」

한정임은 자신도 모르게 말을 해놓고는 후회했다. 너무 속을 드러내는 것 같았기 때문이다.

「근데 어쩌죠, 선배님.」

미스 최라는 여자가 얼굴을 찌푸렸다.

「왜?」

한정임은 '틀렸구나' 하는 낙담과는 달리 웃음을 지었다.

「그게 있잖아요, 아무리 뒤져봐도 연락처가 없어요. 그게 동창회에는 전혀 관심을 두지 않고 살았다는 증거예요. 왜 그런 동문들 많잖아요. 졸업하면 동창회는 돌아보지도 않는 사람들 말예요. 제가 딴 동문들한 테 좀 알아볼까요? 선배님 같은 장군 사모님들께.」

「아니야, 그럴 건 없어. 뭐 별로 중요한 일 아니니까.」

한정임은 여유 있게 웃으며 고개를 저었다.

「이거 죄송해서 어쩌죠? 아무 도움도 못 돼서.」

「죄송하긴, 도와준 거나 똑같지. 이거 맛있는 것 사 먹고, 이건 미스 최하고 나하고만 아는 일인 것 알지?」

「네, 알고 있어요.」

한정임은 혼자 걸으며 이 상사를 만나볼까말까 저울질하고 있었다. 어쩌면 효과가 있을 것도 같고, 어쩌면 헛수고만 할 것 같기도 하고, 종 잡기가 어려웠다. 자신이 이 상사와 친분을 두텁게 쌓았듯 다른 여자들 도 남편을 모시는 장교들보다는 하사관들과 더 가깝게 지내는 걸 생각 하면 효과가 있을 수 있었다. 장교에 비해 하사관들은 다루기 만만하고, 이것저것 궂은일 시키기에 부담이 없었다. 그러나, 이 상사가 제대한 지 오래된 것을 생각하면 얻는 것 없이 괜히 헛김만 뺄 수도 있었다. 그렇 지만 이 상사가 재향군인회 일에 열성이면서 발이 넓은 것이 마음 한쪽 을 끌어당겼다. 그리고 그는 입이 무겁고 일 처리하는 것이 능란했다. 그 많은 부동산 건수들을 엎어치고 뒤집어치면서 한 번도 말썽이 나거 나 실수한 적이 없었다.

그래, 밑져봐야 본전이다!

한정임은 택시를 타고 다시 강남으로 달렸다. 강남 영동은 그동안 많 이 달라지기는 했지만 아직도 빈 땅들이 절반 가까이나 남아 있었다. 한정임은 그 빈 땅들을 볼 때마다 옛 추억이 새로워졌다. 자신에게 흡족할 만큼의 부를 가져다 준 그 땅, 제아무리 황금알을 낳는 거위가 있다 해도 거기에는 당할 도리가 없었다. 이익이 엄청나게 남는 장사를 흔히 '열 배 장사'라고 하지만 땅은 스무 배, 서른 배도 우습고, 정보만 확실하게 잘 빼면 100배 장사는 예사였다. 평당 1천 원에 산 땅이 개발계획이 발표되고 1년이 지나지 않아 10만 원이 되기는 쉬우니 돈을 갈퀴로 긁어모은다는 말도 시장스러울 지경이었다. 솔직히 말해 오늘날 누리고 있는 치부는 최혜경이 아니었으면 어려운 일이었다. 어찌 보면 최혜경의 입장은 오빠가 판단한 것이 옳을지도 몰랐다. 또, 오늘의 치부를 생각하면 보석 사건으로 당한 고생은 아무것도 아닐 수도 있었다. 그런데 최혜경은 어찌 그리도 돈욕심도, 보석욕심도 끝없이 많았을까. 글쎄, 최혜경만 그런가……. 한정임은 스스로 멋쩍어져 씩 웃었다.

택시에서 내린 한정임은 고개를 젖히고 15층 건물을 올려다보았다.

개천에서 용 났지.

그녀는 이런 생각을 하며 건물 안으로 들어갔다.

「아이고 사모님, 이게 어쩐 일이십니까.」

한정임이 들어서자 꽃무늬 요란하게 붙은 커다란 책상에 버티고 앉았던 남자가 화들짝 놀라며 일어났다.

「그간에 잘 있었어요?」

한정임은 고개를 까딱하며 인사를 받았다.

「아이고 사모님, 어서 앉으십시오. 너무 오랜만입니다. 어찌 이리 직접 납시셨습니까. 무슨 일이 있으면 호출을 하시지요. 이거 원 황송해서, 참 장군님께서는 안녕하십니까?」

그 남자는 수선스럽다 싶게 말을 쏟아내며 굽실거렸다.

「이 사장은 재미 좋아요?」

한정임은 '이 상사'를 '이 사장'으로 우대해 부르며 소파에 앉았다.

「예에, 재미야 뭐 늘 그렇지요. 저 같은 놈이 이렇게 떡 벌어지게 사는 거야 다 사모님께서 베풀어주신 은혜 때문이지요. 예. 그럼요. 예, 다 사모님 덕이죠. 헌데, 무슨 급한 일 있으십니까?」

머리를 군대식으로 짧게 깎은 이 사장은 연신 손을 맞비비며 눈치 빠르게 물었다.

「저어……, 여기…….」

한정임은 여기서 할 이야기가 아니라는 듯 문 쪽을 눈짓했다. 칸막이 뒤쪽은 빌딩의 관리사무실이었다.

「예에, 나가시지요. 조용한 다방이 있습니다.」

이 사장이 벌떡 일어나며 옷걸이의 오버를 내렸다.

「……그러니까 그쪽에 직코스로 통할 수 있는 사람을 찾았으면 해요. 빠르고 조용하게.」

한정임은 아주 낮은 소리로 침착하게 말했다.

「예, 말씀 알겠습니다만, 제가 옷 벗은 지 오래돼서 당장 떠오르는 사람은 없습니다. 허지만 재향군인회 쪽에서 더듬으면 금방 찾아낼 수 있습니다. 하사관들이야 상하좌우로 금방금방 맥이 통하니까요. 2~3일 내로 바로 연락드리겠습니다.」

이 사장 역시 낮은 소리로 그러나 자신감을 드러내보이며 말했다.

「절대 극비예요.」

「예, 사모님, 어디 한두 번 해본 일입니까. 역시 사모님께서 판단 빠르시고, 잘하시는 것 같은데요.」

이 사장이 은밀하게 웃었다.

「그래요? 빨리 좀 잘해요. 내가 서운찮게 답례할 테니까.」

한정임이 눈으로 웃음을 받으며 일어났다.

「아이고, 무슨 말씀이십니까. 제가 이런 기회에 은혜 갚아야지요.」

사흘이 지나 한정임은 이 사장의 전화를 받고 약속장소로 나갔다.

「인사 받으시지요. 저하고 친한 강 상사입니다.」

이 사장이 한 남자를 한정임에게 소개했다.

「강 상사라고 합니다. 그저 조용조용 해야 될 일이니까 이름은 묻어두 도록 하겠습니다.」

그 남자가 고개를 숙이며 한 말이었다.

「네.」

한정임은 고개를 까딱하며 찬 느낌의 웃음을 살짝 지었다. 그녀는 그 남자를 훑으며 제법이라고 생각했다.

「이 사람 후배 중에 그분을 오래 모셨고, 신임이 아주 두터워 비서처 럼 지내는 김 중사가 있다고 합니다.」

이 사장이 설명했다.

「현역인가요?」

「아닙니다. 작년에 제대했는데, 지금도 그 댁에 무상으로 드나들 정돕 니다.」

강 상사라는 사람이 대답했다.

「왜 제대를 했지요? 그런 그늘이면 특과 중에 특괄 텐데.」

한정임은 예리한 점검에 나서고 있었다.

「예, 잘 아시다시피 그늘이 아무리 좋아도 중사 수입으로는 커나는 자 식들 가르치기 어렵지 않습니까. 그래서 제대해서 친구가 하는 사업체 의 상무로 들어갔습니다.」

「상무? 무슨 사업첸데요?」

「예, 군납 하청업인데, 그 일을 바로 그분이 뒷봐주고 계십니다. 그러 니까 그분이 상무 만들어준 셈이지요. 그래서 지금도 받들어 모시는 거 구요.」

「……..」

입을 꼭 다문 한정임은 아주 느리게 고개를 끄덕이고 있었다.

한동안 그들 사이에 침묵이 흘렀다.

「그럼, 그 사람 언제나 만날 수 있지요?」

이윽고 한정임이 침착하게 입을 열었다.

「예, 오늘은 어렵겠고, 원하시면 내일은 만나실 수 있습니다.」

「좋아요, 내일 만났으면 좋겠어요.」

「예, 그렇게 하시지요. 그런데 저어……, 그쪽에서 꺼릴 수 있으니까 이 사장은 이 선에서 빠지고, 연락은 제가 직접 드리는 것이 어떨지…….」

「그야 당연하지요. 단계마다 꼬리는 빨리 잘라야 해요.」

한정임은 마치 여 두목처럼 말하며 고개를 끄덕였다.

「내가 수십 번 말했지만, 자네 일 빈틈없이 잘해야 해. 내 위신이 걸린 문제니까.」

이 사장이 자기 임무를 마치는 마지막 당부처럼 강 상사에게 말했다.

「걱정 말어. 자네 덕봐 가며 사는 처지에.」

강 상사가 커피잔을 들며 말했다.

한정임은 다음날 강 상사와 함께 김 중사라는 사람을 만났다.

「자네에 대해선 다 말씀드렸어. 성심껏 잘 도와드리도록 해. 다 서로를 위해 좋은 일이니까.」

한정임에게 소개가 끝나자 강 상사는 김 중사에게 이렇게 당부하고 곧 자리를 떴다.

이틀 뒤에 한정임은 김 중사를 다시 만났다.

「여기에 내 명함을 넣었어요. 거기에 사모님의 싸인만 받아오면 돼요.」

한정임은 핸드백에서 사각봉투 크기의 얇게 포장한 것을 꺼내며 말했다.

「예, 분부대로 하겠습니다.」

김 중사는 포장된 것을 받으며 깍듯하게 예의를 갖추었다.

「안주머니에 잘 넣고, 곧바로 전해야 돼요. 조금이라도 가지고 다니면 절대 안 돼요.」

한정임은 김 중사를 응시하며 못을 박았다.

「그럼요. 지금 바로 갈 겁니다.」

「그럼 내일 이 시간에 만나요.」

「예, 알겠습니다.」

한정임은 김 중사를 먼저 택시 태워 보냈다. 사라지는 택시를 보며 그녀는 가슴이 뚫리는 것 같은 긴 숨을 내쉬었다.

이튿날 한정임은 가슴을 두근거리며 약속장소로 나갔다. 약속시간 5분 전인데 김 중사는 나와 있지 않았다. 커피를 먼저 시켜 마시는데 1분, 1분이 초조했다.

약속시간이 지나가고 있는데도 김 중사는 나타나지 않았다. 1분, 1분이 조바심이 일었다.

5분이 지나고, 10분이 넘어가고 있었다. 1초, 1초가 피가 마를 지경이었다.

마침내 30분이 지났다.

혹시 이놈이!

온갖 생각을 다하던 한정임은 돌로 머리를 치는 것 같은 생각에 부딪혔다. 그녀는 눈앞이 아찔해지는 현기증으로 머리를 감쌌다. 심한 어지러움 속에서 수백 개의 돈다발들이 저 먼 허공으로 날아가고 있었다.

54
업어치기

「아버지, 이 불안한 시기에 왜 외국엔 나가시려고 합니까, 내일모레면
신년이기도 한데요.」

박준서는 왜 아버지가 부른 것인지 탐지하려고 숟가락을 놓으며 조심
스레 말을 꺼냈다.

「…….」 박부길 사장은 반주잔을 기울이다 말고 아들을 빤히 쳐다보
다가는, 「몰라서 묻는 게냐, 알면서도 확인을 하자는 게냐?」 불퉁스럽게
내질렀다.

「예, 전혀 모르는 건 아니고 무슨 느낌이 있긴 한데, 그것이 또 이건지
저건지 모호해서 잘 짚을 수가 없어서 여쭤보는 겁니다.」

「흥, 그 말 한번 우물쭈물 어물어물 구렁이 담 넘어가듯 잘 굴리는구
나. 즈이놈들 책임 안 지려고 그저 변명하고 발뺌하는 데만 이골난 회사
간부놈들처럼. 첫마디 하는 걸 보니 아무것도 모르고 있으면서.」

박부길 사장은 성질을 부리듯 반주잔을 왈칵 뒤집었다.

「아버지도 차암⋯⋯.」

박준서는 계면쩍게 웃으며 코밑을 훔쳤다. 아버지의 지적을 받고 보니 자신이 꺼낸 첫마디가 아무것도 모르고 있다는 것을 드러낸 것이기도 했다.

「그래도 정치물을 먹었다는 놈이 그리 둔해서 되겠냐? 애비가 멍청하게 있어도 네놈이 나서서 외국 좀 다녀오십시요 해야 할 판에.」

박부길은 기관총의 연속사격처럼 빠르게 혀를 차댔다.

「⋯⋯?」

박준서는 그저 모호하게 웃기만 했다. 더욱 감 잡기가 어려워진 것을 감추기 위해서였다. 계엄 상태는 계속되고, 세상은 더욱 어수선하고 불안스러워지는 이런 상황에서는 외국에 출장을 갔더라도 급히 돌아와야 옳았다. 그런데 아버지는 오히려 반대로 움직이고 있었다.

「넌 세상 보는 게 아직도 어려. 너 똑똑히 들어라. 난세에는 무조건 몸을 피하는 게 최상의 보신책이다. 이걸 머리에 꼭 박아둬라.」

박부길은 술을 따르라고 아들 앞으로 술잔을 불쑥 내밀었다.

「예에⋯⋯.」

박준서는 몸을 일으켜 술을 따르면서 그 말뜻을 종잡을 수가 없었다. 난세에 몸을 피하는 건 좋지만, 난세에 회사는 신년을 맞는 것이고, 계엄 상태에서 또 정치적으로 무슨 일이 벌어질지 모를 일이었다.

「또 신년 됐다 하면 정치인 떨거지들이 세배합네 하고 어중이떠중이 몰려들겠지? 그것들을 싹 피해야 해. 특히 이번 신년에 어물어물 얼떠게 굴며 그 작자들하고 술잔 나누고 앉았다가는 날벼락 맞기 딱 좋다. 너를 포함해서 지금 정치인이란 물건들은 앞발 뒷발 다 묶여 꼼짝달싹 못하고 있지 않느냔 말야. 그것들은 돈은 궁해지고 날로 죽을 맛이겠지. 그자들이 노리고 있는 게 바로 신년인데, 신년에 떡값 뿌리면 어떻게 되는지 알아? 돈을 많이 뿌릴수록 저쪽에 용코로 찍힌다 그 말이야.

정치인들을 제일 싫어하는 게 저쪽인 것쯤은 너도 알고 있지? 특히 야당 것들한테 돈 건너갔다 하면 그건 초상집 되는 거야. 인제 감이 좀 잡히냐?」

「아버지, 그렇지만 그렇게 해서는 계엄 풀리고 나면 입장이 곤란해지잖아요.」

「왜, 약게 놀았다고 인심 잃고 미운 털 박힌다 그거냐?」

「예.」

「하아, 이런 쑥맥 봤나. 정치인들이 제일 잘 쓰는 두 가지 말이 뭔지 너 알지? 자기들 입장 다급해지면 말 못하는 '국민' 멋대로 팔아먹고, 즈네들 의리 없고 비겁하게 굴어 지탄받으면 '정치는 현실이다' 하고 뻔뻔스럽게 변명해 버리잖냐. 정치만 현실인 줄 아냐. 사업은 더욱더 현실이다. 판이 달라지면 제때제때 그 판에 맞춰나가고, 다음에 문제가 생기면 그때 가서 '그때는 어쩔 수 없지 않았느냐. 내 본심이 아니었으니 이해하고 앞으로 더 잘하자' 하면서 듬뿍 집어주는데 어떤 놈이 감정을 사? 너 알지? 현찰 박치기! 돈 힘 앞에서는 그 어떤 놈이든 봄눈 녹듯 녹아버리게 마련이야. 이건 만고의 진리니까 절대로 잊지 말어. 그리고, 너 지금 꿈꾸고 있는 모양인데, 정신 똑바로 차리고 현실을 봐! 이 계엄 사태가 앞으로 어떻게 요술을 부릴지 아무도 모른다 그 말이야. 너 이점 우습게 알았다간 큰코다쳐.」

박부길 사장은 손가락으로 아들을 찌르듯 손짓했다.

「아버지, 바로 며칠 전에 계엄사령관이 군은 정치에 불간여하겠다고 담화를 발표했습니다.」

「이런, 이런, 철딱서니 없는 것! 너 정말 그 말을 믿고 계엄이 곧 해제 될 거라고 생각한다 그거냐?」

박부길이 노기 띤 얼굴로 아들을 쏘아보았다.

「그건……, 그래도……, 국민 앞에 하는 약속인데요.」

박준서는 아버지의 기세에 눌리며 우물쭈물했다.

「너 그따위 소리 액면 그대로 믿는다면 애저녁에 정치 때려치워라. 박통은 뭐 군대 본연의 임무로 돌아가겠다는 혁명공약을 국민 앞에 내걸지 않아서 18년 동안이나 해먹다가 그렇게 비명횡사했냐? 정치란 거짓말을 참말처럼 하는 것 빼놓고는 뭐가 있냐? 그리고, 너 지금 이 나라 정치가 누구 손에서 놀아나고, 권력이 누구 손에 틀어잡혀 있는지 몰라서 그따위 소리하는 게냐? 그리고 권력이라는 건 뭐냐? 애비가 아들도 죽이고, 아들이 애비도 죽이는 것 아니냐? 그런데 그걸 순순히 내놔? 어림 반푼어치도 없는 소리하지도 말아라. 정치인들은 즈네들이 다시 권력 잡을 욕심으로 그 말을 믿고 싶고, 계엄이 빨리 해제되어 군인들의 꼴을 안 보기 바라겠지. 허나, 그건 십중팔구 잘못 짚은 몽상이야. 알아들어?」

「예에…….」

박준서는 대답 뒤에 따라나오는 한숨을 애써 감추었다. 아버지가 지적하는 그 점을 모르는 것이 아니었다. 그 불안을 정치인들은 누구나 가지고 있었다. 불안이 클수록 계엄이 빨리 해제되기를 바라고 있었다. 그런데 아버지 예측대로 된다면 정치판은 전혀 딴판으로 뒤집어질 수밖에 없었다. 아버지는 사업 수완만 좋은 것이 아니라 사업가로서 세상을 읽는 촉수 또한 예리했다.

「여러 말할 것 없이, 너도 그동안 겪어봐서 대충 알고 있겠지만 사업을 크게 할수록 정치와 관계를 뗄 수 없고, 승승장구 사업을 키워나가려면 변하는 정치물결에, 뒤바뀌는 정치바람에 요령껏 눈치껏 몸을 실어야 하는 게야. 그러니까 너도 생기는 것 아무것도 없이 괜히 저쪽한테 찍히고 미운 털 박히기 전에 정치인들과 싹 발 끊고 회사에 박혀 있어. 정치인들한테 감시의 눈이 따라붙고 있는 것쯤은 알고 있지?」

「예, 그러면……, 이런 시점에서 아버지가 외국에 나가시는 것을 저쪽에서 곱게 보겠어요?」

박준서는, 아버지가 저쪽과 어떤 관계를 맺고 있는지 궁금해 이렇게 에둘러 말했다. 그건 정치적으로 자신에게도 직결되는 문제기 때문이었다.

「허! 그래도 그런 머리는 돌아가는구나.」박부길은 신통하다는 듯 픽 웃고는, 「그 대목은 이따가 말하려고 했다. 그보다 먼저 할 얘기가 있다.」그는 술잔을 비우고 담배에 불을 붙였다.

박준서는 아버지의 잔에 술을 따랐다.

「너, 지금부터 하는 말 똑똑히 들어라. 난 모레 아침 일찍 일본에 갔다가 열흘 후에 돌아올 작정이다. 그동안에 네가 깨끗하게 처리할 회사 일이 있다. 그게 뭐고 하면, 우리 회사에 숨어 있는 불순세력들을 완전히 제거해 버리는 일이야. 그 노조라는 것 말야, 재작년부터 살살 움직이기 시작하더니 작년에 부쩍 심하게 나대게 됐다. 그걸 후딱후딱 뿌리뽑으라고 엄명을 내렸는데도 그것들이 워낙 끈질기고 독해 내쫓으면 또 생겨나고, 내쫓으면 또 생겨나고 한단 말이야. 두말할 것 없이 그것들이 다 뭉쳐 노조를 하고 나서는 판에는 회사 못해먹는다. 우리도 이젠 자회사가 많아져 한 회사에서만 노조가 결성되어 날뛰게 되면 그 바람이 다른 회사로 퍼져 사업 다 망쪼 들게 된다. 사우디 폭동 때 봤지? 자회사도 아니고 완전히 다른 남의 회사에서 터진 폭동바람이 얼마나 빠르게 다른 회사들로 퍼지대? 더구나 한 지붕 아래 회사들은 더 말할 것이 없다.」

박부길은 술로 입을 축이고 다시 말을 이었다.

「그리도 극성맞게 데모를 해대던 대학생들이 요새는 꼼짝을 하지 않고 잠잠하지? 왜 그렇겠냐? 저희들이 원하던 대로 박 통이 없어지고 유신시대가 끝나서 그렇겠냐? 아니면, 그렇게까지 비명횡사한 박 통을 애도하느라고 그렇겠냐? 너도 알겠지만, 이것도 저것도 아니야. 걔네들은 민주정부니 뭐니 어서 세우라고 또 데모하고 나서고 싶어 죽겠는데도 총칼 꼬나든 군인들 기세가 무서워 딱 숨죽이고 엎드려 있는 거야. 지금 계엄사에서 눈 부릅뜨고 제일 노리고 있는 게 저희들인 것을 아는 거지. 계엄사에서는 사회 혼란을 일으키는 걸 제일 싫어하는데, 대학생들 다음에는 뭐겠냐? 바로 큰 회사들을 흔들어대려고 설치는 노조야. 바로 우리 같은 큰 그룹들 열댓 개만 흔들리면 사회 혼란은 말할 것 없고, 나라 망하는 판이니까. 그런데, 대학생들이 그렇듯 노조 하려는 놈들은 잽싸게 그 눈치를 채고 요새는 잔뜩 움츠러들어 있단 말이야. 바로 이때가 그놈들을 공격하는 절호의 찬스야, 절호의 찬스!」

박부길은 자기 기분에 겨워 식탁을 쳤다.

박준서는 입을 꾹 다문 채 고개를 끄덕이고 있었다.

「그러니까 이번 기회에 그 불순세력의 뿌리를 싸그리 도려내 버리란 말이야. 조금이라도 이상한 것들은 싹 쓸어내 버려도 그것들은 계엄이 무서워 전처럼 출근투쟁이니 뭐니 까불지 못하고 꼼짝못하게 돼 있으니까. 그리고, 만약에 꺼떡대면서 덤비는 놈들이 있으면 제꺽 계엄사에 연락을 해버려. 그럼 난동자로 깨끗하게 해결돼 버리니까. 알겠냐?」

「예. 그런데……, 그 짧은 시일 안에 그 일을 다 해낼 수 있을지 모르겠는데요. 제가 회사 일에서 너무 오래 떠나 있어서 구체적인 현황을 거의 모르는 형편인데요.」

「그야 기획실을 통해 자회사마다 철저하게 조사를 해두라고 진작에다 지시를 내려놨다. 네가 할 일은 회사마다 나가 현황을 직접 파악하고, 나를 대신해서 작전을 신속하고 빈틈없이 총지휘하라 그것이다. 당최 간부라는 것들을 믿을 수가 있어야 말이지. 그동안 노조 하려는 것들이 깨끗하게 근절되지 않은 것은 그것들이 끈덕지기도 해서였지만, 또 하나의 원인은 회사 간부들이 야무지게 일을 처리하지 못하고, 데데하게 굴었기 때문이야. 알아듣겠어?」

박부길은 아까보다 더 세게 식탁을 내리쳤다.

「예!」

박준서는 자신도 모르게 힘찬 대답을 했다. '나를 대신해서…… 총지
휘하라' 하는 말이 일으킨 작용이었다.

「그래, 명심해라. 노조가 설쳐서는 어느 회사든지 다 망한다. 일거리
줘서 먹고 살게 해줬더니 이젠 주인 행세하려고 들어? 어림없는 소리
다. 회사를 만 년 튼튼하게 하려면 이번 기회에 인정사정 없이 잘라서
실뿌리도 남기지 말고 왕창 뽑아버려야 한다. 알겠지?」

「예.」

「그래, 어디 이번에 네 능력 좀 보자. 내 얘기 다 끝났으니 이제 그만
가거라.」

박부길은 너무 배가 부른 듯 무겁게 몸을 일으켰다.

「아까 뒤에 하시겠다고 한 말씀은……, 외국 나가시는 것에 대해서
저쪽에서…….」

박준서도 따라 일어나며 아버지를 일깨웠다.

「아, 그 얘기가 있었지. 너 내일 아침 8시 30분까지 오너라. 그쪽에 출
국신고를 하러 갈 거니까.」

「출국신고요……?」

박준서는 어리둥절해졌다.

「시간 맞춰 오기나 해. 옷 깨끗하게 차려입고.」

「예, 알겠습니다.」

무언가 짚이는 것이 있어서 박준서는 긴장감을 느꼈다.

「그리고 참, 원 서방은 요새 어쩌고 있나?」

박부길은 거실 소파에 앉으며 얼굴을 찌푸렸다.

「예, 그저 그렇습니다.」

박준서는 어물거리듯 하며 아버지의 눈치를 살폈다.

「그저 그렇다니, 세 끼 밥은 먹고 있는 게야?」

박부길의 어조에서는 짜증이 묻어났다.

「예, 겨우겨우 살아가기는 하는 모양입니다. 그런데 사회 분위기가 나빠져서……」

「왜, 출판이라는 것도 세상물결 타고 그러냐?」

「예, 세상이 잠잠하고 조용해야 책이 팔리지 이렇게 뒤숭숭하면 잘 안 팔리는 모양입니다. 사람들 마음이 들뜨고, 책보다는 신문이나 텔레비전에 더 마음을 쓴다고 합니다.」

「그도 그렇겠군. 하여튼 딸자식 하나 있는 게 어째 팔자가 그 모양이 됐는지 모르겠다. 속상해서 참.」

박부길은 혀끝이 떨어져나갈 지경으로 거세게 혀를 차댔다.

박준서는 또 옹색해져서 고개만 떨구고 있었다. 원병균이 자신의 친구이기 때문에 아버지가 마땅찮아할 때마다 면목없고 죄스러웠다.

「거 원 서방은 교육자 자식이라는 게 뭘 배워먹었는지 왜 그렇게 생각이 삐딱한지 모를 일이야. 경기도 출신이면 기질도 억세지 않을 텐데 알다가도 모를 일이란 말야.」 박부길은 투덜거리듯 말하고는, 「됐다, 어서 가거라.」 아들을 향해 손을 저었다.

박준서는 집으로 돌아가며 아버지의 발 빠른 수완에 다시금 놀라고 있었다. 정치인들은 서로 자기네 쪽이 정권 잡을 꿈을 눌러가며 눈치 살피기에 바쁜데 아버지는 벌써 그쪽과 모종의 접촉을 하고 있는 모양이었다. 두 형을 제쳐놓고 굳이 자신을 데려가는 이유가 무엇인지 명확하게 잡히지 않았다.

정치적으로 남들보다 먼저 나를 구하려는 것인가……? 아니면, 그들이 권력을 잡았을 때에 대비해 미리 다리를 놓아주려는 것인가……?

어느 쪽이 되었거나 간에 지금 상황에서 그쪽에 자신의 존재를 알리는 것은 아주 중요한 일이 아닐 수 없었다. 자칫 잘못하다가는 이 상황에 휩쓸려 정치생명이 끊어질 정치인들이 한둘이 아니었다. 만약 아버지의 예측대로 그쪽에서 정권을 잡게 되면 그 세력들이 득세를 할 테니까 그 수만큼 기존 정치인들은 쓰레기가 될 수밖에 없었다. 정치인들에게는 생사를 위협하는 무서운 시대가 꿈틀거리고 있었다.

「권력이라는 건 뭐냐? 애비가 아들도 죽이고, 아들이 애비도 죽이는 것 아니냐?」

아버지가 한마디로 압축한 권력의 생리였다. 그 말을 부정할 도리가 없었다. 그렇다면 그들은 벌써 권력을 장악할 계획을 추진해 나가고 있는 것일까? 믿을 수 없는 일이었지만, 아니라고 부정할 수도 없었다. 한 가지 분명한 것은, 그 어떤 상황이 오더라도 무사히 살아남아야 한다는 것이었다.

박준서는 매제 원병균을 생각하며 끄응 된숨을 내쉬었다. 그와는 이제 너무나 거리가 멀어져 있었다. 오직 매제라는 끈이 이어져 있을 뿐 생각은 타인처럼 아무런 교감이 되지 않았다. 지난날 사우디아라비아에서 돌아오는 비행기에서 출판사를 그만두고 회사로 들어오라고 그를 설득하다가 실패한 다음부터 마음의 문을 닫을 수밖에 없었다.

「좋아, 자본을 댄 기업주의 권한을 충분히 인정해. 또 기업주들이 바치는 노력도 다 인정해. 그렇지만 기업주들은 자기네가 투자한 자본의 몇 배의 이익을 얻어야 만족하는 거지? 백 배? 천 배? 만 배? 그게 아니잖아. 무한정, 영원히 이익을 보려고 욕심부리고 있어. 그게 말이나 돼? 노동자들은 최저생계비도 못 되는 임금을 받으며 혹사당하고 있는데 기업주들만 무한대의 치부를 하고 있는 게 말이 되느냔 말이야. 자본주의니까 어쩔 수 없다고? 그건 자본주의가 아니야. 봉건적 착취주의지. 올바른 자본주의란 분배를 통해서 자본과 노동이 수평적 균형을 이루어야 하는 거야. 자본 없는 노동은 있을 수 없다고? 그 말 옳아. 그러나, 노동 없는 자본이 있을 수 있어? 자본과 노동이란 기업이라는 기차가 달리게 하는 두 줄의 레일이야. 그 비중이 균형을 이루지 못하는 기업은 결국

망해. 기업이 망하지 않게 하려면 기업인들은 노동자들에게 정당한 분배를 해야 하고, 기업의 주인이 자기 혼자라는 잘못된 생각도 뜯어고쳐야 돼. 자기가 투자한 자본보다 수천 배, 수만 배를 빼먹고도 기업 자산은 또 수천만 배로 커졌는데 어찌 그게 다 자기 거야. 그 절반은 노동으로 그 자산을 키워낸 노동자들의 것이지. 그 몫을 찾기 위해서 노동자들이 노조를 결성하는 것은 당연한 거야. 이젠 일방적 착취의 시대는 지났어. 또, 노조가 존재해야만 자본과 노동의 균형이 이루어지고, 그 토대 위에서 천민자본주의가 아닌 올바른 자본주의가 건강을 유지할 수 있게 되는 거야. 빨리 의식을 고쳐.」

원병균의 생각이 이러니 말이 통하지 않기로는 타인 중의 타인이었다.

다음날 신문들의 경제인 동정란에는 박부길 사장이 모종의 새 계약을 위해 일본으로 출국한다는 토막기사가 실려 있었다. 그것이 정계, 재계를 향한 다목적용이라는 것을 박준서는 어렵지 않게 헤아리고 있었다.

「너는 3일까지 집에 얼씬도 말아라. 미처 신문 못 보고 찾아오는 것들 만날 수 있으니까. 쓸모 없는 것들 괜히 얼굴 맞대고 앉아 이 말, 저 말 걸쳐봤자 전부 손해날 말 뿐일 테니까.」

박부길 사장이 일본으로 떠나며 박준서에게 일렀다.

박준서는 신년 연휴 사흘 동안 텔레비전 앞에 앉아 혼자 양주를 홀짝거렸다. 그러나 그는 텔레비전을 보는 것도, 양주맛을 즐기는 것도 아니었다. 머릿속에는 그 일을 어떻게 처리해야 할까 하는 생각만 가득 차 있었다.

「어디 이번에 네 능력 좀 보자.」

아버지의 이 말이 채찍이 되고 있었다. 왜 그 중요한 일을 회사에 몸담고 있는 두 형에게 맡기지 않고 자신에게 맡긴 것인지 아버지의 속뜻을 명확하게 짚어내기는 어려웠다. 두 형을 욕먹지 않게 하려는 뜻일 수 있었다. 아니면, 자신이 지금 별로 하는 일이 없으니까 그랬을 수도 있었다. 그것도 아니면, 그동안에 형들이 만족스럽게 해결하지 못했기 때문일 수도 있었다.

어쨌거나 이번은 또 한 번의 중대한 고비였다. 회사를 위해서도 그 일을 잘 처리해야 하고, 자신을 위해서도 빈틈없이 끝내야 했다. 자신은 계속 정치를 한다 해도 그 뒷받침을 위해서는 튼튼한 재력이 있어야 했다. 아버지가 살아 계실 때는 걱정할 게 없지만 언젠가 아버지가 떠나시게 되면 그 다음부터가 문제였다. 형들이 아버지처럼 뒷바라지해 줄 리없었다. 아버지는 나날이 늙어가고, 언젠가 자회사들을 갈라 세 아들에게 물려주게 될 텐데, 그때 좋은 회사들을 차지하려면 지금부터 착실하게 능력을 인정받고 점수를 따나가야 했다.

박준서는 4일날 출근 한 시간 전에 회사에 도착했다. 기획실에는 아무도 나와 있지 않았다. 그는 기획실장실로 가서 그 의자에 버티고 앉았다.

사흘 동안 궁리해 보았던 이런저런 방법들이 아직 정리되지 않은 상태였다. 그는 그 생각들을 정리하려고 볼펜을 꺼내고 메모지를 끌어당겼다.

1. 노조 결성 A급 혐의자 ; 주동자급
2. 노조 결성 B급 혐의자 ; 적극 동조자급
3. 노조 결성 C급 혐의자 ; 소극 동조자급 및 동조 위험자

여기까지 쓴 박준서는 담배를 피워물었다. 그런데 원병균의 얼굴과 함께 그의 말이 떠올랐다. 그는 원병균의 모습을 지우려는 듯 담배연기를 거칠게 내뿜었다.

병균이 넌 예나 지금이나 말은 아주 잘해. 그러나 넌 현실을 모르는 철부지야. 네가 신문사에서 글줄이나 써본 실력으로 혼자 다 아는 척했는데, 미안하지만 그건 GNP 1만 불대 나라들 얘기지 우리나라는 이제

고작 1천 불이 넘었을 뿐이야. 그 나라들도 1천 불대에서는 우리하고 마찬가지였어. 넌 그 점을 모르고 잘난 척하고 있어. 우리도 1만 불대가 되면 분배하지 말라고 해도 분배할 거야. 기업 경영은 아무것도 모르면서 입 놀리기 쉽다고 그런 소리 함부로 떠들어대지 마. 너도 제발 출판사가 잘돼서 직원이 많이도 말고 스물만 돼봤으면 좋겠다. 그때 너는 분배 착착 잘하는지 보게. 보나마나 너도 맘 변할 게 뻔해. 출판사는 아니지만, 그렇게 맘 변한 친구들을 내가 몇 알고 있지. 사람의 마음이란 다 그런 거야. 남의 일이라고 입바른 소리 그만 하고 처자식 제대로 먹여살릴 책임이나 어서 져. 너한테 말을 안 해서 그렇지 네가 끝없이 처가 덕 보고 산다는 걸 알기나 하셔? 어서 철 좀 들어라.

「아이고 의원님, 이거 어쩐 일이십니까?」

질겁을 하고 놀라는 소리에 박준서는 천천히 고개를 들었다. 허리를 반으로 접다시피 한 기획실장이 종종걸음을 치며 이쪽으로 오고 있었다.

박준서는 아무 대꾸 없이 손목의 시계를 빠르게 훑었다. 출근시간 30분 전이었다.

출근시간 20분 전까지 안 나왔으면 너부터 갈아치울 참이었어.

박준서는 이런 속마음을 담아 기획실장을 쳐다보며 내질렀다.

「과음했소?」

「아, 아닙니다. 나오신 지 오래되셨습니까?」

두 손을 앞으로 모아잡은 기획실장은 그저 굽실거렸다.

「회장님 지시 들었소? 노조 건.」

자회사 열 개가 넘으면서 박부길의 직함은 회장으로 변했다. 그런데 지금은 자회사가 스무 개가 넘었다.

「예, 예, 조사 자료 전부 갖추어놓고 대기 상태에 있습니다. 지시만 내리시면 언제든지 실행할 태세가 되어 있습니다.」

「좋소. 자료 가지고 오시오.」

박준서는 책상에서 일어나 소파로 옮겨갔다.

기획실장이 허둥거리며 자료철을 챙겨가지고 박준서에게 바쳤다.

「이게 언제까지 조사한 거요?」

「예, 작년 말까지, 정확하게 말해서 5일 전까지 조사한 것입니다.」

「쏘스가 어디요?」

「예, 현장의 공장장을 중심으로 한 그 휘하의 간부들입니다.」

「그것뿐이오?」

「예에?」

「표나지 않게 박아둔 다른 정보원들은 없냐 그거요.」

박준서는 자회사별로 작성된 서류를 넘기면서 물었다.

「예, 그런 것 아니라도 현황 파악은 어렵지 않습니다.」

「그래요? 실장 자리를 걸고 자신할 수 있소?」

박준서의 눈초리가 매섭게 기획실장을 겨누었다.

「예에……?」

기획실장이 놀라며 얼굴이 딱 굳어졌다.

「노조 하려는 자들이 빨갱이식 점조직으로 움직이는 것 알아요, 몰라요? 속 편하고 손쉽게 위로 떠올라 있는 것들만 건져낸다고 그 뿌리가 뽑힐 것 같소? 속에 숨어 있는 것들이 더 무서워요. YH 사건이 왜 일어난 줄 알아요? 바로 겉만 적당히 훑고 속을 완전히 파헤치지 못해서 그래요. 우린 이번에 속까지 완전히 파헤쳐 그 뿌리를 깨끗하게 뽑아버려야 해요. 그러기 위해서는, 메모하시오.」

냉정하게 명령하는 박준서는 야전군 사령관이었고, 재빨리 수첩을 펼치는 기획실장은 갈 데 없는 부관이었다.

「첫째, 공장장 책임하에 각 현장마다 노동자 세 명 이상을 내일까지 회유, 포섭하게 하시오. 조건은 1년 치 월급에 해당하는 특별보너스와, 극비리에 다른 자회사로 이동시켜 편한 직책으로 승진이오. 둘째, 포섭

된 자들을 통해 속에 숨어 있는 위험분자나 동조자들을 현재 파악된 수의 두 배에서 세 배까지 확보케 하시오. 이 시한은 나흘 후까지 완료고, 다음날은 전원 해고요.」

「아니, 그러면 말썽이 생기고, 생산에도 차질이 생기게 됩니다.」

기획실장이 박준서의 말을 막듯 하며 황급히 말했다.

「끝까지 똑똑히 들으시오.」

박준서가 불쾌한 기색으로 내쏘며 담배를 빼들었다.

「아, 예, 죄송합니다.」

기획실장이 잽싸게 라이터를 켜댔다.

「셋째, 그 파면 조치에 대비하기 위하여 각 공장장들은 다른 회사의 하청공장들을 대상으로 공원 확보를 병행토록 하시오. 월급이 적은 하청공장 공원들은 우리 같은 대기업으로 자리 옮기는 게 소원이니까 얼마든지 인원 확보를 할 수 있소. 넷째, 파면자 명단을 공고할 때는, 만약 불미스러운 일을 저지르는 자들은 그 명단을 계엄사에 넘긴다는 것을 붉은 글씨로 명시하시오. 이 모든 일은 극비리에 속전속결로 처리하여 회장님께서 귀국하시기 전날까지 완료시켜야 하오. 만약에 이번에 차질을 일으키는 공장장들은 옷 벗을 각오를 해야 할 것이오. 지금부터 작전 개시요. 지금 9시, 11시까지 공장장 전원을 여기로 소집하고, 내가 동석할 테니 실장이 세부사항을 지시하시오.」

기획실의 전화들은 자회사의 공장장들을 향해 일시에 작동되었다.

박준서는 연달아 커피를 마시며 기획실장실에서 한발짝도 나가지 않고 버티고 있었다. 기획실장은 안절부절못하며 발끝걸음으로 드나들었고, 바로 옆에 붙은 기획실에는 직원들이 하나도 없는 것처럼 조용했다.

공장장들은 10시 반부터 모여들기 시작했다. 그들은 기획실장 책상에 버티고 앉은 박준서를 보고는 놀라서 빈자리 찾아 앉기에 바빴다. 공장장들은 11시 10분 전에 한 사람도 빠짐없이 집합을 완료했다.

허리를 곧게 펴고 똑바로 앉아 눈동자만 천천히 돌려 공장장들을 하나하나 살펴나가고 있는 박준서의 얼굴은 엄격하고 냉정하다 못해 살벌하고 독기까지 서린 것처럼 보였다. 공장장들은 그 기에 눌려 하나같이 눈을 내리깔거나 고개를 수그리고 있었다.

11시가 되자 박준서가 기획실장에게 눈짓했다.

기획실장이 결재철을 들고 앞으로 나섰다. 단호한 표정에 귀를 빳빳하게 세운 그는 아까 박준서 앞에서 굽실거리던 때와는 달리 완전히 딴사람이었다. 공장장들 앞에서 자신의 위신을 세우는 동시에 박준서에게 자신의 능력을 보여주려고 작정한 듯한 느낌이었다.

「지금부터 우리 그룹의 도약적 발전을 위한 신년 대계획을 추진하는 회의를 시작하겠습니다. 미리 말씀드리는 것은, 이 회의의 내용은 물론이고 그 추진 과정 전체가 절대 비밀에 붙여져야 한다는 것입니다. 만일에 비밀이 지켜지지 않을 시는 여기에 있는 여러분들 전부가 연대책임을 지고 옷을 벗을 것을 이 회의가 끝나고 서약해야 합니다.」

기획실장은 울림 좋은 목소리로 또박또박 말하고는 좌중을 휘둘러보았다.

좋아, 좋아. 아주 잘하는군. 기대 이상이야. 그래 기획실장 자리 아무나 차지하고 앉는 것 아니지.

박준서는 더욱 위압적인 얼굴로 눈동자를 굴리며 저으기 만족하고 있었다.

「우리가 앞으로 3~4일 이내에 극비리에 속전속결로 추진해야 할 대계획은 다름이 아니라 각 공장마다 병균처럼 숨어 있는 노조 설립 음모자들을 단 하나도 남기지 않고 완전무결하게 색출하여 깨끗하게 일소시키는 일입니다. 이 일을 기필코 완결시켜야 하는 이유는 재론의 여지가 없이 지난번 YH 사건이 잘 보여주고 있습니다. YH는 소규모의 기업입니다만, 노조가 회사를 어떻게 망가뜨려버리는지를 적나라하게 보여주는 더없이 좋은 본보기입니다. 아무리 큰 기업이라 하더라도 노조 결성을 완전하게 봉쇄하지 못하면 결국 망하고 만다는 것을 YH 사건을 통해 교훈으로 삼아야 할 것입니다. 그런데, 이 시점에서 우리가 정신 똑똑히 차리고 주시해야 할 점이 있습니다. 그것이 뭐냐! YH 사건을 통해서 모든 노동자들이 자기들도 노조를 결성해야 한다고 자극받고, 기세를 올리기 시작했다는 사실입니다. 그뿐만 아니라 사회의 일부 몰지각한 세력들이 노동자들 편을 들고 나서며 노조 결성을 부채질해 대기 시작했습니다. 그런데 천만다행하게도 비상계엄이 선포되어 그런 불순한 움직임들이 일단 정지했습니다. 여러분! 우리는 이 기회를 놓쳐서는 안 됩니다. 언젠가 계엄이 풀리게 되면 그 잠복했던 세력들은 더욱 거세게 들고일어날 것입니다. 그러므로 우리는 이 절호의 기회에 그 불순세력들을 단 한 명도 남기지 말고 완전무결하게 제거해야 합니다. 지금부터 그 세부사항을 지시할 테니 똑똑히 듣기 바랍니다.」

기획실장은 서류를 넘기며 숨을 돌렸다.

좋아, 좋아, 아주 좋아.

박준서는 한층 더 만족을 느끼고 있었다.

기획실장은 박준서가 지시한 사항들을 빈틈없이 야무지게 전달하기 시작했다. 지시사항이 한 가지씩 넘어갈수록 공장장들의 얼굴은 심각하게 굳어지고 있었다.

「……만약에 이번 작전에서 소기의 성과를 올리지 못했을 시는 그 누구를 막론하고 옷을 벗을 각오를 해야 할 것입니다. 이상입니다. 질문들 있으면 질문하십시오.」

기획실장은 결재철을 덮으며 공장장들을 휘둘러보았다. 그러나 그들 모두는 침묵 속에 굳어진 듯 앉아 있었다.

하실 말씀 있으면 하시라며 기획실장은 박준서를 모시는 손짓을 했다. 그러나 박준서는 고개를 보일 듯 말 듯 저으며 그만 끝내라는 손가락짓을 했다.

「그럼 이상으로 회의를 마치겠습니다. 여러분들은 신속히 공장으로 돌아가 일을 시작하기 바랍니다.」

박준서는 날마다 기획실을 지켰다. 그는 자신이 지시한 날짜에 맞추어 침착하게 진행 상황을 점검해 나갔다.

마침내 공장마다 해고 공고가 나붙었다. 거의가 100명씩이 넘었고, 어느 공장은 200명이 넘기도 했다.

「아니, 이거 왜 이래, 갑자기?」

「아니, 이게 무슨 날벼락이야?」

「이게 말이 돼? 노조 띄울 움직임은 하지도 않았는데.」

「이건 그냥 당하면 안 돼. 항의를 해야지.」

「당연하지. 조용히 일하고 있는 사람들을 왜 몰아내. 항의해서 철회시켜야 해.」

「왜들 그리 순진한 소리만 하고 그래? 저 빨간 글씨 안 보여? 항의하면 난동자로 몰려 계엄군한테 끌려갈 뿐이야. 계엄군한테 걸리면 국물도 없다는 것 알지?」

「하! 이 기회에 업어치기 하겠다 그거지? 개새끼들, 머리 한번 잘 썼다.」

「그럼 이걸 어쩌지?」

「어쩌긴 뭘 어째. 미리 숨아낸다면 별수없지. 개새끼들, 요런 식으로 회사 해처먹어 자손 만대에 배꼽이 터져 싹 뒈져라.」

남자 공원들의 반응이었고,

「난 아니야, 난 아니야. 난 노조 하려는 사람들 가까이 간 적도 없어.」

「난 억울해, 이건 말이 안 돼. 난 노조 할 생각 꿈에도 한 일 없어.」

「이 일을 어쩌면 좋아, 어쩌면 좋아. 내가 안 벌면 우리 엄마 죽어. 약값 못 대 우리 엄마 죽어.」

어떤 여공들은 발을 동동거리거나, 마구 눈물을 흘렸다.

55
한낮의 어둠

3월의 꽃샘바람이 지나가고 4월과 더불어 화사한 봄이 꽃송이 속에서 벙글고 있었다. 3월이 오는 봄이고, 5월이 가는 봄이라면, 4월은 머무는 봄이었다. 그러나 봄은 꽃이나 나무들에게 왔을 뿐 사람들에게는 오지 않았다. 계엄은 제주도와 변두리 지방 일부에서만 해제되고 큰 도시들에서는 여전히 위세를 떨치며 사람들을 겨울에 묶어놓고 있었다. 처음보다 덜해지기는 했지만 여전히 신문들은 여기저기 먹통으로 지워진 흉한 꼴로 배달되었고, 사람들은 그런 신문보다는 기세 수그러들지 않고 계속 새로 퍼지는 소문들에 더 귀기울이고, 친한 사람들끼리 수군거리기에 바빴다. 그러나 귓속말도 함부로 해서는 안 되었다. 신문 검열 거부를 결의한 사람들이 전원 구속되는가 하면, 어느 신문사 기자들은 유언비어 유포죄로 쇠고랑을 차는 판이었다. 그런 사실들을 신문이나 방송을 통해서 알게 된 사람들은 바짝 얼어붙지 않을 수가 없었다. 특수직종인 신문기자들이 그렇게 당하면 보통사람들이야 오죽하랴, 하는 반사

작용이었다. 계엄사에서 굳이 그런 사건들을 보도하게 하는 것은 어쩌면 바로 그런 파급 효과를 노리는 때문인지도 몰랐다.

이상재는 퇴근시간을 좀 앞당겨 사무실을 나섰다. 그는 몸이 피곤한 것을 느끼며 목을 두어 번 돌렸다. 일 때문에 피곤한 것이 아니라 마음에 늘 칙칙한 구름이 끼어 걷힐 날이 없고, 생기는 일마다 기분을 상하게만 해 걸핏하면 짜증이 일고는 했다.

「당신, 나한테는 괜찮은데 왜 애들한테까지 짜증내고 그래요? 당신 혼자 계엄 당한 것도 아니고, 당신 성격 버리는 거야 상관없는데 애들까지 버리게 생겼어요.」

아내가 핀잔한 말이었다.

계엄이 시작되면서 표나게 책이 안 팔리게 되었고, 계엄이 오래가니 도매상에서는 죽는 소리를 하며 수금을 미루어갔고, 수금이 안 되니 제작비는 물론이고 생활비까지 쪼들리지 않을 수 없었고, 거기다가 새로 내는 책마다 검열을 받아야 하는 일까지 겹쳐 제작기간이 그쪽 멋대로 늘어졌고, 재수 없어 검열에 걸리게 되면 조판이 다 되어 교정까지 완료한 책을 낼 수가 없었고, 그리 되면 제작비 압박은 더 심해졌고, 월말이 되면 수금을 독촉해 대는 제작처들에게 시달려야 했고, 그뿐만 아니라 퇴직기자들의 모임을 위험시해 형사들이 뻔질나게 사무실에 드나들었고, 그들의 눈초리 때문에 투위의 성명서 내는 것을 중단할 수밖에 없었고, 사무실에서조차 마음놓고 얘기할 수가 없어 모여앉는 것까지 피해야 할 지경이었다.

궂은일들이 그렇게 이중삼중으로 겹치니 마음은 우중충한 채 걸핏하면 짜증이 솟고는 했다. 더구나 검열이 제멋대로라서 무슨 책을 내야 좋을지 종잡을 수 없는 게 또한 신경을 자극하고 있었다.

「이 형, 이상재 씨, 어디 가시오?」

「아 예 사장님, 어디 다녀오십니까?」

「아이고 말 말아요. 나 지금 시청에서 오는 길인데, 신간 두 권 중에 하나가 검열에 걸렸어요.」

「그것 참. 어떻게 사장님이 직접 다니십니까?」

「죽지 못해 하는 짓이지요. 편집장이 다녔는데 검열을 통과시켜 볼까 하고 내가 나섰지요. 그런데 소용없어요. 아무것도 모르는 새파란 것들이 군대식으로 마구 밀어붙여 버리니 말이 안 통해요. 나 출판 25년에 이런 험한 꼴 첨 당해요. 5·16 때도 이렇지는 않았어요.」

「문제는 문제지요. 무슨 책인데 당하셨어요?」

이상재는 머리 희끗희끗한 민 사장을 보며 위로하듯 말했다.

「검열 피해보려고 국내 작가 연애소설을 골라봤지요. 그런데 거기에 군대생활이 조금씩 섞여 있어요. 그게 신성한 군대를 모독하고 있다는 거지요. 책을 내려면 그 부분들을 싹 빼버리고 다시 가져오라는 것인데, 그런 무식이 대체 말이 됩니까? 그 부분들을 다 빼버리면 작품이 망가질 뿐만 아니라, 우리나라 작가들은 자기네 작품에서 한 줄만 좀 고치자 해도 난리가 나지 않습니까? 이것 참 이래저래 못해먹을 짓이오.」

민 사장은 상한 감정을 어떻게 다스릴 수가 없는지 대로상인데도 그 말이 거침이 없었다.

「예, 요즘 같은 세상에서는 빵장사나 해먹는 게 제일 속 편할 것 같습니다.」

이상재는 떨떠름하게 웃으며 시계를 보았다.

「그것도 못해먹어요. 온 천지가 불황에 빠져버렸으니. 우리 사무실에 좀 놀러오세요. 가까이 있으면서 가끔 회포나 풀어야지요.」

「예, 또 뵙겠습니다.」

이상재는 또 불길한 그 생각을 하며 광화문 지하도를 건넜다. 박정희가 세상을 떠난 지 어느덧 6개월이었다. 그런데도 계엄이 풀릴 기미는 보이지 않았다. 김재규와 그의 부하들에게 사형이 선고된 것은 작년 12월이었다. 그것으로 사건은 전부 마무리되었으니 마땅히 계엄은 해제되어야 했다. 더 이상 계엄이 지속되어야 할 아무런 이유도 명분도 없었다. 그런데 군부는 계엄을 틀어쥐고 있었다. 그건 딴 뜻 때문이라는 소문이 파다했다. 신문사 쪽에서 흘러나오는 '유비통신'을 들어보아도 소문이 맞기는 맞는 모양이었다. 그들의 뜻대로 정권이 그들의 손아귀에 들어가면 어떻게 되나……. 이 불길함은 날로 커져가고 있었다.

이상재는 더 칙칙해진 마음으로 종로2가 금은방으로 들어갔다.

「예에, 돌반지요? 여기서 골라보세요. 한 돈짜리, 두 돈짜리, 이건 닷 돈짜리 팔찌구요.」

금은방 주인의 두툼하게 살찐 손은 빠르게 금반지들을 가리키고 있었다.

「내 것도 하나 대신 사다 주시오. 내가 직접 가는 게 예의겠지만, 괜히 내가 끼면 분위기도 안 맞을 것 같고. 마음 같아서는 이런 기회에 금돼지를 한 마리 선사하고 싶지만 이거 형편이 형편이라. 서경혜 씨가 우리 출판사 차리는 데 얼마나 고맙게 해줬소. 그리고 그 아이가 집안 우환 속에서도 무사히 태어나고, 건강하게 자라 돌을 맞았다는 건 얼마나 다행스럽고 대견한 일이오. 헌데 돈이 궁해 사람 노릇을 제대로 못하다니, 이거 참…….」

한 돈짜리 금반지 살 돈을 내놓으며 원병균이 옹색스럽게 한 말이었다.

「이거 두 개 따로따로 싸주세요.」

이상재는 얼굴이 일그러지며 한 돈짜리 금반지를 손가락질했다. 그런 그의 눈길은 반대쪽으로 가 있었다.

「예, 그러시지요.」

주인이 포장을 하는 동안 이상재의 눈길은 여전히 한곳에 머물러 있었다. 거기에는 정말 원병균이 말한 금돼지가 있었다. 한 마리만이 아니라 크기가 조금씩 다른 것들이 여러 마리였다. 그리고 그 옆에는 금거북들도 있었다. 금거북들은 금돼지들보다 더 종류가 많아 제일 큰 것은 어른 손바닥만했다. 돼지는 다복·건강의 상징이고, 거북은 무병·장수의 상징이었다. 원병균이 유일표의 첫애에게 금돼지를 사주고 싶어하는데, 하물며 자신의 마음은 더 말할 것이 없었다. 자신은 금거북 중에서도 제일 큰 것을 사주고 싶었다. 그러나 마음뿐 그렇게 할 도리가 없었다. 이런 기회에 유일표에게는 정다움을, 그의 아내에게는 고마움을 맘껏 표현할 수 있다면 얼마나 좋을까. 마음의 진정을 나타낼 수 없게 경제력이 빈약한 것에 처음으로 비애감을 느끼며 이상재는 금거북에서 눈길을 돌렸다.

「예, 포장 다 됐습니다.」

일표야, 미안하다.

이상재는 쓴 기분으로 돈을 치렀다.

「어서 와라.」

유일표가 대문을 따주며 벙글 웃었다. 그의 얼굴은 어느 때 없이 밝았다.

「머리는 많이 길었네? 그냥 중 노릇 하고 말 것이지.」

이상재가 유일표의 머리를 흘끗 보며 던진 말이었다.

「심뽀 고약하네. 이게 많이 긴 것으로 보여? 다 늙은 나이에 꼭 제대군인 꼴이지. 너 보기 싫어서 그냥 중 노릇 하려고 했는데 원효를 능가하는 고승이 하나 더 나올까 봐 관뒀다.」

유일표는 정말 제대군인 같은 짧은 머리에 두어 번 손가락빗질을 하며 웃었다.

「잘했어. 괜히 고승열전 쓰기 힘드는데. 그런데……, 잔칫집 기분 나게 손님들이 많으신가 보네?」

이상재는 걸음을 떼어놓으며 왁자한 웃음과 유쾌한 목소리가 흘러나오고 있는 방 쪽으로 눈길을 보냈다.

「응, 집사람 친구들하고 친정식구들.」

유일표가 대꾸하며 그 옆방으로 앞장섰다.

「아이고, 대장님이 먼저 와 계셨군요.」

「아이고 이 선생, 어서 오세요.」

방으로 들어선 이상재는 가까이 있는 재건대장 이용진과 먼저 악수했다. 그리고 유일표의 형에게 인사했다.

「요새 출판은 어때?」

유일민이 먼저 안부를 물었다. 그는 전보다 혈색도 좋아졌고 얼굴의 그늘도 많이 걷혀 밝아져 있었다.

「오랜 경험자들의 말로 최악의 불황이라고 합니다. 형님은 좀 어떠세요?」

「그래, 불경기가 닥치면 책값부터 줄인다는 말이 있지. 우리 쪽도 불황을 타긴 하지만 그래도 생필품들이라서 그런대로 견딜 만해.」

「예, 그것 참 다행입니다. 한 군데라도 나은 데가 있어야지요.」

「예, 불황은 예사 불황이 아닙니다. 얼마나 불황이면 애들이 모아오는 소뼈가 절반 가까이나 줄었겠습니까. 그나저나 이 불황 끝나려면 어서 계엄이 풀려야 하는데 어쩌려고 이러고 있는지 모르겠어요. 잘못하다간 나라 내려앉게 생겼는데.」

이용진이 혀를 찼다.

「나라가 망하나마나 다 엿장수 맘대로지요.」

유일표가 담뱃갑을 끌어당기며 한숨을 쉬었다.

「여보, 미안하지만 상을 좀 들어주면 좋겠어요.」

유일표의 아내가 방문을 빠끔히 열고 말했다.

「안녕하세요? 축하합니다.」

유일표가 방문을 여는 뒤에서 이상재가 인사했고,

「아까 부엌에 있느라고 인사 못 드렸어요. 고맙습니다.」

서경혜가 상냥하게 인사를 받았다.

「야, 일어나서 밥값 해.」

유일표가 이상재에게 툭 말했고,

「하, 이 집 인심 한번 고약하네. 손님을 막 부려먹으려고 들고.」

이상재가 목청 높이며 일어났고,

「아니에요, 아니에요. 한쪽은 제가 들 거예요. 형님이 임신을 하셔서 못 들게 한 건데, 당신은 왜 그래요, 정말.」

서경혜가 당황스럽게 손을 저으며 남편에게 눈을 흘겼다.

「좋은 기운 됐다 어디다 써. 이런 때 형수님 위해야 귀염받지.」

「그래 요놈아, 계수 씨 사랑은 시아주버니다. 어서 나가기나 해라.」

이상재가 유일표의 등을 밀었고, 이어지는 그들의 농담에 유일민과 이용진은 껄껄대며 웃고 있었다.

걸게 차린 상을 들고 방으로 들어가며 이상재는 어둑발이 퍼지고 있는 대문 쪽을 돌아보았다. 1주일 전에 날짜를 가르쳐주었는데 아직까지 허진이 나타나지 않은 것이 신경 쓰였다. 최주한은 사우디에 있으니 어쩔 수 없고, 허진은 꼭 와야 했다. 활달하면서 친구 좋아하는 성격과는 달리 자신의 불우해진 환경 때문에 친구들의 교류까지 극히 제한해 버린 유일표였다.

「자아, 다 같이 둘러앉읍시다.」

상이 놓이자 손위답게 유일민이 말했다.

「저어, 잔칫상을 받기 전에 해야 될 일이 있는 것 같은데요. 형수님도 함께하시는 게 좋겠고, 계수 씨도 오늘의 주인공을 안고 와 보여주셔야 되지 않겠어?」

이상재는 시간을 끌 생각으로 유일민과 유일표를 번갈아 쳐다보며 말했다.

「예, 그래야지요. 그래야 우리도 인사를 차린 다음 상을 받지요.」

이용진이 말을 거들었다.

「맞어. 형수님은 몸 무거우신데 그만 쉬셔야 하고, 오늘은 맘놓고 자식 자랑해도 되는 날이잖아.」

유일표가 그런 생각해 내서 대견하다는 듯 이상재의 등을 두들기고 밖으로 나갔다.

곧 아이를 안은 서경혜가 앞서고, 임채옥이 뒤따라 들어왔다. 금방 임신한 것을 알아볼 수 있도록 임채옥의 배는 불렀다.

「현지야, 손님들께 인사드려야지. 안녕하세요. 저는 유현지입니다. 저의 돌잔치에 와주셔서 감사합니다. 차린 것은 없지만 많이 맛있게 들어주세요. 저 예쁘지요?」

서경혜가 아이 목소리로 변성해 말하며 안고 있는 아이를 인사시키는 시늉을 했다. 포동하게 살이 오른 아이는 엄마 말을 알아듣기라도 하는 것처럼 배시시 웃음지었다.

「어, 아주 잘생겼네. 미녀야.」

이용진이 아이를 올려다보며 덕담을 했고,

「예, 두 사람은 별론데 애가 아주 예쁘고 총명하게 생겼어요. 이 큰아버지가 애 좀 쓰게 생겼다. 현지 따라다니는 사내놈들 막아내려면.」

이상재의 말에 모두 와아 웃었다. 임채옥도 이상재를 쳐다보며 입을 가리고 웃었다.

「애가 이렇게 덕담을 할 줄 모른다니까. 두 분이 워낙 빼어나니까 애도 역시 아주 예쁘고 총명하게 생겼군요 해야지.」

유일표가 이상재를 쥐어박는 시늉을 했고,

「맞어요. 심히 유감스럽네요.」

서경혜의 말에 또 모두 와아 웃었다.

「자아, 이제 우리 예쁜 애기한테 선물을 줘야겠지?」이용진이 뒤에 두었던 봉투를 끌어당기고는, 「이건 제가 약소하게 준비한 거구요, 이건 우리 애들이 준비한 겁니다」 하며 포장된 반지갑 두 개를 서경혜에게 건넸다.

「어머나, 어쩜 좋아. 그 학생들이 무슨 돈이 있다고. 가슴이 쓰리네요.」

서경혜가 울상을 지었다.

「당연히 고마움을 표해야지요. 저희들이 입고 있는 은혜가 얼만데요. 그리고 이런 걸 해보는 게 다 산 교육 아니겠습니까.」

이용진이 말했고, 유일표는 묵묵히 앉아 있었다.

「이건 원병균 선배께서 보내신 거구요, 이건 제가……. 금거북은 10만 부짜리 베스트셀러 쏴서 두 돌 때 장만하도록 하겠습니다.」

이상재도 반지갑을 서경혜에게 건넸다.

「어머, 출판사도 어려우신데…….」

서경혜의 얼굴이 또 곤혹스러워졌다.

「자아, 아이가 건강하게 자라기를 빌며 우리 축배를 듭시다.」

유일민이 술병을 들었다.

허진, 이 자식 이거 어떻게 된 거야? 또 긴급회의 타령할 건가?

이상재는 더는 시간을 끌 명목이 없어 몸이 달고 있었다. 허진이 안 오면 유일표가 아무리 마음을 넓게 쓴다 해도 서운해 할 것 같았다.

그들은 함께 술잔을 부딪쳤다. 그리고, 아이의 건강을 축복하기 위해서 꼭 그래야 하는 것처럼 모두 술잔을 단숨에 비웠다.

「저어, 여기 손님 오셨는데요. 허미경 씨라구요.」

밖에서 들린 말이었다.

「예에?」

벌떡 몸을 일으켜 방문을 연 것은 집주인 유일표가 아니라 이상재였다.

「아니, 어떻게 된 일이오?」

이상재는 밖으로 뛰쳐나가며 다급하게 말을 쏟아냈다.

「너무 늦어서 죄송해요. 주소만 가지고 집을 찾느라고 두 시간 이상

헤맸어요.」

허미경이 손등으로 이마를 훔치며 말했다.

「이렇게 올 작정이었으면 미리 나한테 연락을 했어야지요. 두 시간이
넘게 고생을 하다니, 이거 참…….」

이상재는 안타까움을 감추지 못했다.

「어서 오시오. 미경 씨가 뜻밖에 어쩐 일이오?」

유일표가 뒤따라 나오며 허미경을 맞이했다. 그는, 미경 씨 고생한 게
아주 애가 타서 죽을 지경이로구나? 하는 말을 하고 싶어 입이 근질거
렸다.

유일표는 허미경을 모두에게 소개했다.

「오빠가 나흘 전에 갑자기 미국엘 갔어요. 여기서 체결하기로 했던 공
장 건설 계약을 미국에서 하기로 했다고요. 떠나면서 저한테 오늘 꼭 가
라고 했는데, 그만 늦어서 죄송합니다. 이건 오빠가…….」

허미경은 핸드백에서 반지갑보다 훨씬 더 큰 포장갑을 꺼내 유일표에
게 내밀었다.

「이게 뭐가 이리 커요?」

이상재가 뚜벅 말했다.

「예, 오빠가 오빠한테 너무 죄지은 게 많다고 선물을 특별히 부탁했
어요. 애기가 돼지처럼 건강하고 복스럽게 자라라고 금돼지를 마련했
어요.」

허미경이 말한 앞의 오빠는 허진이었고, 뒤의 오빠는 유일표였다.

「그거 참 잘됐소. 허진이가 우리 현지 장학금 마련한 셈이네.」

이상재가 얼른 말을 받았고,

「어머, 그렇게 과용하면 어떡해요.」

서경혜가 미안쩍은 표정을 지었다.

「짜식, 죄짓기는. 제놈도 매인 몸인 걸 누가 몰라?」

유일표는 고개를 숙인 채 중얼거리며 담배를 빼물었다.

「이건 제가 조금 준비한 거구요.」 허미경이 또 하나의 반지갑을 꺼내더니, 「어디, 내가 너한테 직접 끼워주고 한번 안아볼까?」 하며 일어섰다.

허미경은 아이의 가운뎃손가락에 반지를 끼워주고는 아이를 받아안았다.

「아이고, 눈이 초롱초롱한 게 아주 영리하게 생겼구나. 그래, 건강하고 예쁘게 커라, 응? 깍꿍, 깍꿍!」

이상재는 아이를 어르는 허미경을 물끄러미 바라보며 마음이 어두워지고 있었다. 어쩌면 빼앗겨버린 자기 아이를 생각하고 있을지도 모른다는 생각이 문득 들었기 때문이다.

허미경을 유심히 쳐다보던 아이가 낯가림을 하느라고 빼액 울음을 터뜨렸다.

「응, 낯가림도 할 줄 알아? 그래, 그래, 엄마한테 가.」 허미경이 아이를 넘겨주고는 「어쩌면 저렇게 두 분 좋은 점만 쏙 빼서 닮았는지 모르겠네요. 집안이 잘될 징조예요」 하며 자기 자리에 가서 앉았다.

「봐라, 덕담은 저렇게 하는 거야. 나이 들어가는데 어서 좀 배워라.」

이상재의 어깨를 툭 치며 유일표가 하는 말에 모두는 와아 웃었다.

「어서 많이들 드세요. 그럼 현지는 이만 물러갑니다.」

서경혜는 아이를 안고 나갔다.

남자들은 술을 마시고, 여자들은 밥을 먹기 시작했다.

「양품점은 좀 어때요? 거기도 불황 타지요?」

유일표는 인사를 차리느라고 허미경에게 물었다.

「네, 개점휴업 상태나 마찬가지예요. 아무리 계엄으로 경기가 얼어붙었다고 하지만 좀 심한 것 같애요.」

허미경의 얼굴이 찌푸려졌다.

「경기가 이렇게 나빠지는 건 석유파동이나 계엄 말고 다른 이유가 또 있는 것 아닌가요? 거 사우디 쪽 벌이가 나빠졌다거나 하는 것 말입니다.」

이용진이 좌중을 둘러보았다.

「그건 아닌 것 같습니다. 최주한이 보내오는 편지를 보면 우리나라 회사들이 사우디만이 아니라 그 주변국들까지 진출하기 시작했으니까 지금까지 벌어들인 돈은 시작에 불과하고 앞으로 더 본격적으로 벌어들이게 될 거라고 합니다.」

이상재의 말이었다.

「예, 저 말이 맞습니다. 저의 선배 김기돈이라는 사람이 사우디에 몇 년 있다가 얼마 전에 돌아왔는데, 그 사람 말도 그렇더군요. 사우디를 발판삼아 우리나라 기업들이 쿠웨이트·요르단·시리아·리비아 같은 나라의 대형 공사들을 따내기 시작했다는 겁니다. 계엄바람이 워낙 살벌하니까 그런 소식은 다 묻혀버리고, 사람들도 별 관심을 안 쓰고 해서 잘 모르는 거지요. 그 사람 말로도 앞으로 4~5년 동안이 중동 경기가 가장 좋아지는 시기가 될 거고, 그때 가면 지금 벌어들이는 돈 몇 배를 벌게 될 거라고 하더군요. 지금도 그쪽 경기 없으면 불황이 훨씬 더 심해질 겁니다.」

유일민이 말을 덧붙였다.

「그러면 거기서 벌어들이는 돈은 다 어디로 가버리고 경기가 이 꼴인가요, 그래. 군바리들이 계엄으로 국민들 꼼짝못하게 해놓고 즈네들 맘대로 다 해먹는 것 아닌가요?」

이용진의 화난 어투에서는 재건대의 어려움이 숨김없이 드러나고 있었다.

「예, 석유파동보다 더 큰 원인이 결국 계엄입니다. 박 통이 죽어 사회가 불안하게 된데다가 계엄까지 공포 분위기를 조성해 대고 있으니 기업들이 몸 사리며 재투자를 안 하고, 재투자를 안 하니 수출이 줄고, 소비자는 소비자들대로 불안스러워해 돈을 안 쓰고, 그러다 보니 불황은 자꾸 심해지게 되는 겁니다. 나라가 정상이 되려면 어서 빨리 계엄이 풀려야 하는데, 그게 언제가 될지 참 걱정입니다.」

유일민이 혀를 차며 술잔을 들었다.

「여기 있는 사람들이 하나도 안 빼고 계엄 피해를 보고 있지만, 그래도 가장 위험한 사람이 오빠잖아요? 요새 노조 하려는 사람들도 마구 잡아들인다는데 계엄 해제될 때까지는 정말 조심하세요. 노조야 계엄 풀리고도 얼마든지 할 수 있잖아요.」

허미경이 유일표를 보고 말했다.

「그래서 나도 작전상 후퇴라고 생각해서 애 보는 데만 열중하고 있소. 이러다간 보육원 하나 차리게 될지 모르겠소.」

유일표의 말에 허미경이 쿡쿡 웃었고,

「그래요. 서방님이 생각보다 훨씬 더 애를 이뻐하는 것이 뜻밖이었어요.」

임채옥이 손님 대접하듯 말했다.

「그야 당연하지 뭘. 제 자식인데.」

유일민이 말을 받자,

「형수님, 전혀 부러워하지 마세요. 형님은 보육원 세 개는 차릴 정도가 될 테니까요.」

유일표의 말에 모두 웃었다.

「오늘이 좋기는 참 좋은 날입니다. 유 선생이 이렇게 농담 많이 하는 건 첨 봅니다.」

이용진이 유일표에게 술잔을 건넸다.

이상재는 술잔을 기울이며 유일민과 임채옥을 바라보고 있었다. 오늘따라 그들이 그지없이 행복해 보이고, 자신은 무언가 큰 것을 잃어버린 것 같은 허전함을 느끼고 있었다.

「말은 안 하고 왜 그렇게 자꾸 술만 마시세요? 빈속일 텐데.」

허미경이 숟가락을 놓고 상에서 물러나 앉으며 이상재에게 말했다.

「몰라요? 본전 빼려구요.」

이상재의 뚱한 대꾸에 모두 웃는데, 유일표는 무슨 색다른 뜻인지 이상재의 등을 치며 유난히 큰소리로 웃고 있었다.

아서라 상재야, 애 그만 태워라. 맺지 못한 사랑이라 더 애달픈지 안다만, 네 말마따나 마누라를 둘 거느릴 수는 없잖냐. 이렇게 만나면서 살 수 있다는 것만도 행복 아니겠냐.

유일표는 속으로 이런 위로를 보내고 있었다.

유일표의 집을 나섰을 때 이상재는 꽤나 취해 있었다. 이용진과 버스정류장에서 헤어진 이상재는 허미경을 붙들었다.

「우리 어디 가서 술 한잔 더 합시다.」

「밤이 늦었어요.」

허미경이 이상재를 부축하며 고개를 저었다.

「늦긴요. 통금 아직 멀었는데.」

「여기서 집까진 너무 멀어요.」

「좋소. 그럼 일단 광화문까지 갑시다.」

허미경이 택시를 잡았다.

이상재는 한참이 지나도 말이 없었다.

「요새 새로 준비하는 책은 뭔가요?」

침묵이 어색스러워 허미경은 먼저 입을 열었다.

「일표네 형님과 형수의 사연을 알지요? 어떻게 생각해요?」

이상재가 불쑥 내놓은 말이었다.

「……」

「내 말 안 들려요?」

「……」

「내 말 안…….」

「네, 안 들려요.」

허미경의 목소리가 싸늘했다.

「그런 소리 듣기 싫다 그거지요? 예, 좋아요. 그렇지만 난 하고 싶어요. 그 두 사람은…….」

「여기 택시 안이라는 것 아시죠? 그런 주정할 만큼 술 취한 것도 아니구요.」

허미경은 또 이상재의 말을 잘라버렸다.

「알겠소, 듣기 싫어하는 것. 그런데 왜 난 자꾸 하고 싶어지지? 그 사람들이 부러워 죽겠으니 어떡하면 좋지? 내가 바보가 아닌데……, 왜 그 문제만 생각하면 바보처럼 되지? 모르겠어, 내 마음을 나도 모르겠어. 일표 그 새끼도, 주한이 그 새끼도 다 나쁜 새끼들이야. 나를 까맣게 속이다니, 정말 나쁜 새끼들이야. 그 새끼들이, 그 병신 같은 새끼들이 사랑이 뭔지를 몰라서 그런 거야. 그 새끼들이 원수야…….」

이상재는 고개를 푹 수그린 채 중얼거리고 있었다.

고개를 돌려 차창 밖을 내다보고 있는 허미경의 눈에서는 눈물이 흐르고 있었다.

며칠이 지나 이상재는 시청에 자리잡은 계엄사 출판검열부의 호출을 받았다.

「시청에서 오라는데요. 바로 가봐야 되겠습니다.」

이상재는 전화를 끊으며 원병균에게 말했다.

「뭐가 걸린 것 아니오?」

교정을 보고 있던 원병균이 즉각 반응했다.

「예, 심상치가 않습니다.」

이미 자신의 예감도 좋지가 않아 이상재는 침울하게 고개를 끄덕였다.

「하나는 번역물이고, 하나는 한인곤 씨 건데, 번역물은 이상이 없지 않겠소?」

「예, 저도 한인곤 씨 원고가 마음에 걸립니다.」

「그러기가 쉽소. 내가 갈까요?」

「아닙니다, 제가 가야지요. 당해도 한 살이라도 적은 제가 당하는 게 낫지요.」

「이거 번번이 이 형이 못할 일이오.」

원병균이 짜증스럽게 혀를 찼다.

군인 둘이 석상처럼 정문 양쪽에 서 있는 시청으로 들어가며 이상재는 또 기분이 역겹게 상했다. 박 정권 18년 동안 자꾸 커지기만 했던 군인에 대한 거부감이 이번 계엄으로 극에 달해 있었다.

「저어, 물결출판사에서 왔습니다.」

이상재는 검열관 앞에 명함을 내밀었다.

「순서를 기다리시오.」

중위는 얼굴만큼 딱딱한 어조로 말하며 턱짓했다.

군대의 명령에는 오로지 복종뿐이라 이상재는 돌아서서 맞은편 벽에 붙어 있는 긴 나무의자로 갈 수밖에 없었다. 서너 개가 이어붙여진 그 의자에는 다른 출판사에서 온 사람들이 네댓 앉아 있었다. 그렇지 않아도 관공서 분위기는 딱딱하게 마련인데 거기다가 군인들이 자리를 차지하고 앉았으니 그 분위기는 더없이 살벌했다.

「이건 이래서 걸리고, 저건 저래서 걸리고, 책 낼 게 없어요.」

「연애소설은 미풍양속을 해치고, 탐정소설은 사회악 조장이고, 코에 걸면 코걸이고 귀에 걸면 귀걸이니 빠져나갈 구멍이 없지요 뭐.」

이상재는 옆사람들의 수군거림을 듣고 있었다.

「그래서 우린 아동물 쪽을 생각해 봤는데, 그것도 뜻 같지가 않아요. 갑자기 좋은 작품을 구할 수 있는 것도 아니고, 아동물은 삽화까지 들어가면서 호화로워야 하니까 제작비는 더 많이 먹히고, 그렇다고 낱권 판

매시장이 안정되게 형성되어 있는 것도 아니니까요.」

「그렇다니까요. 이래저래 죽을 맛이지요. 어떻게 좀 독서인구가 느는가 싶었는데 이런 벼락이 치니 원.」

「우리도 죽을 지경이지만 독자들도 딱하지요. 이러기를 벌써 7개월짼데, 무슨 신나는 읽을거리가 있어야 말이지요. 서로 못할 일이지요.」

그들은 연달아 한숨을 쉬었다.

이상재는 한 시간을 넘게 기다려 검열관 앞에 불려갔다. 예상대로 검열관 책상에는 한인곤 씨의 교정본이 놓여 있었다.

「당신, 무슨 의도로 이 불온한 책을 내려는 거요?」

중위가 눈을 치뜨며 대뜸 물었다.

이상재는 '당신'이라는 말에 기분이 확 상했다. 중위는 자신보다 나이가 훨씬 어렸다. 그러나 '불온'이라는 말이 감정을 위축시켰다.

「아무런 의도도 없습니다.」

「뭐라고? 이런 상황에서 군의 위신을 추락시키고, 군의 위상을 파괴하는 이따위 책을 내려고 기도하면서 의도가 없다는 게 말이 되오?」

중위가 눈을 부릅뜨며 목소리가 날카로워졌다.

「예, 원고 집필기간을 돌이켜 따져보면 아시겠지만, 한인곤 씨가 이 글을 쓰기 시작한 것은 계엄 이전으로 이런 상황과는 아무 상관이 없습니다. 그리고, 그분은 자신이 살아온 일생을 쓰겠다는 생각뿐이었습니다.」

이상재는 중위의 눈길을 피하지 않고 차분하게 말했다.

「여러 말 마시오. 지금 우리가 따지는 것은 원인이나 경과가 아니라 결과요, 결과. 그리고, 이 내용은 계엄 상태가 아니라 해도 용납할 수 없도록 신성한 군을 모함하고 음해하는 내용들로 가득 차 있소. 당신이나 이자의 근본 사상이 의심스럽소.」

이상재는 '근본 사상'이라는 말에 바짝 긴장했다. 말이 느닷없이 그쪽으로 비약할 줄은 전혀 몰랐던 것이다. 그건 갑자기 목줄을 겨누는 비수였다.

「그분의 경력을 보셨으면 아시겠지만, 그분은 예비역 육군 대령이고, 다선 국회의원이었습니다. 그리고 중요한 것은, 국익에 조금이라도 해가 된다면 그분도 그렇고, 우리 출판사도 그런 책을 낼 마음은 없습니다. 그 판단을 하기 위해서 검열을 하는 것이니까 그 조처를 따르도록 하겠습니다.」

이상재는 백기를 들기로 해버렸다. 애초에 싸울 수 있는 대상이 아니었고, 퇴직기자에 '근본 사상' 의심이 겹쳐지면 그 불똥이 엉뚱하게 튈 위험이 컸다.

「그게 진심이오?」

「예, 그렇습니다.」

「좋소, 그쪽에서 그렇게 반성적으로 태도를 취한다면 우리도 이 한인곤 씨의 경력을 최대한 우대해서 별도의 수사 같은 건 하지 않겠소. 그 대신 다음 두 가지 사항을 준수하시오. 첫째, 이 원고 일체를 당장 가져오시오. 압수하겠소. 그리고 조판 전부를 오늘 당장 해체하고, 인쇄소 사장의 확인서를 제출하시오. 둘째, 한인곤 씨가 내일 중으로 여기 출두하여 서약서를 쓰도록 조처하시오. 할 수 있소?」

「예, 그렇게 하겠습니다.」

「됐소, 차질 없이 당장 실시하시오.」

「예, 알겠습니다.」

이상재는 시청 계단을 터덕터덕 걸어 내려가며 그 중위가 마치 출판 전문가처럼 조처를 취한 것에 대해 하나도 놀라지 않았다. 실제로 책을 읽어내는 사람들은 그전부터 그 일을 해왔던 공무원과 그 부서에서 위촉하고 있는 전문가들인 것을 출판인들은 다 알고 있었다.

한인곤 씨는, 해방 이후 지금까지 육군 참모총장이 하나도 빠지지 않고 전부가 일본군 출신이라고 적고 있었다. 그 사실 하나만 가지고도 그 책은 이땅에서 빛을 볼 수 없는 운명이었는지도 몰랐다. 한인곤 씨는 출판사의 어려움을 알고 제작비는 자기가 부담할 테니 책만 만들어달라고 했었다. 그리고, 글도 속필인 문인이 무색할 정도로 빨리 써가지고 왔다.

그런 열정을 지녔던 한인곤 씨에게 어떻게 전화를 해야 할지 이상재는 난감하기만 했다.

이상재는 시청을 돌아서며 고개를 젖혀 한숨을 토해냈다. 문득 잡힌 봄하늘은 밝고 푸르르기만 한데 가슴속은 캄캄한 어둠이었다.

56
운명적 좌절

병원으로 들어서던 강숙자는 당황하고, 난감해졌다. 안경자의 전화를 받고 달려오며 예상은 했었지만, 막상 눈앞에 펼쳐진 광경을 보자 당혹감이 한층 커졌다.

「내 마누라 살려내!」

「내 딸 살려내, 내 딸!」

열서너 명이 웅성거리는 속에서 이런 외침과 울부짖음이 울리고 있었다.

「이게 무슨 병원이야, 이게.」

「다 영창 보내야 해.」

「원장은 어딨어. 원장 끌어내.」

이런 말들이 터져나오고 있었고,

「이 병원 잘한다던데 왜 이런 일이 벌어졌어.」

「글쎄, 이 병원 망했네.」

이런 말도 들리고 있었다.

그전에 지니고 있었던 병원다운 정숙함과 무게감은 다 깨지고 없었다. 강숙자는 사람들을 피해 안쪽으로 들어갔다. 굳어진 얼굴로 서성거리고 있던 간호원들이 강숙자 쪽으로 모여들었다.

「사모님, 오셨군요.」

「빨리 올라가 보세요. 원장님이 기다리고 계세요.」

「알았어요. 여기 잘 지키고 있어요.」

강숙자는 냉정한 어조로 간호원들에게 이르고는 원장실 쪽으로 발길을 옮겼다.

강숙자가 원장실로 들어섰을 때 안경자는 울고 있었다.

「왜 우니. 맘 강하게 먹어야지.」

강숙자는 강한 어조로 말했다.

「어머, 너 왔구나. 이걸 어떡하면 좋으니.」

안경자가 눈물을 훔치며 벌떡 일어났다.

「아래 의사가 저지른 일이니까 넌 일단 안심해. 그리고 의료사고는 고의가 아니니까 빨리 해결하도록 하면 돼.」

강숙자는 침착했다.

「그렇지만 원장은 나니까 책임을 피할 수가 없어. 저 사람들을 어찌해야 좋을지도 모르겠고. 며칠이고 저렇게 버티면 어찌 되겠어. 소문은 자꾸 퍼질 거고, 눈앞이 캄캄해.」

안경자는 두 손에 얼굴을 묻으며 흐느꼈다.

「이런 맹추야, 겁먹지 말고 기다려. 저 사람들을 며칠이고 저렇게 둘 참이야? 어떻게든 해결을 해야지. 그리고, 소문 무서워할 게 뭐 있어. 넓고 넓은 서울에서 병원 딴 데로 옮기면 되는 거지. 너 찔찔 짜면 재수 없어 일 자꾸 꼬인다. 이 순간부터 절대 눈물 보이지 마. 또 울면 일 안 봐줄 테니까.」

강숙자의 어조는 더 강해졌다.

「알았어, 알았어.」

안경자는 고개를 끄덕이며 눈물을 훔쳤다.

「자아, 지금부터 내가 사고수습위원장이다. 넌 자리부터 내놔.」

강숙자는 이렇게 말하며 원장의 책상으로 가 앉았다. 그리고 전화기를 들었다.

「여보, 저예요. 마침 재판이 없었군요. 이건 공적인 일이니까 직장으로 전화한 것 이해 좀 하세요. 당신이 적극 나서야 할 긴급 사태가 생겼어요. 다름이 아니라 제 친구 안자경이 있잖아요. 걔 밑에 있는 의사가 소파 수술을 하다가 사고를 냈어요. 예, 그렇게 됐어요. 그래서 지금 유가족들이 병원 현관에 몰려 야단났어요. 이 사람들부터 어떻게 해결을 했으면 좋겠는데요.」

「알았어. 그 문제는 유가족들이 감정이 격해 있으니까 병원 당사자가 나서서 해결할 수 없는 문제지. 의료사고도 엄연히 살인은 살인이니까 어차피 1단계 경찰 조사는 피할 수 없어. 그러니까 빨리 경찰에 연락해서 경찰의 힘으로 유가족들을 경찰서로 옮기게 해야 돼. 그리고, 유가족들하고 타협을 잘하는 게 최선책인데, 그러자면 빨리 변호사를 선임해 일을 맡겨야 해. 이 단계에서는 그 두 가지를 빨리 해결해야 되는데, 경찰문제는 그쪽에서 먼저 의료사고를 신고해. 그럼 내가 경찰서로 연락해서 협조를 구할 테니까. 그리고 변호사는 멀리 생각할 것 없이 이규백이 어떨까?」

홍석주는 사무적인 얘기를 다정한 목소리에 실어 보내고 있었다.

「이규백이요?」

강숙자는 자신도 모르게 말꼬리를 치세웠다.

「여보, 당신이 그 사람 마땅찮아하는 것 잘 알아. 그렇지만 이건 일이야. 궁지에 몰린 당신 친구를 구해야 하는 중대사라는 걸 잊지 말어. 객관적으로 봐서 이규백만한 변호사 찾기도 쉽지 않고, 더 중요한 문제는 변호사가 사건에 사무적으로 임하느냐, 인간적 애정을 가지고 임하느냐에 따라 결과가 크게 달라져. 의사가 환자를 대하는 것도 그렇듯이, 그런 사례는 책 많이 읽은 당신이 나보다 더 잘 알잖아. 이 변호사가 안 원장을 알고 있는 처지니까 가장 좋은 적임자 아니겠어?」

「예, 알았어요. 그렇게 해요.」

「됐어. 그럼 내가 이 선배한테 지금 바로 연락해서 이 선배가 직접 그쪽으로 가도록 할게.」

「예, 알겠어요.」

강숙자는 얼굴이 밝아지며 전화를 끊었다.

「가자, 경찰서로.」

강숙자가 벌떡 일어났다.

「경찰서?」

안경자가 소스라쳤다.

「아이고, 간은 콩알만해 가지고. 뒷문 있지? 가면서 얘기해.」

일은 홍석주의 계획대로 차질 없이 진행되었다. 그러나 제일 중요한 대목에서 일은 풀리지 않았다. 이규백이 애를 썼지만 유가족 측에서 전혀 타협을 하려고 하지 않았다. 그들은 의사를 감옥에 보내야 한다고 완강했다.

「이런 일은 다급하게 서두르면 오히려 더 꼬이고 어려워집니다. 저쪽에서 그렇게 나오는 건 감정이 격해 있어서 당연한 것입니다. 사건이 일단 경찰로 넘어갔고, 우리 쪽에서는 응분의 보상을 하겠다는 뜻을 밝혔으니까 유가족들이 더는 병원에 와서 항의하거나 화풀이하는 행위는 하지 않을 것입니다. 앞으로 그런 행위를 하면 영업 방해로 그쪽이 법에 걸린다는 사실을 경찰에서 주지시킬 테니까요. 그러니까 원장님은 정상으로 영업을 하면서 시간 여유를 가지고 대처해 나가야 합니다. 저쪽에서 뜻을 굽히지 않고 법정으로 가려고 한다면 그 사람들도 변호사를 세우지 않을 수 없습니다. 그렇게 되면 일하기가 한결 수월해집니다. 법적 수속을 밟는 동안 날이 자꾸 지나면서 유가족들의 감정도 차츰 가라앉게 되어 사건을 이성적으로 판단하게 되고, 그러는 동안에 양쪽 변호사끼리 이야기가 오가면서 일이 풀리는 경우가 많습니다. 그러나 그렇게 안 되어 법정에 서게 된다 해도 너무 심려할 건 없습니다. 의료사고란 전혀 고의성이 없기 때문에 법정에서도 실형을 선고하기란 쉬운 문제가 아닙니다. 원장님은 인생 경험을 쌓는다 생각하고 심적 여유를 갖고 대응할 준비를 하시고, 저는 하루라도 빨리 일이 해결되도록 최선을 다하겠습니다.」

이규백은 정중하면서도 자상하게 설명했다.

「네, 여러모로 고맙습니다.」

안경자는 지치고 근심 가득한 얼굴로 겨우 한마디를 했다.

「이런 고약한 일 맡겼으니까 변호사 비용을 몇 배로 받으세요.」

줄곧 안경자 옆을 지켜온 강숙자가 말했다.

「예, 그렇지 않아도 열 배를 받을 작정입니다.」

이규백이 웃으며 가방을 챙겼다.

「우리가 처음 만나 뚝섬에 놀러갔던 게 정말 엊그제 같은데 벌써 모두 늙어가고 있어요. 세월 참 빠르고 허망해요.」

강숙자는 일부러 이 이야기를 꺼냈다.

「예, 그것 참 좋은 추억이었지요. 그때 먹었던 수박맛이 가끔 생각나고는 합니다. 벌써 20년이 흘렀으니…….」

추억을 더듬는 듯한 표정이 스치며 이규백이 자리에서 일어났다.

그 사건은 결국 검찰로 넘어갔다. 이규백은 다른 사건들보다 훨씬 더 시간을 많이 바쳐 최선을 다했지만 타협을 이끌어낼 수가 없었다. 남편보다는 친정 부모가 막무가내였다. 장인과 장모의 완강함 때문에 피해자의 남편은 어쩔 수 없이 따라가고 있는 인상을 감지할 수 있었다.

「어쩌면 잘됐는지도 모릅니다. 법원에 가면 법적 권한이 남편한테 있다는 것이 확실하게 드러나니까요. 그러면 친정 부모들이 개입할 여지가 아주 줄어들고, 남편이 결정 내리기가 그만큼 쉬워지니까요.」

이규백이 안경자를 위로했다.

「그런데……, 만약에……, 만약에 실형을 받게 되면 어쩌지요? 그 의사는 지금 정신과 치료를 받아야 할 만큼 상태가 좋지 않습니다.」

안경자는 표나게 수척해진 얼굴로 한숨을 억눌렀다.

「그건 크게 걱정 안 하셔도 될 겁니다. 남편에게 타협할 낌새가 보이고 있고, 저쪽 변호사도 제가 잘 아는 사람입니다. 그리고 홍석주 판사하고 힘을 합쳐 애쓰면 좋은 쪽으로 결말이 날 겁니다. 그런데 한 가지, 타협액이 좀더 커질 염려는 있습니다.」

「그건 전혀 신경 쓰지 마세요. 사람의 목숨이 그리 됐는데…….」

안경자는 더 말하기도 두려운 듯 손으로 입을 가렸다.

「너무 괴로워하지 마세요. 제가 최대한 노력해서 재판 날짜를 앞당기도록 하겠습니다. 하루라도 빨리 이 악몽에서 벗어나야 하니까요.」

「네, 고맙습니다.」

안경자는 이규백을 배웅하며, 그가 예민하고 깐깐해 보이는 인상에 비해 마음이 무척 따뜻하다는 것을 느끼고 있었다.

홍석주는 아내에게 떠밀리고, 이규백의 언질로 김선오를 만나지 않을 수 없었다.

「이건 딴 거북한 사건도 아니고 의료사고니까 김 형이 담당한테 슬쩍 한마디만 해줘. 남편은 처가의 힘에 밀려 여기까지 왔지 타협할 의향이 농후한 모양이야. 그 안 원장, 남편하고 생이별하고 애 하나 데리고 사는 형편에 이런 힘겨운 일에 시달리고 있는 것 안됐잖아.」

홍석주는 김선오에게 술잔을 건넸다.

「그거 어쩌다가 그런 사고를 냈나. 병원이 아주 잘되고 있다는 말을 들었는데.」

김선오는 술을 받으며 아무 표정 없이 중얼거렸다.

「글쎄, 병원이 너무 잘되어 나간 게 탈이었는지도 모르지. 의사 둘을 더 쓰고 있었는데 그중의 한 사람이 사고를 냈으니까.」

「글쎄 말이야. 어쨌든 안 원장이 낸 사고가 아니라 그나마 다행이야. 아니야, 이렇게 말하면 말이 안 되겠지? 그 침착한 모범생이 아예 그런 사고를 낼 리가 없으니까.」

「어때, 김 형이 나설 거지?」

홍석주는 김선오의 뜨뜻미지근하고 모호한 태도가 마음에 걸려 정면으로 다짐을 놓았다. 확답을 듣지 못하고 들어갔다가는 아내에게 당할 판이었다.

「알았어, 생각해 볼게.」

「이런, 우리끼리 생각해 보고 말고 할 게 뭐가 있어. 이번에 마음 합쳐 일 산뜻하게 처리하는 것도 의미 있는 일이잖아.」

우리끼리……. 김선오는 그 말을 되씹었다. 안자경의 얼굴이 떠올랐다. 대학생이면서도 하이힐을 신지 않고 넓적하게 퍼진 검정 단화를 신고 다닐 때의 모습이었다. 그 인상이 지금까지도 강하게 남아 있는 것은 거기서 사랑의 감정이 싹튼 때문인지도 몰랐다. 안자경의 얼굴에 그녀의 아버지 안 원장의 얼굴이 겹쳐졌다.

「알았어. 그렇게 하지.」

김선오는 고개를 끄덕였다.

「내일 바로 처리해야 해. 기왕 돕는 것 하루라도 빨리 일을 끝내야 하니까.」

「알았어. 그런데 한 가지 조건이 있어.」

「조건?」

「응, 내가 힘을 보탰다는 건 안자경 씨한테 비밀로 해줘.」

「난 또 무슨 소리라고. 그야 어려울 것 없는 일이지.」

「그리 쉽게 생각하지 말어. 그 비밀이 지켜지려면 홍 형 아내한테도 비밀로 해야 한다는 소리야. 두 사람이 혈육 이상으로 친하다는 것 알지?」

「그 말 듣고 보니 그러네. 알겠어, 그건 나한테 맡겨. 그런 수완쯤은 부릴 수 있으니까.」

이렇게 대꾸를 하면서도 그 이유가 무엇인지 홍석주는 아리송하기만 했다. 난 척 잘하고 낯내기 좋아하는 김선오에게는 전혀 어울리지 않는 일이었다. 혹시 그 일 때문일까 하는 생각이 들었다. 그러나 그 자리 옮기는 일과 안자경과는 아무런 상관이 없었다.

홍석주는 생각난 김에 그 일이 어찌 되고 있는지 물어볼까 하다가 이내 마음을 바꿨다. 괜히 그런 이야기 꺼냈다가는 그의 기분을 상하게 해 안자경의 일을 망칠 수도 있었다.

복잡하게 얽히고 있는 정치 이야기 피하고, 대학생들이 데모하기 시작한 이야기 피하고, 그러다 보니 너절한 음담만 나누다가 술자리를 끝냈다. 홍석주는 집으로 돌아가며 김선오가 너무 지나치게 출세에 급급하고 있다고 생각했다. 그가 중정으로 옮겨가려고 하는 것은 크게 잘못 생각하고 있는 것이 아닌가 싶었다.

중정은 이번에 조직 개편을 하면서 요직에 수사 능력이 뛰어난 검사 몇을 뽑아가려 하고 있었다. 그 후보 대여섯에 김선오가 끼어 있었다. 중정은 현직 국회의원은 말할 것도 없고 판검사도 거침없이 끌어갈 수 있는 막강한 권력체였다. 그런 곳에서 권력을 휘둘러보고 싶은 것은 남자면 누구나 갖는 욕망이고, 유혹일 수 있었다. 그뿐만 아니라 거기서 몇 년 머물며 공을 세우면 남들을 앞지르는 출세의 길이 열리기도 했다. 바로 국회의원으로 정치 야망을 이룰 수도 있었고, 검찰로 되돌아오더라도 발 빠른 승진이 보장되어 있었다.

그런저런 이유로 그 후보들에 대해서 숨죽이고 눈치보아 가며 많은 속삭임이 오가고 있었다. 며칠 사이에 법조계의 좁은 울타리 안에서 빠르게 돌고 있는 말들을 간추리면 두 가지였다. 첫째는 누구누구가 뽑혀 가느냐 하는 것이었고, 둘째는 그들이 표나지 않게 손을 쓰며 경합을 벌이고 있다는 사실이었다.

그런데 김선오가 무언가 잘못 생각하고 있는 것 같은 것은 정치 상황이 너무 나쁘기 때문이었다. 정권이 어디로 갈 것인지 불안하기 짝이 없는데다가, 5월로 접어들면서 대학생들은 마침내 계엄 철폐를 외치며 학교를 벗어나 가두로 나서기 시작하고 있었다. 작년 10월부터 올해 4월까지 계엄은 너무 길었고, 대학생들은 지나치게 오래 참아온 것인지도 몰랐다. 대학생들이 내세우고 있는 것은 단순히 계엄 철폐만이 아니었다. 그들은 '민주화 대행진'이라는 깃발을 들고 있었다. 그 '민주화'란 이미 소문이 퍼질 대로 퍼져 기정사실처럼 되어가고 있는 군부정치를 더 이상 용납하지 않겠다는 선언인 동시에 계엄을 오래 끌면서 정권을 장악하려는 음모를 꾸미고 있는지도 모를 계엄세력의 심장을 겨누는 화살이었다. 그러고 '대행진'이란 모든 대학생들이 다같이 일어나 함께 싸우겠다는 결의였다.

오래 참아온 만큼 분노는 큰 것인가. 한 대학이 데모를 일으키자 그다음날부터 데모는 거세지면서 날이 바뀔 때마다 바람 탄 들불로 번져나가고 있는 중이었다. 상황이 어떻게 전개되어 나갈지 그야말로 한치 앞도 볼 수 없는 형편이었다. 이런 어지러운 상황에서 김선오는 계엄세력이 강화시키고 있는 중정으로 가려 하고 있었다.

그러나 그가 이런 혼란스럽고 불안한 상황을 모를 리가 없었다. 그 누구보다도 빠르고 예민하게 판단할 수 있는 그가 왜 그런 선택을 하고 나섰을까? 그에게는 또 군부가 정권을 장악할 거라는 확신이라도 있는 것일까? 아니면, 어떤 비선(秘線)을 통해 다시 군부정권이 설 확실한 정보를 가지고 있는 것일까? 만약 그렇다 해도 그건······.

홍석주는 잔뜩 복잡해진 머리를 수습하지 못한 채 집에 도착했다.

「어떻게 됐어요?」

강숙자는 남편이 미처 구두도 벗기 전에 물었다.

「잘됐어.」

「어머! 김선오가 그 일을 선선히 해주겠대요?」

강숙자는 손바닥을 치며 반색을 했다.

「아니야. 김선오가 아니라 딴사람한테 부탁했어.」

「왜요? 그 인간이 거절해서요?」

「아니, 그 사람 요새 복잡한 사건을 맡고 있어서 가만히 생각해 보니까 그런 부탁하기가 좀 곤란하더라고. 그래서 서로 입장 편하게 하려고 딴사람을 고른 거지.」

「역시 당신은 최고예요. 자경이도 다음에 김선오가 자기 일을 도왔다는 걸 알게 되면 부담스럽고 거북해 할 수도 있었어요. 아주 잘됐어요.」

「잘했군 잘했군 자알했어어, 그러니까아 당신 남펴언이지이이.」

눈치 빠른 아내를 감쪽같이 속여넘긴 것이 흥겨워 홍석주는 자신도 모르게 노랫가락을 뽑아늘였다.

「근데 이렇게 신나게 노래부를 때가 아닌 것 같아요.」

강숙자가 양복을 받아 걸며 말했다.

「왜, 또 무슨 일 있어?」

홍석주는 넥타이 풀던 손을 멈추었다.

「당신은 술 마시느라고 뉴스 못 봤지요? 오늘은 대학생들 데모가 더 굉장했어요. 이러다가 4·19처럼 될지도 모르겠어요.」

「4·19처럼? 그렇게 되기만 하면 오죽이나 좋겠어.」

홍석주는 한숨을 내쉬며 고개를 저었다.

「대학생들 기세를 보면 대단한데, 그렇게 안 될까요?」

「글쎄, 쉽지 않을 것 같은데. 경찰하고 군대하고는 질적으로 다르니까. 4·19 때도 경찰은 이겨냈지만 군인들이 밀고 들어오니까 데모를 더 못했거든. 그런데 지금은 군인들이 아예 서울을 장악하고 있으니까 더 어렵지. 어쨌든 두고 봐야 알겠지만 크게 기대할 건 없을 거야.」

「그나저나 군인들은 이제 그만 했으면 좋겠는데 왜 이러나 몰라. 국민 세금으로 먹고 살면서 나라 지키랬지 누가 자기네들 보고 정치하랬나? 군인들 참 뻔뻔하고 양심 없어요. 전쟁도 없이 30년 가까이나 놀고 먹으면서.」

「홍, 당신 직업군인들이 들으면 제일 싫어할 소리만 골라서 하는군.」

홍석주가 양말을 벗어던지며 쓴웃음을 지었다.

「그런 소리 듣기 싫으면 얌전하게 나라 지키는 일이나 잘해야지요. 글쎄, 얼마 전에 읽은 건데 말예요. 아프리카 어느 부족은 여자들이 집안 일은 물론이고 농사짓는 일까지 전부 다 해요. 그런데 남자들은 막대기를 하나씩 들고 숲속에서 빈둥빈둥 놀아요. 그건 노는 게 아니라 다른 부족의 침략을 막아내는 일을 한다는 구실을 붙여놓고. 그런데 어이없는 건 지난 1천 년 가까이나 다른 부족들이 쳐들어온 일은 한 번도 없었대요. 그 남자들의 위력 때문이 아니라 그들 가까이에는 쳐들어올 만한 다른 부족들이 없는 거예요. 그게 우리나라하고는 경우가 다르지만, 편케 놀고 먹는다는 대목에서 직업군인들 생각이 나더라고요.」

「그래, 군부정치에 염증이 나서 직업군인들에 대한 인식이 그렇게 나빠져버린 거야. 그러니 진짜 군인들이 억울하게 생겼지. 어쨌거나 나라를 위해서도 그런 불신감이 팽배해 있는 건 큰일이야.」

「우리 홍석주 판사님, 술 마시고도 또 나라 걱정이시네. 어서 씻고 자요.」

강숙자는 남편의 팔을 잡아끌었다.

「여보, 여보, 빨리 아버지 전화 받아요, 아버지.」

김선오는 '아버지'라는 말에 놀라 이불을 걷어차고 일어나며 허둥거렸다.

「여기요, 여기. 아마 그 일인 것 같아요.」

잠옷바람인 노화자가 낮고 빠르게 말하며 김선오의 손에 송수화기를 들려주었다.

「예 접니다, 장인 어른. 안녕하십니까.」

김선오는 한 손으로 눈을 비비면서 장인이 앞에 있는 것처럼 꾸벅꾸벅 절을 했다.

「전화가 좀 일렀는데 말이지…….」

「아, 아닙니다.」

「그래, 빨리 서둘러 이리 좀 오게. 급히 할 얘기가 있으니까. 아침 여기서 먹고 바로 출근하도록 해.」

「예, 알겠습니다. 집사람하고 함께 가겠습니다.」

「음, 그러라고 일러뒀네.」

「예, 곧 가겠습니다.」

참, 딸은 어지간히 끔찍하게 안다니까. 그 말 안 했으면 큰일날 뻔했네. 김선오는 속으로 꿍얼거리며 전화를 끊었다.

「그 일 같지요?」

노화자가 급히 머리에 수건을 묶으며 물었다.

「글쎄, 그런 것 같기도 하고 아닌 것 같기도…….」

「빨리 세수하고 양치해요. 나는 화장은 차에서 할 테니까요.」

그런 흐리멍텅한 소리 들을 시간 없다는 듯 노화자가 남편의 등을 밀며 일어났다.

김선오는 숨쉴 틈 없이 화장실을 거쳐 옷을 갈아입고 집을 나서면서도 장인이 왜 이렇게 아침 일찍 부르는지 분명하게 짚이는 게 없었다. 아내의 기대대로 그 일 때문이라고 믿기 어려운 것은 장인 직업상 그 일에 힘을 쓰기는 저쪽과 거리가 너무나 멀었다. 장인이 알아본다고 했을 때도 그저 부모의 마음으로 신경이 쓰여 그러는 것이겠거니 해두었다.

「잠이 모자라면 눈 좀 붙여요.」

자가용이 출발하자 노화자는 화장품을 꺼내며 남편에게 말했다.

「요새 괜히 왜 이렇게 피곤한지 모르겠어.」

김선오는 마른 입맛을 다시며 얼굴을 훔쳤다.

「괜히는요. 그 일 땜에 너무 신경 쓰니까 그렇지요. 어서 눈감아요. 의학상으로 볼 때 눈만 감고 있어도 반수면 상태가 유지된대요. 그럼 그만큼 피로 회복의 효과가 있어요.」

「그래, 의사선생님 말을 들어야지.」

김선오는 몸을 편하게 부리며 눈을 감았다.

안자경의 얼굴이 떠올랐다. 고시에 떨어졌을 때 속 넓게 위로하던 모습이었다. 실망스러워하거나 무시하는 기미라고는 전혀 없이 오히려 스무 살이 안 된 최연소합격자가 법관 노릇을 제대로 할 수 있겠느냐고 우려했던 것은 단순히 자신의 능력을 믿어준 위로였을까, 아니면 이성적 감정을 그렇게 표현했던 것일까. 의대 공부를 부담 없이 해낼 만큼 머리 명석하고, 잘살면서도 검소하고, 공부밖에 모르며 정숙하고, 그녀는 의사로서 적격이면서도, 배우자로서도 만점이었다. 그런데 자신의 잘못으로 그녀와의 인연은 깨지고 말았다. 그녀와 박자영이 친구였으니, 내심으로 조마조마했던 것이 폭탄이 되고 만 것이다. 그건 양쪽 손에 든 사과가 아니라 시한폭탄이었던 셈이다. 그런데 왜 그녀는 혼자가 되었을까. 아무런 부족함이 없는데 왜 그녀의 남편은 그녀를 버린 것일까. 그건 어쩌면 그녀가 무슨 결함이 있어서가 아니라 남자가 인간성이 나쁜 것은 아니었을까. 자식까지 있는데 미국에서 돌아오지 않은 인간……. 그런데 남편의 그런 배신 앞에서 그녀는 미국에 한번 가보지도 않고 마음을 정리해 버렸다는 것이다. 그 이성적인 냉정이 안자경다웠다.

그런데, 그녀의 남편을 생각하자 김선오는 문득 그 남자와 자신이 뭐가 다른가 하는 자책감을 느꼈다. 그리고, 새삼스럽게 안자경이 가엾고 애처롭게 여겨졌다. 그녀에게 첫사랑이 분명한 자신에게 상처 받고, 남편한테까지 버림받은 그녀는 남자복이라고는 지지리 없는 여자였다.

그동안 그녀를 가끔 스치게 될 때면 일부러 지난 일을 다 잊은 척, 태연한 척 꾸미고는 했었다. 그러나 마음속 깊은 곳에는 안자경에게도, 안원장에게도 죄스러움이 씻기지 않고 남아 있었다. 자신은 자연스럽게 대하고 싶은데 그녀가 서둘러 자리를 피하고는 하는 걸 보면 그녀의 가슴에도 상처가 깊은 모양이었다.

「여보, 다 왔어요. 눈도 못 붙이고 무슨 생각을 그리 해요?」

「응, 그저…….」

김선오는 눈을 뜨며 얼버무렸다. 아내를 옆에 앉혀놓고 안자경의 생각을 그렇게 골똘하게 한 것은 처음이었다. 아내가 알면 질색을 할 일이었다.

「자아, 식사하면서 얘기하세.」

노성칠 사장이 식탁에 앉으며 말했다.

「아빠, 요새도 회사 매출은 나쁘지요?」

김선오와 함께 아버지 맞은편에 앉으며 노화자가 걱정스럽게 물었다.

「말도 마라. 세상이 다시 시끌시끌해지고 있으니 더 나빠지게 생겼다.」

노성칠이 숟가락을 들며 혀를 찼다.

「불경기라고 약까지 잘 안 팔리는 건 언뜻 이해가 잘 가지 않습니다. 옷 같은 것도 아니구요.」

김선오가 장인을 위로하듯 말했다.

「진작 말했잖아요. 병원에 환자가 준다구요. 옷이나 구두 같은 것만 안 사는 게 아니라 아픈 것도 참고, 약국에서 적당히 싼 약 사 먹고 말고 그래요.」

남편이 사정을 전혀 모르고 하는 말이 아님을 변명하듯 노화자는 재빨리 말했다.

「그래 글쎄, 경제라는 것이 그렇게 묘해서 구석구석 영향이 안 미치는 데가 없다니까.」

「무슨 대책이 있는 것도 아니고, 이거 큰일 아니에요?」

「그래서 대통령이 2~3일 전에 부랴부랴 사우디고 쿠웨이트를 공식 방문한다고 떠나지 않았냐. 지금 믿을 수 있는 돈줄은 중동밖에 없으니까.」

「그게 무슨 효과가 있겠어요? 그 사람이 허수아비라는 건 그쪽에서도 환히 다 알고 있을 텐데요.」

「글쎄 말이다. 그런 먼 얘긴 그만 하고 우리 얘기나 하자. 김 서방 일인데 말야, 이 애비가 결국 급소로 직통하는 맥을 찾아냈다.」

노성칠은 자랑하듯 어깨를 펴며 딸과 사위를 바라보았다.

「어머 아빠, 어떻게요?」

노화자는 입으로 가져가던 숟가락을 멈추며 소리치듯 했고, 젓가락으로 반찬을 집으려던 김선오도 앉음새를 고쳤다.

「그래, 놀랄 만하지? 제약회사 사장하고 저쪽하고는 아무 상관도 없는 것 같은데 말이지. 어디, 머리 좋은 너희들이 한번 맞춰봐라.」

김선오와 노화자는 서로 마주보았다.

「아빠, 퀴즈 풀 시간 없어요. 마음 급한데 빨리 말씀해 보세요.」

노화자가 어리광부리듯 한 목소리로 말했다.

「그래, 출근시간들 바쁘니까 내가 바로 말하도록 하지. 그걸 어떻게 했는고 하니 말이다, 내가 하는 일을 놓고 가만히 생각해 보니 그쪽에 물건 들어가는 선이 있더란 말야. 그게 병원이긴 한데, 계급 높은 군의관들을 통하면 길이 있지 않을까 싶었지. 나하고 친분 두터운 영관급 이상 군의관들은 많고, 이 세상에 아프지 않는 사람은 없으니 찾아보면 그 사람을 치료하고 해서 특히 가까운 사람이 있지 않을까 싶었다. 그 사람의 사단에서 병원장을 했던 군의관들 중에 말야. 그래서 통합병원부터 뒤지기 시작했지. 그랬더니, 아니나다를까. 내 생각이 적중한 거야.」

「어머나, 아빠 역시 최고예요.」

노화자는 아버지의 노고에 감사를 표해야 된다는 듯 과장일 만큼 환성을 질렀고,

「아 예, 너무 애를 쓰셨군요.」

김선오는 국그릇에 코가 빠지도록 고개를 숙여 예를 갖추었다.

「그게 말이야, 만일을 생각해서, 일이 틀림없어야 하니까 두 길을 잡았어. 그 사람하고 절친한 군의관이 나서게 했고, 또 한 길은 그 사람이 가장 믿는 참모들 중의 하나인 대령을 잡은 거야. 그 일이 최종 검토단계만 남아 2~3일 사이에 결정이 나게 돼 있어. 그런데 그 대령이 이번 일의 결정에 큰 영향력을 행사할 수 있다는 거야. 그러니까 자네는 이따가 오후에 그 대령을 잠깐 만나도록 해. 그쪽에서 꺼리니까 자네 혼자만 살짝 가야 해.」

「예, 알겠습니다.」

김선오는 다시 고개를 깊이 숙였다.

「그럼 안심해도 되는 거죠?」

노화자가 안도한다는 어깻숨을 과장되게 내쉬며 아버지를 보고 사르르 웃었고,

「그래. 이 애비가 이런 일에 언제 실수하는 것 봤냐?」

노성칠은 거드름을 피우며 느긋한 웃음을 딸에게 보냈다.

「아빠, 그전에 수입하려다가 잘 안 된 약품 있잖아요. 그걸 다시 슬슬 시작하세요. 이 일이 잘되면 이젠 딴 데서 방해할 수 없잖아요.」

「흐흠, 널 우리 회사 전무로 앉혀야 되겠구나. 그것도 나쁠 것 없는 생각이지.」

노성칠은 흐뭇한 웃음을 머금으며 밥숟가락을 들어올렸다.

「자네, 2~3일 동안 아무도 안 만나는 게 좋을 것 같네. 괜히 술자리 잘못했다간 술 취해 말이 헛나갈 수도 있으니까. 중대한 일 앞두고는 말 조심, 몸 조심이 젤이야. 주변사람들이 일부러 자네 발목을 걸려고 술을 살 수도 있으니까.」

노성칠이 집을 나서는 사위에게 엄하게 일렀다.

「예, 말씀대로 하겠습니다.」

「자네 그동안 마누라한테 써비스 별로 못하고 살았지? 이번에 써비스 좀 해봐. 퇴근하자마자 마누라하고 영화도 보고, 맛있는 것도 먹으러 다니고 하면서 2~3일 보내. 마누라하고 붙어 있는 게 제일 안전하니까. 알겠어?」

「예, 그렇게 하겠습니다.」

김선오는 그저 허리를 굽혔다.

「정말 아버지 말씀대로 할 거예요?」

차에 앉은 노화자가 물었다.

「내가 언제 장인 어른 말씀 거역한 일 있나? 그게 가장 현명한 방법이기도 하고.」

「어머 좋아라. 그 일 잘되고, 그 덕에 데이트도 즐기고, 이리 좋은 일이 어디 또 있어요.」

노화자는 소곤거리듯 말하며 김선오의 팔짱을 끼었다.

「……」

김선오는 아내에게 운전수를 눈짓하며 슬그머니 팔을 뺐다.

김선오는, 배탈이 심하다, 어머니 병세가 안 좋다, 하는 이유를 내세워 술자리를 피하고 퇴근길에 아내의 병원으로 갔다.

「그 사람 만났어요?」

노화자는 남편을 보자마자 물었다.

「응, 장인 어른 말씀대로 했지.」

「눈치가 어때요?」

「일이 일인데 무슨 눈치 같은 것 보일 리가 있나? 딱딱한 군인의 태도지. 당신도 잘 알잖아. 이런 일에는 만났다는 게 중요한 거.」

「그렇지요. 말보다는 행동이 중요하니까요. 가요, 어떤 근사한 호텔에 가서 오랜만에 양식 맛있게 먹고 재미나는 영화 봐요.」

「그러지. 영화 본 지도 오래됐군.」

「당신 따라 살다간 야만인 되기 딱 알맞아요. 문화생활이라는 걸 통 모르니.」

「그런 소리 말어. 문화생활을 모르는 게 아니라 문화생활을 할 틈이 없는 거지. 이건 전적으로 국가의 책임이야.」

그들은 흥겹게 자가용을 탔다.

차들이 을지로 입구에서 막혀 움직이지 않았다. 어디선가 경찰차의 경적음이 숨 가쁘게 울리고 있었다.

「무슨 사고 났나?」

노화자가 창밖을 두리번거렸다.

「아마 데모 벌어진 것 같습니다.」

운전수가 대꾸했다.

한동안 있다가 신호등이 달린 네거리로 데모 진압차들이 줄지어 달려 가는 것이 보였다. 철망을 둘러친 차들은 열 대가 넘었다.

「학생들이 공부나 할 것이지 왜 데모들은 하고 이래요?」

노화자의 어조에 성깔이 돋아 있었다.

「……..」

김선오는 아내의 팔을 질벅이며 눈짓으로 운전수를 가리켰다. 노화자 는 짜증나는 얼굴이면서도 더 입을 열지는 않았다.

데모 진압차들이 지나가고 나서도 한참이 지나 차들이 움직이기 시작 했다.

「데모를 할래도 낮에 하고 말 것이지 퇴근시간까지 할 건 뭐예요, 글 쎄. 하라는 공부들은 안 하고.」

오래 참았다는 듯 노화자는 차에서 내리자마자 쏟아놓았다.

「당신 참 순진하군. 그게 작전인 것 몰라? 차들이 많이 밀리니까 진압 차들이 신속하게 출동하기 어려워지고, 퇴근시간이니까 데모하는 걸 시민들에게 많이 보일 수 있고, 일거양득하려고 머리 쓴 작전인 거야.」

김선오는 커다란 유리문을 밀어 아내를 먼저 들여보내는 서양식 예법을 자연스럽게 갖추며 말했다.

「갈수록 태산이군요.」

노화자는 불쑥 화를 냈다.

「그 얘기 이따가 해.」

김선오는 아내의 어깨를 감싸잡듯 하며 말했다.

그들은 호텔의 스카이 라운지에 자리잡았다. 창가에서는 시내가 한눈에 내려다보였다. 색색의 불이 켜지기 시작하는 서울의 도심은 평온해 보였다.

「뭘로 드시겠습니까?」

일류호텔답게 까만 양복에 나비넥타이를 맨 젊은이가 말쑥한 차림만큼 깍듯하게 예의를 갖추며 주문을 받았다.

「비프스테이크 둘.」

노화자가 말했다.

「고기는 어느 정도로……」

「하나는 미디움.」 노화자는 김선오를 가리키고는, 「하나는 웰던」 하며 자기를 가리켰다.

「와인을 하시겠습니까?」

「레드.」

김선오는 담배를 꺼내 불을 붙였다.

「여보, 저것 문제 아니에요? 자꾸 심해지고 있는 모양인데.」

노화자는 심각한 얼굴로 이야기를 꺼냈다.

「너무 신경 쓰지 말어. 내 생각으로는 어차피 한번 거쳐야 될 과정이야. 그러나 학생들 뜻대로 되지 않아.」

김선오는 느리게 담배연기를 내뿜었다.

「그럴까요?」

「내 말만 믿고 신경 쓰지 말라니까. 우리가 보는 눈이 있잖아.」

「예, 그럼 됐어요.」

노화자는 의미 깊은 눈길로 남편을 보며 고개를 끄덕였다.

음식이 나오고, 잔에 붉은 포도주가 따라졌다.

「축배!」

노화자가 잔을 들었다.

「사람 참, 급하긴.」

김선오는 빙긋이 웃으며 잔을 부딪쳤다. 두 개의 유리잔의 울림이 해맑고 경쾌했다.

김선오는 다음날도 아내와 야외로 나가 5월의 싱그러움을 만끽하며 유쾌하게 보냈다.

그러나 사흘째 되는 날 김선오는 어리둥절해지고 말았다. 두 사람이 결정되었는데 자신의 이름은 없었다.

그는 허망하고도 맥이 빠져 퇴근해서 바로 집으로 들어갔다. 장인에게 전화해 볼 마음도 없었다.

「이게 도대체 어떻게 된 일이에요? 뭐 이런 황당한 일이 다 있어요. 참 기가 막혀 못살겠네.」

노화자는 안절부절못하며 자기 아버지에게 전화하기 바빴다.

「아유, 신경질 나. 어디 계시길래 이렇게 통화가 안 돼 그래. 이 일을 알고 계시는 거야 어쩌는 거야.」

노화자는 마구 신경질을 부려댔다.

김선오는 양주를 찔끔거리며 텔레비전에 헛눈을 팔고 있었다. 그는 9시쯤에 장인의 전화를 받았다.

「자네는 다 좋았는데 출신도가 안 좋아. 그게 옥에 티라면 티라구. 어쩌겠나, 다 잊어버리게.」

57
광주를 향하여

　비상계엄이 다시 전국으로 확대되었다. 그와 함께 계엄포고 10호가
발표되었다. 그 내용은 전현직 국가원수 비방금지, 모든 정치활동 및 시
위 중지, 대학 휴교, 언론·출판·방송의 사전검열 등이었다.

　대학생들의 데모가 뚝 그치면서 세상은 다시 살벌해졌다. 서울을 향
해 군부대들이 이동하고 있다는 소문이 퍼지면서 각 대학의 정문마다
장갑차를 앞세운 무장군인들이 포진했다. 학생들은 말할 것도 없고 교
수들까지도 정문을 통과하지 못하고 발길을 돌리는 형편이었다.

　그런 상황 속에서 신문들은 나흘 만에야 18일에 광주에서 벌어진 사
건을 보도했다. 그것도 기자들이 자유롭게 취재해서 쓴 기사가 아니라
계엄사가 발표한 내용을 그저 옮겨 싣고 있었다. 그러나 그때 이미 세간
에는 계엄군인 공수부대가 광주에서 저지른 잔인한 짓들이 소문으로 퍼
져나가고 있었다.

재건대의 야학선생인 전준일은 친구들 셋과 하숙방에서 얘기를 나누고 있었다. 다방도 술집도 은밀한 이야기를 할 수 있는 장소가 아니기 때문이었다.

「그놈들이 어찌나 잔인하게 했는지 광주 시내 중심가인 금남로가 온통 피바다라는 거야.」

귀가 큰 대학생이 말했다.

「학생이고 시민이고 가리지 않고 닥치는 대로 죽였으니 왜 안 그렇겠어.」

눈썹 짙은 학생이 말을 받았다.

「그놈들이 곤봉이나 대검으로만 사람을 치고 찌른 게 아니라 장갑차로 마구 깔아 죽였대잖아.」

전준일이 담배를 빼들며 말했다.

「그것만이 아니야. 도망가는 시민한테 대검을 던져 배에 꽂히게 했다니 그게 말이나 돼.」

턱뼈가 각진 학생의 언성이 높아졌다.

「내가 들은 것은 그보다 더해. 어떤 여학생이 달아나는데 뒤에서 총을 갈겨버렸다는 거야.」

눈썹 짙은 학생이 말끝에 무슨 욕인가를 중얼거리며 담배를 빨았다.

「그럼 내가 들은 것은 아무것도 아니네. 곤봉으로 무자비하게 구타해 머리가 터져 피가 흐르고, 심지어 눈알이 빠져버린 데모대들을 시내로 끌고 다닌다던데.」

귀 큰 학생이 얼굴을 찌푸렸다.

「그것도 말이 되냐. 그게 어떻게 사람이 할 짓이냐.」

턱이 각진 학생이 분에 찬 한숨을 토해냈다.

「말이 안 되는 짓들이 한둘이 아니야. 체포한 데모대의 남·녀학생들을 팬티와 브라쟈만 남기고 발가벗기고, 그런 여학생들을 희롱해 댄다니 그것들이 어디 인간이야.」

전준일의 얼굴이 일그러졌다.

「그래도 그건 좀 낫다. 내가 들은 건 여학생들 브라쟈를 다 찢고 벗겨 버렸다고 하더라. 아무리 공병대라고 어찌 그리 잔인하고 짐승 같은지 모르겠어.」

눈썹 짙은 학생이 고개를 내둘렀다.

「아니야, 문제를 공병대로 축소시키면 안 돼. 군인은 명령에 죽고 명령에 산다고 하잖아. 공병대가 왜 그런 만행을 멋대로 저지르겠어? 위에서 적을 무찌르듯이 무슨 짓을 해서든 데모를 진압하라는 명령을 내린 것 아니겠어? 그렇지 않고서야 어떻게 그런 끔찍하고 무지막지한 짓들을 즈네들 맘대로 저질러.」

귀 큰 학생이 흥분기를 드러냈다.

「그 말이 맞을 거야. 아무 명령 없이 그런 짓을 할 수는 없겠지. 근데 말이야, 공병대를 투입하기 직전에 술을 먹였다고도 하고, 환각제를 먹였다고도 하는데, 그게 사실일까?」

턱이 각진 학생이 담배를 끄며 친구들을 둘러보았다.

「그것만이 아니잖아. 거기 투입한 공수부대원들을 전부 경상도 출신으로 골랐다는데, 그건 또 어떻게 된 걸까?」

전준일이 고개를 갸우뚱했다.

「그야 전라도 출신들은 제외시켰을 수 있는 일이지. 하여튼 의문투성이야. 그런데 문제는 말이야, 어쩔려고 그런 잔인한 짓을 마구 저질러대느냐 그거야. 군부의 의도와 목적이 무엇인지 이해할 수가 없어.」

눈썹 짙은 학생도 고개를 갸웃거렸다.

「그것도 문제지만 더 문제는 신문들이야. 신문에서 사실을 정확하게 보도해야 하는데 그 임무를 하지 않고 있으니까 소문만 자꾸 무성해지고, 뭐가 뭔지 알 수가 없게 되잖아.」

전준일이 침통하게 말했다.

「신문에 기대하긴 다 틀렸어. 총 들이대고 사전검열 하는 판에 기자들이라고 별수 있겠어. 우리 대학생들이 데모 중단한 거나 마찬가지. 우리는 서울역에 10만 명이나 모였다가도 다 흩어졌는데, 신문사들 다 모아봤자 기자들이 몇 명이나 되겠어?」

귀 큰 학생이 한숨을 쉬었다.

「그도 그래. 하여튼 군부가 이런 식으로 폭력을 휘둘러 몰아붙이면 결국에는 정권을 먹어치우게 되는 것 아닐까? 나는 그게 제일 걱정스럽고 두려워.」

눈썹 짙은 학생이 한숨을 쉬었고,

「다 그렇지 뭐.」

다른 학생들도 한숨을 쉬었다.

신문들은 다음날부터 광주에 관한 기사를 보도하기 시작했다. 그러나 거기서 일어난 일이 '폭동'이고, 그곳 사람들은 '폭도'라고 지칭하고 있었다.

이상재와 유일표는 또 한 사람과 중국집 구석방에 자리잡고 앉았다.

「정 형, 이 사람은 나하고 고등학교 동창인데, 형제나 다름없는 사이야. 그러니까 아무 걱정 말고 말해도 괜찮아. 하도 믿기 어려운 소문들이 자꾸 퍼지고 있는데 어떻게 확인할 방법이 있어야 말이지. 정 형이 신문사 안에서 파악한 대로만 말해 주면 돼. 요새 신문사는 어때?」

이상재가 낮은 소리로 말하며 고량주잔을 들었다.

「선배님도 대충 짐작하고 계시겠지만, 한마디로 살벌해요. 기관원들이 상주하는 정도가 아니라 편집국을 아예 점령해 버린 상태니까 기자들끼리도 마음놓고 무슨 얘기를 할 수가 없어요. 그저 쉬쉬해 가며 한두 마디씩 하는 정도지요. 제가 기잔지 뭔지 알 수가 없어요.」

정 기자라는 사람이 술잔을 단숨에 비웠다.

「공수특전단원들이 사람들을 마구잡이로 죽였다는 건 사실인가?」

이상재가 술잔을 받으며 물었다.

「예, 사실입니다. 광주시내 대학생들은 서울의 대학생들과 발을 맞추어 14일부터 계엄 철폐와 민주화 추진 데모를 벌였어요. 그런데 17일 계엄 확대로 다음날 교내 출입이 차단되자 전남대학생들이 교문 앞에서 공수부대와 충돌해 많은 희생자를 내게 됐어요. 그래서 학생들은 데모를 시내로 확산시켰어요. 그런데 진압에 나선 공수부대가 곤봉과 대검으로 무자비하게 살상을 자행한 거지요. 그 잔인한 학살 소문이 퍼지자 다음날 시민들이 학생들에게 합세했어요. 그렇지만 다시 출동한 공수부대는 전날보다 더 가혹하게 닥치는 대로 사람들을 죽였어요. 그 만행에 격분한 시민들은 다음날엔 더 많이 일어나게 되고, 공수부대는 위기를 느껴 시민들을 향해 총을 쏘게 되고, 거기에 맞서 시민들이 예비군용 총 같은 것을 탈취해 무장하지 않을 수 없게 된 거지요. 그러는 동안에 죽고 부상당한 시민들이 어마어마하게 많다는데, 지금 그 수를 누가 정확하게 알겠어요. 큰일났어요.」

정 기자는 담배연기를 한숨으로 토해냈다.

「이 못된 새끼들이 군대 용어로 시범쪼를 광주에서 보이기로 작정을 한 모양이구만.」

이상재도 한숨을 쉬었다.

유일표는 고개를 숙인 채 술만 마시고 있었다.

「예, 그런 의도 같아요. 그렇게 시범을 보이면 전부 무서워 꼼짝을 못할 테니까요. 그리 장애물을 없애야 정권 잡기가 쉬워지잖아요.」

「그런데 그런 과정은 하나도 보도를 하지 않고 무조건 폭동이고 폭도라고 몰아? 신문이고 방송이고 참…….」

「비참하지요. 총구가 눈앞에 있으니…….」

「그런데 말야, 시체들이 큰길에 즐비하다는 소문이 사실이야?」

「그런 모양이에요.」

「도망가는 사람을 뒤에서 쏘았다는 소문도?」

「그런 것 같아요. 남의 집에 숨은 사람까지 찾아내 그 자리에서 사살 했다고 하니까요.」

「그런 죽일 놈들이 있나. 그럼 임신한 여자의 배를 찔러 죽였다는 것도?」

「예.」

「여학생의 유방을 도려냈다는 것도?」

「예.」

「이런 사람 미칠 일이 있나. 그게 도대체 어느 나라 군댄 거야?」

이상재는 가슴 무너지는 것 같은 한숨을 토하고는 술잔을 비웠다.

「요새는 신문보다 소문이 더 정확한 세상이 됐어요. 요 며칠 동안에 내가 왜 기자가 되었나 하고 수없이 후회하고, 세상을 향해 얼굴을 들 수가 없어요.」

「그래, 내가 현직에 있었더라도 별수없었겠지. 이제 와서 해직된 걸 다행으로 여기고 있으니 이것도 비겁이지. 하여튼 광주사람들 어쩌지. 외부사람들은 가보지는 못하고, 그 사람들만 고립되어 있으니.」

「예, 그것도 큰 문제지만 또 하나 큰 문제는 외부사람들 중에서 상당 수가 군부의 의도대로 광주사람들을 폭도라고 생각하고 있는 점입니다. 그건 물론 신문이나 방송 때문이지만.」

「글쎄 말이야. 이래저래 큰일이야.」

또 한숨을 쉬는 이상재 옆에서 유일표는 묵묵히 술만 마시고 있었다.

점심을 먹고 난 선생들 대여섯이 교무실 옆의 휴게실에 모여앉아 있었다.

「이거 광주사태는 날마다 더 심해지고 있으니 예삿일이 아니네. 이거 왜 이렇지요?」

한 선생이 신문을 덮으며 다른 선생들을 둘러보았다.

「그쪽 사람들이 워낙 과격해서 그렇지요 뭐. 계엄군들한테 덤비는 걸 봐요. 딴 지방사람들이 할 수 있는 일인가.」

한 선생이 대꾸했다.

「그래요. 시청을 뺏고, 방송국을 불지르고, 거기다가 무기까지 탈취해 무장까지 하고 나섰으니 보통 과격한 게 아니지요.」

다른 선생이 말을 이어받았다.

「시국도 뒤숭숭하고 불황으로 살기도 어려운데 그런 식으로 과격하게 폭동을 일으켜 어쩌자는 건지 모르겠어요. 자기들이 온 나라 정권을 잡 겠다는 건지 뭔지.」

또다른 선생이 동조하고 나섰다.

「글쎄 말이지요. 이렇게 폭동을 일으키면 나라만 점점 더 어려워지는 것 아니겠어요. 그리 되면 딴 지방사람들한테 원망이나 들었지 누가 좋 아하겠어요.」

처음 말을 꺼낸 선생이 말했다.

「그 사람들 그동안 정치에 불만이 쌓일 대로 쌓여 있었잖아요. 자기네 들을 차별하고 푸대접한다고. 그 불만을 맘껏 터뜨리며 총 쏘아대는 것 아닙니까.」

네 번째 선생이 담배에 불을 붙였다.

「그럼 정권이 그쪽으로 갈까요?」

두 번째 선생이 흥미를 드러냈다.

「그거 어림없지요. 지금이 봉건시댄가요? 폭도들이 정권 잡게. 괜히 딴 지방사람들한테 인상만 나빠지고 주저앉게 되겠지요. 계엄군들이 그걸 보고만 있겠어요? 먼 지방이니까 아직 시간이 좀 걸려서 그렇지 곧 병력이 투입되면 진압 안 되고 어쩌겠어요. 한국군 막강한 거야 월남전에서 이미 유감없이 보여줬는데.」

네 번째 선생의 말에 신명이 붙었다.

「선생님들, 무슨 말들을 그렇게 무책임하게 합니까.」

민경섭은 듣다 못해 입을 열었다.

「무책임? 그게 무슨 소리요?」

네 번째 선생의 목소리에 각이 섰다.

「예, 무슨 근거로 폭동이고 폭도라고 하는 겁니까?」

민경섭의 어조에도 날이 섰다.

「아니, 민 선생은 이 신문도 안 보고, 테레비도 안 보고 살아요?」

네 번째 선생이 신문을 들어 흔들며 자신만만하게 말했다.

「좋아요. 그렇게 말할 줄 알았어요. 그럼, 이런 상황에서 신문이고 방송을 다 믿을 수 있다고 생각해요?」

「뭐라고요? 아니, 신문·방송을 안 믿으면 뭘 믿어요? 그럼, 민 선생은 신문이고 방송이 거짓말한다 그거요?」

「참 답답하군요. 지금은 비상계엄 상황이고, 포고령은 신문·방송의 보도를 사전검열 한다고 공개적으로 밝히고 있어요. 그럼 다 검열을 받고 나온 신문·방송의 보도가 사실 그대로겠어요? 그건 객관적 사실의 보도가 아니라 검열하는 쪽의 일방적 입장만 나타내고 있는 겁니다. 우린 지금 눈도 귀도 입도 다 막힌 상태에서 계엄사의 일방적인 주장만 보고 듣고 한다는 것을 잊어서는 안 됩니다.」

민경섭은 선생들을 둘러보며 말했다. 그러나 그 말은 자신의 것이 아니었다. 자신이 사태의 진상을 물었을 때 원병균이 한 말이었다.

「지금 진실은 다 가려져 있어. 계엄사에서는 이미 광주를 봉쇄했기 때문에 아무도 갈 수가 없는데, 현장에 가보지 않고는 진실을 알 수가 없

어. 민간인들이 왜 총을 들었겠느냐, 그게 문제야. 그들이 든 M1이나 칼
빈이란 총들은 계엄군의 M16에 비하면 장난감에 불과해. 그걸 알면서
그들이 총을 들었을 때는 그러지 않을 수 없는 분명한 이유가 있는 거
야. 계엄군을 향해 총을 든 것은 죽기를 각오한 건데, 그 이유는 전혀 밝
혀지지 않고 폭동으로, 폭도로 몰아가고 있어. 신문이나 방송들은 계엄
사의 앵무새 노릇을 하고 있는 거지.」

원병균의 말이었다.

「그 말 듣고 보니 그렇기도 하군요. 역시 민 선생은 사회 담당이라 우
리하고는 달라요.」

첫 번째 선생이 말했고,

「글쎄요, 이거 섣불리 생각할 문제는 아닌 것 같소. 상황이 너무 복잡
하니까…….」

세 번째 선생이 고개를 끄덕였고,

「그렇지만 민간인들이 총을 들고 나선 건 옳지 않아요. 어쨌거나 그런
극단적인 행동을 하는 건 그쪽 사람들이 너무 과격해서 그래요.」

네 번째 선생이 말했다.

그때 점심시간이 끝나는 벨이 울렸다. 선생들이 모두 자리에서 일
어났다. 민경섭은 무슨 말을 하려다 말고 네 번째 선생에게 마음을 닫
았다.

가게에서 담배를 사가지고 나오던 이용진은 그 옆에 붙은 복덕방에서
노인들 서넛이 목청 돋우어 말싸움하는 것에 귀를 기울였다.

「아니, 신문이고 방송에서 폭도라고 했으면 폭도지 더 말해 뭘 해.」

이 말이 발길을 붙들었던 것이다.

「안녕들 하세요? 무슨 얘긴데 그렇게 기운들을 쓰고 그러세요?」

이용진은 복덕방 안으로 고개를 디밀며 인사했다.

「아 이 대장, 마침 잘 오셨소. 이 늙은이가 글쎄 광주사람들을 폭도라고 해대는데, 이 대장은 어찌 생각하시오?」

도수 높은 안경을 낀 노인이 응원을 청하듯 말했다.

「아 이 대장, 어서 이리 와 앉으시오. 저 영감탱이가 두말할 것 없는 걸 가지고 빡빡 우기고 든다니까. 제놈 사돈네 팔촌이 광주에 사는 것도 아니고, 신문이고 방송에서 폭도다 했으면 폭돈 거지 왜 그쪽 사람들 편을 들고 나서는지 모르겠어. 이 대장은 어찌 생각하시오?」

복덕방 주인이 이용진에게 자기 옆자리를 권하며 또 응원을 청하고 있었다.

「그럼 아저씨는 어떻게 생각하시는데요?」

이용진은 입장이 난처해서 수염 기른 또 한 노인에게 물었다.

「글쎄요, 이 늙은이 말을 들으면 이 늙은이 말이 맞은 것 같고, 저 늙은이 말을 들으면 저 늙은이 말이 맞은 것 같고, 어찌 종잡기가 어렵구랴.」

수염 기른 노인이 다른 두 노인을 번갈아 보며 희멀건하게 웃었다.

「이 사람아, 그렇게 말하면 어떡해. 아까는 내 말이 옳은 것처럼 해놓구선.」

복덕방 주인이 소리쳤다.

「어디 내가 딱 잘라서 말했나. 자네가 자꾸 신문이나 방송을 안 믿으면 뭐를 믿느냐, 신문이나 방송이 거짓말할 리 있느냐, 하니까 그렇기도 하겠다 하는 생각이 드는 거지.」

수염 기른 노인이 표나게 주인의 눈치를 살피며 변명하듯 말했다.

「이것 봐, 아까도 말한 거지만 말야, 자네 6·25 때 그렇게 호되게 당하고도 신문이고 방송을 믿어? 그때 방송에서 뭐라고 떠들어댔어? 국군은 무슨 일이 있어도 서울을 사수할 테니 시민 여러분들은 하등 동요하지 말고 생업에 충실하라고 했잖아. 그런데 알고 보니 어찌 됐어? 그 방송이 나올 때는 벌써 이승만이는 한강을 건너 대전으로 줄행랑을 치고 있었고, 한강 다리는 폭파된 뒤였잖아. 그 빌어먹을 놈에 방송 때문에 피난도 못 가고 얼마나 죽을 고생을 했어. 그런데도 방송을 믿어?」

안경 낀 노인이 기세등등하게 주인을 몰아붙였다.

「똑같은 소리 자꾸 떠들면서 잘난 척 좀 작작해. 그때는 전시였으니까 어쩔 수 없었던 거고 지금은 평화시니까 다르잖아.」

주인도 지지 않고 맞대거리를 했다.

「자네야말로 잘난 척하지 말고 똑똑히 알아둬. 지금이 평화시는 뭐가 평화시야, 계엄시지. 계엄시가 뭔지 몰라? 전시 다음 가는 위험시다 그런 말씀이야. 그러니까 저 위의 입맛대로 얼마든지 방송해 댈 수 있어. 안 그렇소, 이 대장?」

안경 낀 노인은 또 이용진에게 응원을 청했다.

「예, 두 분이 시국에 관심 쓰는 것은 좋은데요, 계엄 때는 이런 다툼하는 것도 법에 걸려요. 그거 있잖아요, 유언비어 유포라는 거. 그러니까 그냥 그러려니 하면서 두고 보세요. 이런 말 크게 해대다가 형사가 엿들어봐요. 괜히 오라 가라 골치 아프게 된다구요. 그러니 그냥 사이 좋게 장기나 두면서 시간 보내세요.」

이용진은 이렇게 얼버무리며 노인들에게 담배를 권했다.

「그럼, 그렇지. 서로 우김질해 봐야 떡이 나와, 밥이 나와. 괜시리 없는 기운만 파하지. 이젠 사람 죽이고 어쩌고 하는 얘긴 당최 꺼내지를 말어. 하도 흉한 세상만 보고 살아서 이젠 지긋지긋해.」

수염 기른 노인은 손사래를 쳤다.

이용진은 재건대로 올라가며 마음이 께름칙했다. 속으로는 유일표에게 들은 말을 속시원하게 해버리고 싶었다. '그건 거짓말이다. 군인들이 정권을 잡으려고 조작하고 있는 것이다.' 그러나 이 말을 했다가는 무슨 변을 당할지 모를 일이었다.

복실이네 좁은 자취방에 저녁상을 놓고 네 명이 둘러앉았다.

「어머 얘들아, 오늘 새로 들은 소문인데 있잖니, 군인들이 글쎄 얼굴을 못 알아보게 시체들 얼굴에다 페인트를 칠해서 사람들 모르는 곳에다 파묻고 있대잖니.」

미자가 숟가락으로 콩나물국을 뜨며 말했다.

「응, 나도 새로 들은 건데 말야, 밤에 트럭으로 시체를 실어내 아무 표도 안 나게 파묻고 있다는 거야. 아유, 끔찍해.」

실눈의 아가씨가 어깨를 부르르 떨었다.

「근데 왜 거기 사람들은 총을 들고 나서니 나서길. 되지도 않을 싸움 그렇게 해서 자꾸 죽어가면 어떡해. 용감한 건지 미련한 건지 모르겠어.」

주걱턱의 아가씨가 혀를 찼다.

「그래 글쎄, 군인들한테 덤벼서 어떻게 이기겠어. 그냥 가만히 있어야지. 그 사람들이 답답해 죽겠어.」

실눈의 아가씨가 밥을 우물거리며 고개를 끄덕였다.

「무슨 소리들을 그리 속 편케 해? 군인들이 너무 무지막지하게 사람들을 죽이니까 어쩔 수 없이 총을 들었다는 소문 다 듣고도 그런 소리를 해?」

밥만 먹고 있던 복실이가 쏘아붙였다.

「근데 말야 그 말도 좀 이상하지 않니? 그동안 가만히 생각해 봤는데 말이야, 처음에 데모를 얌전히 했는데도 그랬을까 싶어. 그러니까 군인들이 화나고 열 받치게 데모를 심하게 한 거 아닐까?」

주걱턱 아가씨의 말이었다.

「그럼 광주사람들이 잘못했다 그거야?」

복실이의 목소리가 곤두섰다.

「뭐 꼭 그렇다는 건 아니고, 그럴 수도 있지 않을까 하는 생각이지.」

「너 그따위 소리는 아예 하지를 말어. 우리가 노조를 하려고 할 때 무슨 행동을 심하게 해서 간부고 구사대가 그렇게 인정사정 없이 몰아치고, 못된 짓하고 그러던? 그리고, 경찰에서는 블랙리스트 돌려대고? 그게 아니잖아. 힘이 있는 쪽에서는 자기들한테 조금만 손해가 된다 싶으면 아예 초장부터 씨를 말리려고 들잖아. 광주서도 마찬가지야. 아예 데모를 못하게 하려고 처음부터 무지막지하게 해댄 거야.」

복실이의 어조는 강경했다.

「그렇지만 민간인들이 총을 훔쳐서 군인들한테 대들면 어떡해. 그래가지고 어떻게 하자는 거야? 나라만 시끌시끌해지고, 불경기는 더 심해져 우리 같은 것들 살기만 더 힘들어지지.」

「얘 좀 봐. 넌 사람들이 그렇게 분하고 억울하게 죽어가고 있다는 소문 다 들으면서 고작 한다는 소리가 그거냐? 애가 어찌 그리 인정머리도 없고 생각하는 게 이 모양이냐.」

복실이가 그 아가씨를 똑바로 쏘아보았다.

「넌 같은 전라도라고 그러는지 너무 그쪽 편만 들어. 아무리 같은 고향이라도 너무 그러는 건 좀 곤란하잖아.」

「뭐라구? 너 그거 지금 말이라고 하니? 내가 뭘 너무했어?」

복실이의 얼굴이 싸늘하게 굳어졌다.

「왜들 이래? 이러다가 쌈나겠다.」

미자가 끼여들었고,

「그만들 해. 우리가 뭐 아는 게 있다고.」

실눈의 아가씨가 울상을 지었다.

「그래, 말이 나왔으니까 하는 말인데, 왜 그 사람들보고 세상이 폭도라고 하겠니? 그 사람들이 잘못하는 게 있으니까 그럴 것 아니겠어? 근데 넌 무조건 그쪽 편만 들고 나서니까 내가 그런 말 안 하게 생겼어?」

주걱턱의 아가씨가 밀리지 않고 대들었다.

「폭도? 그래, 그 사람들 폭도다. 그렇게 믿고 싶으면 그렇게 믿어. 누구나 자기 마음대로 생각하는 건 자유니까.」

복실이는 웃기까지 하며 너무 쉽게 말을 끝내버렸다. 그녀는 노조 지도부에서 들은 말을 다 해버리고 싶었다. 그러나 춘선이는 이미 말상대가 아니었다. 춘선이가 그런 마음을 품고 있었다는 걸 뒤늦게나마 알게된 것이 다행이었다. 복실이는 춘선이를 경멸하며, 방을 딴 데로 옮기고 싶다고 생각하고 있었다.

김명숙은 박보금네 술집 특실에서 두 남자와 술을 마시고 있었다.

「근데 말이죠, 왜 전라도사람들을 보고 하와이라고 하는 거죠? 서울 생활을 하면서 그 말을 수없이 들었고, 그 말을 들을 때마다 기분 나쁘고 속상했는데, 요새 또 '전라도 것들'이라는 말과 하와이라는 말이 부쩍 심해지고 있잖아요. 근데 우리 전라도사람들한테 왜 그렇게 부르느냐고 물어봐도 속시원하게 아는 사람이 없어요.」

김명숙은 최 감독과 정 부장을 번갈아 쳐다보았다.

「글쎄요, 나는 그런 데 무식해요. 난 서울 출신이라서 그런지 어쩐지 경상도 전라도 해가면서 지방색 드러내고 편가르는 것 딱 질색이고, 절대 반댑니다. 그런 잡학에는 정 부장이 전문이잖소? 어디, 나도 이 기회에 좀 알아둡시다.」

최 감독이 옆사람에게 잔을 건네며 웃었다.

「나도 그놈의 지방색은 이제 넌덜머리가 나요. 박 통이 갔으니까 그놈의 차별이 싹 없어져야 하는데, 손바닥만한 놈의 나라에서 망할 징조지요. 근데 그 하와이라는 것 말이지요, 내가 알기로는 이래요. 해방이 되고 나서 남쪽의 제일 큰 정적 두 사람은 이승만과 김구였어요. 이승만은 미군정의 도움을 받으며 남한만의 단독정부 수립을 추진하고 있었고, 김구는 민족을 분단시켜서는 안 된다고 생각하고 그것을 반대하며 서로 팽팽하게 맞섰어요. 그런데 김구는 미군정의 지지를 못 받는 입장이니까 그 대신 대중들의 지지를 얻기 위해서 전국 순회강연을 나섰어요. 김구는 가는 지방마다 환영을 받았는데 특히 전라도 지방에서는 그 환영이 아주 열렬했어요. 그게 어느 정도였느냐 하면, 강연은 큰 도시에서만 하게 되어 있었는데, 작은 군에서 사람들이 몰려나와 겹겹이 기찻길을 가로막는 바람에 김구는 예정에 없던 강연을 하고서야 기차가 움직일 지경이었어요. 그런 동태가 이승만에게 빠짐없이 보고된 것은 말할 것도 없지요. 그런 보고를 다 받은 이승만이 기분이 나빠져 한마디 내뱉은 것이 '하와이놈들 같으니라구!'였어요. 그게 무슨 말인고 하니, 일제시대에 이승만은 독립운동을 한다고 미국 본토에 있다가 나중에 우리 동포들이 많은 하와이로 옮겼어요. 그런데 거기에는 이미 박용만이라는 사람이 사탕수수 농장에서 일하는 우리 동포들을 모아 독립투쟁을 할 군인들을 양성하고 있었어요. 이승만은 독립군보다는 외교 능력으로 독립을 얻어야 한다고 생각하는 사람이라 하와이에 가자마자 박용만과 대립하기 시작했어요. 두 사람을 따라 동포들이 갈라지기 시작했는데, 결국에는 이승만 쪽에 몇 사람이 남지 않게 되어 이승만은 궁지에 몰리고 말았어요. 이승만은 박용만 쪽으로 쏠린 동포들에게 감정이 많았는데, 김구를 대대적으로 환영하는 전라도사람들이 옛날 하와이의 동포들처럼 보인 겁니다. 그 다음부터 전라도사람들을 하와이라고 부르기 시작했다고 합니다.」

정 부장이라는 사람은 입담 좋게 이야기하고는 맥주잔을 단숨에 비웠다.

「그것 참 재미있는 얘길세. 김구는 비운에 가고, 이승만이 승자가 되었으니 그 12년 동안에 전라도사람들에 대한 나쁜 인식을 전국적으로 퍼뜨리고 차별하고 할 수 있었겠군. 그거 아주 일리 있는 얘기요.」

최 감독이 담배연기를 내뿜으며 고개를 끄덕거렸다.

「예, 60년대 중반까지만 해도 서울에 전라도사람들이 특별히 많지 않았는데, 그보다 10년 전부터 서울 전체에 전라도사람들을 유난히 나쁘게 보는 인식이 퍼져 있었다는 것은 사회학적 연구 대상이기도 하죠. 결국 서울사람들 태반은 전라도사람들을 겪어보지도 않고 험담하고 불신했던 셈인데, 그 배경에는 그런 정치적 영향력이 작용하지 않았나 하는 의심이 가기도 하지요.」

정 부장이 오징어다리를 질겅거리며 고개를 끄덕였다.

「이승만 시대에 그렇게 당하고, 박정희 시대에는 그보다 더 심하게 당하고, 박정희가 죽었는데도 지금 또 당하고 있으니 우리 전라도사람들은 분하고 억울해서 어떻게 살아요, 글쎄.」

김명숙은 술기운 번진 눈으로 하소연하듯 두 사람을 쳐다보았다.

「허! 그 말 듣고 보니 그렇군요. 결과적으로 보니까 이승만은 전라도에 대한 나쁜 인식을 뿌리깊게 심었고, 뒤따라 박정희는 모든 권력기관마다 자기네 사람만 편파적으로 쓰면서 전라도 차별을 철저하게 조직화하고 구조화시켰어요. 누구나 다 아다시피 그 차별과 괄시가 얼마나 심했어요. 그건 참 잘못된 거지요.」

최 감독이 혀를 차며 땅콩을 까서 입에 넣었다.

「박정희, 그 사람 대통령을 하기 전까지의 생애도 한마디로 하기 어렵게 복잡한데, 대통령을 한 동안의 공과도 한마디로 하기 어렵게 복잡해요. 그런데 잘못한 것 중에서 유신독재 다음으로 꼽혀야 하는 게 바로 그 지방색을 뿌리깊게 박은 지역 차별주의지요. 그것도 독재체제를 유지해 나가기 위한 한 방편으로 필연적인 산물인데, 어쨌든 그건 박 통이 크게 잘못한 거고, 나라 꼴을 위해서도 하루빨리 일소시키지 않으면 안 돼요.」

정 부장이 술 마신 사람답지 않게 심각하게 말했다.

「저는요, 테레비 드라마는 통 안 보고 살아요.」

김명숙이 정 부장의 잔에 술을 따르며 말했고,

「아니, 영화는 그리 좋아하면서 왜 드라마는 안 봐요? 물론 영화하고 텔레비전 드라마는 다르지만.」

최 감독이 의아해 했다.

「예, 감독님은 제 심정 잘 모르실 거예요. 글쎄, 양장점에 옷 맞추러 오는 돈 많은 손님들 중에 경상도말 하는 여자들이 자꾸 많아지는 것도 슬그머니 속이 꼬이고 사르르 기분이 상하고는 하는데, 테레비 드라마를 보면 으레껏 잘살고, 점잖고, 좋은 사람들은 경상도말을 쓰고, 식모에, 깡패에, 나쁜 사람들은 거의가 전라도말을 쓴다니까요. 테레비 보는 건 재미있자고 보는 건데, 화나고 분하기만 한 그따위 드라마를 뭐 하러 봐요.」

술기운 밴 김명숙의 얼굴에는 정말 분함이 드러나고 있었다.

「그거 하나도 화나고 분할 것 없어요.」

정 부장이 담배연기 후우 내뿜으며 픽 웃었다.

「네에?」

김명숙이 파르르 기를 세웠다.

「뭐, 오해하지 마세요. 나도 드라마까지 그 꼴이 되고 있는 걸 보고 우리 잡지에서 한번 다뤄볼까도 생각했었어요. 그런데 그걸 달리 보면 꼭 나쁜 것만도 아니더라구요. 왜냐하면 경상도와 전라도가 그런 식으로 차별되고 있는 건 엄연한 우리 현실이고, 드라마까지 그렇게 되고 있는 것은 그 부당한 차별을 잘 보여주는 증거가 될 수 있으니까요. 한번 생각해 보세요. 한 30년쯤 지나서 그때 지방색이 없어졌는데, 자식들에게 30년 전에 이런 식으로 지역 차별을 했다 하고 말로 하면 누가 믿겠어요. 그럴 때 그런 드라마를 보여주면 얼마나 실감나고, 얼마나 좋은 증거물이 되겠냐 그겁니다.」

「어머, 그렇기도 하네요.」

김명숙이 반색을 했고,

「이런, 누가 잡지쟁이 아니랄까 봐 별 희한한 소리 다 하고 앉았네. 30년 후까지 그런 필름이 남아 있어야 말이지요. 당하는 사람들은 당장 죽겠는데.」

최 감독이 사과를 와삭 베물었다.

「말하자면 그렇다 그거지요. 어쨌든 방송국에서까지 그런 식으로 지방색을 드러내고 있는 건 보통 문제가 아니에요. 간부급에 경상도 출신들이 많아서 그런가, PD들이 저질이라서 그런가, 극작가가 얼빠진 것들이라 그런가, 하여튼 한심한 일이지요.」

정 부장이 술잔을 김명숙에게 내밀며 씁쓰름하게 웃었다.

「허, 정 부장 생각보다 순진하시네. 나, 이 얘긴 안 하려고 했는데 정 부장이 그리 말하니까 안 할 수가 없소. 어느 방송국에서 어떤 전라도 출신 작가의 작품을 단막극으로 만들었어요. 그런데 방영 며칠 전에 중정에서 나서서 전라도말은 안 되니까 모두 경상도말로 바꾸라고 했어요. 그 작품 무대가 전라도라서 주인공들이 전부 전라도말을 쓰고 있거든요. 그러니 PD가 어떻게 됐겠어요. 부랴부랴 작가한테 전화를 걸어서 양해를 구하려고 했지요. 그런데 작가가 한마디로 거부하며, 방영을 하지 말라고 해버렸어요. 그러자 PD만이 아니라 편성국 전체가 난감해지고 말았어요. 다음 작품은 안 돼 있지, 90분짜리를 다른 것으로 바꿔칠 것도 없지. 그런데 그 극은 예정대로 방영이 됐어요. 전부 경상도말로 바뀌어.」

「아니, 그게 정말이에요?」

정 부장이 벌떡 허리를 세웠고,

「어머나, 어머나……」

김명숙은 입을 다물지 못했다.

「그게 우리 현실이오. 바로 작년에 벌어진 일인걸 뭐.」

최 감독이 술잔을 비웠다.

「아이고, 이거 다 망해버린 나라네.」

정 부장이 어깨를 부리며 한숨을 토해냈다.

「얘기들 재미 있으세요? 겨우 빠져나오느라고 혼났네.」

술기운 불콰한 박보금이 들어서며 환하게 웃었다.

「재미 하나도 없소.」

최 감독이 퉁명스럽게 대꾸했다.

「어머, 왜요?」

「우리 지금 민족과 국가의 장래를 위해서 심각한 토론을 하고 있기 때문이오. 자아, 술이나 받으시오.」

정 부장이 마치 주먹질을 하듯이 박보금 앞으로 술잔을 불쑥 내밀었다.

「민족과 국가요? 아 참, 저쪽 방에서 들은 얘긴데 광주 폭도들 곧 진압될 거래요.」

「야, 말 조심해! 폭도는 누가 폭도야. 너 경상도라서 그따위로 말하는 거야?」

박보금의 말이 끝나기 무섭게 김명숙이 빠락 소리질렀다.

「어머나, 어머나, 내 정신 좀 봐. 네가 전라도였지. 미안해, 미안해, 하도 그 말을 많이 들어서 나도 모르게 나온 거야. 취소야, 취소. 정말 미안해. 우린 그냥 친구잖아, 친구.」

박보금이 김명숙을 안았다.

「난 말야, 전라도 욕하는 걸 들으면 꼭 우리 부모 욕하는 것 같단 말야. 그렇잖아도 분하고 서러워 죽겠는데 너까지 그러면 어떡해. 나 요새 세상 살고 싶지가 않아. 너 알아, 내 맘?」

김명숙이 박보금을 마주 안으며 울먹이고 있었다. 그녀의 눈에서는 눈물이 흐르고 있었다.

「미안해, 알아, 알아, 다 알아.」

박보금이 김명숙의 등을 다독거렸고, 두 남자는 술잔을 기울이고 있었다.

「상재야, 너 신문 봤지? 내일부터 광주에 갈 수 있는 거.」

유일표는 전화로 말했다.

「응, 봤어.」

이상재의 목소리도 유일표만큼 침울했다.

「나 내일 아침 광주 간다.」

「혼자서?」

「응.」

「그럼 나도 함께 가자.」

「너도? 출판사 안 바뻐?」

「그까짓 일이 문제가 아니잖아.」

「알았어. 그럼 내일 아침 첫차야.」

「첫차? 기차냐?」

「응.」

「알았어. 서울역 대합실에서 만나자.」

「그래. 그럼 들어가.」

이튿날 아침 대합실에서 이상재를 만난 유일표는 깜짝 놀랐다.

「아니, 선배님께서 웬일이십니까?」

「가봅시다. 그건 광주만의 문제가 아니잖소.」

원병균이 유일표의 팔을 잡았다.

기차는 한강 철교를 지나고 있었다. 그들은 말없이 한강을 바라보고 있었다.

한강은 영겁의 세월을 담고 긴긴 흐름을 짓고 있었다.

〈끝〉

20년 글감옥에서 출옥

마흔에서 예순까지

『태백산맥』을 마흔에 시작해서 『아리랑』을 거쳐 『한강』을 쓰고 나니 예순이 되었다. 그 20년의 세월은 하나뿐인 자식이 초등학교 4학년에서 대학을 나오고, 군대를 갔다 오고, 장가를 들어 애아버지가 되었고, 나를 진짜 할아버지로 만들었다.

『한강』의 원고지 1만 5천 장 마지막에 '끝' 자를 쓰면서, 내가 어떻게 이 일을 다 마쳤는가 하는 새삼스러운 감정에 한참이나 빠져 있었다. 어느 잡지의 취재에 응해 『태백산맥』의 원고를 모두 쌓아놓고 사진을 찍을 때 자꾸만 눈물이 나려고 했던 것처럼 또 눈물겨웠던 것은 무슨 까닭이었을까. 그건 어쩌면 기나긴 소설을 쓰면서 끊임없이 시달려온 외로움과 괴로움과 고달픔과 암담함 같은 것들을 이겨내려고 몸부림쳐 온 나 자신에 대한 연민이 아니었을까.

몇 장인지 모를 파지를 내가며 『한강』의 첫 장을 썼을 때, 내가 왜 또

이 길을 가려 하는가, 하는 참담함에 부딪혔다. 그 한 장의 원고지는 앞으로 써야 할 분량의 1만 5천 분의 1이었고, 내가 걸어가야 할 길은 까마득하게 멀고 멀기만 했다. 원고지 한 장을 써놓고 느끼는 감정은, 그 끝이 어디인지 모를 캄캄한 터널 속으로 혼자 걸어 들어가는 것 같은 암담함과 막막함이었다. 그런 느낌은 『태백산맥』의 첫 장을 써놓고도, 『아리랑』의 첫 장을 써놓고도 똑같았다. 그 감당하기 어려운 암담함과 막막함은 되풀이되면서 덜해지는 것이 아니라 오히려 더해지고 있었다. 첫 번째는 고통과 괴로움을 모르고 당한 것이었지만 두 번째부터는 그 온갖 어려움들을 또 겪어야 한다는 두려움이 겹쳐지는 탓이었다.

그 누구나 나이를 먹어갈수록 세월과 인생의 허망함을 크게 느끼게 마련이지만, 나는 참으로 나이 예순이 된 허망감이 짙다. 세상을 등지듯 원고지에 묻혀 살다 보니 삶의 구체적인 기억이나 추억들이 없이 20년 세월이 후딱 지나가버려 내 인생을 누구에게 빼앗겨버린 것도 같고, 어디로 날아가버린 것도 같고, 텅 비어버린 것도 같은 착각이 들기도 한다. 그런 상실감이나 공허감이나 공백감은 앞으로 차츰 풀어가면서 살려고 한다.

이제 작가생활 33년이 되었다. 등단 작품 「누명」에서부터 장편소설 『불놀이』까지, 전집으로 묶인 것이 여덟 권이다. 그것이 나의 전반기 문학이다. 그리고 『태백산맥』, 『아리랑』, 『한강』까지가 중반기 문학이 되리라. 앞의 여덟 권에다 세 편의 대하소설이 서른두 권이니, 지금까지 쓴 것이 모두 마흔 권이다. 앞으로는 후반기 문학이 남아 있다. 언제까지 글을 쓸 수 있을지, 얼마나 쓰게 될지는 알 수가 없다. 다만 지금까지 해왔던 것처럼 진지하고 순수하게 문학을 섬기며 새날을 향하여 옷깃을 여민다.

가지가지 직업병

많은 사람들이 묻는 질문 가운데 대표적인 것이, 어떻게 그렇게 오래 견딜 수 있느냐, 하는 것이고 또 하나는, 어떻게 그 긴 대하소설들을 세 편씩이나 쓸 수 있느냐, 하는 것이다.

독자들로서는 꽤나 궁금할 수 있는 이야깃거리일 수 있는데, 작가로 서는 한두 마디로 하기가 어려운 물음들이다.

꼭 한마디로 해야 한다면 '노력이다' 라고 하면 될 것이다. 그러나 그런 응답은 큰 오해를 불러일으킬 수 있다. 불친절하고 거만하다 못해 불쾌감을 주기가 십상이다.

그래서 그런 질문에 성실하게 답변을 하자면, 먼저 해야 할 말이, 대하소설을 쓰는 일은 미련하게 해나가야 하는 끝없이 긴 중노동이라는 사실이다. 산업사회의 세월이 오래되어 가면서 중노동을 하는 노동자들에게 직업병이 생긴다는 것은 우리의 일반적 인식이 되었다. 그런데, 대하소설을 쓰는 작가에게도 직업병이 생긴다.

내가 첫 번째로 극심하게 앓았던 병이 『태백산맥』 2부를 쓰면서 걸린 기침병이다. 3년 동안 연재를 하면서 소설 쓰는 것이 너무 힘겨워 며칠 쉬었으면 하던 참에 마침 어느 문학단체에서 대만에 가는 여행 계획을 알려왔다. 머리를 식히기에 안성맞춤이었다. 여장을 꾸렸는데 몸이 으실으실해서 몸살·감기약을 사 먹고 비행기를 탔다. 그런데 대만에 가자 병세가 하루가 다르게 심해서 사흘째 밤에는 거의 혼수 상태에 빠져 밤새도록 앓았다. 거기에 더 있다가는 죽을 것만 같은 위기감 속에서 남은 여행을 포기하고 혼자 돌아올 수밖에 없었다.

그런데 귀국하자 기침이 터지기 시작했다. 기침이 어찌나 심한지 목이며 가슴에 통증이 일어나는 것은 말할 것도 없고 내장까지 뒤집히는 것 같았다. 여기저기 병원을 찾아가고, 엑스레이를 연달아 찍었지만 원인이 밝혀지지 않았다. 그런데 기침은 자려고 눕기만 하면 더 걷잡을 수 없이 터져나왔다. 약을 먹어도 소용이 없고, 기침이 나지 않게 하려고 거실 소파에 앉아서 자는 나날이 시작되었다. 의사가 겨우 찾아낸 원인은 '누적된 과로'였고, 기침을 해가며 앉은 잠을 두 달 넘게 자야 했다. 그러면서 2회분의 연재를 썼다. 완전히 앓아눕기 전에는 거를 수 없는 것이 연재소설이란 올가미다. 기침은 시나브로 나았는데, 지금도 기침에 대한 공포는 크다.

두 번째로 앓은 것이 위궤양이다. 『아리랑』을 쓰려고 첫 번째 취재를 중국으로 떠난 것이 1990년이다. 중국에서 한 달 머무는 동안 체중이 표나게 줄었다. 줄곧 가슴팍과 양쪽 갈비뼈 부분이 들떠오르는 듯하고 결리면서 속이 쓰리고 소화가 안 되는 것이 나날의 취재가 고생스럽고 음식이 안 맞아 그러는 줄 알았다. 집에 돌아와서 몸은 다소 회복이 되었고, 작품 연재를 시작했다. 그런데 속이 아픈 증상은 자꾸 심해져 작품 쓰기에 지장이 될 정도였다. 하는 수 없이 병원을 찾아가 위 엑스레이를 찍었다. 즉석에서 나온 결과는 중증 위궤양이었다.

필름에 희게 드러난 부분을 가리키며 의사는, 오래 전부터 진행된 병세고, 원인은 신경을 과민하게 소모한 탓이라고 했다. 뒤늦게 알고 보니 가슴팍과 갈비뼈 부분의 결림 현상이 바로 위궤양 때문이었다. 그런데 그 증세가 나타나기 시작한 것은 『태백산맥』 3부를 쓰고 있을 때부터였다. 그러니까 위궤양은 1987년 하반기부터 시작된 셈이었다. 통증이 심해 신문 연재를 한 달 동안 중단할 수밖에 없었다.

약을 서너 달 먹고 위 사진을 찍어보니 다 나았다고 했다. 그런데 1년쯤 지나 또 아파서 다시 사진을 찍으니 재발이었다. 신경을 과민하게 쓰지 말아야 하는데, 작품을 쓰는 한 안 나을 병이라고 의사는 진단했다. 그 진단은 적중했다. 『아리랑』을 끝내기까지 위궤양은 다섯 번이나 재발했다. 결국 『아리랑』을 쓰는 일은 위궤양과의 싸움이었던 셈이다. 그런데 위궤양은 『아리랑』을 쓰고 나서도 완치되지 않아 『한강』의 취재를 위해 베트남에 갔다가 일정의 중간에서 돌아오지 않을 수 없게 만들었다. 담배를 끊는 소동(?)을 벌이고 해서 위궤양을 퇴치한 다음 『한강』

연재를 시작했고, 무사히 『한강』을 끝내게 되었다.

　세 번째 앓은 것이 둔부의 종기다. 다산 정약용은 글을 쓰느라고 너무 오래 앉아 있어서 엉덩이에 종기가 많이 나 공중에다 선반을 매달고, 서서 글을 썼다고 한다. 나는 그 사정을 너무나 잘 이해한다. 나도 너무 오래 앉아 있다 보니 엉덩이에 종기가 자주 나 그때마다 연고를 발라 신속하게 퇴치하고는 했는데, 결국 하나가 자리마저 고약한 데를 차지해 끝내 말썽을 부리고 말았다. 앉을 수가 없을 지경이 되어 병원에 가서 수술을 받아야 했다. 『아리랑』을 중간쯤 썼을 때였다.

　네 번째 앓은 것이 한 달 동안의 극심한 몸살이었다. 『아리랑』의 주인공 송수익의 장례를 치르기 위한 진혼곡을 고열의 어지러움에 시달리면서 써놓고 쓰러져버렸다. 흔히 밤새껏 앓았다는 말을 쓰는데, 전신이 조각조각 깨지고 그 조각들이 다시 잘게 바스러지는 고통 속에서 한숨도 자지 못하고 밤새껏 앓은 것은 그때가 처음이었다. 아, 이대로 죽는 모양이구나 하는 생각이 떠나지 않을 정도로 극심한 아픔이었다. 그날부터 한 달 동안 글 한 줄 못 쓰고 앓아누워 있었다. 약도 아무런 효과가 없었다. 너무 부려먹다 보니 온몸이 반란을 일으킨 모양이었다. 그때 하루 평균 35매씩 쓰고 있었으니, 원고지 1천여 장을 고스란히 손해보고 말았다.

　다섯 번째 앓은 것이 오른팔 마비였다. 『아리랑』 후반부를 쓰고 있는데 오른쪽 어깨 관절에 통증이 생기면서 팔이 아래로 마비 증상을 보이고, 오른쪽 손등 네 번째·다섯 번째 손가락 부분이 완전히 굳어져 글씨를 쓸 수가 없게 되었다. 기계 고장치고는 치명적인 부분이 아닐 수 없었다. 침술이 용한 한의사의 파격적인 대우를 받으며 한 달 넘게 침을 맞고, 많이 회복되기는 했지만 계속 글을 써야 하니 완치시킬 수 없는 채로 손등에 물파스를 발라가며 『아리랑』을 끝냈다.

　그리고, 여러 가지 약을 구해 어깨 관절에 바르고, 물리치료용으로 손으로 가래를 다그락다그락 굴리며 완치시키는 노력을 했다. 또 『한강』
을 쓸 준비로.

여섯 번째 앓고 있는 것이 탈장이다. 위궤양도 재발하지 않고, 오른쪽
어깨도 흔들면 가늘게 띠극, 띠극 하는 소리를 내면서도 마비 증상을 보
이지는 않아 『한강』은 별탈 없이 끝내게 되나 보다 했다. 그런데 후반부
를 쓰고 있던 어느 날 아침 무심결에 손이 아랫배로 갔다. 손이 닿은 부
위가 불룩 튀어나와 있었다. 의사가, 너무 오래 앉아 있어서 탈장이 되
었다고 했다. 그건 다름아니라 너무 오래 앉아 있다 보니 장의 무게를
견디지 못해 장을 막고 있던 막이 '아이고, 나는 더 못 견디겠다' 하고
백기를 들어버린 것이다. 수술을 하면 그 통증 때문에 두 달은 글을 쓸
수 없다고 해서 7개월 동안 탈장을 앓으며 『한강』을 끝냈다. 이 글까지
마치면 바로 병원에 입원해 수술을 받을 참이다.

그러나, 이런 육체적 어려움들은 소설을 만들어가는 정신적 괴로움에
비하면 아무것도 아닌지도 모른다. 그리고, 육체적인 것은 이렇게나마
표현이 가능하지만 정신적인 것은 최소한의 표현조차 어렵다. 흔히 글쓰
는 고통스러움을 '피를 짜서 쓴다'거나 '피를 한 방울씩 찍어서 한 자,
한 자 썼다'고 하는데 그런 표현은 자기가 하는 일을 너무 과장하는 것
같고, 지나치게 미화시키는 것 같아 면구스러워 나는 그럴 수가 없다.

하여튼 크게 앓은 병만 이렇고, 하루 종일 책상에 앉아 있다 보면 다
리가 퉁퉁 부은 것 같거나, 아침마다 일어나면 등이 짝짝 갈라지는 것
같거나, 현기증으로 땅이 흔들리는 것 같거나, 잠자리에 들어 몸이 한없
이 가라앉는 착각 속에서 '내가 내일 아침에 못 일어나지' 하는 두려움
속에서 잠이 들거나 하는 사소한 것들까지 다 이야기하자면 한이 없다.

이런 긴 이야기들을 한두 마디로는 할 수 없으니까 그런 질문을 받으
면 그저 웃을 수밖에 없다. 그리고 그 괴로움들을 견디고 이겨내는 것은
결국 '노력' 그것이다. 그러면 또 물을지 모른다. 왜 그런 고통을 당하

면서 쓰는 거냐고. 그것이 작가의 삶이니까.

앞의 작품이 뒤의 작품의 적

또 많은 사람들이 궁금해 하는 것이, 어떻게 그 많은 자료들을 갖추고, 그 많은 인물들을 만들어내고, 그 많은 이야기들을 엮어가느냐 하는 것이다. 이것 또한 즉석에서 만족할 만한 대답을 하기 어려운 질문이다. 그런 질문을 받고 어물어물 넘긴 것이 한두 번이 아닌데, 그 대답은 이 지면에서도 가능하지가 않다. 왜냐하면 독자들의 입장에서는 분명 알고 싶은 궁금함일 수 있는데, 작가의 입장에서는 그것이 본격적인 창작법이기 때문이다. 그 창작법은 소설가 지망생들이 모여 있는 문예창작과에서 강의를 해도 아마 1년은 걸리지 않을까 싶다.

그래서 여기서는 내가 연달아 대하소설을 쓰면서 그 작품들이 서로 어떤 압력을 가했는지 대충 밝히는 것으로 대답을 대신하고자 한다.

모든 운동선수들은 남의 기록을 깨기 전에 자기자신의 기록을 갱신해야 하는 숙명 속에서 결국은 아름다운 좌절을 할 수밖에 없다. 그러나 기록 갱신이란 운동선수들에게만 있는 것이 아니다. 작가들도 끝없이 기록 갱신을 해야 하는데 다만 그 용어가 달라 '창작'이라고 할 뿐이다. 창작이란 '남다르게 새로운 작품'이라는 뜻이고, 작가가 되고자 하는 신인의 경우에는 그 새로움을 획득하기 위해서 필연적으로 이미 나와 있는 기성인들의 모든 작품은 적이 될 수밖에 없다. 또 기성인의 경우에도 나 아닌 모든 작가의 작품들은 새로움을 위하여 넘어가지 않으면 안 되는 선의의 적이다. 그런데 기성인은 그보다 먼저 자기자신이 이미 써놓은 작품들이 또 있다. 그것마저도 새로움으로 넘어가지 않으면 '창작'이 될 수 없다. 스스로의 작품을 넘어갈 수 있는 새로움을 갖추지 못하면 그때부터 예술가의 외로운 좌절은 시작된다.

『태백산맥』에는 수많은 인물들이 나온다. (문학 전문가라는 사람들이 그 인물들의 수를 셌다고 하는데, 서로 그 수가 다르고, 작가인 나도 낳기만 했지 헤아려보지 않아 몇 명인지 모른다.) 그 인물들 중에서 특히 그 역할이나 개성이 두드러져 확고한 인상이 박힌 사람들이 있다. 그러한 인물들은 다음 작품에서는 또 등장시켜서는 안 될 뿐만 아니라, 그들에게 붙였던 성(姓)까지도 새 작품에서는 쓰기 어렵게 된다. 하대치나 염상구 같은 경우가 그렇다.

그러니까 『아리랑』은 『태백산맥』보다 더 새로워야 하는 짐을 지고 있는데, 인물 설정에서부터 『태백산맥』은 『아리랑』의 입지를 좁히는 압박을 가해오는 것이다. 그러므로 『아리랑』의 가장 무서운 적은 기존의 모든 작가들의 작품이기 이전에 『태백산맥』이다. 그럼 『한강』의 가장 가까운 적은 무엇인가. 『아리랑』인가? 그렇지 않다. 『태백산맥』과 『아리랑』이 똑같은 무게로 압박을 가하는 적이다. 그러므로 『한강』의 입지는 더욱 좁아진다. 그런 제약 속에서도 『한강』을 『태백산맥』이나 『아리랑』보다 월등하지는 못하더라도 같은 높이로 써내야 하는 것, 그것이 작가가 피할 수 없는 숙명이고, 그 숙명을 이기기 위한 싸움에서 작가는 남모르는 내출혈의 고통을 외롭게 감수할 수밖에 없다.

이것은 쉽게 들 수 있는 하나의 예에 불과하고, 기법·묘사·시대와 인물에 따른 언어 구사 같은 것까지 먼저 쓴 작품의 것을 반복해서는 안 되는 국면에 이르면 작가의 입지는 점점 더 좁아진다.

세 작품에 등장하는 인물들이 얼추 1,200여 명이 되지 않을까 싶은데, 아무리 한 장면만 스치고 지나가는 단역이라 해도 그 이름이 전 작품 그 누구와 같아서는 안 된다. 그러니까 나는 작명소를 차려도 될 만큼 사람들 이름을 많이 짓기도 했다. 그런데 이름을 짓는 것도 그다지 쉬운 일이 아니다. 인물의 성격과 이름이 딱 부합되어야 하는데, 어딘가 그 조화가 잘 이루어지지 않아 한나절 이상을 글 한 줄 못 쓰고 끙끙댄 적이 여러 번이었다. 『태백산맥』의 하대치나 소화는 꼭 그 이름이어야 하고,

『아리랑』의 공허나 수국이는 바로 그 이름이 아니면 안 되는 것이다.

민족 이야기의 인류 보편성

"나는 한국인으로서 한국의 파란만장한 역사에 대해 오랜 세월 동안 가슴 아파해 왔고, 한국의 작가로서 그 역사의 비통함과 쓰라림을 작품으로 충실하게 쓰려고 노력해 왔다. 그중의 하나가 바로 『태백산맥』이다. 『태백산맥』에는 단순히 한국인의 굴절 많은 슬픈 역사만 그려져 있는 것이 아니다. 그속에는 세계열강들의 각축이 내포되어 있고, 인류가 지향하는 평화가 왜 쉽게 이루어지지 않는가 하는 세계적 숙제까지 담고 있다."

이것은 일본에서 완역 출판된 『태백산맥』을 읽은 독자들에게 보낸 글의 한 대목이다.

민족의 문제를 거론하거나, 민족사의 중요성을 이야기하면 즉각적인 거부감을 드러내거나 시대착오적이라고 비판하는 지식인들이 뜻밖에도 많다. 특히 외국 유학을 다녀온 사람들이 그 정도가 심하다. 더구나 '세계화'라는 묘한 바람이 불면서 민족의 이야기는 마치 반인류적이고 비세계화인 것처럼 몰아버리는 경향이 더 커졌다. 그것은 아주 잘못된 불구적 인식이고, 단편적 사고이고, 사대주의적 의식이다.

그들이 공박으로 내세우는 것은 민족주의는 공격적이고 파괴적이고 폐쇄적이라는 것이다. 이 주장의 근거는 히틀러의 민족주의에서 비롯된 것이고, 그 타당성이 없지는 않다.

그런데 히틀러가 사라지고 일본이 패망하면서 20세기 후반의 지구를 지배한 것은 두 개의 신제국주의였다. 미국은 패권주의로, 소련은 팽창주의로 제국주의화한 것이다. 그 제국주의 지배에서 벗어나기 위해 약소국들이 힘을 모으는 데는 민족주의밖에 없었다. 그 민족주의는 강대국의 민족주의와는 반대로 방어적이고 공생적이고 개방적일 수밖에 없다. 힘이 약하니 누구를 공격할 수도 없고, 공격을 못하니 파괴할 것도 없고, 생존을 유지해야 하니 폐쇄적으로 살 수가 없는 것이다.

약소국들이 민족주의로 힘을 응집시켜 저항하는 것을 가장 싫어하는 것이 제국주의자들인 것은 더 말할 것이 없다. 그들과, 그들을 뒤따르는 다른 강국들은 히틀러의 민족주의를 모델로 내세워 그 폐해를 역설해 가며 약소국들의 민족주의를 죄악시하고 무력화시키기에 열중했다. 그 이론 개발에 동원된 것이 그 나라 학자들이었고, 소위 유학파라는 지식인들은 귀국해서 그 논리의 앵무새 역할을 하기에 바빴다.

그런 영향을 받은 때문일까, 아니면 반도민족의 뿌리깊은 사대주의 때문일까? 우리는 이스라엘 민족인 유대인들이 학살당한 것에서는 인류적 공분을 느끼면서도 정작 우리가 일본 지배 아래서 참살당한 사실에서는 민족의 문제만으로 국한시킬 뿐이지 인류적 공분을 불러일으킬 수 있는 인류 보편성을 발견하지 못하고 있는 것이다. 시기도 같고, 죽은 수도 비슷한데도 말이다.

6·25라는 전쟁의 의미를 매몰시킨 것도 마찬가지다. 월남전은 15년이 넘는 기간 동안에 180만이 죽었다. 그런데 6·25는 단 3년 동안에 300만이 넘게 죽었다. 그럼에도 월남전은 신제국주의의 악을 세계에 고발하는 데 성공했는데, 6·25는 세계 어느 한구석에서 일어났었던 사소한 전쟁으로 묻히고 말았다. 냉전을 빙자한 반인류적 열전이 6·25였고, 냉전시대의 가장 비인간적 학살전이 6·25였다. 6·25에서 인류 보편성을 찾아내지 못한다면 통일의 길은 또한 멀다.

그런 의미에서 정신대 문제를 우리나라 여성들이 중심이 되어 15년에 가까운 세월 동안 끈질기게 노력해 세계화시킨 것은 더없이 값진 인류 보편성 획득의 결실이다. 정신대 문제는 식민지 피해의 일부분이고, 우리 스스로 수치스럽게 생각해 덮고 망각하려고 했던 사건이다. 그런데 뜻있는 여성 한 사람이 일을 시작해 끝내는 동남아 피해국들과 연대하게 되었고, 그 힘은 UN을 움직이기에 이르고, 전세계는 일본의 악행을 전 인류적 범죄로 확정하게 된 것이다.

인류 보편성, 그것을 강대국들의 자기합리화를 위한 유희의 언어가 되게 방치해서는 안 된다. 민주주의가 개개인의 자유가 보장되는 토대 위에서 피어나는 꽃이듯이 인류 보편성이라는 것도 모든 민족들의 존재가 공평해질 때 비로소 빛나는 보석으로 제 모습을 갖출 수 있다. 그런 의미에서 '가장 민족적인 것이 가장 세계적'이라는 명제는 여전히 유효하다.

4~5년 전부터 바람을 일으킨 세계화는 이제 비로소 미국 일국주의의 횡포라고 비판이 시작되었다. 세계화의 바람에 휩쓸려 민족주의를 더욱 매도하고 나섰던 이 땅의 지식인들은 지금 무슨 생각을 하고 있을까.

지식인 그리고 작가란

인간 세상이란 그 어느 시대, 어떤 체제에서든 모순과 갈등이 있게 마련이다. 또한 지식인이란 계층도 계속 존재해 왔다. 그럼 지식인이란 무엇일까? 21세기가 시작되는 시점이고, 그리고 이 나라는 온갖 부패의 노출로 민심이 흉흉한 상황이라서 다시 묻지 않을 수 없다. 과연 지식인이란 무엇인가?

지식인이란 온갖 모순과 갈등이 뒤엉킨 사회 속에서 진실을 발견하고, 그 진실을 옹호하고, 그 진실을 실천하고, 그 진실을 전파하는 존재여야 한다. 작가도 그 지식인에 속하는 것은 더 말할 것이 없다.

다른 분야의 지식인들보다 특히 작가는 만년의 생명력을 지닌 언어 작업을 하기 때문에 더욱 진실하지 않으면 안 된다. '작가는 인류의 스승이며, 그 시대의 산소다.' 세계적으로 왜 이런 과분하고도 황송한 칭호를 내린 것일까. 그건 모든 작가들이 그처럼 잘났기 때문이 아니다. '인류의 스승'이란 모범적인 작가들이 인간의 편에 서서 인간의 인간다운 삶을 위하여 진실한 작품을 써낸 결과 부여된 이름이며, '그 시대의 산소'란 모든 작가들에게 어떠한 악조건에 처해 있더라도 진실만을 말하는 작품을 쓰라는 의무와 책임을 맡기는 의미이다.

그런데 그 의무와 책임을 기득권으로 착각하는 작가들이 없지 않다. 그래서 산소 역할을 거꾸로 해 탄산가스 노릇을 한다. 진정한 작가란 그 어느 시대, 그 어떤 정권하고든 불화할 수밖에 없다. 왜냐하면 모든 권력이란 오류를 저지르게 되어 있고, 진정한 작가는 그 오류들을 파헤치며 진실로 말하기 때문이다. 그러므로 작가는 정치성과는 전혀 상관없이 진보적인 존재일 수밖에 없으며, 그러나 진보성을 띤 정치세력이 배태하는 오류까지도 직시하고 밝혀내야 하기 때문에 작가는 끝없는 불화속에서 외로울 수밖에 없다. 그 불화의 외로움에 대한 보상이 '인류의 스승'인 것이다.

그 어떤 예술이 인간을 떠나서 존재할 수 있을까마는 특히 소설은 말뜻 그대로 사람들의 세상살이 이야기를 엮어내는 것이므로 인간의 구체적인 삶과 밀착되어 있고, 그 밀착 속에서 사회성과 역사성을 자연스럽게 조우하게 되는 예술이다. 그래서 프랑스에서는 소설이라는 말과 역사라는 말이 동의어로 쓰이는지도 모른다.

그러나 소설이라는 예술품을 만들어가면서 사회성과 역사성을 지나치게 강조한 나머지 예술품으로서의 소설을 황폐화시키는 것은 비극이다. 그렇다고 하여 사회성과 역사성을 완전히 배제해 버리고 사적인 내면으로만 몰입되는 것은 누에고치가 제 집에 갇혀 죽는 것과 같은 소설의 자멸이다. 그 극단의 어리석음을 벗어난 조화, 그것이 가장 바람직한 소설이 아닐까 한다.

여유롭게 황혼의 문학을

나 스스로에게 지웠던 짐을 무사하게 내려놓을 수 있게 되어 참으로 다행스럽다. 몸이 몹시 아픈 어느 순간이나, 쓰기에 지치고 신물이 나 의식이 하얗게 되어버리는 것 같은 어느 순간에는 이 글을 쓰지 못하게 되는 게 아닌가 하는 두려움도 없지 않았다. 〈『한강』을 마치며〉, 이 글을 쓸 수 없게 된다면 그것처럼 참담한 일이 어디 또 있겠는가.

20년 동안 대하소설에만 매달려 있다 보니 중·단편은 전혀 쓸 겨를이 없었다. 앞으로는 중·단편으로 돌아가고, 장편도 한 권 분량으로 쓰려 한다. 내 안목으로 보아 더는 대하소설을 쓸 얘기가 없는 것 같고, 이제 일욕심을 부릴 나이도 아닌 듯하다. 일욕심도 또다른 탐욕이니까.

『아리랑』을 끝내고 『한강』을 준비하고 있는 기간에 여러 잡지에서 중·단편 청탁이 왔다. 나는 새 소설 준비 때문에 쓰기 어렵다고 했고, 잡지사에서는 쉬고 있는데 후딱 좀 써달라고 했다. 한 30여 년 전인가, 우리나라 배우들의 연기력에 대한 비판이 심하게 일어났다. 외국 배우들에 비해서 개성적인 연기가 나오지 않는데 그 원인은 서너 편씩 겹치기 출연을 하기 때문이라고 했다. 그런데 주연을 맡은 외국 배우들은 겹치기 출연이란 있을 수 없다고 했다. 그때 깨달은 것이 작가의 태도였다. 작가들 중에서 연재를 동시에 두 편씩 하는 경우가 더러 있었던 것이다. 배우도 안 되는데 하물며 작가……. 그 뒤부터 나는 한 작품을 구상하기 시작하면 다른 작품은 전혀 생각하지 않는 태도를 길들이기 시작했다.

열 권짜리 대하소설을 준비하는 과정은 쓰는 것에 못지않게 신경이 곤두서고, 정신을 집중하지 않으면 안 된다. 그 준비가 허술하면 소설이 잘 써질 리 없기 때문이다. 그러니까 작품 준비기간은 작품 구상기간이 겹쳐져 있는 중대한 시간대지 쉬는 때가 아니며, 그때 다른 작품을 쓴다는 것은 바로 겹치기 출연인 셈이다.

그러나 나의 그러한 입장은 잡지사에 흔쾌히 이해되지 않았다. 어느한 잡지사에서는 일방적인 오해를 해서 사이가 거북해지기도 했다. 그러나 해명할 도리가 없으니 어쩔 수 없는 일이다. 문단과 관계되어 그런 비슷한 일이 벌어진 게 한두 번이 아니다. 서운해 하는 사람, 기분 나빠 하는 사람……, 그러나 사소한 일들에 얽혀들고 흔들리고 하다가는 긴 소설을 써낼 도리가 없다.

앞으로 언제까지 소설을 쓸 수 있을지는 모르지만, 내 소망은 죽는 날까지 쓸 수 있기를 바라고, 나의 마지막 힘이 남아 있을 때까지 소설을 쓸 작정을 하고 있다. 이제 황혼을 바라보는 나이에 그 무엇에 눈을 돌릴 것인가.

그런데 그 꿈이 실현 가능한 것은, 젊은이들이 주책없다고 할지 모르지만, 지금도 문학에 대한 열정이 대학에 들어갈 때와 별로 달라진 것이 없다. 이 대목은 진화가 안 되는데, 그 원시성이 나의 큰 행운이기도 하다.

그 열정으로 새롭게 문학을 시작하되 일욕심을 줄여 앞으로 한 열 권쯤 쓸 생각을 하고 있다. 그 열 권 중에 확정된 것이 두 권의 동화다. 내황혼의 인생에 새로운 푸르름과 눈부신 빛을 꽃밭의 찬란함으로 담뿍담뿍 안겨주는 손자 재면이와, 그의 동무 세대를 위해 정성 들여 소담한 동화 두 편을 쓰려고 한다.

다른 작품들은 여유로운 날들을 보내면서 차츰 생각해 나가려고 한다.

세 벌의 『태백산맥』

아들 도현이가 대학생이 되자 『태백산맥』을 원고지에다 완전히 베끼라고 했다. 그 이유는 묻지 말고, 다 베끼고 나면 깨달을 것이라고 해두었다.

문장 공부, 인생 공부, 역사 공부……, 여러 가지 얻어지는 것이 많겠지만, 특히 작가의 아들로서 최소한 애비가 어느 정도의 고생을 겪어냈는지 체득시킬 필요가 있었다. 모든 작품의 저작권을 부모 사후 50년 동안 보유하려면 그 정도의 어려움은 치러봐야 기본 자격을 갖추는 것이라는 생각도 있었다.

나는 거기서 끝나지 않고 며느리에게도 그 일을 시키겠다고 선언(?)했다. 연애하는 것은 좋으나 이의 없이 『태백산맥』을 베낄 수 있는 여자를 데려오라고 일러두었다.

아들이 결혼하고, 신혼여행에서 돌아온 그날 시아버지로서 몇 가지 사항을 이른 다음 며느리(이민경)에게 『태백산맥』을 베낄 수 있느냐고 물었다. 며느리는 신통하게도 그러겠다고 했다. 무리할 것 없이 하루에 한 시간이면 12~13장을 베낄 수 있으니 3년이면 다 끝내게 될 거라고 방법까지 가르쳐주었다.

그런데 며느리는 도깨비방망이를 두들긴 것처럼 한 달 만에 1권을 베끼고 말았다. 나와 아내는 너무 놀랐고, 글씨를 내가 원고지에 쓴 것처럼 또박또박 쓰라고 원고까지 보여주었는데 마구 휘갈겨 써버린 모양이라고 생각했다. 그래서 검사를 시작했다. 그런데 이게 웬일인가. 흐트러진 글씨는 하나도 없이 베끼기는 완벽하게 이루어져 있었다. 나는 흡족한 마음으로 칭찬을 한 다음 속도를 아주 늦추라고 일렀다. 가정생활을 가꾸면서 그렇게 빨리 베낀다는 것은 여러 가지로 무리였다.

그런데 며느리는 임신을 하고, 아이를 낳고, 기르고 하느라고 자연히 속도가 떨어져 지금 5권을 베끼고 있는 중이다. 내가 『한강』을 하루에 평균 서른 장 정도씩 쓰는 걸 며느리는 최근에 알고 깜짝 놀랐다. 그냥 베끼기만 하는 것도 하루에 열 장씩 하기가 어려운데 어찌 그럴 수 있느냐는 것이었다. 이 한 가지 깨달음만 가지고도 베껴 쓰기의 효과는 100퍼센트 달성된 것이 아닌가 한다.

나와 아내의 말년이 편하려고 착하고, 온순하고, 마음 넓고, 효성 깊고, 늘 웃고, 아이 건강하게 잘 키우는 며느리를 얻게 되어 천복을 누리고 있다. 언젠가 대학에 강연을 갔다가 아들이 『태백산맥』을 베끼고 있다는 이야기를 한 끝에, 며느리에게도 베끼게 할 작정이니 자신 있는 사람은 신청을 하라고 했다. 여학생들이 와아 함성을 지르기에 100명은 너무 많고 한 서른 명쯤은 나서지 않을까 했는데, 신청자는 한 명도 없었다. 부끄러워서 그랬을까, 미리 질려서 그랬을까.

머지않아 우리 집에는 『태백산맥』 원고가 세 벌이 될 것이다. 욕심 같아서는 『아리랑』과 『한강』도 베끼게 하고 싶지만 반란이 일어날지도 몰라 참기로 했다. 손자 재면이가 지금 16개월째 접어들었는데, 그애가 대학생이 될 때까지 내가 살아 있다면 재면이도 어김없이 『태백산맥』을 베끼게 될 것이다. 책은 백 번 읽는 것보다는 한 번 베끼는 게 낫다. 문학 공부하는 사람도 빼어난 단편 50편만 베껴보면 더 무슨 문학 강의 들을 필요가 없다. 그런데 그런 미련한 노력을 바치는 사람이 지극히 드물다.

아내의 잃어버린 삶을 찾아주기

내가 20년 동안 글감옥에 갇혀 있는 동안 나와 함께 징역살이를 한 사람이 있다. 아내 김초혜다. 아내는 자기의 시 쓰는 일도 제쳐놓고 나의 옥바라지를 하느라고 날마다 시장을 다녀야 하고, 내가 써놓은 원고를 꼼꼼하게 읽어 감수자의 역할을 해내야 했다.

그러나 그런 일보다도 아내를 가장 괴롭혔던 일이 『태백산맥』 때문에 벌어진 여러 가지 사건들이었을 것이다. 80년대 중반을 지나면서 시작된 심야의 공갈 협박 전화, 검찰의 내사 소식, 그리고 마침내 터진 1994년의 고발 사태, 그에 따른 경찰청의 수사, 검찰의 수사, 지금까지 미해결 상태로 밀려온 고비고비를 넘기면서 가뜩이나 겁 많은 아내는 얼마나 마음고생이 심했을 것인가.

아내는 주부로서 나의 건강을 지키고, 문학 동반자로서 내 소설을 지키고, 시인으로서 자신의 작품을 써내는 삼중고를 꿋꿋하게 이겨냈다. 그런 고생을 20년에 걸쳐 해온 아내에게 깊이 미안하고, 참으로 고맙다.

나는 『한강』을 끝내가면서 잠깐잠깐 아내의 잃어버린 인생을 찾아줄

계획을 세우고는 했다. 그 큰 줄기는 앞으로 20년 동안 아내를 모시고 다니며 매주 여행을 하려는 것이다. 좋은 곳을 찾아 느긋하게 구경하며 오붓한 시간을 갖고, 그러다 보면 아내의 시심(詩心)도 새로워지고, 나의 감성도 윤택해지는 부수 효과도 덩달아 얻게 될 것이다.

나는 아내를 생각하면 눈물이 나려 한다. 나를 만나 살아온 35년 세월 동안 고생도 많이 했고, 몇 개월 전에는 대수술을 했기 때문이다. 수술 결과가 좋아 하늘의 도우심이라 생각하고 있지만, 아내가 수술을 하게 된 것이 꼭 내 잘못인 것만 같아 마음 아픈 것을 어찌할 수가 없다.

아내를 수술실로 들여보내며 내가 아무 힘도 없는 것에 안타까운 절망을 했다. 보호자 대기실에서 네 시간을 보내는 동안 그 피 마르는 초조를 무슨 말로 표현할 수 있을까. 나는 수술 전날 아내를 입원시키면서 퇴원을 할 때까지 9일 동안 한시도 병실을 떠나지 않고 간호를 했다. 그때 내가 할 수 있었던 것은 딱 한 가지, 미리 사가지고 간 꽃카드에 날마다 사랑의 편지를 쓰는 것이었다. 아내가 잠든 밤 11시에 써서 다음날 아침 아내의 머리맡에 놓아두고는 했다.

그런데 나는 며칠이 못 가 그 병동에서 유명해지고 말았다. 두 가지 이유 때문이었다. 간병인을 전혀 쓰지 않고 남편이 꼬박 간호를 하는 것은 서울대학병원 생긴 이래 최초의 일이고, 날마다 사랑의 카드를 아내에게 쓰는 남편도 처음 본다는 것이었다. 그러나 나는 오히려 간호사들이 신기해 하는 그것이 이상했다. 어떻게 대수술을 한 아내를 간병인에게 맡겨놓고 집에서 잠이 온단 말인가. 그리고 환자의 회복은 정신적 위안이 60퍼센트 이상을 차지하는데 남편들이 왜 사랑의 카드를 쓰지 않는 것인지. 그 이야기를 듣고 유심히 살펴보니 역시 다른 병실에는 밤에 병원에서 자는 남자들은 거의 보이지 않았다.

나는 이제 아내와 함께 떠날 여행 계획들을 구체적으로 세울 꿈에 부풀어 있다. 아내가 나한테 봉사한 것의 두 배로 갚아주고 싶다.

세 소설을 쓰는 동안 나는 많은 분들께 은혜를 입었다. 소설이 길고 무대가 넓다 보니 많은 취재를 해야 했고, 그때마다 많은 분들의 도움을 받아야 했다. 그 고마운 분들이 아니었으면 소설은 이루어지지 않았을 것이다. 그 모든 분들께 다시 한번 고마움의 인사를 드린다.

새날을 향하여 새롭게 옷깃을 여미며.

2002년 1월
조 정 래

한강 · 10

초판 1쇄 / 2002년 2월 15일
초판 15쇄 / 2002년 3월 9일
저자 / 조정래
발행인 / 송영석

책임편집 / 김수영 · 정옥주 · 박윤정
영업총무부 / 박재성 · 이종우 · 변영수 · 이영인

발행처 / (株)해냄출판사
등록번호 / 제10 - 229호
등록일자 / 1988년 5월 11일

서울시 마포구 서교동 464 - 41 미진출판센터 5층
대표전화 / 326 - 1600
팩스 / 326 - 1624
홈페이지 / www.hainaim.com

ⓒ 조정래, 2002

ISBN 89 - 7337 - 406 - 0
ISBN 89 - 7337 - 396 - X(세트)